CURTIS SITTENFELD

ROMANTIC COMEDY

CURTIS SITTENFELD

ROMANTIC COMEDY

Roman

Aus dem Englischen
von Stephan Kleiner

DUMONT

Für C, ich liebe dich und deinen Humor

PROLOG

Februar 2018

Ich habe schon oft gelesen, man solle morgens nicht als Allererstes zum Telefon greifen – die Nachrichten, sozialen Medien und E-Mails bringen den natürlichen Ablauf des Aufwachens durcheinander und lösen Stress aus –, und damit möchte ich dazu überleiten, dass ich an die Decke ging, als ich eines Morgens als Allererstes zum Telefon griff und las, dass Danny Horst und Annabel Lily zusammen waren.

Ich ging nicht an die Decke, weil ich in Danny Horst (oder auch in Annabel Lily) verliebt gewesen wäre. Auch nicht, weil wieder zwei Menschen auf der Welt ihr Liebesglück gefunden hatten, während ich größtenteils allein blieb. Und ich ging auch nicht an die Decke, weil ich es nicht von Danny persönlich erfahren hatte, obwohl wir uns ein Büro teilten. Ich ging an die Decke, weil Annabel Lily ein bildschöner, talentierter, weltberühmter Filmstar war und Danny ein Hänger. Er war kein schlechter Kerl, und er hatte auch Talent. Aber Gott noch mal, er schrieb fürs Fernsehen, er schrieb Sketche – er war eine männliche Version von *mir*. Er hatte bleiche Haut, war chronisch übernächtigt und sarkastisch. Und er legte es – vielleicht weil er ein Mann war oder zehn Jahre jünger als ich – weniger darauf an, es anderen recht zu machen, und lebte sich einfach rücksichtslos aus. Auf Afterpartys war er ganz offensichtlich bekifft oder auf LSD. Oft sprach er ganz arglos über seine Sozialphobie und seinem Pornokonsum. Als er überlegte, ein Haarwuchsmittel zu nehmen, hatte ich auf seine Bitte hin mit seinem Telefon Fotos von seinem Scheitel gemacht, damit er genau sehen konnte, wie die Haare dort ausdünnten, und als er das Mittel zum ersten Mal anwendete, hatte ich überprüft, ob der Schaum gleichmäßig verteilt war. Und seine verschiedenen Arten von Rülpsern waren mir so vertraut, dass ich sofort wusste, was er zuletzt gegessen hatte.

Danny war für mich wie ein kleiner Bruder – ich liebte ihn, *und* er stank und ging mir auf die Nerven. Aber seine abstoßenden und lästigen Seiten hatten Annabel Lily offenbar nicht abgeschreckt. Drei Wochen zuvor hatte sie als Stargast bei *The Night Owls* mitgewirkt, was mit dem Kinostart ihres jüngsten Films zusammenfiel, dem vierten Teil einer Actionreihe, in der sie eine korrupte FBI-Agentin spielte. Den Eröffnungsmonolog hatte sie in einem einseitig schulterfreien, leicht geschlitzten schwarzen Cocktailkleid gehalten, das ihre schlanke und zugleich kurvenreiche Figur betonte; ihr langes rotes Haar war gewellt wie zur Zeit des alten Hollywood. Annabel war schön, lieblich und bezaubernd, und auch wenn ihr komisches Timing nicht das beste war, machte sie jeden Spaß mit, was genauso wichtig war. In einem Sketch spielte sie die Rolle eines Murmeltiers, wozu sie in einem Pelzkostüm und mit zwei riesigen falschen Vorderzähnen im Mund auf allen vieren herumkriechen musste. Den Sketch hatte übrigens Danny geschrieben, es war also gut möglich, dass sie sich bei den Proben ineinander verguckt hatten.

Die Murmeltierrolle war so liebenswert, dass ich ihnen beinahe hätte vergeben können, nur war diese Paarung bei *TNO* schon die dritte ihrer Art in den letzten Jahren, und wie jeder weiß, der schon mal einen Witz geschrieben hat – oder ein Märchen gehört oder einen Artikel im Stil-Ressort einer Zeitung gelesen –, gibt es so etwas wie eine Dreierregel. In diesem Fall bewies sie den Trend einer Liebelei zwischen echten Prominenten und *TNO*-Mitarbeitern, denen sie bei der Show begegnet waren. Aber, und das war das Entscheidende, es waren immer *weibliche* Promis und *männliche* Mitarbeiter. Im vergangenen Jahr war ich auf der Hochzeit einer eisblonden britischen Oscargewinnerin namens Imogen Wagner und eines Ensemblemitglieds namens Josh Beckman gewesen, bekannt für seine Auftritte als »Rückenpickel-Mann«. Und im Jahr davor hatte der Chefautor Elliot Markovitz (1,76 Meter groß, vierzig Jahre alt und mein Bootschuhe tragender Vorgesetzter) eine mehrfach mit Platin ausgezeichnete Popsängerin namens Nicola Dorman geheiratet (1,78 Meter groß, dreißig Jahre alt und UN-Sonderbotschafterin). Und natürlich war das die Ursache meiner Wut: dass es solche Paare umgekehrt niemals gegeben hätte, dass sich ein bildschöner männlicher Promi nie in eine gewöhnliche, leicht trottelige, ungepflegte Frau verliebt hätte. Niemals. So klug sie auch sein mochte.

Aber während ich im Bett lag und aufs Display meines Telefons starrte – Danny und Annabel hatten sich am Abend zuvor dadurch als Paar geoutet, dass sie in dem Club herumgeknutscht hatten, in dem die Party zu Annabels vierundzwanzigstem Geburtstag stattfand –, wusste ich auch, dass ich über meine Wut schreiben würde. Wie immer würde ich meine Gefühle in Comedy verwandeln und mich auf diese Weise selbst heilen.

KAPITEL 1

April 2018

Wöchentlicher Terminplan für
THE NIGHT OWLS

Montag 13 Uhr
Pitchrunde mit Gastmoderator

Dienstag 17 Uhr
Beginn der nächtlichen Schreibsitzung

Mittwoch 12 Uhr
Deadline für eingereichte Sketche

Mittwoch 15 Uhr
Lesung der eingereichten Sketche mit verteilten Rollen

Mittwoch 21 Uhr
Vorläufige Show-Besetzung wird intern veröffentlicht

Mittwochabend – Samstagmorgen
Proben; Überarbeitung der Skripts; Kulissenaufbau; Planung der Spezialeffekte; Frisuren, Make-up, Kostüme werden festgelegt und entworfen; Voraufnahmen

Samstag 13 Uhr
Durchspielprobe der Show

Samstag 20 Uhr
Generalprobe vor Zuschauern

Samstag 23:30 Uhr
Liveshow vor neuen Zuschauern

Sonntag 1:30 Uhr
Erste Afterparty

Montag, 13:10 Uhr

In der Runde zum offiziellen Beginn der wöchentlichen Show wollte ich zwei Sketche präsentieren. Aber ich hatte drei Einfälle – man konnte mehrere schreiben und einreichen, aber nur zwei in der Runde pitchen –, also würde ich mich spontan entscheiden, abhängig davon, wie der Gastmoderator auf die Präsentationen meiner Vorgänger reagierte. Etwa vierzig Autoren, Ensemblemitglieder und Produzenten hatten sich in das Büro von Nigel Petersen, dem Erfinder und Executive Director der Show, im sechzehnten Stock gezwängt. Das Büro im sechzehnten Stock – nicht zu verwechseln mit dem Büro im siebten Stock direkt neben dem Studio, in dem die Sendung aufgezeichnet wurde – war einerseits gut eingerichtet und andererseits nicht ansatzweise als Versammlungsort für vierzig Leute geeignet. Das bedeutete, Nigel saß an seinem Schreibtisch, der Gastmoderator in einem ledernen Lehnsessel, ein paar glückliche Mitarbeiter konnten sich einen Platz auf dem einzigen Sofa sichern, und alle anderen lehnten an den Wänden oder hockten auf dem Boden.

Nigel begann mit der Vorstellung des Gastmoderators, bei dem es sich, wie es ungefähr einmal pro Staffel vorkam, zugleich um den musikalischen Gast handelte. Noah Brewster war in der Vergangenheit schon zweimal als Musiker in der Show aufgetreten, aber dies war sein erster Auftritt als Moderator. Er war ein auf klischeehafte Weise gut aussehender, hocherfolgreicher Singer-Songwriter, der sich auf gefühlsduselige Popmusik spezialisiert hatte und dafür bekannt war, vor allem mit Models im Alter von Anfang zwanzig auszugehen. Auch wenn er wie ein Surfer aussah – durchdringende blaue Augen, strubbeliges blondes Haar und Bartstoppeln, ein breites Lächeln, das reichlich Zähne entblößte, und ein trainierter Körper –, hatte ich aus der Moderatorenbio, die uns immer montagmorgens geschickt wurde, erfahren, dass er in einem Vorort von Washington, D.C., aufgewachsen war. Er war sechsunddreißig, genauso alt wie ich, und berühmt seit der Veröffentlichung des Hits »Making Love in July« vor mehr als fünfzehn Jahren, als ich auf dem College gewesen war. »Making Love in July« war ein Loblied darauf, einem langhaarigen Mädchen mit »strahlender Haut«, »einem Schmollmund« und »Himbeerbrustwarzen« respektvoll die Jungfräulichkeit zu rauben, und es gehörte zu den Liedern, die ein Jahr lang so oft im Radio gelaufen waren, dass ich sie, obwohl ich sie scheußlich fand, unbeabsichtigt von vorne bis hinten auswendig konnte. In der Zwischenzeit hatte Noah Brewster viele Preise gewonnen und mehr als zwanzig Millionen Alben verkauft, eine Zahl, die ich ebenfalls seiner Moderatorenbio entnommen hatte. Es war kein Zufall, dass sein zehntes Album in der kommenden Woche erscheinen würde; Moderatoren, musikalische Gäste und Kombinationen aus beidem zelebrierten meist ihre jüngsten Erfolge oder bewarben kurz vor der Veröffentlichung stehendes Material.

Nachdem Nigel ihn vorgestellt hatte, sah sich Noah Brewster im Raum um und sagte: »Danke, dass ihr einen Musiker in eure Comedy-Party reinplatzen lasst. Ich habe mein Leben lang davon geträumt, *TNO* zu moderieren, schon seit ich mich als nerdiger Mittelstufenschüler zu Hause in den Keller schlich, um die Sendung zu gucken, wenn meine Eltern im Bett lagen.« Er warf uns sein breites Lächeln zu, und ich fragte mich, ob seine Zähne echt oder keramikverblendet waren. Nach neun Jahren bei *TNO* war ich an Begegnungen mit A-Promis gewöhnt, wobei es oft überraschte, wer von Angesicht zu Angesicht noch besser aussah (die meisten), wer ein Arschloch war (nicht viele, aber manche auf jeden Fall), wer erschreckend geistlos war (der Hauptdarsteller einer beliebten Krimiserie stach in diesem Punkt besonders heraus) und bei wem man wünschte, er bliebe für immer Teil der Sendung, weil er in den Sketchen glänzte und es auch noch Spaß machte, mitten in der Nacht mit ihm abzuhängen.

Nigel blickte nach links, wo ein Autor zu seinen Füßen saß, und sagte: »Benji, machen Sie doch den Anfang.«

Benji pitchte einen Sketch über den ehemaligen FBI-Direktor James Comey, der seine kürzlich veröffentlichte Autobiografie verfasste, indem er kleinmädchenhafte Erinnerungen à la »Liebes Tagebuch« diktierte. Dann erzählte ein Mitarbeiter namens Oliver, er arbeite gerade zusammen mit Rohit, einem weiteren Autor, an einer Idee (es würde sich erst beim Lesen der Sketche am Mittwoch zeigen, ob das stimmte oder ob es nur eine Ausrede von Oliver war). Dann pitchte eine Autorin namens Lianna einen Sketch, in dem Noah Brewster den sexy Quoten-Hetero in einem Highschool-Chor spielte, dann pitchte ein Autor namens Tony einen Sketch, in dem Noah Brewster einen adretten weißen Typen spielte, der als Präsident kandidierte und vertretungsweise in einer schwarzen Kirche predigen durfte. Henrietta, eines der beiden Ensemblemitglieder, mit denen ich am häufigsten zusammenarbeitete, sagte, sie und Viv, das andere Ensemblemitglied, mit dem ich am häufigsten zusammenarbeitete, planten einen Sketch über Suchanfragen von Hunden. Ich war als Sechste dran.

»Den hier nenne ich ›Die Danny-Horst-Regel‹«, sagte ich. »Denn er ist von meinem Bürogenossen inspiriert, dessen tolle Neuigkeiten wir sicherlich alle gehört haben.« Alle klatschten oder johlten. Am Wochenende hatten sich Annabel Lily und Danny nach sieben Wochen zusammen verlobt, wie ein Post auf Annabels Instagram-Account aufgedeckt hatte, der einen Ring an ihrem Finger in Nahaufnahme zeigte, ihre Hand auf Dannys gelegt. Promiklatschseiten im Netz berichteten umgehend, es handle sich um einen Halo-Ring mit Smaragdschliff und Pavé-Fassung, und schätzten seinen Preis auf 110 000 Dollar. Obwohl ich in meinen Zwanzigern selbst kurz verheiratet gewesen war, hatte ich keine Ahnung, was die Wörter *Halo-Ring*, *Smaragdschliff* oder *Pavé-Fassung* bedeuteten – mein Mann und ich hatten einfache Goldringe getragen.

Als der Jubel verebbte, sagte Danny, der zwei Plätze links von mir auf dem Boden saß: »Danke, Leute. Und ja, verdammt krass, dass ich Mr. Annabel Lily werde.« Es folgte eine weitere Runde Jubel, und Danny fügte hinzu: »Falls ihr euch das fragt: Sally hatte mir schon angekündigt, dass sie mich als Karrieresprungbrett nutzen will.«

»Ich will Danny sogar überreden, an der Nummer mitzuschreiben«, sagte ich. »Aber das besprechen wir noch. Jedenfalls möchte ich über das Phänomen schreiben – sorry, Danny, du weißt, ich liebe dich –, dass die Männer bei *TNO* Frauen abkriegen, die eindeutig eine Nummer zu groß für sie sind, umgekehrt aber kommt das nie vor.«

Gelächter ertönte, aber wenn in der Pitchrunde gelacht wurde, konnte das auch heißen, dass man seine Pointen zu früh verfeuert hatte. Aus diesem Grund pitchten manche gar keine echten Sketche, wobei ich das Risiko einging, meine wirklichen Einfälle zu teilen, um sie für mich beanspruchen zu können, sollte jemand über etwas Ähnliches nachdenken. Und im Übrigen war Gelächter überraschend oft eben nicht der Gradmesser für das Schicksal eines Sketchs, das vielmehr von Nigels Launen abhing. Von den vielleicht vierzig Skripts, die für die Mittwochslesung eingereicht wurden, würden es etwa zwölf Sketche bis zur Kostümprobe am Samstag und nur acht bis in die Liveshow schaffen. Sketche mit dem Stargast hatten eine höhere Überlebenschance, aber darüber hinaus ließ sich unmöglich voraussagen, wie Nigel entscheiden würde. Uns allen, Ensemblemitgliedern wie Autoren, war schon mehrfach das Herz gebrochen worden.

»Natürlich sollte Danny irgendeine Rolle in dem Sketch übernehmen«, ergänzte ich. »Entweder als er selbst oder als jemand anderes. Und Noah, ich könnte Sie mir gut als einen Typen vorstellen, der verhaftet wird, weil er irgendwie gegen die Regel verstößt; Sie hätten beispielsweise ein Date mit Henrietta oder Viv, die wir so zurechtmachen, dass sie weniger umwerfend aussehen als in echt.« Auch wenn ich Henrietta und Viv nahestand, war das keine bloße Schmeichelei. Sie sahen wirklich beide umwerfend aus, was bei weiblichen Comedians nicht ungewöhnlich war, *und* sie waren beide so witzig, dass ihre Schönheit oft hinter ihrer Witzigkeit zurücktrat, was bei weiblichen Comedians ebenfalls nicht ungewöhnlich war.

»Nur damit ich es richtig verstehe ...«, sagte Noah Brewster, und als ich seinen verwirrten Gesichtsausdruck sah, fragte ich mich schon, ob er zu den Trotteln gehörte. Ich hatte noch nie mit ihm gesprochen. Sein erster musikalischer Auftritt hatte vor meiner Zeit bei der Show stattgefunden, und beim zweiten Mal war ich nicht mit ihm in Berührung gekommen. Hin und wieder traten die Musiker in Sketchen auf, oder man konnte ihnen donnerstagnachmittags beim Proben ihrer Stücke zusehen, wenn man gerade Zeit hatte, aber das hieß nicht, dass man ihnen wirklich begegnete. »In diesem Sketch«, sagte er, »würde ich also das Gesetz brechen, weil ich so viel besser aussehe als die Frau, die ich date?«

Hier und da wurde leise gelacht, und ein Autor namens Julian sagte: »Schon für Ihre Haare wäre eine Milliarde Dollar Kaution fällig.«

Noahs Miene war liebenswürdig, als er mich ansah und sagte: »Nein, die Frage ist ernst gemeint.«

»Ja, schon«, sagte ich. »Im Prinzip.« Ich lehnte mit dem Rücken an der westlichen Wand von Nigels Büro, etwa drei Meter von Noah entfernt, und zwischen uns saßen viele Mitarbeiter.

Noahs Tonfall blieb heiter diplomatisch, als er sagte: »Ich finde es immer besser, wenn sich der Gast über sich selber lustig macht statt über andere, also würde ich da wohl lieber passen.«

Dass Selbstironie zum Sieg führen konnte, war nicht von der Hand zu weisen. Aber so früh und öffentlich zu erklären, an einem bestimmten Sketch nicht teilnehmen zu wollen, war so unnötig wie ärgerlich; Nigel räumte den Gästen ohnehin immer ein Vetorecht ein. Es ärgerte mich sogar so sehr, dass ich beschloss, als zweite Idee diejenige zu präsentieren, bei der ich mir unsicher gewesen war, und zwar, weil ich nicht wusste, ob Noah Brewster sie womöglich beleidigend fände.

»Kein Problem«, sagte ich in einem Tonfall, der genauso diplomatisch klingen sollte wie seiner; ich wusste, ich musste behutsam vorgehen. »Und wenn Sie sich selbst mal so richtig auf die Schippe nehmen wollen, habe ich gute Neuigkeiten. Mein nächster Einfall beruht darauf, dass Sie massenweise Fans haben, und die lieben Sie unter anderem dafür, dass Ihre Musik so gefühlvoll ist. Da zwischen gefühlvoll und *cheesy* aber oft ein schmaler Grat liegt, habe ich über einen Sketch nachgedacht, in dem Sie verschiedene Käsesorten verkaufen, und die unterschiedlichen Sorten entsprechen Ihren jeweiligen Liedern. Sie könnten also einen Brie anbieten und sagen: ›Der hier hat ein seidiges Aroma mit einer wunderbar fruchtigen Note – perfekt, wenn man im Juli Liebe machen will.‹ Oder ›Dieser salzige Gruyère weckt Erinnerungen an den Wind am Lighthouse Beach.‹«

»Von dem Chilikäse wird man so richtig scharf«, sagte Danny. Wenn jemand anderes die eigenen Einfälle weiterspann, war das ein noch größeres Lob als offen ausgesprochene Komplimente.

Noah wirkte nicht beleidigt, schien aber erneut eher verwirrt als belustigt zu sein. Er sagte: »Es wäre also, als würde man Wein beschreiben, nur mit … Käse?«

»Sie können es sich ja mal durch den Kopf gehen lassen«, sagte ich. Bei meiner dritten Sketchidee, die ich für die Mittwochslesung vorschlagen, aber wegen der Begrenzung auf zwei Pitches nicht in dieser Runde zur Sprache bringen würde, trat Noah als Gastjuror in »Plappermäulchen« auf. »Plappermäulchen« war eine Sketchreihe von mir und beruhte auf dem Gesangswettstreit *American Lungs*, der auf demselben Sender wie *TNO* ausgestrahlt, aber in L. A. gedreht wurde. Drei bekannte Musiker nahmen dort als Juroren die Teilnehmer unter ihre Fittiche, und meine Parodie bezog sich auf den – direkt aus dem wahren Leben gegriffenen – Umstand, dass die beiden männlichen Juroren der Jurorin nicht nur regelmäßig sagten, sie rede zu viel, wenn sie den Kontrahenten ihr Feedback gab, sondern dass die beiden viel mehr Zeit damit verbrachten, ihr zu sagen, sie rede zu viel, als sie selbst Zeit mit Reden verbrachte. Am meisten ging mir dabei gegen den Strich, dass sie die Anschuldigungen nicht zurückwies, sondern leutselig antwortete: »Ich weiß, Mensch! Was soll ich sagen, ich bin halt ein Plappermäulchen.«

»Danke, Sally«, sagte Nigel. Er nickte dem Autor neben mir zu. »Patrick?«

Während Patrick mit der Idee zu einem Sketch begann, in dem Donald Trump seine goldene Kloschüssel zu Zahnfüllungen einschmelzen ließ, betrachtete ich das auf klischeehafte Weise gut aussehende Surfergesicht von Noah Brewsters, der wiederum Patrick ansah, und die nächsten drei Stunden lang – denn so lange dauerten die Pitchrunden – betrachtete ich Noahs Gesicht immer wieder.

Ehe Nigel uns gehen ließ, fragte er Noah wie alle anderen Stargäste auch, ob er eigene Ideen habe. In der Zwischenzeit war ich zu dem Schluss gekommen, dass Noah doch kein Trottel war. Er lächelte und lachte oft, schien aber im Gegensatz zu manch anderem Stargast nicht auf Teufel komm raus seine Witzigkeit unter Beweis stellen zu wollen. Und seine Rückfragen fand ich mit der Zeit auf eine Art selbstbewusst, die ich trotz meines anhaltenden Ärgers über seine Reaktion auf meinen Danny-Horst-Regel-Sketch respektieren musste.

Noah blickte sich noch einmal im Raum um und sagte: »Nach diesen ganzen Ideen freue ich mich noch mehr auf die kommende Woche. Ein bisschen Angst habe ich auch, aber die Freude überwiegt. Ich bin richtig motiviert, eure Ideen auszuprobieren, und habe selbst nicht viel auf dem Plan. Es gibt da zugegebenermaßen eine Idee, an der ich ein bisschen herumüberlegt habe, ich wollte sie vielleicht selber ausformulieren, und vor der Leseprobe werde ich mir überlegen müssen, ob ich die Katze aus dem Sack lasse oder nicht, aber was eure Sketche angeht, bin ich für alles zu haben.«

Solange du nicht so tun musst, als würdest du mit einer Frau ausgehen, die weniger attraktiv ist als du, dachte ich. Ich fragte mich gerade, ob seine Aversion damit zusammenhing, dass er im wahren Leben mit so vielen Models ausgegangen war, als ich jemanden aufstoßen hörte und unmittelbar einen unangenehmen Geruch witterte, die widerwärtige Version eines Frühstücks-Burritos. Mein Kopf wirbelte zu Danny herum, und er spitzte die Lippen und riss die Augen weit auf – wie um zu sagen: Hoppla! –, und ich verzog das Gesicht. Ja, Rülpsen gehörte zum Leben, aber hätte er es in den letzten dreißig Sekunden einer dreistündigen Sitzung nicht noch unterdrücken können?

Patrick, der Autor zwischen Danny und mir, beugte sich zu mir herüber. Er flüsterte: »Das warst du, stimmt's?«

Montag, 16:47 Uhr

Ich beantwortete gerade E-Mails, als Danny mit einer Dose Red Bull in der Hand unser Büro betrat. »Na, Chuckles«, sagte er, während er sich rittlings auf seinen Schreibtischstuhl setzte und auf mich zurollte. Der Raum war so schmal, dass sich ein Sofa nur darin unterbringen ließ, wenn unsere Schreibtische an derselben Wand standen. Er deutete auf meinen Computerbildschirm und sagte: »Geht's denn mit dem Great American Screenplay voran?«

»Schön wär's«, sagte ich. »Ich teile gerade meiner Agentin mit, dass ich keinen« – ich malte mit den Fingern Anführungszeichen in die Luft – »›humorvollen animierten Kurzfilm für einen Hersteller von Bio-Intimspülungen‹ schreiben möchte.«

»Was zahlen die denn? Vielleicht möchte ich ja einen humorvollen animierten Kurzfilm für einen Hersteller von Bio-Intimspülungen schreiben.«

»Zehntausend, aber Intimspülungen sind nicht gut, und ich glaube, der ganze Bio-Aspekt ist Bullshit. Die Vagina ist ein selbstreinigendes Organ.«

»Deine vielleicht. Aber ja, für zehntausend fange ich gar nicht erst an. Ich verkaufe meine Seele nicht unter sechsstelligen Summen.« Ich ging davon aus, dass Danny annähernd so viel verdiente wie ich. Er war als bisher jüngster Moderator der satirischen Sendung-in-der-Sendung »News Desk« eingestellt worden, und er schrieb auch andere Sketche und trat gelegentlich darin auf, womit er als Ensemblemitglied im zweiten Jahr wohl das gleiche Gehalt bekam wie eine Autorin im neunten Jahr, die nie auf dem Bildschirm erschien. Das waren momentan 12 000 Dollar pro Folge oder 252 000 Dollar im Jahr – keine Riesensumme für einen Job beim Fernsehen, in dem man mehrere Nächte in der Woche durcharbeitete, und wiederum unanständig viel im

Vergleich zu einer Grundschullehrerin, um nur ein Beispiel zu nennen. Selbst wenn Danny bei *TNO* noch nicht mehr verdiente als ich, trat er seit Kurzem auch in Filmen auf, wohingegen ich die freie Zeit im Sommer für deutlich weniger lukrative Tätigkeiten wie das Lesen von Romanen und Reisen nutzte.

»Okay, ich brauche einen Rat«, sagte Danny. »Annabel flippt gerade komplett aus, weil sie festgestellt hat, dass unsere Sternzeichen nicht harmonieren. Belly ist Fische, und ich bin Schütze.«

»O mein Gott!«, sagte ich. »Kaum zu fassen, dass ihr es so lange miteinander ausgehalten habt.«

»Schon klar, dass du das lächerlich findest, aber sie nimmt den Scheiß echt ernst.«

»Wusste sie bis jetzt nicht, wann du Geburtstag hast?«

»Sie hatte gestern eine Sitzung mit ihrer Astrologin, und die hat ihr gesagt, unsere Verbindung wäre zwar echt, aber unsere Kommunikationsstile wären inkompatibel, und ich wäre nicht der richtige Begleiter für ihre ›innere Reise zu ihr selbst‹.«

Ich biss mir auf die Lippe, und Danny setzte hinzu: »Schon okay, lach ruhig. Aber Scheiße, ich liebe sie trotzdem.«

»Was ist denn mit *deiner* Reise zu dir selbst?«

Danny machte ein unschuldiges Gesicht. »Ich bin schon ganz bei mir, Chuckles.«

Ungeachtet meiner Missgunst gegenüber ihrer Beziehung und des Sketchs, den ich gerade gepitcht hatte, fand ich Dannys unbändige Liebe zu Annabel süß. Die beiden legten eine solche Aufrichtigkeit und Spontanität und einen solchen Optimismus an den Tag, und das Ganze erschien so fehlgeleitet, so zum Scheitern verurteilt, wie hätte irgendwer, eine Zynikerin wie mich eingeschlossen, ihnen da nicht die Daumen drücken sollen? Die Verlobung nach sieben Wochen war nur die jüngste ihrer dramatischen und äußerst öffentlichen Liebesbekundungen gewesen. Nach einer Woche zusammen waren sie nach Paris gereist, um vor dem Eiffelturm herumzuknutschen, und nach zwei Wochen hatten sie sich identische Zungenpiercings stechen lassen, und das alles war auf den sozialen Medien dokumentiert und dann in der Klatschpresse atemlos nacherzählt worden.

Dannys offener Umgang mit Gefühlsdingen gab mir ganz allgemein Hoffnung in Bezug auf die Generation Z, auf Männer oder vielleicht auf beides. Anderthalb Jahre vorher war ich nicht gerade begeistert gewesen, als ich erfuhr, dass ich von meinem gemeinsamen Büro mit Viv in eines mit Danny umziehen sollte, der damals gerade zu *TNO* gekommen war. Ich hatte kein Verlangen nach so großer Nähe zu Danny, der als Stand-up-Comedian Erfolg mit so ironiegesättigten Nummern gehabt hatte, dass ich den Witz nicht immer verstand, wodurch ich mich extrem alt fühlte. Außerdem, und das fand ich noch beunruhigender, fragte ich mich, ob der Bürowechsel mit einer Botschaft an mich verbunden war. *TNO* und insbesondere Nigel waren für einen laxen Führungsstil bekannt, und oft bekamen Mitarbeiter buchstäblich nicht einmal mit, dass sie eingestellt oder gefeuert worden waren. Hatte man mich etwa mit einem frisch eingestellten vierundzwanzigjährigen Typen in ein schäbiges Büro gepfercht, um mich unauffällig Richtung Ausgang zu manövrieren, ohne mich explizit rauszuschmeißen? In den ersten Wochen der 2016er-Staffel hatten Danny und ich kaum ein Wort miteinander gewechselt, da er viel im Büro von Roy und Hank, den eigens für »News Desk« zuständigen Autoren, arbeitete und rasch zum neuen Ensemblemitglied mit der meisten Bildschirmzeit heranreifte. Fünf Wochen nach Staffelbeginn kam dann der Wahlabend – es war ein Dienstag, also waren wir im Büro und taten so, als schrieben wir, aber in Wirklichkeit kriegte niemand etwas auf die Reihe. Gegen 23:30 Uhr – gerade war nach North Carolina und Ohio auch noch Florida Trump zugesprochen worden, und für Wisconsin und Pennsylvania sah es nicht besser aus – kamen

Danny und ich aus verschiedenen Richtungen auf unser Büro zu, und als wir nur noch ein Stück voneinander entfernt waren, trafen sich unsere Blicke, und wir begannen beide zu schluchzen und warfen uns einander in die Arme. Kurz nach Trumps Amtseinsetzung, als unsere Demokratie schon in der Auflösung begriffen war, begann Danny mich »Chuckles« zu nennen, eine Kurzform von *chuckle slut*, die Bezeichnung für Frauen, die mit Komikern ins Bett gingen; er verlieh mir den Spitznamen, nachdem ich ihm gesagt hatte, ich wäre noch nie mit einem Komiker im Bett gewesen.

Knapp achtzehn Monate später sagte ich zu ihm: »Vielleicht braucht Annabel bloß ein, zwei Tage, um sacken zu lassen, was die Astrologin ihr erzählt hat. Ich meine, es hat sie überrumpelt, aber ihr wird schon klar werden, dass es eigentlich nicht so wild ist.«

»Ich wünschte, man könnte sein Sternzeichen ändern«, sagte Danny. »Für sie würde ich sofort zum Skorpion konvertieren.«

»Ich glaube, sie wird sich beruhigen«, sagte ich.

Er nickte zu meinem Computerbildschirm hinüber. »Intimspülung ist nicht der Hit – ich steh auf Natur, denn die Nase leckt mit.« Er grinste. »Die zehntausend stelle ich dir dann in Rechnung.«

Montag, 19:32 Uhr

Der Montag war bei *TNO* der einzige Tag in der Arbeitswoche, an dem ich zu einer einigermaßen normalen Uhrzeit nach Hause kam, und ich versuchte die Montage zu nutzen, um mich weiter von der Vorwoche zu erholen, wenn wir Sendung gehabt hatten – von Oktober bis Mai wurden üblicherweise drei Shows hintereinander ausgestrahlt, und dann hatten wir zwei oder drei

Wochen frei –, und mich für die bevorstehende Woche zu wappnen. Ich hatte den vierzigminütigen Fußweg von der *TNO*-Zentrale in Midtown zu meiner Wohnung auf der Upper West Side absolviert und mir beim Thailänder um die Ecke etwas zu essen mitgenommen. Ich saß am Küchentresen, aß Pad See Ew aus der Pappschachtel und telefonierte dabei über Lautsprecher mit meinem neunundsiebzigjährigen Stiefvater Jerry. Meine Mutter war drei Jahre zuvor gestorben, was für Jerry und mich so niederschmetternd gewesen war, dass es sich kaum in Worte fassen ließ. Vier Monate nach der Beerdigung hatte ich Jerry überredet, sich einen Beagle namens Sugar zuzulegen, der ihn so glücklich machte, dass ich die Anwesenheit der Hündin in seinem Leben für meine größte Errungenschaft hielt. Außerdem hatten wir so jeden Sonntag oder Montag ein anderes Gesprächsthema als unser beider Gefühle.

»Sie war ganz brav heute beim Krallenschneiden«, sagte Jerry jovial, dann senkte er die Stimme zu einem Flüstern – wahrscheinlich weil Sugar in der Nähe war und er sie nicht beleidigen wollte – und sagte: »Das stimmt eigentlich gar nicht. Sie musste von zwei Mitarbeitern festgehalten werden, weil sie so herumzappelte.«

»Hat sie auch gewinselt?«

»Und wie«, sagte er. Jerry lebte mit Sugar in Kansas City, in dem Haus, in dem ich aufgewachsen war. Ich versuchte die beiden zweimal im Jahr zu besuchen, aber seit dem Tod meiner Mutter hatte ich es nicht über mich gebracht, an Thanksgiving oder Weihnachten hinzufahren. Ich blieb entweder in New York oder verreiste, einmal auf die Seychellen mit Viv und einmal mit Viv und Henrietta nach Mexico City. Jerry verbrachte die Feiertage bei seiner Schwester.

»Ich habe im Netz gesehen, dass euer Gastmoderator diese Woche auch noch für die Musik zuständig ist«, sagte Jerry. »Das klingt ganz schön anstrengend.« Meine Mutter und ich hatten sonntagnachmittags immer über die Show vom Vorabend gesprochen, und seit sie nicht mehr da war, schickte Jerry mir sonntagnachmittags sein Feedback in zwei förmlichen Absätzen per E-Mail. Die Freundlichkeit hinter dieser Geste wog beinahe auf, dass Jerry, abgesehen von seiner Wertschätzung für Sugars Eskapaden, eigentlich keinen Sinn für Humor hatte und so gut wie keine der popkulturellen Phänomene kannte, die bei *TNO* persifliert wurden. Auch wenn meine Mutter und er zweimal im Studiopublikum gesessen hatten, hätte er die Sendung niemals geschaut, wenn ich nicht daran mitgeschrieben hätte.

»Noah Brewster hast du bestimmt schon mal als Hintergrundmusik im Restaurant oder im Supermarkt gehört«, sagte ich. »Und ja, es ist ganz bestimmt anstrengend, durch die Sendung zu führen und auch noch Musik zu machen, aber dafür darf er sein neues Album bewerben.«

»Ach, das wollte ich dir noch erzählen«, sagte Jerry. »Ich habe Mrs. Macklin beim Einkaufen getroffen, und sie lässt dich schön grüßen. Amy hat wohl schon wieder ein Baby bekommen, das ist dann Nummer drei, glaube ich.«

Wer ist denn Mrs. Macklin?, dachte ich. *Und wer ist Amy?* Dann erinnerte ich mich an eine Mitschülerin auf der Highschool namens Amy Macklin, mit der ich bei der Schülerzeitung zusammengearbeitet hatte. (Ich war keine Reporterin, sondern Korrektorin gewesen, denn als Reporterin hätte ich mich auf eine Art und Weise mit Menschen befassen müssen, wie ich es damals nicht gekonnt hätte.) Ich sagte: »Freut mich für Amy.« Der Gedanke an ein drittes Kind rief in mir mehr Dankbarkeit für meine eigenen Umstände als Neid auf Amys hervor.

Jerry erzählte mir von einem Tapas-Restaurant, das er am vergangenen Freitag mit seiner Schwester und deren Mann besucht hatte und in dem es ein Gericht aus Kichererbsen und Spinat gab, von dem er meinte, es würde mir schmecken (obwohl ich meines Wissens keine besondere Beziehung zu Kichererbsen hatte, glaubte Jerry, ich täte es, weil ich oft Hummus kaufte, wenn ich bei ihm war). Dann kam das Gespräch wieder auf Sugar. Im vergangenen Monat war eine Familie mit zwei Kindern nebenan eingezogen, und Sugar hatte angefangen, auf der Terrasse hinter Jerrys Haus zu sitzen, dem Nachbarhaus zugewandt, und zu bellen, als wollte sie die Schwestern zu sich rufen. »Ich glaube, sie hört gern, wie niedlich sie ist«, sagte Jerry.

»Wer würde das nicht?«, sagte ich, und Jerry lachte.

»Na schön«, sagte er. »Pass in der U-Bahn auf dich auf, Schatz.« So beendete er unsere Gespräche immer.

Nachdem ich aufgelegt hatte, stellte ich die Essensreste in den Kühlschrank und ging duschen. Ich wohnte immer noch in der fünfundsechzig Quadratmeter großen Mietwohnung, die ich vor fast zehn Jahren bei meiner Ankunft in New York bezogen hatte. Der Unterschied war, dass ich in den ersten zwei Jahren eine Mitbewohnerin gehabt hatte, die in dem eigentlichen Schlafzimmer schlief, wohingegen ich die Nächte auf einem schlampig gebauten Hängeboden im Wohnzimmer verbrachte, wo die Zimmerdecke 1,20 Meter von der Matratze entfernt war. Im Rückblick war schwer zu sagen, ob ich in diesen zwei Jahren keinen Sex gehabt hatte, weil ich eben ich war, weil ich die Scheidung noch verkraften musste oder weil dafür schlicht der Platz fehlte.

Als ich aus der Dusche kam, zog ich das übergroße T-Shirt an, in dem ich schlief, putzte mir die Zähne, rieb mir die Beine mit billiger und das Gesicht mit teurer Lotion ein, holte dann mein Telefon aus der Tasche der Jeans, die ich auf dem Badezimmerfußboden hatte liegen lassen, und ging ins Bett. Ich hatte vier Nachrichten, drei davon waren von Viv.

Die erste: *Ich seh immer noch wie ein Zombie aus*

Die zweite: *Meinst du ich soll das Abendessen absagen?*

Die dritte war eine Nahaufnahme von ihrem rechten Auge, in dessen weißem Teil ein dicker roter Punkt mit verschwommenem Rand zu sehen war, ein wenig größer als die Pupille. Bei einem Sketch während der Livesendung am vergangenen Samstag hatte Gregory, einer der Mitwirkenden, ausgerechnet einen Ofenhandschuh geworfen, der Viv leicht an der Brust hätte treffen sollen, sie aber aus irgendeinem Grund am Auge erwischt hatte. Beim Abschminken nach der Sendung hatte sie den Fleck bemerkt, aber es hatte nicht wehgetan, und sie war bis weit in den Sonntagmorgen hinein auf den Afterpartys geblieben. Als er am Montag noch nicht verschwunden war, war sie zur *TNO*-Krankenpflegerin gegangen, die Viv zur Sicherheit einen Besuch beim Augenarzt empfohlen hatte.

Ich schrieb zurück: *Mach mal eins vom ganzen Gesicht*

Einige Sekunden später kam ein Foto von Vivs vollständigem und ausgesprochen hübschem Gesicht, das im Moment nicht lächelte und eher nachdenklich dreinschaute, beide Augenbrauen hochgezogen. Viv war schwarz und einunddreißig, fünf Jahre jünger als ich. Ich wusste, dass sie und Henrietta, die weiß und zweiunddreißig war, beide vorbeugende Antiaging-Maßnahmen wie Botox und chemische Peelings anwendeten. Zugleich trat Viv in einer Sketchreihe auf, in der sie eine Fernsehmoderatorin mittleren Alters spielte, die sich aber sehr gut gehalten hatte und mit Wonne den Satz »Schwarzes Gesicht knittert nicht« in ihren Garderobenspiegel sagte.

Sieht echt nicht so wild aus, schrieb ich. *Das mit dem Abendessen würde ich davon abhängig machen wie's dir geht*

Tut immer noch nicht weh, antwortete Viv. *Aber*

Sie schickte das Emoji des grünhäutigen weiblichen Zombies mit ausgestreckten gekrümmten Fingern.

Nein du siehst gut aus, schrieb ich.

Gut wie in großartig!

Ich würde sagen du kannst hingehn oder absagen aber du musst nicht absagen um irgendwem deinen Anblick zu ersparen

Montagabend gegen dreiundzwanzig Uhr lud Nigel immer den Stargast und einige Ensemblemitglieder zum Essen in ein nobles Restaurant ein. Von Autorenseite durfte höchstens der Chefautor mitkommen, was mir nichts ausmachte, weil mir nach über neun Jahren flüchtige Begegnungen mit Nigel lieber waren als ausgedehnte. Viele bei *TNO* und außerhalb waren regelrecht besessen von dem Mann, der die Show im Jahr 1981 erfunden hatte und sie seitdem produzierte. Nigel Petersen, 1947 als Norman Piekarski in Oklahoma City geboren, war unbestreitbar der Comedy-Königsmacher im Amerika des zwanzigsten und einundzwanzigsten Jahrhunderts. Es hieß oft, die Beziehung, die man zu Nigel hatte oder zu haben glaubte, verrate einiges über die Beziehung zum eigenen Vater. Aber ich war seit Langem der Ansicht, stille Kompetenz auszustrahlen wäre hilfreicher, als mich anzubiedern. Während des gesamten ersten Jahrs war ich mir nicht einmal sicher gewesen, ob er meinen Namen kannte, und auf der Afterparty nach dem Staffelfinale hatte er dann in seinem überraschend sanften und zurückgenommenen Tonfall gesagt: »Der Sketch mit dem Schulausflug war sehr lustig, Sally.« Diese neun Wörter waren womöglich das größte Kompliment meines Lebens, was mir meinen Vaterkomplex hätte vor Augen führen können, wäre mir nicht schon ausgesprochen bewusst gewesen, dass ich einen hatte. Im Jahr darauf hatten wir mehr miteinander zu tun gehabt, weil es mehr Sketche aus meiner Feder in die Sendung schafften, aber wir sprachen uns nur, wenn er Anmerkungen dazu hatte. Zu unserem jährlichen überflüssigen Wortwechsel kam es, als er einen Sketch, der in einem Grillrestaurant in Kansas City spielte, mit ähnlich knappen Worten lobte und ich mich traute, nicht nur ein Dankeschön zu murmeln, sondern anzufügen: »Sie sind doch aus Oklahoma – zählt das für Sie zum Mittleren Westen oder zum Süden?«

Wieder sagte er in sanftem und zurückgenommenem Tonfall: »Laut Einwohnererhebung zählt es zum Süden.« Das war es dann für die Staffel 2010–2011.

Hast du einen Termin beim Augenarzt gemacht, schrieb ich Viv.

Morgen um 11, schrieb sie zurück.

Ah super, antwortete ich.

Ich geh zum Essen!

Viel Spaß!

Sie antwortete mit einem Zwinker-Emoji, und ich öffnete die andere Nachricht, die gekommen war, während ich geduscht hatte. Sie war von Gene, dem Mann, mit dem ich seit acht Monaten gelegentlich etwas hatte: *Hey Sally alles gut bei dir?*

Ich überlegte, ihn einzuladen – es war noch vor neun, ich hatte mir gerade die Haare und alles andere gewaschen –, und dann dachte ich mir, dass ich lieber früh schlafen gehen wollte. In den Wochen, wenn wir Sendung hatten, traf ich Gene fast nie; selbst wenn ich am Mittwoch wusste, dass kein Sketch von mir in der Show landen würde, wurde erwartet, dass ich donnerstags beim Überarbeiten dabei war, was bis neun oder zehn Uhr abends dauern konnte, und das Ganze war geistig so fordernd, dass es mir leichter fiel, mich ganz dem *TNO*-Rhythmus zu unterwerfen. Es war vielleicht der einzige Arbeitsplatz in Amerika, an dem Menschen mit Ehepartnern und Kindern nicht nur in der Minderheit waren, sondern mit dumpfem Mitleid im Blick angesehen wurden, denn wie sollte irgendwer das denn noch zusätzlich stemmen?

Außerdem mochte ich Gene, auch wenn der Sex ganz gut war, eigentlich nicht besonders. Er war Finanzberater und hatte gleich zu Anfang erwähnt, dass die betriebswirtschaftliche Fakultät der University of Florida, die er besucht hatte, zu den besten fünfzehn des Landes zählte. Zwar hatte ich mir nie Gedanken über den Rang der betriebswirtschaftlichen Fakultät der University of Florida gemacht, aber natürlich veranlasste mich das, seine Behauptung zu überprüfen, und ich stellte fest, dass er damit um etwa zehn Plätze danebenlag. Viel schlimmer noch, er hatte eine Kollegin, die sich regelmäßig wegen Migräne krankschreiben ließ, einmal mit dem Wort *Snowflake* geschmäht. Es mochte zwar sein, dass er es nicht in politischem Sinn verwendete, aber die offenbar intendierte Bedeutung war auch nicht viel besser. Und ich hatte ihn nicht zur Rede gestellt, weil ich fürchtete, mir dann ein neues Ventil für meine sexuellen Bedürfnisse suchen zu müssen, wozu ich mich bei einer neuen Dating-App anmelden und ausreichend Fremde in ausreichend Bars treffen müsste, um festzustellen, welcher von ihnen mich wahrscheinlich nicht umbringen würde, wenn ich ihn mit zu mir nahm.

Gene war vielleicht kein Mörder, aber auch nicht besonders hübsch. Er war von durchschnittlicher Größe und durchschnittlichem Körperbau, hatte hellbraunes Haar, und er strahlte etwas so Gewöhnliches aus, dass er in jedem Bürosketch bei *TNO* einen guten Statisten abgegeben hätte. Er war auf die Weise unanstößig, wie ein Sitznachbar im Flieger meist unanstößig war; nur dass wir anders als bei Sitznachbarn im Flieger hauptsächlich damit beschäftigt waren, es uns gegenseitig zu besorgen. In den Monaten seit unserer ersten Begegnung hatte er mir genau zwei Fragen gestellt. Die erste war, ob ich schon mal Kaffee mit Butter probiert hätte (nein), und die zweite, ob ich schon mal am Rockaway Beach gewesen sei (auch nicht).

Genes Vorgänger waren alle nicht besonders wissbegierig gewesen, aber sie hatten immerhin so viel gefragt, dass ich ihnen einen falschen Beruf genannt hatte, was ich bei Gene gar nicht zu tun brauchte. Den anderen Typen, die ich »gedatet« hatte, hatte ich erzählt, ich würde für den Newsletter eines Herstellers medizinischer Geräte schreiben, womit ich vor *TNO* tatsächlich eine Zeit lang mein Geld verdient hatte. Ich war an sich keine große Lügnerin, aber ich fürchtete, die Typen, die ich aufgabelte, könnten übermäßiges Interesse zeigen, wenn ich meinen wahren Arbeitgeber nannte. Im besten Fall hätten sie nur Karten für die Show gewollt, aber im schlimmsten Fall wären sie aufstrebende Improvisationskünstler gewesen. Oder vielleicht war der schlimmste Fall auch, dass sie mich auf eine Art und Weise kennengelernt hätten, wie sie mich gar nicht kennen sollten. Auch wenn ich mir nicht sicher war, ob mein äußeres Ich (eine sanftmütige Frau von durchschnittlicher Intelligenz und Attraktivität) oder doch eher meine Skripts (überspitzte, bewusst empörende Sketche über Sexismus und Körperfunktionen) mein wahres Ich widerspiegelten – oder ob ich, ob überhaupt irgendwer eigentlich ein wahres Ich hatte. Aber ich argwöhnte, dass sich meine Texte zum großen Teil aus dieser Spannung oder mangelnden Integration ergaben; ich glaubte, die meinen Sketchen zugrunde liegenden Beobachtungen resultierten daraus, dass ich unsichtbar war oder zumindest unterschätzt wurde, wozu auch gehörte, dass man mich für netter hielt, als ich war. Von Kindesbeinen an hatte ich mich oft wie eine Spionin oder eine Anthropologin gefühlt, und es machte mir nichts aus, wenn die anderen bei *TNO* wussten, wer ich wirklich war, weil sie im Inneren auch Spione, Anthropologen und Spinner waren.

Das gleiche Arrangement wie mit Gene hatte ich schon mit einer Reihe von Männern gehabt; das vorherige hatte ich beendet, als ich erst nach erschreckenden drei Monaten herausfand, dass er ein Familienvater war. (Ich hatte immer geglaubt, als Geliebte würde man sich kompromittiert und zugleich glamourös fühlen, aber in diesem Fall hatte es sich vor allem darin niedergeschlagen, dass ich mir die Erkältungen seiner Kinder im Vorschulalter einfing.) Auch wenn ich manchmal mit Viv und Henrietta witzelte, ich sei eine Männer verschlingende Karrieristin, war ich mir ziemlich sicher, dass ich selbst dann keine tiefere Verbindung zu Gene oder seinen Vorgängern hätte aufbauen können, wenn ich ihnen eine echte Chance gegeben hätte. Wären wir zusammen essen gegangen oder um Governors Island herumspaziert, hätten wir angezogen und nüchtern Zeit zusammen verbracht, dann hätte ich die Sache sofort beendet.

Ich schrieb: *Hab die Woche viel um die Ohren, wie siehts nächsten Di oder Mi aus?*, aber noch bevor ich es abschicken konnte – wahrscheinlich hatte er die drei Punkte gesehen, als ich tippte –, kam eine neue Nachricht von Gene, und es war ein Penisfoto. Gene war offenbar in seiner Wohnung in Queens, in der ich ihn nur einmal besucht hatte. Das Foto zeigte ihn vom Nabel abwärts, auf grauer Bettwäsche liegend, oberkörperfrei und mit einer marineblauen kurzen Mesh-Sporthose bekleidet, die er am rechten Oberschenkel nach innen gezogen hatte, sodass seine runzligen Eier herausgeplumpst waren und sein geäderter Ständer nach links oben ragte. Angesichts der Art unserer Beziehung war ein solches Foto nichts Unerhörtes, und es war auch bei Weitem nicht das erste, das er mir geschickt hatte, aber ich wusste nie, wie ich ihm klarmachen sollte, dass sie die gegenteilige der vermutlich beabsichtigten Wirkung hatten. Tatsächlich waren die am Rande enthüllten persönlichen Details – die Mesh-Shorts und grauen Laken, der Nachttisch im Hintergrund, auf dem ich ein Plastikfläschchen voller Säureblocker mit Wassermelonengeschmack und ein Buch über die Führungsstrategien von Milliardären ausmachen konnte – merkwürdig rührend und zugleich abschreckend. Sie riefen mir etwas ins Gedächtnis, womit ich mich sonst nicht auseinandersetzte, nämlich, dass ich zwar Genes Schwanz kannte, ihn selbst aber kaum.

Ich löschte *Hab die Woche viel um die Ohren, wie siehts nächsten Di oder Mi aus?* und tippte: *Wow!!*

Echtzeit, antwortete er. *Denk an dich.*

Fühle mich geehrt!, antwortete ich.
Schickst du mir auch eins?, schrieb er.
Bin m. Freunden essen, schrieb ich zurück. Dann ergänzte ich: *Hab die nächsten Wochen leider viel um die Ohren, hoffe aber es geht dir gut*

Kurz darauf schlief ich mit dem Telefon in der Hand ein; so konnte ich am nächsten Morgen wenigstens gleich als Allererstes draufschauen.

Dienstag, 12:10 Uhr

Die Büros und das Studio von *TNO* lagen zusammen mit vielen anderen Büros und Studios unseres Senders in einem ikonischen Gebäude, das nur als »die 66« bezeichnet wurde – es hatte sechsundsechzig Stockwerke, und bei der Fertigstellung des Gebäudes im Jahr 1933 war das eine bemerkenswerte Zahl gewesen. Als ich kurz nach zwölf Uhr darauf zuging, wusste ich, dass ich es in den kommenden vierundzwanzig Stunden nicht verlassen würde.

Der Flur mit den Autorenbüros im sechzehnten Stock wirkte wie erwartet gespenstisch verlassen. Ich nahm am Schreibtisch Platz und setzte die Ohrhörer ein. Ich hörte immer klassische Musik, meist Haydn oder Schubert, während ich Sketche über Dinge wie furzende Hunde, Tampons und Gleichberechtigungsgesetze schrieb. Ich arbeitete zweieinhalb Stunden lang, ohne aufzustehen oder die Ohrhörer herauszunehmen, und erstellte auf diese Art einen Rohentwurf des Danny-Horst-Regel-Sketchs (neun Seiten) und dann einen des Plappermäulchen-Sketchs (zehn Seiten). Zu diesem frühen Zeitpunkt konzentrierte ich mich noch eher auf die allgemeine Struktur, als mir Gags zu überlegen.

Eine der bei *TNO* kursierenden Legenden besagte, dass der Hauptteil der Show zwischen siebzehn Uhr am Dienstag und, weil die Sketche bis mittags eingereicht werden mussten, 11:59 Uhr am Mittwoch geschrieben wurde. Eine weitere Legende besagte, dass die Kreativität der *TNO*-Anfangsjahre zum großen Teil von Kokain befeuert worden war. Obwohl diese beiden Gerüchte tatsächlich der Wahrheit entsprachen, hatte ich persönlich noch nie Kokain genommen und schrieb nicht hauptsächlich nachts. Ich blieb über Nacht im Büro, weil ich dann mit den Ensemblemitgliedern an ihren Einfällen arbeitete und es sonst als unhöflich gegolten hätte, und oft schrieb ich meine Entwürfe mittwochs um 11:55 Uhr noch fieberhaft um. Aber erste Entwürfe gingen mir tagsüber viel leichter und schneller von der Hand, und manchmal fragte ich mich, ob das, vom Kultstatus der durchgemachten Nächte einmal abgesehen, den meisten meiner Kollegen nicht auch so gegangen wäre.

Irgendwann in meinem ersten Jahr war mir klar geworden, dass die sich über die ganze Nacht erstreckenden Schreibsitzungen größtenteils einen performativen Charakter hatten, nur eben anders als die Sketche. Mitunter dauerte es wirklich einmal sechs Stunden, einen Sketch zu schreiben, aber weit häufiger machten die Leute fünf Stunden lang irgendwelchen Quatsch und schrieben dann einen Sketch in vierzig Minuten runter. In der Nacht von Dienstag auf Mittwoch sah man mit genauso großer Wahrscheinlichkeit jemanden herumblödeln wie am Computer tippen. Die Autorenbelegschaft von *TNO* bestand immer noch zu drei Vierteln aus Männern, und sie veranstalteten Ringkämpfe, schlossen irgendwelche Wetten ab oder pinkelten in Mülleimer. Manche Autoren oder Ensemblemitglieder gingen vor Mitternacht, um in Comedyclubs aufzutreten, kamen wieder, um mit den anderen zu ringen, zu wetten oder in Mülleimer zu pinkeln, und fingen dann erst an zu schreiben. Aber heutzutage kannte ich nur einen aus dem Ensemble, der bei der Arbeit harte Drogen konsumierte. Deutlich mehr meiner Kollegen trugen Fitbit-Armbänder, tranken Kohlsaft und meditierten in den Arbeitspausen oder behaupteten es jedenfalls.

Nigel selbst war eindeutig eine geborene Nachteule, und auch wenn der in den Anfangszeiten von ihm aufgestellte Terminplan nach objektiven Maßstäben völlig verrückt wirkte, hatte er sich über all die Jahre doch bewährt. Viele Sketche, die Eingang ins kollektive Bewusstsein der Nation gefunden und viel geliebte Figuren und Sprüche hervorgebracht hatten, waren tatsächlich morgens um eins, um drei oder um halb fünf geschrieben worden. Und wenn man Glück hatte, war der Dienstag im Grunde erst der Anfang. Schaffte man es mit einem oder zwei Sketchen durch die Leseprobe, verbrachte man unter Umständen jede Nacht bis Samstag mit dem Umschreiben und Proben oder Voraufnahmen. Samstags machte man dann wahrscheinlich auch durch und trauerte oder feierte auf den Afterpartys, weil der eigene Sketch im letzten Moment gestrichen worden war und man Frust schob oder weil er gesendet worden, aber gefloppt war und man Frust schob oder weil er gesendet worden und voll eingeschlagen war und man sich freute.

Vor meiner Zeit bei der Show hatte ich normale Schlaf- und Wachperioden gehabt, aber *TNO* hatte meinen ganzen Biorhythmus umgekrempelt, so als wäre ich ein Schichtarbeiter, nur um ein Vielfaches besser bezahlt, oder ein Notarzt, nur dass ich niemandem das Leben rettete. Inzwischen kam es mir normal vor, dass die meisten dienstags gegen siebzehn Uhr ins Büro kamen und wir gegen einundzwanzig Uhr etwas zu essen bestellten. In den Stunden vor und nach dem Essen arbeitete ich mit Ensemblemitgliedern, meist Viv und Henrietta, an Sketchen, die sie entwickelt hatten. Gegen eins oder zwei streckte ich mich auf dem Sofa in meinem Büro aus, legte mir ein T-Shirt über die Augen und steckte mir Ohrenstöpsel in die Ohren, und wenn ich nicht von irgendeinem Aufruhr auf dem Gang geweckt wurde, schlief ich etwa fünf Stunden lang, was für *TNO*-Maßstäbe geradezu dekadent war. Ich stellte mir den Handywecker auf sechs oder sieben Uhr und putzte mir dann auf der Damentoilette die Zähne. In dem privaten Waschraum direkt neben Nigels Büro gab es eine Dusche, die einige meiner Kollegen benutzten, aber mir fehlten dazu sowohl die Nerven als auch die Ambitionen, und ich hatte nur einen Kulturbeutel in der Schreibtischschublade liegen. Nach dem Zähneputzen genehmigte ich mir einen Kaffee und einen Proteinriegel und setzte mich zum Überarbeiten wieder an den Schreibtisch. Viele waren zu dieser Uhrzeit immer noch wach und wirkten meist halb tot vor Erschöpfung, wobei sie manchmal auch eine Art überdrehte Kameradschaft ausstrahlten, ähnlich wie Kinder, die bei einer Übernachtungsparty ihrer Grundschule durchgemacht hatten. Ich überarbeitete meine Sketche ein paar Stunden lang, gab sie wie alle anderen auch in letzter Minute ab und ging für ein paar Stunden nach Hause, um in Ruhe zu kacken und zu duschen, bevor ich für die Leseprobe um drei wieder ins Büro kam.

An diesem Nachmittag musste ich noch einen Entwurf für den Käsehändler-Sketch zusammenzimmern, beschloss aber, mir einen Kaffee zu holen – richtigen Kaffee, den es in einem Laden in der Lobby der 66 gab, und keinen aus der Büroküche –, und während ich anstand, schrieb ich Viv: *Wie wars beim Arzt?*

Also, antwortete sie umgehend.

Interessante Sache

Ich war nicht bei meinem normalen Arzt sondern bei nem anderen

Und er war

Sie fügte drei Feuer-Emojis hinzu.

Dann kam ein Screenshot, offenbar von der Website der Augenklinik, auf dem ein Mann von schätzungsweise Anfang vierzig zu sehen war. Er lächelte leicht, war entweder schwarz mit relativ heller Haut oder halb schwarz und halb weiß, und er trug ein weißes Anzughemd, eine gelbe Krawatte und einen weißen Arztkittel. Neben dem Foto stand:

Theodore P. Elman
Zulassung durch: Amerikanische Fachgesellschaft für Augenheilkunde
Ausbildung: M. D., Perelman School of Medicine, University of Pennsylvania
Fachgebiet: Allgemeine Ophthalmiatrie

Eine weitere Nachricht von Viv: *OK da sieht er bisschen wie ein mittelalter Nerd aus aber glaub mir*

Hat voll gefunkt

Und er hat seine E-Mail auf die Visitenkarte geschrieben für Rückfragen

Aber er darf sich nicht mit mir verabreden stimmts?

Das ist doch illegal

Ich tippte: *Was ist eigtl. mit deinem Auge?*

Dann: *Illegal weiß ich nicht aber vllt. unprofessionell? Soll ich mal meine frühere Mitbewohnerin fragen die ist Kinderärztin*

Von Viv: *Ich hab eine subkonjunktivale Blutung*

Eklig aber nicht wild

Müsste in 1–2 Wochen von selbst verheilen

Von mir: *Ah gut*

Kann wohl nicht so eklig sein wenns voll gefunkt hat

Trägt er nen Ehering

Von Viv: *Nein*

Von mir: *Wusste er wer du bist*

Von Viv: *Unklar*

Wenn ich glaub es hat gefunkt, hats dann gefunkt?

Von mir: *Ja*

Von Viv: *Und wenns nur bei mir gefunkt hat*

Von mir: *So funktioniert Funken nicht, glaub ich*

Wann kommst du ins Büro

Von Viv: *16.30 h?*

Kannst du paar Sketche schreiben in denen ich scharf und superlustig rüberkomme falls der Arzt diese Woche guckt

Von mir: *Hmmm soll ich die nicht-scharfe Frau im Danny-Regel-Sketch dir oder Henri geben*

Von Viv: *Mir mir mir mir mir*

Von Viv: *Bildschirmzeit ist alles*

Dienstag, 22:08 Uhr

Viv, Henrietta und ich hatten unser bestelltes Essen in das Büro mitgebracht, das sie sich jetzt teilten. Ich saß an Henriettas Computer, Viv an ihrem eigenen Schreibtisch und Henrietta auf dem Boden. Wir feilten an der Idee zu den Suchanfragen von Hunden und diskutierten als Erstes, ob in dem Sketch echte Hunde oder Henrietta und Viv in Hundekostümen zu sehen sein sollten (weil Ensemblemitglieder immer, aber wirklich *immer* mehr Bildschirmzeit herauszuschlagen versuchten, fiel die Entscheidung rasch auf Letzteres). Dann besprachen wir den Schauplatz (die Computerplätze einer Bibliothek, aber auch wenn das nur für die Eröffnungssequenz wichtig war, konnten wir uns nicht entscheiden, ob es die berühmte New Yorker Hauptfiliale in der Fifth Avenue sein sollte oder eine gewöhnliche Vorortbücherei in Jacksonville, Florida, wo Viv herkam). Erst recht nicht entscheiden konnten wir uns bezüglich der Hunderasse. Aus Loyalität zu meinem Stiefvater und Sugar wollte ich mindestens einen

Beagle dabeihaben. Viv meinte, es würde am besten funktionieren, wenn einer richtig groß und einer richtig klein sei, und Henrietta meinte, ihr sei jeder große Hund recht außer einem Deutschen Schäferhund, weil sie in der dritten Klasse einmal vom Schäferhund der Nachbarn gebissen worden sei. Nach vierzig Minuten hatten wir uns auf einen Bernhardiner und einen Chihuahua geeinigt – ich musste irgendwann einräumen, dass Chihuahuas einfach witziger waren als Beagle. Was die Eröffnungssequenz betraf, entschieden wir uns für Florida, denn die Löwen vor der New Yorker Bibliothek hätten womöglich den Auftritt des Bernhardiners vorweggenommen oder ihn weniger eindrucksvoll erscheinen lassen. Dann gingen wir zum lustigen Teil über, also den Suchanfragen selbst.

Den Mund voller Dönerfleisch, sagte Viv: »Bin ich schwer vermittelbar?«

Den Mund voller Spanakopita, sagte ich: »Bin ich ein ganz ein Feiner?«

Den Mund voller Falafel, sagte Henrietta: »Bin ich jetzt fünf oder fünfunddreißig?«

»Wieso kriegt man von Donner Angst?«, sagte ich.

»Menschen diskret am Schritt schnüffeln wie?«, sagte Henrietta.

»Günstige Mani-/Pediküre in der Nähe«, sagte Viv. »Ach, und günstigstes selbstfahrendes Auto.«

»Bester Burger in der Nähe«, sagte ich.

»Was ist Halitosis?«, sagte Henrietta.

»Halitosis, was tun?«, sagte ich.

»Wo machen Menschen ihr Geschäft?«, sagte Viv.

»Taco-Bell-Chihuahua Männchen oder Weibchen?«, sagte ich.

»Cesar-Terrier verheiratet«, sagte Viv.

»Lassie Schönheitsoperationen«, sagte Henrietta.

»Lustige Katzenvideos«, sagte ich.

»Corgis auf YouTube peinlich«, sagte Viv.

»YouTube kleiner Hund verjagt großen Hund«, sagte ich.

»Doghub zwei Pudel und ein Corgi«, sagte Henrietta.

»Schwanz enthaaren«, sagte ich.

»Schwanzgröße Durchschnitt«, sagte Viv.

»Hypothek refinanzieren wie?«, sagte Henrietta, und obwohl wir alle zwischendurch immer wieder gelacht hatten, brachte mich das so zum Lachen, dass ich nicht weitertippen konnte. In meiner Zeit bei *TNO* hatte ich solche Momente oft persönlich oder auch von außen erlebt – hatte dienstagabends mit meinen Kollegen lauthals gelacht oder Autoren und Ensemblemitglieder dienstagabends in anderen Büros lauthals lachen gehört. Als ich mich wieder gefasst hatte, sagte ich: »Krawatte binden wie?«

»Was ist Bitcoin?«, sagte Viv.

Wir waren alle wieder in Gelächter ausgebrochen, als ein Schaumstoff-Football durch die offene Tür geflogen kam und jemand – ich begriff schnell, dass es der Autor Rohit war – schrie: »Hört auf, so hämisch zu gackern, ihr Sukkuben.«

Dienstag, 23:29 Uhr

Ich hatte vorgehabt, Danny ganz ungeniert um etwas Text für seine Rolle in meinem Danny-Horst-Regel-Sketch zu bitten. Als ich in unser Büro kam, hockte er schlaff auf dem Sofa, sein Telefon vor sich, aus dem eine weibliche Stimme tönte, die ich als Annabels erkannte.

Danny schaute zu mir auf und sagte: »Hey, Chuckles«, und obwohl ich das Display nicht sehen konnte, sagte Annabel: »Hey, Sally.«

»Hi, Annabel«, gab ich zurück.

Annabel nahm den Gesprächsfaden wieder auf und sagte zu

Danny: »Aber wenn man einer Frau ein Kompliment machen will, dann sagt man ihr, dass sie heiß aussieht. Wenn du sagt, du bewunderst sie für ihre Body Positivity, heißt das so viel wie: ›Toll, dein Selbstbewusstsein, obwohl du so fett bist.‹«

»Baby, du bist die heißeste Frau aller Zeiten«, sagte Danny. »Du deutest da zu viel rein.« Aus seinem gurrenden Tonfall schloss ich, dass sich die Bedenken über ihr astrologisches Ungleichgewicht zerstreut hatten.

»Das Schlimmste ist«, sagte Annabel, »dass ich Lust auf Donuts kriege, wenn ich kritisiert werde.«

»Du könntest hundert Donuts essen und wärst immer noch genauso sexy wie jetzt.«

Während ich mich an den Schreibtisch setzte, hatte ich zu genau gleichen Teilen den Drang, die Ohrhörer einzusetzen und es nicht zu tun. In den letzten sieben Wochen war Annabel mit ihrer Entourage im Schlepptau bei jeder Liveshow gewesen, bis auf eine, als sie zur Eröffnung des Flagship Stores eines Luxusmodelabels, dessen Markenbotschafterin sie war, nach Tokio gemusst hatte. Während der Sendung hielt sie sich nicht in unserem Büro auf, sondern entweder in Dannys Garderobe oder, ihrem Status entsprechend, bei Nigel. Nigel trat einerseits wie ein Buddha auf und war andererseits ein generationenübergreifender Promi-Schmeichler, der an einem beliebigen Tag ebenso gut in Begleitung eines siebzigjährigen Rockers aus einer weltberühmten Band wie eines aufstrebenden Teen-Starlets durchs Studio laufen konnte.

»Ich weiß nicht, warum sie mich so anzicken muss«, sagte Annabel. »Ich dachte, unsere Fehde wäre beendet, seit wir bei den Globes zusammen einen Preis überreicht haben.«

Danny senkte die Stimme – da er ungefähr einen Meter von mir entfernt saß, änderte das nichts daran, dass ich jedes Wort verstand. »Weißt du, wie perfekt du bist?«, flüsterte er. »Du bist so perfekt, ich kriege einen Ständer, wenn ich dich nur angucke. Ich glaube, ich könnte gerade gar nicht aufstehen.«

War ihm bewusst, dass ich noch keine Ohrhörer trug, oder war es ihm schlicht egal? Ich vermutete Letzteres; bei *TNO* wurden täglich Dinge gesagt, oft vor laufenden Kameras, die an jedem anderen Arbeitsplatz außer dem gegenwärtigen Weißen Haus den Tatbestand der sexuellen Belästigung erfüllt hätten.

»Statt einen Donut zu essen, gehe ich jetzt sofort aufs Laufband«, sagte Annabel. »Und die Steigung stelle ich auf fünfzehn Prozent ein. Soll mir die Bitch noch mal mit Bodyshaming kommen.«

»Soll ich nicht stattdessen vorbeikommen und dich richtig hart ficken und dir sagen, wie schön du bist?«

Nach einer Pause sagte Annabel in deutlich sanfterem Tonfall: »Wirklich?«

»Wunderschön«, sagte Danny. »Einfach wunderwunderschön.«

»Soll ich dich von Mickey abholen lassen?« Das war ihr Fahrer oder Bodyguard oder vielleicht auch beides.

»Mit einem Uber geht's schneller.«

»Ich gehe duschen.«

»Geh nicht duschen. Mach einfach gar nichts. Ich lege jetzt auf und bin schon unterwegs. Ich rufe noch mal an, wenn ich im Uber sitze. Scheiße, ich liebe dich so krass, Baby.«

»Beeil dich, Baby.«

Er war schon aufgestanden und halb zur Tür hinaus, als ich sagte: »Solltest du dir hier drin jemals einen runterholen, versuch bitte, das Sofa sauber zu halten. Mehr verlange ich gar nicht.«

Danny blieb mit dem Rücken zu mir stehen und schaute kurz über die Schulter, was uns beiden den Vorteil brachte, dass ich nicht wusste, ob er wirklich eine Erektion hatte. »Ich würde mir hier drin niemals einen runterholen.« Er grinste. »Dafür habe ich doch meine Garderobe.«

Mittwoch, 1:14 Uhr

Ich hörte jemanden meinen Namen sagen, aber ich schlief noch so fest, dass ich die Stimme in meinen Traum einbaute. Ich dachte, es wäre Bernard, der Hausmeister, der kam, um meinen Mülleimer zu leeren, und murmelte sinnlos: »Die Weichtiere können Sie dalassen.« Ich spürte eine Hand, die mir leicht auf die Schulter tippte, und jemand sagte: »Sally, es tut mir wirklich leid, Sie zu stören« – ein Satz, der bei *TNO* eher selten fiel –, und ich zog mir das T-Shirt von den Augen und die Ohrenstöpsel aus den Ohren, richtete mich auf und sagte: »Was ist denn?«

Der Mann, der so vorgebeugt auf dem Sofa saß, dass sich unsere Gesichter bis auf wenige Zentimeter annäherten, als ich mich aufsetzte, war Noah Brewster.

»Tut mir leid«, sagte er noch einmal. Selbst in meinem orientierungslosen Zustand bemerkte ich, dass er auf seine klischeehaft attraktive Surfer-Art verlegen wirkte. Ich war es zwar gewohnt, in einem Büro mitten in der Nacht von irgendwem geweckt zu werden, aber er war es womöglich nicht gewohnt, andere auf diese Art zu wecken.

»Nein, ist schon gut«, sagte ich. »Was kann ich denn für Sie tun?«

»Na ja, Bob O'Leary meinte – brauchen Sie noch einen Moment? Ich kann gleich noch mal wiederkommen.«

»Es geht schon.« Ich wischte mir mit dem Handrücken über den Mund, falls ich im Schlaf gesabbert hatte, was ich für gut möglich hielt.

»Bob meinte, mit dem Sketch, den ich in Arbeit habe, könnten Sie mir am besten helfen.« Bob O'Leary war seit Langem leitender Produzent bei *TNO*, einer der vielen Zauberer, die von Anfang an dabei gewesen waren und die Show am Laufen hielten, der Öffentlichkeit aber nahezu unbekannt waren. Noah beugte sich nicht mehr über mich – er war aufgestanden –, und ich bemerkte, dass er einige Blätter Papier in der Hand hielt.

Ich zeigte darauf. »Ist das der Sketch?«

»Wirklich, wenn Sie noch ein bisschen brauchen –«

»Ich lese ihn sofort.« Ich streckte den Arm aus, und als er mir das Skript gab, schwang ich die Füße vom Sofa. Ich deutete auf das andere Ende des Sofas. »Sie können sich gern setzen. Das ist die Idee, von der Sie in der Pitchrunde gesprochen hatten?«

Er setzte sich und nickte. »Soll ich Ihnen erzählen, worum es geht, oder wollen Sie ihn einfach lesen?«

»Ich lese ihn.«

Ich griff mir einen blauen Kugelschreiber, nahm mir als Schreibunterlage eine zwei Monate alte Ausgabe von *The Atlantic* vom Fensterbrett und fing an zu lesen. Ich war mir vage der Anwesenheit von Noah Brewster bewusst, der wenige Meter entfernt auf seinem Telefon herumwischte. Es wäre gelogen, würde ich behaupten, keinerlei Stress empfunden zu haben, weil ich einen Promi warten ließ. Ich musste immer noch oft an die Bemerkung einer Autorin namens Elise zurückdenken, mit der ich in den ersten zwei Jahren zusammengearbeitet hatte. Sie hatte gesagt, wenn wir nichtberühmten Menschen mit berühmten Menschen redeten, wünschten wir uns, dass die Begegnung so schnell wie möglich vorbeiging, damit wir unseren nichtberühmten Freunden davon erzählen könnten. Aber mein Stress wurde größtenteils aufgewogen durch das Wissen, dass ich Noah Brewster zu seinem eigenen Nutzen warten ließ. Jede *TNO*-Folge hatte zwei übergeordnete Ziele: zu unterhalten und den Stargast gut dastehen zu lassen. Ein wirklich lustiger oder liebenswerter Stargast konnte jahrelang von der öffentlichen Aufmerksamkeit profitieren.

Der Sketch war sieben Seiten lang, spielte in einem Tanzstudio und kreiste um das Treffen eines Musikers mit einer Choreografin im Beisein zweier Vertreter des Musiklabels sowie eines

Agenten, eines Managers und eines Videografen. Die Choreografin sagte Sätze wie: »Wenn du mit den Armen einen Regenbogen malst, fühlt man deine Leidenschaft bis in die letzte Reihe« und »Ein Schritt zurück bringt den Song in deinem Herzen zum Abschluss«. Der namenlose Musiker antwortete mit Sätzen wie: »Aber ich bin Singer-Songwriter und kein Tänzer im Cirque du Soleil.« In den zehn Minuten, die ich zum Lesen brauchte, strich ich mir einige Stellen an, wenn auch behutsamer, als ich es beim Werk eines Ensemblemitglieds oder eines Autorenkollegen getan hätte. Etwa zwei Drittel der dritten Seite trugen nichts zur Handlung bei und konnten problemlos gestrichen werden, aber statt eine blaue Linie quer durch den Abschnitt zu ziehen, setzte ich ein Fragezeichen an den Rand. Als die Choreografin auf Seite vier den Musiker fragte, ob er schon einmal darüber nachgedacht habe, bei seinem Auftritt einen Panther einzusetzen, lachte ich laut auf.

Als ich fertig war, sahen Noah Brewster und ich uns in die Augen, und ich sagte: »Beruht das auf persönlichen Erlebnissen?«

»Es ist eine Zeit lang her, aber als ich die ersten Stadionkonzerte spielte, heuerte das Plattenlabel eine Choreografin an, die jede Menge alberne Vorschläge machte. Rein visuell und von der Größe der Stadien her betrachtet, waren ihre Ideen sinnvoll, aber sie waren stark von dem riesigen Boyband-Hype beeinflusst und für mich persönlich völlig unpassend. Lauter hochdramatische Handbewegungen und ewig lang gehaltene Posen.«

»Ihr Skript sieht ehrlicherweise schon ganz gut aus, auch wenn es wohl noch gestrafft werden könnte. Ich kann Ihnen Feedback geben, und Sie überarbeiten es noch einmal, wir können es aber auch gleich zusammen durchgehen.«

»Es wäre toll, wenn ich Ihre Hilfe in Anspruch nehmen könnte. Bob sagt, Sie sind ein Genie, wenn es um Struktur geht.«

»Ha«, sagte ich. »Ich bin mir sicher, das ist eine freundliche Umschreibung für ›eher handwerklich geschickt als witzig‹. Können Sie mir die Fassung mailen, die ich gerade gelesen habe?« Ich stand auf, ging zu den beiden Schreibtischen hinüber und zog Dannys Stuhl neben meinen.

Ich setzte mich auf meinen Stuhl, und Noah ließ sich auf Dannys nieder. Er tippte auf seinem Telefon herum und sagte: »Wie ist Ihre Mail-Adresse?«

Ich nannte sie ihm und fragte: »Wie lange haben Sie an dem Sketch gearbeitet?«

Er lächelte. »Ich würde ja gern so tun, als hätte ich heute Morgen angefangen, aber es waren bestimmt ein paar Wochen. Sobald das mit dem Gastauftritt feststand.«

»Es ist keine Schande, gut vorbereitet zu sein. Natürlich wird bei uns auch einiges improvisiert, aber wenn ein Sketch zum Hit wird, ist es oft einer, den der Autor die ganze Staffel über Woche für Woche gepitcht hat.« Als ich auf meiner Tastatur die Return-Taste gedrückt hatte, um meinen Laptop aufzuwecken, erschien mein geöffnetes E-Mail-Konto. Ganz oben im Posteingang war ein Artikel, den mir mein Stiefvater weitergeleitet hatte, mit der Schlagzeile als Betreff: *Täglicher Verzehr von Kichererbsen und anderen Hülsenfrüchten senkt schlechtes Cholesterin.* Gleich darunter war eine Mail von Henrietta zu einem Sketch, den sie mit mir schreiben wollte, voller Links und mit dem Betreff *Durchgeknallte evangelikale Momfluencer.* Es fühlte sich merkwürdig intim an, Noah meinen Posteingang zu offenbaren, aber noch verlegener machte mich die Wand hinter dem Computermonitor. Ich hatte dort zwei Fotos angeklebt; das erste zeigte mich mit Hillary Clinton im Dezember 2015, aufgenommen in ihrer *TNO*-Garderobe vor ihrem Auftritt in einem meiner Sketche. Auf dem anderen hielt meine Mutter mich Anfang 1982 als Baby auf dem Arm; sie trug eine Jeansweste ohne Knopfleiste über einer gelben Bluse und ich einen gelben Strampelanzug. Zwischen die Fotos hatte ich ein verknittertes Blatt Druckerpapier mit zwei Spalten geklebt. In der ersten Spalte standen in meiner Handschrift die Wörter *Ständer, Eier, Schwanz, Pimmel, blasen, Natursekt, Gemächt, Handjob, lutschen, Pillermann, wichsen*. In der anderen Spalte standen die Wörter *Muschi, Titten, Möpse, lecken, Nippel, fingern, behaarte Vagina, Vagina, Vulva, rosa, feucht, Scheidenfurz, Muttermund, fisten*. Hinter *rosa* standen drei Ausrufezeichen in Klammern und hinter *Muttermund* acht. Während Noahs E-Mail in meinem Posteingang erschien und ich die Datei herunterlud und öffnete, sprach er nichts davon an.

Ich sagte: »Ihr Anhang verpasst mir doch keine Geschlechtskrankheit, oder?«

Er lachte. »Ich hoffe nicht.«

»Okay.« Auf dem Schreibtisch stand zwischen Monitor und Tastatur meine fast leere Kaffeetasse vom Nachmittag, daneben lagen etwa zwei Dutzend Haargummis. Ich nahm einen davon und drehte mir die Haare zum Dutt. »Ihr Sketch verfügt ehrlicherweise über alle notwendigen Zutaten, sie sind nur noch nicht ganz in der richtigen Reihenfolge. Und zum Teil ist das Ganze recht subtil, aber bei einem Sketch mit so viel Körpereinsatz kann man ruhig mehr auf Slapstick setzen. Ist das nachvollziehbar?«

»Ist es.«

»Außerdem ist ein Tanzstudio als Setting bestimmt realistisch, aber für die Zuschauer verwirrend. Der Sketch sollte in dem Stadion spielen, wo der Musiker seinen Auftritt hat. Raum und Zeit fallen zugunsten der Klarheit zusammen.«

»Verstehe.«

»Was auch der Klarheit zugutekäme, und damit würden wir gleich mehrere Fliegen mit einer Klappe schlagen: Wir sollten mit einer Einblendung aufmachen, die Zeit und Ort nennt. He, wie wäre es denn, wenn der Musiker explizit Ihr jüngeres Ich wäre? Und die Kostümabteilung könnte ein paar richtig geile Anfang-Zweitausender-Outfits zusammenstellen? Da steht also *Madison Square Garden, Mai 2001* oder wann auch immer Ihr erstes Album richtig durchstartete – wann war das?«

»Das Album kam im Mai 2001 heraus.«

Ich hatte schon *Madison Square Garden* getippt, und ich warf ihm einen Blick zu. »Ich schicke Ihnen das Dokument anschließend wieder, und Sie können natürlich jede Formulierung ändern, die Ihnen nicht gefällt.«

»Machen Sie nur. Bitte.«

Ich fügte *Mai 2001* hinzu. »Sie werden von den anderen Figuren mit Ihrem Namen angesprochen, sodass die Zuschauer sofort wissen, dass Sie es sind. Aber das nächste Problem ist, dass es zu viele Figuren gibt. Meinen Sie, es braucht unbedingt jemanden außer Ihnen und der Choreografin?«

»Ist es nicht wichtig, die Bosse vom Plattenlabel dazuhaben? Um zu zeigen, dass das Anweisungen von oben sind, die der Musiker – also ich – nicht einfach ignorieren kann?«

»Stimmt. Vielleicht könnten wir das sogar noch zuspitzen.« Im Moment sagte die Choreografin den ersten Satz, der lautete: *Ich will dir ein paar Tipps geben, um deine Tanzschritte beim Konzert aufzupeppen.* Darüber setzte ich einen Labelmanager ein, der sagte: *Noah, wir haben Sie herbeordert, weil uns beim Label zu Ohren gekommen ist, Ihre Konzerte wären nicht mitreißend genug, und wir glauben, ein paar richtig angesagte Moves könnten die Zuschauererfahrung verbessern.*

»Das ist natürlich schon die Holzhammermethode«, sagte ich, »aber solange es keinen Vorteil bringt, die Prämisse erst später zu enthüllen, kann man auch gleich mit der Tür ins Haus fallen.«

»Und wenn der Typ einfach sagen würde: ›Laut unserer Umfragen …‹?«

»Oh, das ist noch besser«, sagte ich. »Wie wäre es mit: ›Laut den von uns befragten einhundert zwölf- bis fünfzehnjährigen Mädchen aus vier verschiedenen Mittelatlantikstaaten …‹?«

Er lachte, und ich schrieb den Satz auf.

Wir schwiegen beide, und nach einigen Sekunden sagte ich: »›Wir fürchten, dass Ihre ganze Gefühlstiefe bei den Mädchen auf den oberen Stadionrängen nicht vollständig ankommt.‹«

»›Was sich langfristig auf die Verkaufszahlen auswirken könnte‹«, ergänzte Noah, und ich schrieb beides auf.

»›Daher möchte Ihnen die weltberühmte Choreografin‹ – wir müssen ihr einen richtig bekloppten Namen verpassen – ›mit Rat und Tat zur Seite stehen.‹ Hmmm. Lulu von Schlackerschlöpsen?«

Wieder dieses unbekümmerte Lachen. »Klar.«

»Nur zur Info: Manche Sachen, die sich nur leicht amüsant lesen, sind automatisch zehnmal so lustig, sobald sie vom Ensemble gespielt werden. Okay, jetzt können wir alle außer den zwei Typen vom Plattenlabel, Ihnen selbst und Lulu streichen. Das Promigefolge bläht den Sketch unnötig auf, weil es eigentlich gar keine Bedeutung hat. Also kriegen die Labelbosse den ganzen Text, aber Sie entscheiden, wer die Rollen übernimmt, und deren Namen kommen ins Skript, nicht die der Figuren. Wer soll Ihrer Meinung nach Lulu sein, und wer soll die Labelbosse spielen?«

»Sollte ich nicht erst herumfragen, wer überhaupt Interesse hat, bevor ich die Rollen verteile? Ich will nicht anmaßend sein.«

Ich lachte. »Sie sind der Stargast. Alle Ensemblemitglieder werden sich freuen, in Ihrem Sketch mitspielen zu dürfen.«

»Was meinen Sie? Josh könnte vielleicht einer der Bosse sein, den finde ich immer zum Schießen.«

»Ja, der wäre gut.« Ich tippte Joshs Namen vor den Text des ersten Labelbosses. »Und den anderen könnte vielleicht Hakeem spielen? Und als Choreografin …« Henrietta und Viv wären gleichermaßen großartig, aber beide würden wahrscheinlich in mehreren anderen Sketchen mitspielen. Ich nannte stattdessen ein chronisch unterbeschäftigtes Ensemblemitglied: »Wie wäre es mit Grace?«

»Klar.«

»Die einzige Änderung, die ich sonst noch hätte, wäre eigentlich, Lulus Choreografievorschläge aufsteigend nach Lächerlichkeit zu sortieren. Es ist befriedigender, wenn sie immer abstruser werden, wenn es also mit reichlich Handgewedel losgeht und mit dem Panther aufhört.«

»Es gibt da eine Sache, die ich nicht hineingeschrieben habe, weil sie nicht von einem Choreografen kam, sondern von so einem … ich glaube, er war eine Art Imageberater. Er hat mir nahegelegt, oberkörperfrei und in Lederhose aufzutreten.«

»Oh, das ist perfekt. Aber machen wir eine kurze Hose daraus. Kurze Hosen sind noch besser. Oder wie wäre es, wenn der Vorschlag von Ihnen käme, als Wendepunkt am Schluss? Bis dahin sieht es aus, als würden Ihnen diese albernen Ideen gegen den Strich gehen, aber eigentlich gehen Ihnen nur die albernen Ideen *der anderen* gegen den Strich. Und Sie tragen solche Klamotten, die sich mit einem Ruck vom Körper reißen lassen, was Sie dann auch tun, und dabei sagen sie so etwas wie: ›Mein wunderschön geformter Body wird ganz sicher die Zuschauerbindung verbessern.‹«

Noah schüttelte gutmütig den Kopf, wodurch sein blondes Surferhaar leicht in Bewegung geriet. »Allmählich kommt es mir vor, als würde ich mir mein eigenes Grab schaufeln. Und ich bin sogar noch bei dem Label, bei dem ich 1999 unterschrieben habe. Das macht es so ironisch, wenn ich sie in aller Öffentlichkeit herunterputze.«

»Falls Ihnen das ein Trost ist: Es gibt keine Garantie dafür, dass irgendein Sketch in der Liveshow landet.« Als sich unsere Blicke begegneten, sagte ich: »Aber dieser tut es bestimmt.«

»Ich habe wohl so oder so gewonnen«, sagte er. »Oder verloren?«

Ich scrollte durch das Dokument und nahm die besprochenen Änderungen vor. Als wir auf Seite drei waren, sagte ich: »Der Abschnitt kann weg, weil darin nichts Neues passiert. Das ist nur Füllstoff.«

Ich merkte, dass er die Sätze auf dem Bildschirm las, und dann sagte er: »Ja, Sie haben recht.«

Am Schluss schrieb ich in die Regieanweisungen, dass er sich die Kleider vom Leib riss, und schaute noch einmal zu ihm hinüber. »Sollen wir es einmal laut lesen? Sie können Ihren Text übernehmen, und ich lese die Bosse und die Choreografin.«

Beim Lesen mussten wir beide mehrmals lachen. Als Noah sagte: »Denn mein wunderschön geformter Body wird die Zuschauerbindung verbessern«, fiel mir auf, dass darin ungewollt der frühere Satz mit den angesagten Moves anklang, die seine Konzertauftritte verbessern sollten. Ich strich das zweite *verbessern* und ersetzte es durch *erhöhen*. Wortwiederholungen funktionierten allgemein nur, wenn sie absichtlich erschienen.

»Wir brauchen noch einen Titel«, sagte ich. »Aber nur als Platzhalter, also zerbrechen Sie sich nicht zu sehr den Kopf. So etwas wie ›Choreografin‹.«

»Gekauft«, sagte er. »›Choreografin‹.« Er zeigte auf die Haargummis auf meinem Schreibtisch. »Werden Ihre magischen Redigierkräfte aktiviert, wenn Sie sich die Haare zurückbinden?«

Ich lachte. »Ich habe schon von Schriftstellern gehört, die bezüglich ihrer Schreibrituale sehr eigen sind und vorher eine Kerze anzünden oder einen Kräutertee trinken müssen, aber das wird einem bei *TNO* ganz schnell ausgetrieben.«

»Also, ich habe jedenfalls das Gefühl, eine Masterclass in Komischem Schreiben absolviert zu haben. Im Ernst, ich kann Ihnen gar nicht genug danken.«

»Wie gesagt, der Sketch muss es erst noch durch die Leseprobe und die Proben schaffen, aber ich finde ihn ehrlicherweise richtig gelungen.«

»So oft, wie Sie ›ehrlicherweise‹ sagen, könnte man meinen, Sie wären überrascht.«

»Entschuldigung. Es ist einfach so, dass nur sehr wenige Stargäste Sketche schreiben, und selbst wenn, stammt der erste Entwurf meist von einem Autor. Und bei Musikern als Stargast ist es offen gestanden fast noch nie vorgekommen.«

»Wussten Sie, dass ich meine Lieder selbst schreibe?«

»Aber meinen Sie nicht, dass Lieder und Sketche zwei verschiedene Paar Schuhe sind?«

»Na ja, Struktur ist bei beiden sehr wichtig, oder? Und Rhythmus? Und was man erst zurückhält oder gleich am Anfang verrät?«

»Stimmt.«

»Was für Musik hören Sie denn?«

»Was *ich* höre?« Die Frage überrumpelte mich.

»Beim Kochen zu Hause oder in der U-Bahn, was hören Sie da?«

»Eigentlich ganz verschiedene Sachen. Von der Musikrichtung her hauptsächlich Folk oder Pop.«

»Welche Künstler im Speziellen?«

»Ich habe keinen besonders coolen Geschmack, falls Sie das meinen. Haben Sie schon den Autor Jeremiah kennengelernt? Der kennt die Bands immer schon, bevor sie groß rauskommen.«

»Ich bin bloß neugierig. Ich schwöre, es ist keine Fangfrage.«

»In der dritten Klasse hatte ich mal eine Kassette mit den *Greatest Hits* der Supremes, die ich hörte, bis irgendwann das Band riss. Ich war so aufgebracht, dass meine Mutter noch am selben Tag mit mir zum Einkaufszentrum fuhr, um sie nachzukaufen.«

Er lächelte. »Und seitdem?«

»Vor allem weibliche Singer-Songwriter. Meine Mutter mochte Linda Ronstadt, Patti LaBelle, Joan Armatrading, also liefen die bei uns oft. Dolly Parton natürlich. Und Sade. Und dann verlagerte sich mein Geschmack mehr in Richtung Country, Sachen wie Lucinda Williams und Emmylou Harris. Und dann, na ja, Mary Chapin Carpenter, Dar Williams, in letzter Zeit auch Brandi Carlile. Ach, und Janelle Monaé.« Ich sah zu ihm hinüber und sagte: »Meine Lieblingssängerinnen überhaupt sind die Indigo Girls.«

»Ja, die sind unglaublich«, sagte er.

Ich sah ihn an – wir saßen immer noch nebeneinander, mit vielleicht fünfzehn Zentimetern Abstand – und sagte: »Meinen Sie das ernst?«

»Warum sollte ich nicht?«

»Vielen Leuten – mit anderen Worten den männlichen Autoren hier – würden die Indigo Girls als Pointe dienen. Oder haben sie schon als Pointe gedient, um sich über irgendetwas lustig zu machen, das besonders weiblich oder lesbisch oder unverhohlen politisch ist. Und ich hasse das. Auch weil es sexistisch ist, aber vor allem, weil es einfach nicht witzig ist. Es ist bequem. Die Indigo Girls sind extrem begabt und ziehen seit so langer Zeit komplett ihr Ding durch, nach ihren eigenen Vorstellungen, unabhängig von kulturellen Trends, und jetzt, wo wir auf dem Weg in die Autokratie sind, ist es nicht mehr ganz so einfach, sich über die zu mokieren, die sich immer schon für die Rechte der Entrechteten eingesetzt haben. Ganz abgesehen von ihren schönen Stimmen, die so wunderbar harmonieren.« Ich verstummte kurz. »Dafür sind Sie doch gekommen, oder? Sie wollten doch unbedingt einen Vortrag über die Indigo Girls hören.«

»Ich liebe Vorträge über die Indigo Girls. Haben Sie sie mal live gesehen?«

»Ja, mehrmals. Und Sie?«

»Ich bin vor Jahren mal bei einer Benefizveranstaltung in L. A.

mit ihnen aufgetreten. Und Amy hat zu meinem Song ›East Matunuck‹ den Backgroundgesang beigesteuert. Ich überlege gerade, ob sie auch mal bei *TNO* waren.«

Natürlich war er mit ihnen aufgetreten, natürlich war er persönlich mit ihnen bekannt. Aber warum war mir entgangen, dass Amy Ray bei einem seiner Stücke sang? »Interessante Frage«, sagte ich. »Als Musikgäste waren sie nicht da, aber es gab einmal eine Parodie auf sie, da wurden sie von zwei Typen aus dem Ensemble gespielt. Das war noch vor meiner Zeit.«

»Wie lange arbeiten Sie schon hier?«

»Das ist meine neunte Staffel. Lustigerweise sind *TNO* und ich übrigens gleich alt. Ich bin im Premierenmonat geboren, im Oktober 1981.«

»Bestimmt ein gutes Omen, oder?«, sagte Noah. »Ich bin im September '81 geboren, wir sind also ein Alter. Wenn Sie seit neun Jahren dabei sind, gefällt es Ihnen hier wohl gut?«

Ich musste zugeben, dass er bei all seiner Klischeehaftigkeit makellose Umgangsformen hatte. Die meisten Stargäste waren charismatisch, und viele waren höflich; manche interessierten sich für die Historie der Sendung, aber so gut wie keiner hätte einer Autorin gleich mehrere Fragen zu ihrer Person gestellt. Ich hielt es nicht für unhöflich, dass die Stargäste Autoren genauso betrachteten wie der Rest der Welt, nämlich als dem Ensemble deutlich untergeordnet. Viele Autoren hätten gern zum Ensemble gehört, und einige hatten sich gleichzeitig fürs Ensemble und das Autoren-Team beworben, aber ich fand es befreiend, nicht nach mehr zu streben. Es war kein Zufall, dass ich nie vor der Kamera gestanden hatte.

»Unbedingt, das ist mein Traumjob«, sagte ich. »Trotz des Sexismus, mit dem man es zwangsläufig zu tun bekommt, und trotz der Nächte, in denen ich kaum schlafe. Ich kann mir einfach keinen Beruf vorstellen, in dem es mehr zu lachen gäbe, oder einen Beruf mit begabteren und arbeitsameren Mitarbeitern. Und dass man dafür bezahlt wird, sich über Sachen lustig zu machen, die es verdienen, und eine so große Bühne dafür bekommt – was könnte es für eine Misanthropin aus Missouri Besseres geben?«

Er lachte. »Sind Sie eine Misanthropin aus Missouri?«

»Ja und ja.«

»So geht es mir mit meiner Musik – Moment mal, das zählt als Beruf? Manchmal habe ich Angst, dass irgendwer kommt und mir sagt, das Spiel ist aus. Ein paar Jahrzehnte habe ich alle ausgetrickst, aber jetzt bin ich als Schwindler entlarvt.«

»Worin besteht denn der Schwindel? Sie können eigentlich gar nicht Gitarre spielen?«

Er lachte.

»Das könnte ehrlicherweise ein Sketch sein«, sagte ich. »Sie würden nur so mit den Fingern über den Saiten herumwackeln.«

»*Ehrlicherweise*«, wiederholte er. »Sehen Sie. Sie sagen das wirklich oft. Aber nein, der Schwindel besteht darin, für etwas belohnt zu werden, was ich mit Kusshand auch umsonst tun würde. Man müsste schon extrem von sich überzeugt sein, um diese Erfahrung zu machen und sich nicht auch einmal selbst zu hinterfragen oder zumindest verblüfft über das eigene Glück zu sein.«

»Ich habe nur Angst, mich nicht rechtzeitig zu verabschieden«, sagte ich. »Angeblich gibt es da diesen *TNO*-Fluch, bei dem man nicht nur unoriginell wird, wenn man hierbleibt, sondern auch noch den Absprung auf die nächste Stufe der Karriereleiter verpasst. Er trifft allerdings nur Autoren und Ensemblemitglieder. Viele der Produzenten und der Kostüm- und Maskenbildner sind schon ewig hier.«

»Wo würden Sie denn nach dem Absprung landen? Also, was wäre die nächste Station?«

»Ich werde glühend feministische Drehbücher für romantische Komödien schreiben, in denen die Figuren nicht herablassend behandelt werden.«

Er sah mich an. »Was macht ein Drehbuch aus, das glühend feministisch ist und in dem die Figuren nicht herablassend behandelt werden? Außer dem Indigo-Girls-Soundtrack natürlich.«

»Vor allem die textliche Qualität. Und damit einhergehend die Charakterentwicklung. Wenn so ein Film nicht funktioniert, liegt das normalerweise daran, dass er fürchterlich geschrieben ist und/oder das Drehbuch uns nicht davon überzeugen kann, dass sich die beiden wirklich zueinander hingezogen fühlen, sodass uns egal ist, ob sich ihnen irgendwelche Hindernisse in den Weg stellen. Was mir auch immer gegen den Strich geht, ist, dass die weiblichen Figuren früher immer so ganz niedlich waren, nach dem Backen hatten sie Mehl auf der Nasenspitze, ohne es zu merken, und so weiter. Und heute sind sie alle total durch den Wind, sie wachen völlig verkatert auf und werden gefeuert. Ich will Figuren schaffen, die nicht frei von Fehlern sind, aber auch nicht lächerlich oder lebensunfähig.« Einen Augenblick später fügte ich hinzu: »Wow, waren das zwei Vorträge hintereinander? Ich bin ehrlicherweise gar kein Arschloch.«

»Sie wirken ehrlicherweise auch nicht wie eins.«

»Ich glaube, ich gehe nach der nächsten Staffel, in dreizehn Monaten.« Das hatte ich komischerweise noch nie jemandem erzählt, nicht einmal Viv, Henrietta oder meiner Agentin. »Dann war ich genau zehn Jahre hier. Aber wer weiß, ob ich es wirklich schaffe, die Reißleine zu ziehen.«

»Ich bin jedenfalls froh, dass Sie heute Nacht hier sind.« Noah zeigte auf meinen Computerbildschirm. »Um mich vor mir selbst zu schützen.« Nach einer Pause sagte er: »Ich muss einfach fragen …«, und er beugte sich vor und tippte auf das Stück Papier mit den beiden Wortlisten.

»In der ersten Spalte stehen Wörter, die die Gutachterin vom Sender in Sketchen zugelassen hat«, sagte ich. »In der zweiten stehen Wörter, die angeblich anstößig sind und geändert werden mussten. Man könnte fast meinen, dass in Bezug auf männliche und auf weibliche Sexualität mit zweierlei Maß gemessen wird, oder?«

»Das ist ja irre. Sogar *rosa*? Und *feucht*?«

Als ich Noah *rosa* und *feucht* zusammen aussprechen hörte, empfand ich unerwartet Mitgefühl mit der Gutachterin, einer Frau von Mitte fünfzig namens Janice. Laut sagte ich: »Es kommt natürlich immer auf den Zusammenhang an. Natürlich kann man jemanden sagen lassen: ›Das ist aber ein hübscher rosa Pulli.‹ Das Problem an den gängigen Regeln ist, dass es gar keine Regeln gibt. Es hängt alles von der Einschätzung einer einzelnen Person ab.«

»Glauben Sie, diese Art von Zensur hat Sie irgendwann schon einmal zu einem Umweg gezwungen, der letztlich besser war als die ursprüngliche Version?«

»Auf jeden Fall«, sagte ich. »Aber die Bigotterie ist mir trotzdem zuwider.«

Nach einem kurzen kameradschaftlichen Schweigen sagte er: »Mir würde es nichts ausmachen, ›Making Love in July‹ nie wieder zu singen. Ich habe das Stück mit achtzehn geschrieben und bin dankbar – wenn man einem Lied überhaupt dankbar sein kann –, weil es mir so viele Türen geöffnet hat. Aber die Akkordfolgen sind sehr schlicht, und ja, es ist wirklich ein bisschen *cheesy*. Wenn ich es heute noch spiele, dann nicht aus reiner Freude.« Unsere Blicke begegneten sich, und er sagte: »Wir leben nun mal in einer Welt, in der Fans die Möglichkeit haben, sich sehr lautstark zu äußern, wenn sie sich um irgendetwas betrogen fühlen.«

Das steckte also hinter seinen Fragen nach meinen Lieblingsmusikern – er fühlte sich von meinem Pitch zu dem Käsehändler-Sketch angegriffen. Obwohl er erklärt hatte, ein Sketch würde besser funktionieren, wenn sich der Stargast über sich selbst lustig machte, war er vielleicht genauso eitel und empfindlich wie alle anderen.

»Ich habe den Käsehändler-Sketch noch nicht geschrieben«, sagte ich. »Mein Gefühl sagt mir, er könnte ganz lustig werden, aber Sie müssen sich nicht gezwungen fühlen, wenn sie ihn dämlich oder beleidigend finden oder einfach keine Lust darauf haben.«

»Ich muss ja erst mal sehen, was dabei herauskommt, oder?«

Ich überlegte, wie ich ihm auf freundliche Art klarmachen könnte, dass ich lieber nicht die nächsten zehn Stunden an dem Sketch herumschreiben wollte, wenn zu erwarten war, dass er ihn ohnehin streichen ließ.

»Einfach mal ins Blaue gefragt«, sagte er. »Gibt es zufällig auch irgendwelche männlichen Singer-Songwriter, die Sie mögen?«

»Na klar. Jason Isbell. Neil Young. Und Sie natürlich.«

»Natürlich. Welche drei Songs von mir mögen Sie denn besonders?« In diesem Moment klang er überraschenderweise gar nicht eitel. Hätte ich es nicht besser gewusst, hätte ich nicht gewusst, dass es zu seinem Beruf gehörte, andere zu bezirzen, und dass er mit zweiundzwanzigjährigen Models ausging, ich hätte geglaubt, er wollte mit mir flirten.

»Es ist schwer, drei herauszupicken«, sagte ich. »Was ich an Ihnen wirklich bewundere, ist die hohe Qualität, die Sie schon so lange aufrechterhalten.«

»Netter Versuch. Nur drei.«

»Na gut …« Ich hielt die rechte Faust hoch und streckte den Daumen aus. »Nummer eins: ›Making Love in July‹. Dann, hmmm …« Ich überlegte fieberhaft. Er war schließlich so allgegenwärtig, dass ich bestimmt drei Titel kannte, auch wenn ich seine Musik nicht mochte, aber es fiel mir schwer, sie auf Kommando auszuspucken. Dann fiel mir aus dem Nichts einer ein, und ich streckte den Zeigefinger aus und rief: »›Best Laid Plans‹!« Wie hatte noch der Song mit Backgroundgesang von Amy Ray geheißen, von dem er gesprochen hatte? Oder hatte ich mich schon als ahnungslos geoutet? Dann erinnerte ich mich an eine Zusammenarbeit zwischen ihm und der französischen Sängerin, die sich nur Françoise nannte. »Ach, und ›Sepia‹.« Ich war mir nicht sicher, ob »Sepia« eher zu Noahs oder zu Françoise' Liedern zählte, aber irgendwie mochte ich es. Außerdem hielt ich nun triumphierend drei Finger in die Höhe.

»Das ist ein erstaunlicher Zufall«, sagte er, »wo Sie doch ein so großer Fan sind, denn das sind meine drei beliebtesten Songs. Ich würde sogar sagen, dass diese drei Titel selbst jemand benennen könnte, der meine Musik nie richtig gehört hat. Wäre es nicht krass, wenn Sie einen ganzen Sketch darüber schreiben würden, wie cheesy meine Musik ist, obwohl Sie sie kaum kennen?«

»Wenn sie mit *krass* eigentlich *ausgesprochen verantwortungslos* meinen, dann ja«, sagte ich. »Aber als Vorsitzende der Ortsgruppe Manhattan ihres Fanclubs verletzt mich diese Unterstellung zutiefst.«

Er grinste und schüttelte den Kopf, und ich grinste auch und sagte: »Ich habe doch gesagt, ich sei kein Arschloch, oder? Vielleicht bin ich doch eins.«

»Unvorstellbar.«

»Unsere Fanclub-Treffen finden im Untergeschoss einer Kirche statt, und wir hängen einen lebensgroßen Starschnitt von Ihnen an die Wand und starren ihn an.«

»Ach, wirklich?«, sagte er, und dann tat er etwas sehr Verwirrendes. Er drehte sich zu mir, nahm mein Kinn in die Hand und sah mir tief in die Augen. »So?«, sagte er. »Sieht das so aus?«

War es eine brüderliche Geste? Ein Flirtversuch? Oder einfach nur merkwürdig?

Er schien sich das Gleiche zu fragen, denn er ließ die Hand rasch sinken und sagte: »Sorry. Ich glaube, das kam gerade etwas schräg rüber.«

Ich war so überrascht, dass ich überkompensierte. In fröhlichem Tonfall sagte ich: »Bei *TNO* müssten Sie sich schon deutlich mehr Mühe geben, um schräg rüberzukommen. In ein Gurkenglas zu pinkeln und es mir auf den Tisch zu stellen wäre ein ganz guter Anfang. Aber im Ernst, nach der Leseprobe treffen Sie sich mit Nigel und Elliot und den Produzenten, und die werden Ihnen in Sachen Käsehändler-Sketch ganz bestimmt das letzte Wort überlassen.«

»Nein, ich vertraue auf Ihre Abläufe«, sagte er. »Ich war immer der Ansicht –« Aber welcher Ansicht erfuhr ich nicht, denn in diesem Moment wurden wir unterbrochen. Autumn DiCanio, die die Künstler betreute, erschien in der Tür, begleitet von einer ihrer Assistentinnen. Autumns Assistentinnen waren meist hübsche langhaarige Blondinen frisch vom College – die Beschreibung passte auch auf Autumn, nur dass sie vierzig war –, und weil es mir schwerfiel, sie auseinanderzuhalten, war ich mir nicht sicher, wie diese hieß.

»Noah!«, sagte Autumn herzlich. »Wir haben Sie schon überall gesucht! Wie geht es Ihnen?«

Zum ersten Mal wurde mir bewusst, wie seltsam es tatsächlich war, dass die Revision in meinem Büro stattgefunden hatte, dass Noah auf eigene Faust zu mir gekommen war. Die Gastmoderatoren waren häufig frühmorgens im Büro, vor allem gegen Ende der Woche, aber sie wurden fast immer von Autumn oder jemand anderem aus ihrer Abteilung beaufsichtigt, oder die Autoren suchten sie nach Bittstellerart in ihrer Garderobe im siebten Stock auf.

»Alles bestens«, sagte Noah. »Sally hat mir mit meinem Sketch geholfen.«

»Fantastisch«, sagte Autumn. »Sally gehört zu unseren besten Leuten. Unten wartet ein Wagen, der Sie zum Hotel bringt, wenn Sie so weit sind, es sei denn, Ihr beide wollt noch weiterarbeiten?« In meinen ersten beiden Jahren bei *TNO* hatte ich Autumn aufgrund der munteren, forschen Geschäftsmäßigkeit, die sie verströmte, instinktiv unsympathisch gefunden und ihr misstraut, aber mit der Zeit war mir klar geworden, dass sie auf eine Art organisiert und kompetent war, die einen gewissen Respekt verdiente. Und sie hatte einen tollen Geschmack. Neben dem Booking und der Betreuung der Gastmoderatoren und musikalischen Gäste fahndete sie auch nach neuen Ensemblemitgliedern, die Nigel dann ablehnte oder einstellte. Wie im Fall von Bob O'Leary ahnte die Öffentlichkeit nichts von Autumns Existenz, aber sie hatte viele landesweit bekannte Comedians entdeckt.

Noah wandte sich zu mir und sah mich an – ich war weiter von der Tür und Autumn entfernt als er –, und er sagte: »Dann machen wir wohl mal Schluss?«

»Ich maile Ihnen den überarbeiteten Text.«

»Sally, schick ihn doch einfach an mich, mit Madison in cc, und wir kümmern uns um den Rest«, sagte Autumn, und ich begriff, dass sie Noah davor bewahren wollte, einer Autorin seine E-Mail-Adresse geben zu müssen; sie wusste nicht, dass er das schon getan hatte. Sie setzte hinzu: »Noah, wir sorgen dafür, dass Ihr Sketch auf den Stapel für die Leseprobe kommt. Die ist um fünfzehn Uhr, und um elf lassen wir Sie zum Fotoshooting und für die Promovideos abholen, also wünsche ich Ihnen einen erholsamen Morgen.«

Noah hatte sich wieder zu Autumn umgewandt, sah jetzt aber noch einmal mich an. »Soll ich Sie nach Hause bringen?«

War das ein Scherz? Ich sagte: »Ach, dienstags bleibe ich hier«, und Autumn lachte und sagte: »Für Sally geht die Nacht wohl erst richtig los.«

Dann stand Noah auf und sagte: »Danke noch mal. Ich weiß es wirklich zu schätzen.«

»Immer gerne«, sagte ich, und mit einem Mal war mir die ganze Situation schrecklich unangenehm. Ich wusste nicht, ob das Gefühl aus mir selbst erwuchs oder aus der Ankunft von Autumn und ihrer Assistentin, der ich jetzt mit siebenundachtzigprozentiger Sicherheit den Namen Madison zuwies, oder daraus, dass Noah gerade nach meinem Gesicht gegriffen hatte. Autumn und Möglicherweise-Madison trugen beide sehr enge schwarze Jeans, kantig geschnittene schwarze Oberteile und spitze schwarze Stiefel. Ich wurde abrupt daran erinnert, dass ich eine graue Jogginghose, ein schwarzes Sweatshirt, hellgrüne Sportsocken und keine Schuhe trug. Noah befand sich mit seinen Jeans, Turnschuhen und dem langärmligen braunen T-Shirt mit einem Kühlschrank darauf irgendwo in der Mitte zwischen ihrem stylishen und meinem schluffigen Outfit.

Ehe die drei gingen, winkte Noah mir von der Tür aus zu. »Wir sehen uns bei der Leseprobe«, sagte er.

Mittwoch, 4:43 Uhr

Als Danny zurückkam, wirkte er erschöpft, strahlte aber eine glückliche Zufriedenheit aus. Bevor ich fragen konnte, sagte er: »Alles bestens in Bellyland.«

»Freut mich zu hören.« Seit meiner Sitzung mit Noah hatte ich zweieinhalb Stunden an dem Käsehändler-Sketch gearbeitet. Als er gegangen war, war ich aufgewühlt gewesen, wahrscheinlich von seiner Promi-Aura, und hatte gar nicht erst versucht weiterzuschlafen. Im Augenblick hatte ich vier Seiten Material, die nicht besonders gut waren, und die aufgedrehte Energie, die mich um zwei Uhr überkommen hatte, war längst verflogen. Ich griff nach den Seiten mit dem Danny-Horst-Regel-Sketch auf meinem Schreibtisch und hielt sie Danny hin. »Hilfst du mir bei deinem Text?«

»Ach komm, Sally, hast du denn gar keinen Stolz?«

»Ich versuche gerade, drei Sketche gleichzeitig einzureichen«, sagte ich.

»Das hast du dir selbst eingebrockt. Fändest du es schräg, wenn Belly und ich auf unserer Hochzeit ein Glas zertrümmern? Der Vorschlag kommt von ihr.«

»Willst du es denn?«

Er zuckte mit den Schultern. Auch wenn er es selten erwähnte, war es ein allgemein bekannter Teil von Dannys Hintergrundgeschichte, dass er in einer Enklave orthodoxer Juden in New Jersey aufgewachsen war. Als ältester Junge unter sieben Geschwistern hatte er zu Highschool-Zeiten eine Jeschiwa besucht und eigentlich wie sein Vater Rabbi werden sollen. Aber mit zwölf hatte er begonnen, im Kabelfernsehen Komiker zu schauen, und nach dem ersten Jahr auf einer Rabbinerschule hatte er seine Gemeinschaft verlassen und war in ein Obdachlosenheim für junge Erwachsene gezogen, das zufällig nur etwa anderthalb Kilometer vom *TNO*-Studio entfernt lag. Sieben Jahre später war Danny immer noch auf Distanz zu seiner gesamten Familie mit Ausnahme eines Bruders, was, wie er scherzte, ein angemessener Preis dafür sei, frittierte Garnelen essen zu können. Und er war längst nicht der Einzige bei *TNO*, der harte Zeiten durchgemacht hatte; aus Tragödien erwuchsen schließlich oft Komödien.

Danny hatte mir die Seiten abgenommen, und er las sie so schnell, dass ich geglaubt hätte, er würde sie nur überfliegen, hätte ich ihn nicht gekannt. »Das ist echt hart«, sagte er. »Auf eine coole Art.« Er nahm einen Stift von seinem Schreibtisch und fing an, die von mir offengelassenen Stellen auszufüllen. Als er fertig war, sagte er: »Es ist auf jeden Fall besser, wenn ich der zweite Cop bin, der reinkommt, nicht der erste.«

»Weil es die Spannung vor deinem Auftritt erhöht?«

Er nickte.

»Ich frage mich, ob Noah auch den ersten Cop statt den Typen beim Date spielen würde«, sagte ich. »Aber in der Pitchrunde war er dem Sketch gegenüber so negativ eingestellt, dass ich ihn nicht mal fragen will.«

»Ja, du hast in Nigels Büro eine ganz schöne Klatsche von ihm bekommen.«

Ich überlegte, Danny von der jüngsten Begegnung mit Noah zu erzählen, aber wie sollte ich sie schildern? Ich war mir nicht sicher. Stattdessen sagte ich: »Oh, das hast du bemerkt?«

Danny grinste, als er mir die Seiten zurückgab. Er sagte: »Chuckles, das hat jeder bemerkt.«

Mittwoch, 14:57 Uhr

In der Zeit zwischen der Abgabe meiner Sketche und der Leseprobe fuhr ich mit dem Taxi nach Hause, schlief eine Stunde lang, stand auf, duschte und ging zur U-Bahn-Station in der Seventy-Ninth Street. Während ich am Bahnsteig wartete, las ich die Textnachrichten, die eingegangen waren, als ich geschlafen hatte, darunter zwei von Denise, meiner Mitbewohnerin aus College-Zeiten, die inzwischen als Kinderärztin in Austin lebte. Auf meine Frage, ob Vivs Augenarzt sie zum Essen einladen könne, hatte Denise geantwortet:

Als Arzt sollte er sie eher nicht einladen. Kenne da aber keine bestimmten Gesetze oder Regeln. Bei Psychologen/Psychiatern ist es noch mal was anderes, da könnte es unethisch sein.

Dann: *Ist das für einen Sketch oder in echt?*

In echt, schrieb ich zurück. *Kann meine Freundin denn den Arzt einladen?*

Henrietta hatte an Viv und mich ein Foto von einer Tüte Kartoffelchips mit Kaffeegeschmack geschickt und die Nachricht: *Kennen wir die schon?*

Als ich im sechzehnten Stock der 66 ankam, saßen Henrietta und Viv in meinem Büro auf dem Sofa, und Danny saß an seinem Schreibtisch. Viv drehte die Tüte Chips in meine Richtung, und ich nahm mir einen, der aussah wie ein mit Zimt bestäubter normaler Kartoffelchip. Ich biss ein winziges Stück davon ab, während Danny sagte: »Ich habe auf jeden Fall schon Schlimmeres gegessen.«

Ich schluckte. »Ganz sicher?«

Danny griff nach der Tüte und nahm noch ein paar Chips, stopfte sie sich in den Mund und sagte kauend: »Sie sind grundfalsch, aber merkwürdig verlockend.«

Henrietta sagte: »Wie LGBT-Republikaner.«

»Oder dieser Affe in Japan, den sie erwischt haben, als er ein Reh vögeln wollte«, ergänzte Viv.

Als wir gemeinsam durch den Flur zum Konferenzraum gingen, sagte ich zu Viv: »Meine College-Mitbewohnerin meinte, Doktor Pupille sollte dich eher nicht einladen, aber ich habe nachgefragt, ob du ihn einladen kannst. Ich warte noch auf Antwort.«

Viv verzog das Gesicht. »Also, so was mache ich eigentlich nicht.«

»Wie ist das eigentlich, so schön zu sein, dass man nie den ersten Schritt machen muss?«

Sie lachte. »Vorteilhaft und anstrengend zugleich. Und in meinem Fall zusätzlich verkompliziert durch die anhaltende amerikanische Misogynoir.«

Der Konferenzraum war voll, als wir eintraten, die meisten

Plätze sowohl an den zusammengeschobenen Tischen in der Mitte als auch entlang der Wände besetzt. Bei den Leseproben waren noch mehr Leute anwesend als in den Pitchrunden, darunter auch Haarstylisten, Masken-, Kostüm- und Bühnenbildner und Mitarbeiter aus dem Musikbereich. Über die Tische waren Skripte der Sketche und, weil wir drei Stunden lang dort sein würden, auch Wasserflaschen und einige Teller mit Sandwiches, Salat, Obststückchen, Chips (wohl eher nicht mit Kaffeegeschmack) und Keksen verteilt. Ob man das als Frühstück, Mittag- oder Abendessen betrachtete, hing davon ab, wie lange man am Abend zuvor wach gewesen war.

Danny, Viv und Henrietta setzten sich an den für sie reservierten Tisch. Ich setzte mich auf einen Platz in der hinteren äußeren Reihe, mit dem Rücken zu den Fenstern, die zwischen uns und dem gedämpften Lärm des Verkehrs und der ausgelassenen Touristen sechzehn Stockwerke weiter unten lagen. Noah Brewster saß in der Mitte der Tische auf der Südseite, links von Nigel, der bei allen Sketchen stets die Regieanweisungen las. Je schlechter der Sketch ankam, desto schneller las er.

Wie es der Zufall wollte, saß ich fünf, sechs Meter von Noah entfernt, aber ihm direkt gegenüber, und als sich unsere Blicke trafen, lächelte er, und ich spürte, wie in mir etwas aufwallte, von dem ich nicht wusste, ob es sich um Panik, Aufregung oder etwas anderes handelte. Er sah schmerzhaft gut aus, ja, aber das war nichts Neues. Ich wandte reflexhaft den Blick ab, als wären wir Fremde, die sich in der U-Bahn versehentlich in die Augen gesehen hatten. Dann wurde mir klar, dass es unhöflich und merkwürdig gewesen war wegzuschauen, weil wir eben keine Fremden in der U-Bahn waren. Wir waren, und sei es nur für eine Woche, Kollegen, und zu meinen Aufgaben gehörte es auch, dafür zu sorgen, dass er sich wohlfühlte. Ich schaute rasch wieder hin, sah, dass an die Stelle seines Lächelns ein fragender Ausdruck getreten war, und rang mir ein Lächeln ab. Daraufhin hob er eine Hand und winkte mir zu. Dann beugte sich Bailey, das erste nonbinäre Ensemblemitglied von *TNO*, von links zu Noah hinüber und sagte etwas, und Noah wandte sich Bailey zu und antwortete, und dann lachten sie beide.

Elliot, der Chefautor, rief zur Ordnung, indem er zwei Finger in die Mundwinkel steckte und pfiff, und wir machten uns an die Arbeit. Ensemblemitglieder, die Sketche eingereicht hatten, gaben sich selbst immer die Hauptrolle, die sie dann lasen, wohingegen Autoren verschiedenen Ensemblemitgliedern Rollen zuwiesen, und diese Zuweisungen blieben mal bestehen und mal nicht. Wenn Nigel entschied, ein Ensemblemitglied, insbesondere ein von ihm geschätztes, habe eine »lockere Woche«, verteilte er die Rollen während der Lesung eigenmächtig um.

Wir begannen mit einem Sketch über die Pornodarstellerin, die behauptete, Trump habe sie mit Zahlungen zum Schweigen über ihre Affäre bringen wollen; dann folgte ein Sketch, in dem Noah vor einem NFL-Spiel zusammen mit einer von Henrietta gespielten berühmten Diva die Nationalhymne sang und sie sich bei den hohen Tönen gegenseitig zu überbieten versuchten. Der erste Sketch, bei dem ich richtig lachen musste, trug jetzt den Titel »Blauäugig« und war von Tony geschrieben worden; Noah spielte darin einen weißen Politiker, der vor einer schwarzen Kirchengemeinde sprach.

Selbst nach neun Jahren fand ich die Leseprobe noch faszinierend, weil sie die Überschneidung unterschiedlicher kreativer und psychologischer Kräfte darstellte. In einem Raum voller Menschen, die in meinem Leben eine gewisse Rolle spielten, aber ohne Beobachter von außen war ich immer äußerst neugierig, wie meine Sketche ankommen und wie die anderen Sketche sein würden; oft war ich verblüfft über die Genialität mancher Sketche und die Lausigkeit anderer; und es war beunruhigend einfach, aufgrund des Gelächters und des Wohlwollens, mit dem ein Sketch aufgenommen wurde oder eben gerade nicht, Rückschlüsse auf das soziale Miteinander zu ziehen. Mehr als einmal war mir bei einer Leseprobe erstmals der Verdacht gekommen, dass zwei Leute eine Liebesbeziehung hatten oder dass jemand zum Ende der Staffel rausfliegen würde.

Nach einer Stunde und fünf Minuten kamen wir zum Danny-Horst-Regel-Sketch. Auf den Satz, den ich für den besten gehalten hatte, folgte nur halbherziges Gelächter; für die lautesten Lacher sorgten dagegen die Zeilen, die Danny für sich geschrieben hatte. Trotzdem spürte ich, dass der Sketch es mit seiner prägnant selbstbezüglichen Prämisse wahrscheinlich in die nächste Runde schaffen würde.

Offizielles Feedback gab es während einer Leseprobe nicht – das Feedback bestand darin, dass der Sketch ins Showprogramm aufgenommen wurde oder eben nicht. Aber bevor wir zum nächsten Sketch übergingen, sagte der Autor Jeremiah, der neben Nigel saß: »Ich ziehe echt den Hut davor, wie furchtlos Sally das halbe Ensemble beleidigt.«

Von meinem Platz mit dem Rücken zum Fenster aus sagte ich: »Das nehme ich mal als Bestätigung, dass ich einen Nerv getroffen habe.«

Eine Autorin namens Jenna sagte: »Und sie lebten heteronormativ bis an ihr Lebensende«, und Bailey beugte sich vom Tisch nach hinten, um Jenna einen Faustcheck zu geben.

Zufällig kam mein Plappermäulchen-Sketch direkt nach der Danny-Horst-Regel, und »Plappermäulchen« erntete ebenfalls anständiges, wenn auch nicht übermäßiges Gelächter. Autoren wandten sich oft an die Ensemblemitglieder, einschließlich des Gastmoderators, die ihre Sketche lesen würden, und machten ihnen Vorschläge zum Tonfall. Ich hatte nicht mit Noah gesprochen – ich war erst kurz vor Beginn der Lesung angekommen, und aus irgendeinem Grund wäre es mir auch komisch vorgekommen, ihm Anweisungen zu geben –, aber er machte seine Sache gut. Der Sketch beruhte darauf, dass die männlichen Jurymitglieder des Gesangswettbewerbs nicht nur der Jurorin, sondern auch Noah ständig ins Wort fielen, woraufhin er und die Frau anfingen, sich mit anderen Dingen zu beschäftigen – sich die Nägel feilen, Dame spielen, Yogamatten herausholen und den Lotussitz einnehmen. Es ergab sich die Alchemie, die ich Noah am Vorabend beschrieben hatte, dass sich der Sketch nämlich von Wörtern auf einem Blatt Papier in ein viel witzigeres Liveschauspiel verwandelte.

Auf »Plappermäulchen« folgte allerdings eine Reihe von Flops, darunter einer von einem Autor im ersten Jahr namens Douglas, den Henrietta, Viv und ich hinter seinem Rücken »Catchphrase« nannten, weil sein Hauptziel bei *TNO* offenbar darin bestand, irgendeinen markigen Spruch im Zeitgeist zu verankern. Diese Woche lautete die Catchphrase, die Catchphrase zu prägen versuchte: »Ich roll an, ich roll ab« – in dem Sketch fuhr Catchphrase selbst auf einem Einrad herum –, und ich fühlte Verachtung in mir aufsteigen. Wie und warum hatte Catchphrase diese Stelle bekommen? Wie und warum konnte er so selbstbewusst auftreten?

In seiner zweiten Woche bei *TNO* hatte ich während der Arbeit am Sketch von jemand anderem vorgeschlagen, eine Frau könnte sich auf alle viere niederlassen, um vor ihrem Date einen Furz herauszudrücken. Catchphrase hatte, bezogen auf einen sieben Jahre alten viralen Sketch, in beiläufigem, aber wissendem Tonfall gesagt: »Das ist zu sehr an ›Meine Freundin furzt nie‹ angelehnt.« Ich hatte geantwortet: »Hmmm, ob das vielleicht daran liegt, dass ›Meine Freundin furzt nie‹ von mir war?« Catchphrase, der kein bisschen eingeschüchtert wirkte, hatte geantwortet: »Ah, dann klaust du also bei dir selbst.«

Nach dem Einrad-Sketch war Noahs »Choreografin« an der Reihe. Die ersten Lacher setzten schon ein, als Nigel die Titelkarte mit der Aufschrift »Madison Square Garden, Mai 2001« vorlas, und auch wenn das Gelächter im Laufe des Sketchs eher ab- als zunahm, schien er doch lustig genug zu sein, um es aus eigener Kraft in die Sendung zu schaffen und nicht nur, weil er vom Stargast geschrieben war. Am Ende des Sketchs sah Noah mich an und nickte mir kurz zu. Ich nickte zurück.

Der Käsehändler-Sketch war der letzte Sketch der Leseprobe, und inzwischen lag eine spürbare Rastlosigkeit in der Luft. Immer wieder stand irgendwer auf, um zur Toilette zu gehen oder sich die Beine zu vertreten; selbst die Halbzeitpause lag anderthalb Stunden zurück. Je früher der eigene Sketch bei der Leseprobe drankam, desto besser wurde er im Allgemeinen aufgenommen, ungeachtet seiner Qualität. Aus diesem Grund und weil ich mich beim Schreiben nicht besonders inspiriert gefühlt hatte, waren meine Erwartungen eher niedrig.

Aber ich irrte mich; der Sketch erntete reichlich Gelächter. Und größtenteils lag das an Noah. In den Regieanweisungen hatte ich festgelegt, dass er die Sätze sang, mit denen die jeweiligen Käsesorten vorgestellt wurden – »Dies ist ein Schweizer Kääääse« oder »Hier haben wir einen köstlichen Camembert« –, und er warf sich ins Zeug wie ein Opernsänger. Die Kunden hatte ich mit Henrietta, Viv und Bailey besetzt, und zwischen Noah und ihnen stimmte einfach die Chemie. Oder vielleicht war es auch die allgemeine Erleichterung, dass die Sitzung zu Ende ging.

Als endlich alle aufstanden, ihre Papierteller wegwarfen und plauderten, zog ich das Telefon aus der Hosentasche meiner Jeans. Natürlich verspürte ich manchmal den Drang, während Sitzungen aufs Telefon zu schauen, ehe mir einfiel, dass die Chance, eine Nachricht zu bekommen, deren Inhalt für mich so wichtig war wie die Ereignisse in diesem Raum, verschwindend gering war.

Meine Ex-Mitbewohnerin Denise hatte sich zurückgemeldet: *Deine Freundin kann auf jeden Fall versuchen den Arzt einzuladen aber die meisten Ärzte würden so was sagen wie »Ach danke wie nett von Ihnen« und dann mit der Untersuchung weitermachen. Sie würden es nicht mal richtig zur Kenntnis nehmen.*

Ich leitete die Nachricht an Viv weiter – die fünf Meter von mir entfernt mit Nigel und Autumn redete – und schrieb dazu: *Meine Mitbewohnerin weiß natürlich nicht dass du die Freundin bist und das Gesetz der Schwerkraft hier nicht greift.*

Mittwoch, 21:13 Uhr

Nach der Leseprobe gingen Nigel, Elliott, Bob O'Leary und ein weiterer Produzent namens Rick Klemm stets in Nigels Büro im siebzehnten Stock und schlossen die Tür. Eine oder zwei Stunden später erfuhr man, ob der eigene Sketch für die Show am Samstag ausgewählt oder genauer gesagt, ob er noch nicht abgeschossen worden war. Ein Praktikant erschien im Konferenzraum, hängte eine Liste mit Sketchen von der Leseprobe an die Wand, auf der die ausgewählten farbig markiert waren, und ließ dann ganz salopp weitere farbig markierte Listen auf dem Tisch liegen. In Nigels Büro waren unterdessen bunte Karteikarten mit Sketchtiteln in der vorläufigen Reihenfolge an ein schwarzes Brett geheftet. All diese Informationen hätte man uns auch per E-Mail schicken können, was verhindert hätte, dass die Empfänger guter und schlechter Botschaften zusammentrafen, aber dies war eine weitere *TNO*-Tradition, die Nigel offenbar nicht zu ändern beabsichtigte. Üblicherweise wartete eine Handvoll Leute im Konferenzraum auf die Liste, und wer nicht schon wartete, kam rasch dazu, wenn sich herumsprach, dass die Auswahl stand.

Der Zeitraum zwischen dem Ende der Leseprobe und der Bekanntmachung der Auswahl fühlte sich immer etwas angespannt und seltsam an – manche verließen bewusst das Gebäude, darunter eine Reihe männlicher Autoren und Ensemblemitglieder, die Basketball spielen gingen –, aber ich blieb grundsätzlich. Die Wartezeit war nicht sehr lang, und ich wollte so schnell wie möglich wissen, ob ich von diesem Augenblick an bis Samstagabend hektisch und rauschhaft arbeiten oder außer der Teilnahme an den donnerstäglichen Überarbeitungssitzungen nichts zu tun haben würde. In den meisten Fällen kam einer meiner Sketche durch die Leseprobe, und in dieser Woche war ich besonders zuversichtlich, aber eine Selbstverständlichkeit war es keinesfalls.

In Vivs und Henriettas gemeinsamem Büro ließ Viv ihr verletztes Auge, in dem der rote Fleck allmählich zu einem gelben verblasste, aus verschiedenen Entfernungen von uns begutachten. Sie versuchte zu bestimmen, mit wie vielen Zentimetern Abstand genau es noch zu sehen war.

»Es fällt wirklich kaum auf«, sagte ich. »Ich hätte es schon komplett vergessen, wenn du mich nicht ständig daran erinnern würdest.«

»Du siehst mich ja auch nicht auf einem 4K-Bildschirm.«

Danach schlugen wir die Zeit tot, indem Henrietta und ich Viv davon zu überzeugen versuchten, wenn sie dem Augenarzt eine Mail schrieb und ihm eine Eintrittskarte zur Show anbot, wäre das kein Verstoß gegen ihre Regel, nie den ersten Schritt zu machen. Und wenn doch, dann wäre es vielleicht auch nicht so schlimm.

Viv lag auf dem Boden, dehnte, beugte, drehte das linke Bein und drückte den linken Ellbogen aufs Knie, und Henrietta und ich lümmelten beide auf dem Sofa. Viv schaute zu Henrietta hinüber und sagte: »Wehe, du verwurstest das.« Sie bezog sich auf Henriettas Beitragsreihe »Sind Heteros okay?« im News-Desk-Teil, in der Henrietta gespielt ernsthafte Updates dazu brachte, wie lächerlich und geradezu toxisch prominente heterosexuelle Paare sein konnten. Angeblich aus Recherchegründen verfolgte Henrietta, die mit einer Professorin für Kunstgeschichte namens Lisa verheiratet war, sämtlichen Promiklatsch eifriger als alle anderen aus meinem Bekanntenkreis. Die Ironie, dass Henrietta selbst eine Prominente war, wenn auch eine, die sich aus der Öffentlichkeit heraushielt und ebenfalls ironischerweise nicht in den sozialen Medien unterwegs war, entging niemandem von uns. Obwohl ich mir Mühe gab, in Sachen Promiklatsch auf dem Laufenden zu bleiben, hörte Henrietta jedes Gerücht zuerst. Durch eine Nachricht von ihr, begleitet von einem Link, hatte ich erfahren, dass Danny und Annabel ein Paar waren.

»Wie wär's hiermit?«, sagte ich und las die E-Mail vor, die ich auf meinem Telefon vorformuliert hatte. »Dr. Elman, es war schön, Sie gestern kennenzulernen, und heute fühle ich mich richtig gut. Vielleicht kann ich mich mit einer Karte für *The Night Owls* bedanken, wo ich Teil des Ensembles bin. Wenn Sie Interesse haben, lassen Sie es mich wissen, dann verabreden wir etwas. In jedem Fall noch einmal vielen Dank für Ihre Hilfe. Viv.«

»›Wenn Sie Interesse haben, mich nackt auszuziehen und zu poppen, lassen Sie es mich wissen‹«, sagte Henrietta. »Aber hast du überhaupt seine E-Mail, Viv?«

»Er hat sie mir gegeben, für den Fall, dass ich noch Fragen zu meinem Auge habe.«

»Klar.« Henrietta malte Anführungszeichen in die Luft. »›Zu deinem Auge.‹«

»Nimm's mir nicht übel, Sally, aber diese Mail ist langweilig und kein bisschen lustig«, sagte Viv.

»Kann schon sein, aber sie ist anschlussfähig und stellt den medizinischen Aspekt nicht so in den Vordergrund. Das Wort *Auge* habe ich bewusst nicht erwähnt, aber die Begriffe *richtig gut*, *Interesse* und *verabreden* dienen dazu, ihn unterschwellig anzulocken.«

»Ernsthaft?«, sagte Viv.

»Nein«, sagte ich. »Gut, vielleicht. Ich glaube, das gibt euch beiden die Deckung, die ihr im Moment noch braucht. Willst du mit ihm ausgehen, oder bringst du nur deine Dankbarkeit für die Behandlung zum Ausdruck? Wer weiß das schon? Und es wirkt doch bescheiden, nicht vorauszusetzen, dass er dich von *TNO* kennt, oder? Auch wenn er das ganz bestimmt tut.«

Viv zog die Nase kraus. »Ihn mit ›Dr. Elman‹ anzusprechen klingt so förmlich.«

»Weißt du denn, wie er sich nennt? Ted? Teddy?«

»Möglicherweise habe ich einige Nachforschungen angestellt und ein Ehemaligen-Update gefunden, das er an die Abschlussklasse von 1988 der Penn State University geschickt hat. Er ist zweiundfünfzig und nennt sich Theo.«

»Ach du Scheiße, er ist zweiundfünfzig? Nicht im Sinne von: ›Ach du Scheiße, so alt!‹ – ich meine, ein bisschen alt ist das natürlich schon –, sondern: ›Ach du Scheiße, ich hätte ihn zehn Jahre jünger geschätzt.‹«

»Habt ihr denn gar nichts von mir gelernt?« Viv wirkte belustigt und ungehalten zugleich. »Schwarzes Gesicht knittert nicht.«

»Sorry«, sagte ich. »Aber trotzdem.«

»Wart ihr schon mal mit jemand so viel Älterem zusammen?«, fragte Henrietta.

»So vor fünf Jahren hat mich auf dem Rückflug von Paris ein Italiener angemacht, und wir waren ein paarmal aus«, sagte Viv. Sie grinste. »Meinst du, Dr. Theo hatte auch so eine Übungsehe wie du, Sally?«

Ich sagte: »Wenn ja, wäre das wohl Anfang der Neunziger gewesen. Wo warst du da, in der Vorschule? Aber ich muss sagen, er klingt wirklich gut. Beruflich erfolgreich, aber nicht in der Unterhaltungsbranche, sodass er deine Karriere nicht als Bedrohung empfinden würde. Die meisten Ärzte –« Und dann prasselten auf alle unsere Telefone Nachrichten von anderen Ensemblemitgliedern und Autoren ein, die uns mitteilten, dass die Auswahl der Sketche abgeschlossen war.

Natürlich wäre es ein Leichtes gewesen, ein Foto der ausgewählten Sketche zu schicken, aber das tat nie jemand. Wir standen auf und eilten zum Konferenzraum, und als wir um die Ecke bogen, sagte Duncan aus dem Ensemble zu mir: »Nicht schlecht, Milz.« Danny stand vor der ausgehängten Liste, und er zog die Augenbrauen hoch und sagte: »Du hast einen Hattrick hingelegt, Chuckles.« Er hielt mir die Hand hin, und ich schlug ein.

Neben »Die Danny-Horst-Regel«, dem Käse-Sketch und »Plappermäulchen« standen noch auf der Liste: Noahs Choreografie-Sketch; ein von Tony und Lianna geschriebener Digital Short über einen von Jay gespielten schwarzen Opa, der entsetzt Social-Media-Videos schaute, in denen weiße Frauen verschiedene Rezepte »verbesserten«, indem sie beispielsweise Rosinen zu Käsemakkaroni oder Marshmallows zu frittierten Okraschoten hinzufügten; der James-Comey-Sketch; »Schwester & Vater«, eine Sketchreihe, in der Henrietta eine Nonne spielte, die einen von Hakeem verkörperten Priester liebte, und Noah diese Woche einen Auftritt als Papst hatte; ein Sketch von einer Autorin namens Tess über sprechende Medikamente in einem Badezimmerschränkchen; eine Parodie auf die Drei Tenöre von Joseph und Catchphrases fürchterlicher »Ich-roll-an«-Sketch. Weder der Sketch mit den Suchanfragen der Hunde, den ich mit Viv und Henrietta geschrieben hatte, noch mein liebster Sketch aus der Leseprobe, der von Tony über den weißen Politiker in der schwarzen Kirche, waren durchgekommen. Bei *TNO* gab es einfach keine Garantien, aber andererseits: In neun Jahren hatte ich noch nie drei Sketche auf einmal in einer Sendung gehabt.

Patrick, einer der Autoren, sagte in freundlichem Tonfall zu mir: »Wäre es sexuelle Belästigung, wenn ich dir sage, dass ich gerade einen richtigen Hass auf dich habe?«

Ich zog mit den anderen Autoren, deren Sketche ausgewählt worden waren, in einen Raum neben Nigels Büro, um mit den Leitern der verschiedenen Abteilungen zu sprechen, die unsere Worte dreidimensional machen würden: Kostüm, Haare, Maske, Szenenbild und Spezialeffekte. Die Kulissen wurden in einer Lagerhalle in Brooklyn gebaut und dann zur 66 gebracht, idealerweise am Freitag, um dort bemalt zu werden. Ich sagte zu einem Bühnenbildner namens Buddy: »Ja, eine Mischung aus Käsestücken und Laiben, aber beides viel größer als normal«, und dann zu einer Kostümbildnerin mit Namen Christa: »Für ›Plappermäulchen‹ sehe ich Noah in so was wie Leggings mit Animal-Print und einer Jeansjacke, also eine Art Hair-Metal-Vibe?«

Der Rest der Woche würde fordernd und anstrengend und kraftraubend und wunderbar werden, und während ich mich mit Bob O'Leary traf, um ihm mitzuteilen, wer aus dem Ensemble in meinen einzelnen Sketchen mitspielen würde, damit er das ganze verrückte Schachbrett von *TNO* koordinieren konnte, dachte ich, dass das, was ich am Vorabend zu Noah gesagt und schon tausendmal gedacht hatte, wirklich zutraf: Ich hatte eindeutig den besten Job in der Stadt.

Ich ging gerade zu den Aufzügen, um mich auf den Heimweg zu machen, da hörte ich jemanden »Hallo, Sally« sagen. Als ich mich umdrehte, beugte sich Elliot – der mit der mehrfach Platin prämierten Sängerin namens Nicola verheiratete Chefautor – aus seinem Büro.

Ich blieb stehen.

Er sagte: »Nettes Line-up am schwarzen Brett.«

Weil er an der Auswahl der ersten Runde von Sketchen beteiligt gewesen war, sagte ich: »Wenn du mir Gelegenheit geben willst, mich zu bedanken, dann würde ich damit sehr gern bis nach der Live-Sendung warten.« Ich erwähnte nicht, dass ich niemals wissen würde, ob er für oder gegen meine Sketche gestimmt hatte.

»Ich wäre schockiert, wenn es nicht wenigstens einer davon in die Sendung schaffen würde«, sagte Elliot, was nicht sonderlich ermutigend klang. Dann setzte er hinzu: »Ich wollte bloß sagen – also, ich will ja nicht in alten Wunden stochern, aber ich hoffe …« Er verstummte, und mir wurde einmal mehr bewusst, dass er sich im Laufe der Jahre zwar den Anstrich des gepflegten, erfolgreichen, mit einem Popstar verheirateten Kulturvermittlers verpasst hatte, im Grunde aber immer noch ein unbeholfener Autor war.

Und auch wenn mir selbst Unbeholfenheit nicht fremd war, würde ich ihm nicht aus der Klemme helfen. »Du hoffst …?«, wiederholte ich.

»Dass du eines Tages die Vergangenheit ruhen lassen kannst.«

Hätte ich irgendwelche schauspielerischen Fähigkeiten besessen, dann hätte ich gesagt: »Inwiefern?« Aber natürlich wusste ich, worauf er anspielte; er irrte sich zwar, aber ich wusste, was er meinte. Elliot hatte im Jahr vor mir bei *TNO* angefangen und war dadurch legendär geworden, dass er in seiner allerersten Episode einen Sketch untergebracht hatte, der rasend populär geworden war. Als ich dazukam, wirkte er schon wie ein allseits beliebter Veteran. Im Gegensatz dazu war mein erstes Jahr holprig und konfus verlaufen; oft war ich zu eingeschüchtert, um überhaupt etwas zu sagen, in der ganzen Staffel schafften es nur zwei meiner Sketche in die Sendung, und ich wusste nicht, ob ich überhaupt würde bleiben dürfen. In der Augustwoche nach Verlängerung meines Vertrags, wenige Wochen bevor im Oktober die neue Staffel begann, war ich Elliot dann in der Buchhandlung The Strand begegnet, neben einem Tisch mit fremdsprachigen Romanen, und wir waren einen Kaffee trinken gegangen und hatten ein überraschend offenes Gespräch geführt. Ich hatte ihm gestanden, was mich unsicher machte – meine fehlende Erfahrung in Sachen Stand-up oder Impro-Comedy, die Tatsache, dass ich nicht in Harvard studiert hatte –, und er hatte ganz sachlich gesagt, das sei normal, fast alle fühlten sich unsicher, sogar Leute, die jede Menge Erfahrung mit Stand-up oder Impro-Comedy gesammelt oder in Harvard studiert hatten, und seine Laufbahn sei viel unnormaler gewesen als meine. Bei *TNO* möge man Rohdiamanten, sagte er. Nigel ziehe es vor, Leuten ihren ersten Job beim Fernsehen zu geben, weil die Show sie dann noch formen könne. Elliot erwähnte, dass ich nicht immer einen Sketch für die Leseprobe einreichte, und fragte, ob ich welche schrieb und sie nicht einreichte oder gar nicht erst anfing zu schreiben. Ersteres, sagte ich. Er sagte, ich solle nie im Voraus meine eigenen Ideen zurückweisen; ich solle andere dazu zwingen. Am besten solle ich mindestens zwei Sketche pro Woche einreichen, auch wenn sie in meinen Augen nicht perfekt seien. Das Schicksal eines Sketchs hänge von so vielen Faktoren ab – dem Gastmoderator, der Stimmung im Land, Nigels Launen –, und eine Grundidee könne in der Überarbeitung ohnehin noch drastisch verbessert werden. Außerdem, sagte Elliot, solle ich mich an Ensemblemitglieder halten, die im selben Jahr wie ich angefangen hätten und noch genauso unerfahren und hungrig seien wie ich, und wir sollten unser Talent zusammenschmeißen und gemeinsam die Karriereleiter erklimmen. Unsere Zeit sei vielleicht noch nicht da, aber wenn wir hartnäckig blieben, werde sie kommen. Er sagte es nicht explizit, und ich bin mir nicht einmal sicher, ob er sich dessen bewusst war, aber seine Botschaft lautete: Verhalte dich wie ein Kerl. Es war ein Rat, der sich als wertlos erwies.

Zu dieser Zeit war er noch Jahre von seiner Ernennung zum Chefautor entfernt – wir gehörten einem Team von zwölf Autoren an –, und wir wurden enge Freunde. Wir schrieben nicht zusammen, aber in meiner zweiten Staffel redigierten wir gegenseitig unsere Texte, brainstormten vorab und schrieben frühe Entwürfe, und dass wir uns so gut ergänzten, hatte die unglückselige Wirkung, dass ich glaubte, wir wären ineinander verliebt. Ich war seit meiner Scheidung, die wenige Monate nach meinem Beginn bei *TNO* rechtskräftig geworden war, mit niemandem mehr zusammen gewesen. Anders als in der Beziehung zu meinem Ex-Mann verstanden Elliot und ich uns fast blind, uns verband ein ähnlicher Blick aufs Leben, und wir hatten den gleichen völlig irren Tagesablauf.

Nachdem ich sieben Monate lang mit meinen Gefühlen hinter dem Berg gehalten hatte, gestand ich ihm auf der Afterparty nach dem Staffelfinale meines zweiten Jahrs halb betrunken meine Liebe. Er wies mich zurück, ich weinte mich bei einer Autorin namens Stephanie aus, während sie einen Teller frittierter Sesamgarnelen und Frühlingszwiebeln verdrückte, und ich näherte mich Elliot nie wieder an. In den folgenden sieben Jahren hatten wir regelmäßig an denselben Sitzungen teilgenommen und waren im Studio aneinander vorbeigegangen, hatten aber nur das Nötigste miteinander gesprochen.

Aber ich sehnte mich weder nach ihm, noch verachtete ich ihn, auch wenn ich immer gespürt hatte, dass er das glaubte. Zwar hatte mich seine Zurückweisung verletzt, aber bald wurde mir bewusst, dass sie mich auch befreit und mir Klarheit verschafft hatte. Ich würde niemals wieder riskieren, mir *TNO* zu verderben, indem ich irgendwem hier verfiel oder hinterherlief. Und diese Entscheidung machte mir deutlich, dass ich anders schrieb, wenn ich die Bestätigung von Männern suchte, die *sexuelle* Bestätigung von Männern: zurückhaltender, reservierter, mit mehr Angst davor, als wütend oder vulgär wahrgenommen zu werden. Es war das Äquivalent dazu, sich an Halloween als sexy Zombie zu verkleiden. Von der dritten Staffel an hatte ich meine Wut und meine Vulgarität ausgelebt. Ich war ein ekliger Zombie geworden.

Ich begann über betont weibliche Themen zu schreiben – sich unter der engen Hose abzeichnende Schamlippen und ungleiche Gehälter, polyzystisches Ovarialsyndrom und Jane Austen, Girl-Scout-Cookies und Mammografien und Formwäsche und *Dirty Dancing* und die sogenannte Gefallsucht von Politikerinnen. Im Oktober des Jahres hatte ich meinen ersten viralen Sketch geschrieben, »Nancy Drew und die verschwundene Möglichkeit zur Abtreibung«, in dem Henrietta die Amateurdetektivin spielte. Im Dezember hatte ich den zweiten geschrieben, »Meine Freundin furzt nie«, einen Digital Short, in dem Männer beim Junggesellenabschied von ihren stets wunderbar duftenden Freundinnen und Ehefrauen mit den haarlosen Körpern erzählten und im Wechsel die Frauen gezeigt wurden, wie sie keuchend und schwitzend ein Sofa die Treppe hochwuchteten, sich mit explosionsartigem Durchfall auf der Kloschüssel wanden und eine Kosmetikerin instruierten, die ihnen die Rosette wachste. Ich wollte zwar nicht eklig sein, nur um eklig zu sein, aber ich wollte auch nicht *nicht* eklig sein.

Einige Jahre nachdem er meine Gefühle nicht erwidert hatte, begann Elliot eine beinahe identische Freundschaft mit einer anderen neuen Autorin, nur hatte ich das Gefühl, dass diesmal etwas zwischen ihnen lief, was aber nicht von Dauer war. In der Staffel, in der Elliot zum Chefautor ernannt wurde, war Nicola Dorman als musikalischer Gast in der Sendung, sie gingen miteinander aus, und ein Jahr später heirateten sie. Diese Entwicklung schien ihn in seinem augenscheinlichen Glauben zu bestätigen, dass er sich zu Recht nicht mit mir zufriedengegeben hatte. Zu der Hochzeit waren einige *TNO*-Mitarbeiter eingeladen gewesen. Ich hatte nicht dazugehört.

Was ich mit alldem sagen will: Als wir auf dem Flur vor seinem Büro standen, unter dem Foto eines legendären *TNO*-Ehemaligen aus der ersten Staffel im Osterhasen-Kostüm – viele solcher Bilder schmückten die Flure –, wusste ich, dass Elliot meinte, ich würde hoffentlich irgendwann über ihn hinwegkommen.

Ich versuchte, überzeugend nichtdefensiv zu klingen, als ich sagte: »Ehrlicherweise handelt der Danny-Horst-Regel-Sketch wirklich nicht von dir, Elliot. Er ist nicht die Rache dafür, dass du Nicola geheiratet hast.«

Elliot wirkte verständnisvoll und ungläubig, und mir wurde klar, dass ich verständnislos und gutgläubig deutlich vorgezogen hätte. Mit feierlichem Ernst sagte er: »Du hast viele Qualitäten, Sally. Du bist erst dann aus dem Spiel, wenn du es selber glaubst.«

Ich war von einer solchen Verachtung für ihn erfüllt, dass es beinahe rückwirkend den klugen, aber nicht ganz unähnlichen Rat besudelte, den er mir Jahre zuvor gegeben hatte. Ich dachte gerade über eine Antwort nach, die höflich klingen, in Wahrheit aber als Retourkutsche fungieren würde – *Leck mich* war weder angemessen clever noch subtil –, als er hinzufügte: »Weißt du, du solltest Annabel zu einem Gastauftritt in dem Sketch überreden.«

Ich dachte zwei Dinge gleichzeitig: zum einen, dass er recht hatte – es war ein Vorschlag, den er für abgeschmackt gehalten hätte, bevor er Chefautor wurde, aber heutzutage würde ein Promiauftritt das Nachleben eines Sketchs im Internet verlängern und Elliot Bonuspunkte bei Nigel einbringen –, und zum anderen, dass ich ihn für seine Fähigkeit respektierte, auf professioneller Ebene mit mir zusammenzuarbeiten, obwohl er persönlich auf mich herabschaute.

»Das ist keine schlechte Idee«, sagte ich.

Donnerstag, 1:51 Uhr

Im Bett legte ich mich auf den Rücken, zwei Kissen unter dem Kopf, und tippte auf das Icon der Musik-App auf meinem Telefon. Sobald ich *No* eingegeben hatte, vervollständigten sich die Buchstaben automatisch zu *Noah Brewster*. Als erstes Stück wurde »Making Love in July« angezeigt, das offenbar allein über diese App 475 Millionen Mal gestreamt worden war. Diese Zahl brachte mich nicht dazu, das Lied zu mögen, aber als jemand, der stolz war, wenn eine Million Leute einen seiner Sketche auf YouTube ansahen, fiel es mir schwer, nicht beeindruckt zu sein. Ich hörte mir einige von Noahs anderen beliebten Songs an – einer trug den Titel »Sober & Thirsty«, ein anderer hieß »Topanga Sunshine« – und tippte dann *Noah Brewster Deep Cuts* ein. Eine zwei Stunden und achtundvierzig Minuten lange Playlist mit neununddreißig Titeln erschien, erstellt von einem anderen Nutzer der Streamingplattform mit Namen BestBrewstyFanBarcelona. Die Playlist hatte null Likes und der Nutzer acht Follower. Ich drückte auf den Play-Pfeil, legte das Telefon auf den Nachttisch und schloss die Augen, während ein Stück mit dem Titel »All Regrets« begann, das aus der Ich-Perspektive von den Verheißungen und der Aufregung einer neuen Beziehung erzählte, dem Herzschmerz über ihr Scheitern und der Trauer darüber, nicht nur die Frau verloren, sondern einmal mehr in Liebesdingen einen falschen Optimismus an den Tag gelegt zu haben. Text und Melodie waren gleichermaßen schnörkellos, und auch wenn ich nicht viel davon verstand, was seine Gitarre, die anderen Instrumente oder der Backup-Gesang jeweils leisteten, war das Lied angenehm anzuhören und zugleich umwerfend traurig.

War Noah Brewster selbst traurig? Mit diesen Haaren und diesen großen weißen Zähnen? Ich sah nach, wann das Stück erschienen war – 2013 –, und gab dann *Noah Brewster Freundin 2013* in die Suchmaske ein. Meine Frage wurde nicht direkt beantwortet, aber eine Flutwelle von Artikeln stürzte auf mich ein, darunter eine Bilderserie mit der Überschrift »Alle berühmten Frauen, mit denen Noah Brewster gesichtet wurde« und ein mit »Enthüllungsstory« betitelter Aufsatz, in dem ein weiblicher Fan davon berichtete, 2009 nach einem Konzert in Sacramento Sex mit ihm gehabt zu haben. Das Begleitfoto zeigte eine hübsche Frau mit dunkler, voller Lockenmähne in Leggings und einer Jacke mit Reißverschluss; sie war Ernährungsberaterin (oder zumindest 2009 eine gewesen) und hatte zusammen mit einer Freundin das Konzert besucht. Ihrer Erzählung nach sei Noah ein rücksichtsvoller Liebhaber gewesen, die keltische Tätowierung auf seinem Rücken habe sie angesprochen, weil sie ihr erstes Studienjahr in Irland verbracht habe, und ihre Versuche, ihn nach der gemeinsamen Nacht zu erreichen, seien allesamt gescheitert, obwohl sie »eine wunderbare Verbindung« zueinander gehabt hätten. Dann las ich ein Interview mit Noah im *Rolling Stone*, das mehrere Fakten enthielt, die ich schon kannte, entweder aus seinem *TNO*-Steckbrief oder durch popkulturelle Osmose: dass er eine Eliteschule für Jungen in Washington, D. C., besucht und dass seine Entscheidung, nicht zu studieren, den Eltern – der Vater war Anwalt und die Mutter in der Bildung tätig – anfangs Sorgen bereitet hatte; dass er nach dem kommerziellen Durchbruch mit Anfang zwanzig eine Zeit lang viel Alkohol und Drogen konsumiert hatte, was in einem Unfall in Miami kulminierte, als alle Mitglieder seiner Band an einer sich hebenden Zugbrücke hochgeklettert waren und der Schlagzeuger gestorben war, woraufhin Noah einen Entzug machte und der Freundin des Schlagzeugers eine Million Dollar für die Ausbildung des gemeinsamen Kindes spendete; dass Noah von 2010 bis 2012 mit einem zehn Jahre jüngeren Model namens Maribel Johnson zusammen gewesen war, das aus einer Kleinstadt in Wisconsin stammte und seinerzeit das Cover von *Sports Illustrated* geziert hatte; dass seine letzte Freundin Louisiana Williams gewesen war, die für Stars Schmuck entwarf, wobei ich ihre berufliche Tauglichkeit schwer einschätzen konnte, da sie zugleich auch Erbin eines tatsächlich mit Ungeziefervernichtungsmitteln verdienten Vermögens war; dass er ein tiefes Interesse für Architektur hegte und das Gespräch mit führenden Architekten gesucht hatte, die von seinem Wissen »beeindruckt« gewesen waren; und dass er sich für mehrere Wohltätigkeitsorganisationen engagierte, darunter eine, die Menschen aus der Musikbranche einen Aufenthalt in einer Entzugsklinik finanzierte, die sich das sonst vielleicht nicht hätten leisten können. Was nicht in dem Artikel stand, war, dass er offenbar einen oder wahrscheinlich sogar mehrere ausgezeichnete Publicity-Manager hatte. Aufgrund meiner Begegnungen mit ihm hielt ich ihn für einen aufrichtig netten Menschen, aber dass sich die führenden Architekten gefreut haben sollten, von einem Dilettanten heimgesucht zu werden, brachte mich zum Schmunzeln.

Ich war inzwischen beim sechsten Titel von BestBrewstyFanBarcelonas Playlist angekommen, »The Bishop Garden«. Darin ging es um einen Highschool-Schüler – der Text deutete an, dass es sich um Noah handelte, ohne ganz eindeutig zu werden –, dessen Klassenkameraden in einem ummauerten Garten zwischen zwei Schulen mit den Mädchen von der Nachbarschule knutschten, und darum, dass der Junge nie an diesem Ritual teilnahm, obwohl er es gern wollte. Wenn das Lied autobiografisch war, dachte ich, dann hatten die Ernährungsberaterin in Sacramento und die verschiedenen Models dieses vergangene Unrecht gewiss wiedergutgemacht. Aber auch dieses Stück war melancholisch und bewegend – es erinnerte mich an die Jungs, mit denen *ich* auf der Highschool nicht herumgeknutscht hatte – und kein bisschen *cheesy*. Tatsächlich war es genau die Art von folkiger, poppiger Musik, die ich mochte. Hätte ich dieses Minimum an Anstrengung doch nur vierundzwanzig Stunden früher unternommen, dachte ich, dann hätte ich seine Frage nach meinen drei Lieblingsstücken mühelos beantworten können. Dabei fühlte sich die Erinnerung daran, Seite an Seite mit ihm an meinem Computer zu sitzen und mitten in der Nacht seinen Sketch zu überarbeiten, schon wie ein Traum an, so wie sich das Leben bei *TNO* oft wie ein Traum anfühlte: in einem Moment lebhaft und albern, dann flüchtig, sobald er geendet hatte.

Ich merkte nicht, dass ich einschlief, aber als ich zwei Stunden später aufwachte, war das Licht noch an, und die Playlist lief immer noch. Ich reckte mich, um beides auszuschalten, und schlief wieder ein. Als um neun Uhr der Wecker klingelte – meine erste Probe, zum Danny-Horst-Regel-Sketch, war um elf –, fing ich sofort an, auf meinem Telefon herumzuscrollen.

Donnerstag, 13:06 Uhr

Ich ging gerade zu den Aufzügen – ich wollte zum Autorenzimmer, wo weiter an den Texten gearbeitet wurde –, als ich eine Nachricht von Henrietta bekam, die sie an mich und Viv geschickt hatte: *Sind Dannabel getrennt?*

Moment mal was, schrieb ich zurück.

Viv antwortete: *Ach du Scheiße*, begleitet von einem Gebrochenes-Herz-Emoji.

Henrietta reagierte mit einem Screenshot von einem Instagram-Post, den Annabel eine Stunde zuvor geteilt hatte, ein schwarzweißes Foto von einem nackten weiblichen Oberkörper, eine Hand mit langen, manikürten Fingernägeln so über beide Brüste drapiert, dass diese hochgedrückt und zugleich die Brustwarzen verdeckt wurden. Quer über das Foto lief ein einzelner Satz in Pseudohandschrift:

»Manche Leute glauben, durchhalten mache uns stark; doch manchmal stärkt uns gerade das Loslassen.«

– Hermann Hesse

Ich hatte gerade den Fahrstuhlknopf gedrückt, als eine weitere Nachricht von Henrietta kam: *Außerdem: Hermann Hesse?!*

Ich schrieb zurück: *Vielleicht steht sie auf deutsche Romanciers aus dem 20 Jh?*

Aber das Zitat klingt fake

So wie »Folge deinen Träumen« – George Washington

Meinst du echt das heißt sie haben Schluss gemacht?

Von Viv: *»Wir können Schwieriges vollbringen« – Dschingis Khan*

Von Henrietta: *Googelt mal Dannabel Trennung*

Das Internet glaubts jedenfalls

Weil sie den Verlobungsring nicht trägt

Wegen der Proben zum Danny-Horst-Regel-Sketch hatte ich die erste Stunde der Überarbeitungssitzung verpasst, und weil ich ohnehin schon zu spät dran war, dachte ich mir: *Warum nicht noch später?* Der Schreibtisch, an dem Danny in den News-Desk-Beiträgen saß, wurde ganz unglamourös in irgendeinem Flur bei den Fahrstühlen zwischengeparkt, und ich nahm darauf Platz, um der Sache auf den Grund zu gehen. Das Internet war tatsächlich in heller Aufregung: »Fans wollen wissen, ob rätselhafter Post Annabel-Danny-Beziehungsaus bedeutet«, lautete eine Überschrift, die in vielen Varianten daherkam. Wie beschissen war es von mir, mich als Erstes zu fragen, welche Folgen das für meinen Sketch, und erst als Zweites, welche es für Danny haben würde? Bei den Proben hatte er ganz normal gewirkt.

Ich überflog einen Artikel auf einer besonders trashigen Website, als Viv neben mir erschien und sagte: »Na, schwer am Arbeiten?« Dann flüsterte sie: »Dr. Theo hat geantwortet.«

»Gut oder schlecht?«

»Sag du's mir.« Sie reichte mir ihr Telefon, auf dem eine E-Mail geöffnet war. Während ich zu lesen begann, hörte ich, wie im Studio eine E-Gitarre gestimmt wurde.

Liebe Viv,

das ist ein sehr freundliches Angebot! Ich sehe TNO seit vielen Jahren gern, und ich wusste, dass Sie zum Ensemble gehören, wollte mich bei Ihrem Termin aber ganz auf Ihr Auge konzentrieren :). Um die Einladung einer Patientin annehmen zu können, müsste die Patientin zu einer anderen Praxis wechseln (d. h. einem anderen Arzt in dieser Klinik). Da Sie schon bei Dr. Trumbull in Behandlung sind, sollte ein Wechsel keine Schwierigkeiten mit sich bringen, ich möchte nur deutlich sagen, dass ich Sie nicht weiter medizinisch behandeln kann, wenn ich zur Show komme.

Danke vielmals,
Theo

»Was soll daran schlecht sein?«, fragte ich. »Er ist einfach verantwortungsvoll.«

»Es klingt so halbherzig. *Danke vielmals* ist dieselbe Kategorie wie *Mit besten Wünschen.*«

»Er schreibt doch nur, dass er sich nicht in dich verlieben darf, solange er dein Arzt ist. Antworte ihm, dass du wieder zu Dr. Trumbull gehst, und der Ausschweifung steht nichts mehr im Weg.«

»Entschuldigung, Viv«, sagte Trey, ein Produktionsassistent mit einem Headset. »Evelyn braucht dich, um das Kostüm für die Danny-Horst-Regel anzupassen.«

Viv sah mich an. »Das ist der Sketch, in dem ich mich auf mein Talent statt auf mein Kostüm verlassen muss, um vor Mr. Danke Vielmals gut dazustehen?«

»Ich habe Francesca gerade gesagt, sie soll dir keine Monobraue verpassen – gern geschehen«, sagte ich. »Aber es heißt *Dr.* Danke Vielmals.«

Als Viv in Richtung Kostümabteilung davonging, rief ich ihr hinterher: »Das ist eine gute Mail!«

Im Studio hörte ich jemanden, vermutlich einen Roadie, über Lautsprecher sagen: »Eins, zwo, Mike-Check, eins, zwo«, und in diesem Moment wurde mir bewusst, dass die Gitarre, die ich gehört hatte, für Noah Brewsters Probe gestimmt worden war. Donnerstagnachmittags kamen die musikalischen Gäste, die natürlich meist nicht auch noch moderierten, immer zum Proben. Diese formlosen, kostenlosen Quasi-Konzerte waren ein großer Vorzug der Arbeit bei *TNO*, und je größer der Künstler, desto mehr Leute zogen gerade »zufällig« durchs Studio, einschließlich Mitarbeiter anderer Shows des Senders. Ich war schon mehrmals gekommen, um mir Künstler anzusehen, die ich nur vom Hörensagen kannte, und vierzig Minuten später als Fan wieder gegangen.

Ich machte kehrt, betrat das eigentliche Studio und ging auf die Hauptbühne zu, die als »Homebase« bekannt war. Der Boden vor der Homebase war derzeit ein einziges Chaos aus kreuz und quer herumstehenden Zuschauerstühlen; verschiedenen Kameras, darunter der ikonische Kran, der in jeder Episode beim Auftritt des Stargasts von oben heranfuhr; und willkürlich zusammengewürfelten Kulissenwänden. Mitarbeiter streiften umher, während etwa zwanzig Leute Noah zusahen, einschließlich Autumn, zwei ihrer Assistentinnen und eines Ensemblemitglieds namens Lynette. Ich setzte mich ungefähr fünf Meter vom Bühnenrand entfernt auf einen Stuhl. Noah, dessen Gitarre von einem Gurt über der linken Schulter hing – er war ähnlich gekleidet wie am Vortag, mit grauem T-Shirt, dunklen Jeans und Sneakern aus schwarzem Wildleder –, sprach mit dem Schlagzeuger und den Toningenieuren. Auf einer Seite von ihm stand ein Bassist und auf der anderen ein Rhythmusgitarrist, und im hinteren Teil der Bühne waren ein Keyboarder und zwei Backgroundsängerinnen.

»Okay«, sagte Noah. »Dann versuchen wir uns mal an ›Ambiguous‹.«

»*You texted me late*«, sang er in das Standmikrofon. »*Like it hadn't been years ...*«

Ich hatte das Stück noch nie gehört; vermutlich war es auf seinem kommenden Album. Irgendwie klang es zugleich energiegeladen und schwermütig. Noah schloss beim Singen – »*This is always your way / Like it isn't too late*« – die Augen, und seine blonden Haare schwangen hin und her, während er etwas tat, was nicht direkt Tanzen war, sondern eher eine Art rhythmisches Hopsen, das mich an den Rand der Beschämung brachte. Was absurd war! Noah war nicht auf meine Beschämung angewiesen; so machte er das eben, und er hatte es schon tausendfach in ausverkauften Stadien gemacht.

Nachdem er die Augen geöffnet hatte, sah er bei Akkordwechseln gelegentlich kurz auf seine Finger und trat dabei manchmal einen Schritt vom Mikrofon zurück. Dann wieder schaute er ins Studio hinaus, und weil ich so dicht an der Bühne saß, trafen sich unsere Blicke bald. Mich durchfuhr ein Ruck wie zuvor bei der Leseprobe. Aber was gab Noah Brewster das Recht, mich aus der Fassung zu bringen?

Während er weitersang, trafen sich unsere Blicke immer wieder, bis wir irgendwann gar nicht mehr wegsahen. Machte er sich über mich lustig? Wollte er etwas beweisen, meine musikalische Ahnungslosigkeit oder sein Talent? Oder brachte er mir ein *Ständchen* dar? Im praktischen Sinne war es eins – er stand buchstäblich mit einer Gitarre auf einer Bühne, ich war nur ein paar Meter entfernt, und er sang –, aber was bedeutete das? Vielleicht bedeutete es, wie so oft im menschlichen Miteinander, gar nichts. Aber der Ruck, der mich bei unserem ersten Blickkontakt durchfuhr, löste sich nicht etwa auf, sondern in meinem Inneren wurde eine Feedbackschleife in Gang gesetzt, eine Saite klang an in mir, ein Bewusstsein für meinen eigenen Körper.

Das Lied dauerte vielleicht dreieinhalb Minuten und endete mit einem Schlussakkord aus mehreren Gitarren, bei dem sich seine Bandmitglieder um ihn scharten und synchron mit ihm spielten, und ich fühlte mich beispiellos lebendig und zugleich bewegungsunfähig. Erst als ich andere klatschen hörte, auch wenn sich nicht genügend Leute im Raum befanden, um eine kritische Masse zu erreichen, wurde mir bewusst, dass ich auch applaudieren sollte.

Noah grinste, und ich dachte, dass ich wohl den Schmerz verspürte, den man in Gegenwart unglaublich schöner Menschen verspürt. Ich hatte geglaubt, inzwischen immun dagegen zu sein, aber anscheinend erlitt ich gerade einen Impfdurchbruch.

Noah sah mich an, während er ins Mikrofon sagte: »Danke schön. Das nächste Stück heißt ›Inbox Zero‹.«

Mein Telefon vibrierte in meiner Tasche, und als ich es herauszog, sah ich drei neue Nachrichten von Kirk, dem Leitenden Autor, der Elliots Stellvertreter war.

Sally, kannst du ins Autorenzimmer kommen, stand in der ersten.

Dann: *Wollen über den Käsehändler-Sketch reden*

Dann: *Wo bist du*

Noahs Probe verlassen zu müssen war Erleichterung und Enttäuschung zugleich. Ich wollte nicht, dass er beim nächsten Lied für mich sang. Und ich wollte auch nicht, dass er aufhörte, für mich zu singen.

Zu den Überarbeitungssitzungen kamen alle Autoren, die gerade nicht bei den Proben waren, und einige Produzenten an dem großen Tisch im Autorenzimmer zusammen, alle mit mehreren frisch gespitzten Bleistiften und unseren eigenen Exemplaren der Sketche ausgerüstet. Obwohl der News Desk und der Anfangsmonolog des Gastmoderators wahrscheinlich die beim Publikum beliebtesten Teile von *TNO* waren, wurden sie komischerweise separat behandelt und als Letztes geschrieben, der Monolog vor allem von Elliot und der News Desk von Danny, Hank und Roy.

Als ich den Raum betrat, arbeiteten sie gerade an »Schwester & Vater«, dann kam der Käsehändler dran. Es wurde nicht viel geändert, auch wenn es eine hitzige Diskussion darüber gab, ob *Munster* ein witzigeres Wort war als *Mozzarella*, bevor wir zur Danny-Horst-Regel übergingen.

Wie bei der Leseprobe wurden die Sketche bei den Überarbeitungssitzungen laut vorgelesen, und manche der Autoren, die gern ins Ensemble gewechselt wären, taten es auf theatralische Weise; ich dagegen las eher routiniert. Ich hatte den Sketch so angelegt, dass er mit einem Pärchen beim Date begann, gespielt von Viv und Gregor, der von allen Ensemblemitgliedern am ehesten konventionell gut aussah und zufällig auch derjenige war, der ihr versehentlich den Ofenhandschuh ins Auge geworfen hatte. Sie beendeten gerade in einem italienischen Restaurant ihre

Mahlzeit und freuten sich über den schönen Abend, als ein Polizist, gespielt von Josh Beekman – einem weiteren *TNO*-Mitglied, das mit einem Star verheiratet war, in diesem Fall der Oscar-Gewinnerin Imogen –, an ihren Tisch trat und sagte: »Hiermit verhafte ich sie beide wegen Verstoßes gegen die Danny-Horst-Regel. Männer dürfen mit Frauen ausgehen, die deutlich schärfer sind als sie, aber Frauen nicht mit einem deutlich schärferen Mann.« Unter Vivs und Gregors Protest legte der Polizist den beiden Handschellen an, und die anderen Gäste im Restaurant brachten entweder Betroffenheit oder Zustimmung zum Ausdruck. Als Gregor zu entkommen versuchte, sagte Josh »Brauche Unterstützung« in sein Funkgerät, und dann erschien Danny, ebenfalls in Polizeiuniform, und sagte: »Ich habe den Funkspruch empfangen. Oha, das ist schon keine Ordnungswidrigkeit mehr, das ist eine echte Straftat.«

Als wir am Ende des Sketchs angekommen waren, sagte Elliot: »Je öfter Josh die Regel erklärt, desto weniger Sinn ergibt sie.«

»Klar, Elliot, *du* hast natürlich keine Ahnung, worauf sich die Regel bezieht«, sagte Benji, und ich war ihm dankbar, dass er darauf hinwies.

»Mir ist schon bewusst, dass ich der Nobody bin, der mit Nicola verheiratet ist«, sagte Elliot. »Elefant im Raum erkannt. Aber was die innere Logik des Sketchs angeht, könnte man da nicht so argumentieren, dass es eigentlich lobenswert ist, wenn sich ein erfolgreicher Mann mit einer noch erfolgreicheren Frau zusammentut? Er könnte auch ein Leben führen, in dem die Leute vor ihm katzbuckeln, aber in dieser Beziehung wird er immer die zweite Geige spielen.«

Tony sagte: »Gruppentherapie-Alarm«, was während der donnerstäglichen Überarbeitungssitzungen fast immer irgendwann jemand sagte.

»Aber im Ernst«, sagte Elliot. »Wenn eine umwerfende Frau mit irgendeinem ekligen alten Typen zusammen ist, wird das als Transaktion akzeptiert. Wenn also eine hinreißende Frau mit einem Durchschnittstypen zusammen ist, sollte das dann nach dieser Logik nicht ein Zeichen dafür sein, dass es eben gerade keine reine Transaktion ist?«

»Aber in dem Sketch geht es um *mächtige* umwerfende Frauen, die mit – in Anführungszeichen – Durchschnittstypen zusammen sind«, sagte ich. »Das sind keine naiven jungen Mädchen.«

Elliot schüttelte den Kopf. »Je ausführlicher wir die Regel erklären, desto deutlicher werden die Unstimmigkeiten.«

Nicht unbedingt aus Zustimmung, sondern eher weil ich wusste, dass Elliot Nigel dazu anstiften könnte, den Sketch zu streichen, sagte ich: »Wir können Joshs Text gern straffen. Satz zwei und fünf können problemlos wegfallen.«

»Wenn Annabel zu Danny sagt: ›Komm, Schatz‹«, sagte ein Autor namens Alan, »ist das dann die echte Annabel? Wenn ja, sollten wir ihr mehr Text geben.«

Er hatte recht. Aber weil ich Annabel noch nicht gefragt hatte, ob sie bereit war, einen Gastauftritt zu übernehmen, hatte ich für sie nur einen Satz als Platzhalter eingefügt. »Hoffen wir mal, dass es die echte Annabel ist«, sagte ich und fragte mich wieder, ob die Gerüchte um die Trennung stimmten. Ich hatte Danny seit der Probe am Morgen immer noch nicht wieder gesehen. »Aber das stellt sich noch heraus.«

»Nehmen wir an, sie ist es«, sagte Benji, »wie wäre es dann, wenn sie die Regel erklärt?«

»Aber nicht so, dass die Logik in die Brüche geht«, ergänzte Lianna.

»Moment mal«, sagte Patrick. »Was, wenn irgendeine berühmte Feministin wie Gloria Steinem ins Restaurant kommt und Viv dafür tadelt, dass sie sich aufregt, und Annabel spielt die Feministin? Sie sagt so was wie: Ja, es ist absurd, dass einer wie Danny eine wie Annabel heiratet, aber wen juckt das im Angesicht von Lohnungleichheit und reproduktiven Rechten?«

»Ich hab's«, sagte ich. »Annabel muss der Geist von Susan B. Anthony sein.«

»Im weißen Suffragetten-Kleid, mit Schärpe und grauem Dutt«, sagte Patrick. »Und so einer kleinen Brille.« Patrick war etwa fünf Jahre jünger als ich, ein dünner, stiller, bärtiger Harvard-Absolvent, der mir einmal erzählt hatte, vor seinem Bewerbungsgespräch mit Nigel sei er so nervös gewesen, dass er ernsthaft darüber nachgedacht habe, eine Packung Erwachsenenwindeln zu kaufen. In diesem Moment hatte ich ihn tief ins Herz geschlossen.

»Wurde Susan B. Anthony nicht gecancelt, weil sie eine rassistische Bitch war?«, sagte ein Autor namens Fletcher.

»Das können wir thematisieren«, sagte ich. »Irgendwer sagt: ›Schnauze, Susan, du bist gecancelt.‹«

»*This you?*«, sagte Tony.

»Wenn Annabel Susan B. Anthony ist, dann sollte Josh oder Danny sie am Schluss anmachen«, sagte Elliot. »So in der Art« – er wechselte in schmeichlerischen New Yorker Slang – »Hey, Susan, du bist 'ne feministische Ikone, ich verdien 60 Mille im Jahr und hab bloß noch zwölf Jahre bis zur Rente, wollen wir's uns nicht 'n bisschen nett machen?«

Ich musste gegen meinen Willen lachen. Ich hegte wirklich keine Gefühle für Elliot, aber er hatte etwas an sich, was mich, wenn ich nur lange genug darüber nachdachte, traurig machte. Mich verwirrte, wie sich unsere Empfindungen mal überlappten und mal nicht und wie sie uns zu unterschiedlichen Schlussfolgerungen gebracht hatten. Er hatte nicht mit jemandem zusammen sein wollen, der den gleichen Sinn für Humor hatte, wohingegen ich mir nichts Besseres hätte vorstellen können. Oder vielleicht hatte er mich auch einfach nicht hübsch gefunden. In jedem Fall hatte mich seine Zurückweisung meine Weltsicht, meine eigenen Vorstellungen davon, was zwei Menschen zueinander hinzog, so grundsätzlich hinterfragen lassen, dass ich romantische Beziehungen ganz aufgegeben hatte.

Im Autorenzimmer schien Elliot die Arbeit am Danny-Horst-Regel-Sketch als abgeschlossen zu betrachten, denn er sagte: »Sally, kannst du diese Änderungen einarbeiten und das Ganze an Sheila, Kirk und mich schicken? Als Nächstes kommen die Drei Tenöre.«

Donnerstag, 18:18 Uhr

In einer Pause ging ich in mein Büro zurück, um mit der Überarbeitung anzufangen, und sah, wie Danny offenbar ganz normal mit Annabel facetimte. Er lag wie üblich auf dem Sofa und hielt sich das Telefon vors Gesicht, und er nickte mir zu und sagte: »Hey, Chuckles.« Dann schaute er wieder aufs Display und sagte: »Belly, ich glaube nicht, dass es gleich viele sein müssen.«

»Fragen wir Sally«, sagte Annabel. »Dreh mich mal um.«

Ich wirbelte auf meinem Bürostuhl herum, während Danny mir sein Telefon entgegenstreckte. Annabels Haar war zu einem Knoten zusammengebunden, und sie trug ein weißes Velours-Sweatshirt und schien auf dem Boden eines begehbaren Kleiderschranks mit Regalen voller sehr sorgfältig sortierter bunter Stilettos direkt hinter ihr zu sitzen. Mit krausgezogener Stirn sagte sie: »Sollte es nicht genauso viele Brautjungfern geben wie Trauzeugen des Bräutigams? Oder, ich will ja nicht homophob sein, wer auch immer heiratet – Braut und Braut? Nur dass es eben ausgeglichen ist?«

Ich schaute über das Display hinweg zu Danny, der nur für mich sichtbar war und ein überraschend ernstes Gesicht machte. »Das ist eher ein Brauch als eine Regel«, sagte ich. »Als Brautpaar kann man das handhaben, wie man will.«

»Aber wenn Danny nur Hank, Roy und Tony bei sich stehen hat und ich neun Mädels und dazu wahrscheinlich noch Farren« – hätte ich wissen sollen, wer Farren war? Hatte sie überhaupt Farren gesagt oder doch eher Darren oder vielleicht Far*rah*? –, »was dann? Dann haben wir doch ein Ungleichgewicht!«

»Wie wäre es denn, wenn sich ein paar von deinen Brautjungfern auf Dannys Seite stellen?«

Bevor Annabel antworten konnte, drehte Danny das Display wieder zu sich und sagte: »Das nenn ich Köpfchen, Chuckles! Belly, ich muss in einer Sekunde in der Kostümabteilung sein. Bist du so in einer Stunde noch da?«

»Um halb sieben kriege ich die Augenbrauen gemacht, danach kann ich wieder.«

»Okay, ich liebe dich, mein Mond.«

»Ich liebe dich noch mehr, meine Sonne.«

Sobald er aufgelegt hatte, sagte ich: »Vielleicht solltet ihr einfach miteinander durchbrennen.«

»Hm, das ist nicht so Bellys Stil.« Er stand vom Sofa auf und streckte den Arm über den Kopf, wodurch sein heller haariger Bauchnabel zum Vorschein kam.

»Meinst du, sie würde in meinem Sketch über dich und die Partnerschaftsregel mitspielen?«

»Frag sie doch«, sagte er, und obwohl ich ihn auf seinem Telefon herumtippen sah, begriff ich erst, als es klingelte und Annabel »Ja?« sagte, dass er sie noch einmal angerufen hatte. »Sally will dich was fragen«, sagte er und drehte das Telefon wieder zu mir.

Ich kommunizierte deutlich lieber über Kurznachrichten oder

E-Mail, als zu telefonieren, und selbst wenn ich jemanden anrief, den ich gut kannte, legte ich mir oft im Voraus zurecht, was ich sagen wollte. In Anbetracht der Tatsache, wie heikel diese Bitte und wie divenhaft Annabel war und welchen Status sie genoss, hätte ich mir vielleicht sogar ein paar Notizen gemacht – war das nicht einer der Vorteile daran, sein Geld mit dem Schreiben von Dialogen zu verdienen? Auf dem falschen Fuß erwischt, quatschte ich drauflos: »Hallo noch mal. Entschuldige die Störung. Ich arbeite gerade an einem Sketch darüber, dass es bei *TNO* schon mehrmals vorkam, dass sich Superstars wie du in männliche Ensemblemitglieder oder Autoren verlieben, und ich habe mich gefragt –«

»Du brauchst es gar nicht schönzureden«, unterbrach mich Danny belustigt. »Es geht darum, dass umwerfende Frauen sich mit Typen einlassen, die ihrer unwürdig sind. Du bist so ein Schisser, Chuckles.«

»Nicht unwürdig«, sagte ich. »Es gibt nur vielleicht so eine Art Ungleichgewicht in der Wahrnehmung, was den beruflichen Status angeht.«

Danny wiederholte affektiert: »Es gibt nur vielleicht so eine Art Ungleichgewicht in der Wahrnehmung, was den beruflichen Status angeht.« Er hielt mir weiter das Display hin, lugte aber dahinter hervor, streckte die Zunge heraus und wackelte entweder verführerisch oder spöttisch damit. »Sally will wissen, ob du in einem Sketch mitspielen würdest, der davon handelt, dass ich widerlich bin und du eine totale Bombe bist.«

»Baby, du bist nicht widerlich«, sagte Annabel.

»Darum geht es gar nicht«, sagte ich. »Ihr kennt doch Elliot und Nicola? Und Imogen und Josh? Der Sketch, äh, feiert diese Entwicklung. Und du bist bestimmt extrem beschäftigt, aber ich glaube, es wäre echt lustig, und die Zuschauer wären begeistert, wenn du zu einem Gastauftritt bereit wärst.«

»Baby, dreh das Telefon um«, sagte Annabel, und als Danny es tat, sagte sie: »Baby, soll ich das machen?«

»Mir ist es egal.«

»Müsste ich irgendeine Gesichtsprothese tragen? Von dem Kleber von dieser Murmeltierschnauze habe ich ungelogen zwei Wochen lang Ausschlag gehabt.«

»Du brauchst keine Prothese zu tragen. Du würdest einfach deinen Annabel-Glanz versprühen.«

Danny hatte das Telefon wieder zu mir gedreht und schüttelte dahinter den Kopf, wahrscheinlich über meine Unterwürfigkeit.

»Kann ich darüber nachdenken?«, sagte Annabel. »Und ich muss mit Veronica reden.«

Veronica sagte mir genauso wenig wie Farren, aber ich nahm an, dass es sich um eine Agentin oder Managerin handelte. »Natürlich«, sagte ich. »Und wir können dein Team mit Autumn DiCanio und ihrem Team in Kontakt bringen, falls du irgendwelche bestimmten Wünsche hast. Die Proben morgen könntest du auslassen, aber im Idealfall wärst du am Samstagnachmittag hier. Du kennst die Abläufe ja bestimmt noch.«

»Oh, Shit, mein Augenbrauenmann ist da«, sagte sie.

»Vielen Dank, dass du darüber nachdenkst«, sagte ich, und Danny beendete das Telefonat.

»›Deinen Annabel-Glanz versprühen‹«, wiederholte er. »Chuckles, du bist eine erstklassige Arschkriecherin.«

Ich zuckte mit den Schultern. »Heiratest du sie denn nicht, weil du sie glänzend findest?«

Freitag, 11:03 Uhr

Sobald ich das Studio betrat, wo auf Bühne 4 die Proben für den Käsehändler-Sketch stattfinden sollten, wurde ich von einer Aufregung erfasst, die vielleicht vorhersehbar und ganz sicher fehl am Platz war und die ich seit vielen Jahren nicht mehr empfunden hatte. Meine Gedanken kreisten nur um Noah Brewster. Als ich ihn von hinten sah, während ich auf die Bühne zuging – er trug wieder ein helles T-Shirt und schwarze Jeans –, verspürte ich einen Schwindel, der mir den Magen umdrehte und meinen Puls beschleunigte und der so ungewohnt war, dass ich ihn beinahe nicht erkannte. Aber letztlich tat ich es doch. Es war die Art von Anziehungskraft, die ich in der Mittel- und Oberstufe empfunden hatte, ein aufregender Schrecken, der den ganzen Körper befiel und das Gehirn beherrschte.

Natürlich tat ich so, als würde nichts Ungewöhnliches geschehen. Ich nickte Noah kurz zu, als er sich in meine Richtung drehte, und sagte dann geschäftsmäßig: »Hallo, Leute. Ich hoffe, ihr habt richtig Bock auf Käse.« Neben Noah waren noch vier Ensemblemitglieder – die Kunden wurden von Henrietta, Viv, Bailey und Wes gespielt, den wir in den Überarbeitungssitzungen noch hineingeschrieben hatten – und dreimal so viele Crewmitglieder anwesend. Autumn DiCanio und ihre Assistentin Madison waren ebenfalls gekommen.

Wie bei anderen Sketchen auch waren rudimentäre Kulissen aufgebaut, eine Andeutung dessen, was am kommenden Abend vorhanden sein würde. Als Autorin war ich auch Produzentin (einer der deutlichen Vorzüge von *TNO*), Regie führte ein Kerl namens Rick, und Produktionsleiter war Bob O'Leary. Bob übernahm das Arrangement; er überlegte sich, wer in welcher Reihenfolge wohin ging, und verständigte sich mit dem Regieraum über die Kameraperspektiven. Obwohl das Ensemble Kopien des Drehbuchs hatte, standen auch Mitarbeiter neben den Kameras und hielten Stichwortkarten in die Höhe.

Ich hatte gedacht, ich würde mich beruhigen, wenn wir loslegten, aber mein aufgewühlter Zustand hielt an. Warum war das passiert? Wie hatte ich mich auf eine alles verzehrende, mich völlig aus dem Gleichgewicht bringende Art in Noah Brewster, den verfluchten »Making-Love-in-July«-Pseudosurfer Noah Brewster, vergucken können? Zu meiner Verteidigung blieb nur zu sagen, dass es wohl nicht die Textsession in meinem Büro oder die Probe am Vortag allein gewesen waren. Aber die Kombination aus beidem hatte meinem Gehirn vorgespiegelt, dass es irgendeine bestimmte Energie zwischen uns gab; sie hatte mich dazu gebracht, mir *Hoffnungen* zu machen. Und vielleicht – schließlich liebte ich Ironie und unvorhergesehene Entwicklungen wie jeder andere Autor auch – waren die Hoffnungen durch die Arbeit am Danny-Horst-Regel-Sketch, der genau um die Möglichkeit einer romantischen Verbindung zwischen jemandem wie Noah und jemandem wie mir kreiste, noch auf eine seltsame Art verstärkt worden. Es kam oft vor, dass ich Teile meiner Sketche vor oder nach dem Schreiben durchlebte. Viele von ihnen waren autobiografisch – nicht so, dass sie als Katharsis gedacht waren, sondern einfach weil das das Material war, das mir zur Verfügung stand –, und manchmal stellte sich heraus, dass die, für die ich nicht meine Vergangenheit ausgeschlachtet hatte, aus meiner Zukunft stammten. Einige Jahre lang hatte ich Sketche über eine Paartherapeutin geschrieben, die ein zwölf Jahre altes Mädchen war, gespielt von Viv, und auch wenn mein Ex-Mann und ich nie eine Therapie gemacht hatten, waren die Sketche eine Art Aufbewahrungsort für die gelegentlich auftauchende bange Frage, ob wir es hätten tun sollen. Und einmal hatte ich einen Sketch über eine Frau geschrieben, die ihren potenziellen Partnern ihren Beruf verheimlichte, bevor ich anfing, meinen potenziellen Partnern meinen Beruf zu verheimlichen. Der Unterschied bestand darin, dass die Frau nicht für Comedyshows im Fernsehen schrieb, sondern Spionin war.

Die Schauspieler lasen das Skript zweimal laut, und nachdem

sie ihren Text zum zweiten Mal durchgegangen waren, hoffte ich, wie eine fachkundige Erwachsene und nicht wie eine verknallte Mittelstufenschülerin zu klingen, als ich sagte: »Sehr gut, Leute. Das macht richtig Spaß. Noah, diesen irgendwie europäisch klingenden Akzent, den ich bei Ihnen manchmal heraushöre, braucht es nicht, glaube ich – es reicht, richtig leidenschaftlich und aus ganzem Herzen zu singen. Ich sehe Sie weniger als Europäer, eher als einen, der ironiefrei über die Sprachen der Liebe redet.«

»Ich *bin* einer, der ironiefrei über die Sprachen der Liebe redet«, sagte Noah, und alle lachten.

»Bailey, du könntest skeptischer auf Noah reagieren«, sagte ich. »Viv, du dagegen steigst voll auf seine Masche ein.«

»Aye, aye, Captain«, sagte Viv, und Bailey sagte: »Auf ablehnende Art skeptisch? Oder als würde ich einfach nicht begreifen, was er von mir will?«

»Hmmm.« Ich drehte mich zu Rick und Bob um.

»Ich wäre für Letzteres«, sagte Bob.

»Ich auch«, sagte ich. »Eher in Richtung verwirrte Frau mittleren Alters.«

»Das ist vielleicht ein bisschen aus der Luft gegriffen«, sagte Noah, »aber wie wäre es denn, wenn ich am Schluss mit einer von ihnen ein Duett singen würde? Wenn eine der Kundinnen so, na ja, *cheesy* unterwegs wäre wie ich?«

»Oh, das gefällt mir«, sagte ich. »Henrietta, das könntest du doch übernehmen.«

»Unbediii-hiiingt«, trällerte Henrietta. Fast alle *TNO*-Ensemblemitglieder konnten anständig singen, und manche, darunter auch Henrietta, hatten eine richtig schöne Singstimme, auch wenn sie ihre selten einsetzte.

Ich wandte mich wieder an Noah. »Aber meinen Sie einen von Ihren echten Songs, oder würde ich einen schreiben?«

Noah wirkte belustigt. »Wenn Sie bis morgen Abend einen Song schreiben wollen … Ich kann's kaum erwarten, den zu hören.«

»Ja, nehmen wir einen, den es schon gibt. Wäre ›Making Love in July‹ für Sie okay?«

Er grinste. »Sally, ich habe nichts anderes erwartet.«

Noah, der grinste, Noah, der meinen Namen verwendete, der imstande war, sich zugewandt und normal zu verhalten, während ich im Innersten aufgewühlt war – es war alles etwas niederschmetternd. Erinnerte er sich daran, dass er am Nachmittag zuvor für mich gesungen hatte? Sollte ich niemals ansprechen, dass er für mich gesungen hatte? Hatte er doch nicht für mich gesungen?

Ich sagte in die Runde: »Wir schicken euch die aktualisierten Skripts schnellstmöglich zu. Ansonsten vielen Dank, Leute.«

Ich stand zu diesem Zeitpunkt direkt vor der Bühne, und Noah stieg herunter und kam auf mich zu. Im gleichen freundlichen Tonfall wie vorher sagte er: »Haben Sie schon Elliots Idee für meinen Choreografie-Sketch gehört? Das habe ich mir wohl selbst eingebrockt.«

»Moment mal, welche Idee?«

»Die Choreografin schlägt doch vor, einen Panther in meine Show einzubinden? Elliot will Nigel jetzt überreden, einen echten Panther zu verwenden.«

»Oh, wow. Ist ihnen denn wohl dabei?«

»Um Himmels willen, nein.« Noah legte die Stirn in Falten. »Wäre Ihnen wohl dabei?«

»Auf jeden Fall werden Sie von den Tierschützern hören. Was ich auch verstehe – ich mache mir manchmal schon Gedanken um die Tiere, aber ich muss auch sagen, dass mein schönster Moment hier mit einem Rentier zu tun hatte.«

»Welcher Sketch war das denn?«

Ich schüttelte den Kopf. »Keiner aus meiner Feder. In meiner dritten Staffel hatten wir direkt vor Weihnachten Diana Ross zu Gast, und ganz am Schluss sang sie ›Joy to the World‹, und von den Rängen rieselte falscher Schnee herunter. Das Ensemble stand hinter ihr und sang mit, und Nigel kam mit einem Rentier heraus, komplett mit Geweih und allem. Ich wusste, dass es kitschig war, aber ich war ganz außer mir vor Glück.«

»Standen Sie auf der Bühne?«

»O Gott, nein. Nie. Ich war nur im Studio.«

»Irgendwie ist mir die Folge entgangen, aber das klingt toll. Und dabei bin ich noch nicht mal jemand, der in der Grundschule die *Greatest Hits* der Supremes gehört hat, bis das Band riss.«

Ich lachte – auch wenn wir erst vor drei Tagen darüber gesprochen hatten, hätte ich nie erwartet, dass er sich an dieses Detail aus meinem Leben erinnerte –, und er fügte hinzu: »Mein bestes Konzert war in Glasgow, während eines irrsinnigen Sommergewitters. Die ganze letzte Stunde über goss es wie aus Kübeln, und alles und jeder wurde völlig durchnässt. Ich, die Band, die Instrumente, die Bühne, das Publikum. Meine Gitarre war ruiniert, und das war es absolut wert.«

»Der gemeinsame Nenner großartiger Live-Veranstaltungen ist offenbar ein Witterungsereignis mit irgendeiner Form von Niederschlag«, sagte ich, und er grinste wieder.

»Und der braucht nicht mal natürlich zu sein«, sagte er. »Menschengemachter geht auch. Standen Sie hier wirklich noch nie auf der Bühne?«

»Nein«, sagte ich. »Wirklich noch nie. Ich lauere lieber im Schatten wie ein Kobold.« Er machte ein betroffenes Gesicht, und ich sagte: »Ich meine Kobold nicht im negativen Sinn. Ich bin eher stolz darauf.«

Seine Miene hellte sich etwas auf, als er sagte: »*Kobold* ist eindeutig nicht der Begriff, mit dem ich Sie beschrieben hätte.«

Als jemand, der sich im wahren Leben auf neckisches Geplauder verstand, hätte ich mit den Wimpern geklimpert und gesagt: »Wie hätten Sie mich denn beschrieben?« Aber da ich das nur im geschriebenen Wort beherrschte, sagte ich: »Jedenfalls, was den Panther angeht: Wenn Ihnen die Idee gefällt, wunderbar, und wenn nicht, dann sagen Sie es Elliot einfach.«

»Wo bleibt denn da der Spaß?«

Und dann erschien Autumn wie aus dem Nichts an seiner Seite und sagte: »Noah, es ist Zeit, den Smoking anzuprobieren.«

Noah sah mich an und sagte: »Bin ich nicht nobel? Wir sehen uns bei der Plappermäulchen-Probe.« Ehe ich etwas erwidern konnte, war er schon abgeführt worden.

Ich zog mein Telefon heraus und schrieb an Viv: *Wo bist du hin*

Sie schickte ein Foto zurück, auf dem sie in dem Lehnsessel in ihrer Garderobe saß; sie hatte eine feierliche Miene aufgesetzt und streckte eine Dose Diet Coke in die Luft wie eine Champagnerflöte. Innerhalb einer Minute klopfte ich an ihre Garderobentür.

»Schlechte Nachrichten«, sagte ich beim Eintreten. »Ich habe festgestellt, dass Noah Brewster sexy ist.«

Sie lachte. »Willkommen im Jahr 2001.«

»Wieso hat mir das keiner gesagt?«

»Dass ein alternder weißer Herzensbrecher in unserer Mitte wandelt? Sally, auf manche Dinge muss eine Frau alleine kommen.«

»Glaubst du, er ist ein eingebildeter Arsch?«

»Wahrscheinlich.«

»Aber so, wie du ihn bisher kennengelernt hast.«

»Beim Abendessen am Montag wirkte er ziemlich bodenständig. Er hat erzählt, er hätte sich beim Parkour mit seiner Agentin den Knöchel verstaucht.«

Ich wollte irgendwie ansprechen, dass zwischen Noah und mir eine gewisse Anziehungskraft zu herrschen schien, aber ich genierte mich, weil Viv auf einer anderen Ebene unterwegs war als ich und ihr ganz andere Optionen offenstanden. Und wenn ich ihr schilderte, wie es sich angefühlt hatte, als Noah in meinem Büro war oder als ich ihm beim Singen zusah, müsste ich dann aufgrund dieser Diskrepanz nicht einen Witz daraus machen? Und war ich wirklich bereit, einen Witz daraus zu machen, und sei es nur, um diese Aufgewühltheit abzustreifen, oder würde ein kleiner Teil von mir hoffen, dass Viv mir bestätigte, zwischen Noah und mir könnte es tatsächlich so eine gegenseitige Anziehung geben? Nicht, dass wir im Begriff waren, meine Danny-Horst-Regel außer Kraft zu setzen und ein Paar zu werden, aber dass es zu einem flüchtigen kleinen Flirt kommen könnte. Nur, wenn es so war, hätte Viv das dann nicht bei den Proben gemerkt?

Laut sagte ich: »Hast du Dr. Theo geantwortet?«

Viv zog die Nase kraus. »Diese ganze Kiste mit dem Arztwechsel – auf einmal ist es nur ein weiterer Posten auf meiner To-do-Liste.«

»Meinte Dr. Theo nicht, dein Auge würde von allein heilen?«

Sie nickte.

»Und du bist doch dort sowieso schon bei einem anderen Arzt in Behandlung, oder?«

Sie nickte wieder.

»Dann brauchst du jetzt gar keinen Termin zu machen. Du brauchst überhaupt nichts zu machen. Du musst nur Dr. Theo schreiben, dass du zukünftig gern wieder zu dem anderen Arzt gehen würdest und dich darauf freust, ihn am Samstag hier zu sehen.«

Im Studio gab es dreihundert Plätze, und für jede Sendung bekamen die Autoren zwei Freikarten, die Ensemblemitglieder sechs und Moderator und musikalischer Gast ein paar Dutzend. Die übrigen Tickets, die nicht von Nigels berühmten Freunden in Beschlag genommen wurden, wurden entweder über eine Verlosung an die Öffentlichkeit verteilt oder über ein Ersatzsystem aus begeisterten Fans, die bereit waren, mehr als vierundzwanzig Stunden lang auf dem Gehweg zu warten.

»Du würdest ihn auch zur Afterparty einladen, oder?«, sagte ich.

»Eins nach dem anderen.«

»Übrigens«, sagte ich, »ich versuche Annabel für den Danny-Horst-Regel-Sketch zu bekommen. Sie haben sich nicht getrennt.«

Viv verzog das Gesicht – sie gehörte zu denen, die Gastauftritte von Promis anbiedernd fanden. »Ja, Henrietta meinte, Annabel hätte auf Insta gepostet, die Leute sollten mal ein bisschen runterkommen.«

»Das habe ich nicht gesehen, aber Danny hat im Büro mit ihr geredet. Meinst du, Annabel heizt die Sache absichtlich an, oder teilt sie einfach nur ihre Gefühle mit der Öffentlichkeit, und sie werden überinterpretiert?«

»Ich wäre nicht überrascht, wenn sie einen Reality-TV-Autor angeheuert hätte, um ihr Leben zu skripten.«

»Ist das dein Ernst? Jetzt mache ich mir Sorgen um Danny.«

»Vielleicht ist er ja der Autor.«

»Ich bin mir ziemlich sicher, dass die Beziehung für ihn echt ist.«

»Ach, komm schon – als würde es für irgendwen von uns eine klare Trennung zwischen echt und *fake* geben – spielen wir uns nicht alle selbst?« Ich stand nur ein kleines Stück von dem Lehnsessel entfernt, und sie streckte den rechten Fuß aus und tippte mit der Spitze ihres Badeschlappens leicht gegen meinen Turnschuh. Sie sagte: »Sogar du, du verkappte Pseudo-Puristin.«

Freitag, 14:28 Uhr

Und weil *TNO* wie ein Ferienlager war, in dem man jedem andauernd über den Weg lief, begegnete ich Noah dann bei den Proben zum Plappermäulchen wieder, die auf Bühne 2 stattfanden; es waren keine drei Stunden vergangen, seit ich ihn bei den Käse-Sketch-Proben gesehen hatte. Wieder hatten sich ein Dutzend Mitarbeiter um die Bühne versammelt, dazu Autumn und eine andere Assistentin (ich dachte, dass diese nicht Madison, sondern Addison hieß, und dann dachte ich, dass das doch wohl nicht sein konnte). »Plappermäulchen« hatte eine umfangreichere Besetzung als der Käsehändler: Noah spielte sich selbst als Gastjuror, Henrietta spielte die angeblich so schwatzhafte Jurorin, Jay und Dillon aus dem Ensemble spielten die männlichen Juroren, und vier weitere Mitwirkende spielten die Teilnehmer des Wettsingens, die meist nur eine oder zwei Zeilen zum Besten geben konnten, ehe die Juroren ihre Leistung bewerteten.

Der Jurorentisch aus silbrig schimmerndem Metall war schon aufgestellt, aber viele andere Requisiten fehlten noch. Ein sich durch den Sketch ziehender Witz waren Parodien auf die Getränke, deren Hersteller die Sendung sponserten – überdimensionierte Pappbecher mit Logos, die beim letzten Mal »PepsiCo Straußen-Eierstock-Hisbiskus-Eistee« verhießen und diesmal »Manisch-Maskulines Armageddon-Koffein mit extra Koffein«.

Manchmal wurden meine Erleichterung und Begeisterung darüber, dass es ein Sketch durch die Leseprobe geschafft hatte, von übermächtigen Zweifeln an seiner Qualität abgelöst – *das* war es also, was ich in die Welt hinausschicken wollte? –, die dann, während die Tage vergingen und Skript, Kulissen und Kostüme Formen annahmen, von neuem Selbstvertrauen abgelöst wurden. Aber bei der Arbeit am Plappermäulchen gab es jede Menge vielversprechendes Gekicher, und einmal sah ich sogar Bob O'Leary lachen.

Dann kam Elliot, und das Gekicher verebbte. Er nahm oft an den Proben teil, und seine Gegenwart senkte oft die Anzahl der Lacher. Ob man die Ursache darin sah, dass sich alle cool geben wollten, um ihn zu beeindrucken, oder dass er eine Spaßbremse war, hing wohl von der eigenen Sicht auf Elliot ab.

Als Abraham, der Regisseur, und ich mit unseren Anmerkungen durch waren und wir zum Ende kamen, sagte Elliot: »Der Schluss verpufft irgendwie. Wir müssen entweder Jays und Dillons Text aufpolieren oder Noah und Henrietta irgendwas Dramatischeres machen lassen.«

»Hmmm …«, sagte ich. Der Sketch endete damit, dass Noah und Henrietta Yoga machten, und die Idee, die mir sofort in den Kopf kam, war zugleich offensichtlich, zuverlässig und aufgrund von Noahs Anwesenheit nicht ganz leicht auszusprechen. Doch weil etwa dreißig Prozent von mir neuerdings in Noah verschossen waren, ich aber zu hundertzwanzig Prozent Comedyautorin war, sprach ich sie trotzdem aus. »Wieso lassen wir nicht einen von beiden furzen? Oder auch beide, und genau in dem Moment hören Jay und Dillon ausnahmsweise mal hin?«

Dillon sagte: »Oder ich drehe mich zu Jay und sage so: ›Sag mal, hast du auch was gehört?‹ Und er so: ›Nö, was denn?‹«

»Andere Möglichkeit«, sagte Elliot. »Sally, ich will dir diesen Klassiker nicht miesmachen, aber ihr wisst doch, wenn Kinder Flugzeug spielen? Was, wenn sie das machen, Noah also auf dem Rücken liegt und dabei Henrietta auf seinen Beinen in der Luft balanciert? Ginge das, Noah und Henri?«

Dass Noah sich für nichts zu schade war, zeigte sich daran, dass er sich ohne zu zögern auf den nicht besonders sauberen Bühnenboden legte und sein golden schimmerndes Haar in den *TNO*-Staub und -Schmutz fallen ließ. Er hob Arme und Beine, und Henrietta beugte sich so über ihn, dass seine Fersen auf Höhe ihrer Hüftknochen waren, ihre Hände ineinander verschränkt.

Als er die Knie beugte, sagte er zu ihr: »Soll ich die Schuhe ausziehen?«

»Nee«, antwortete sie – Henrietta war sich auch wirklich für nichts zu schade –, und dann lehnte sie sich noch weiter vor und schwebte plötzlich auf seinen Füßen. Während ich ihnen zusah, überkam mich ein merkwürdiges und nicht auf Anhieb zu identifizierendes Gefühl, von dem ich nur wusste, dass es nicht gut war.

»Sollen wir dazu ein paar Soundeffekte einspielen?«, sagte Abraham. »Oder erzeugen sie sie einfach mit dem Mund?«

»Brumm, brumm«, machte Henrietta. »Ach nein, das sind ja Autos.«

»Probieren wir mal beides«, sagte ich zu Abraham.

Wir gingen den Sketch noch einmal von Anfang bis Ende durch, und als wir zum zweiten Mal an die Stelle mit dem Flugzeug kamen, begriff ich. Ich war *eifersüchtig*. Nicht, weil Henrietta berühmt war und ich nicht oder weil sie objektiv besser aussah als ich. Ich war eifersüchtig, weil sie sich mit Noah auf dem Boden wälzen und mit ihm Händchen halten konnte. Ich war eifersüchtig auf den Körperkontakt und die Nähe. Ich musste an Gene und sein Dick-Pic denken. Offenbar war doch eine Session mit ihm angesagt, um genau diese Art von unerwünschtem Verlangen zu stillen.

Nachdem sich Bob mit Kameraleuten und Regieraum darauf verständigt hatte, welche Kamera Noah und Henrietta auf dem Boden filmen würde, waren die Proben abgeschlossen, und ich bedankte mich bei allen. »Hey, Sally«, rief Noah und winkte mich an die Bühne heran, wo sich Elliot zu ihm gesellt hatte. »Neues aus der Tierwelt. Nigel hat offenbar eine Schlange statt einem Panther vorgeschlagen.«

Ich sah Elliot an. »Wie es Britney Spears in grauer Vorzeit bei den Video Music Awards gemacht hat?«

»Ich weiß, das sind nicht die Indigo Girls oder Diana Ross«, sagte Noah, »aber wäre eine kleine Hommage an Britney nicht ganz cool?«

Ich kniff die Augen zusammen und versuchte abzuschätzen, wie ernst es ihm war. Konnte es sein, dass Noah einer der dünn gesäten Typen war, die Frauen weder im Kern ablehnten oder verhöhnten noch ausblendeten, dass es uns gab, und die uns auch nicht in erster Linie als Lustobjekte betrachteten? Dass er uns auf eine seltsame, entwaffnende Weise okay fand?

»Einerseits ja«, sagte ich. »Andererseits ist eine Schlange noch furchterregender als ein Panther.«

Noah sah zwischen uns hin und her und sagte: »Wie stehen Tierschützer denn zu Schlangen?«

»Wen interessiert's?«, sagte Elliot.

»Ich glaube, Schlangen werden im Allgemeinen für weniger schützenswert erachtet als Säugetiere«, sagte ich.

»So oder so möchte ich keinem auf die Füße treten«, sagte Noah.

Gleichzeitig sagte ich: »*TNO* wäre nicht *TNO*, wenn wir keinem auf die Füße treten würden«, und Elliot sagte: »Viel Glück dabei.«

Als Bob mit einer Frage zum Zeitablauf zu Elliot kam, sagte Noah zu mir: »Ich muss noch etwas mit Ihnen besprechen. Die Zukunft der Comedy hängt davon ab. Sind Sie bereit?«

»Ich hoffe es.«

»Es geht noch einmal um die Choreografin. Ich wurde in der Maske gefragt, ob meine Tattoos überschminkt werden sollen, wenn ich mir die Kleider vom Leib reiße und nur in kurzer Lederhose und Weste dastehe. Ich habe Nein gesagt, schließlich spiele ich mich ja selbst, richtig? Aber dann habe ich noch ein bisschen überlegt und mir gedacht, dass ich ja mich selbst im Jahr 2000 spiele, und da hatte ich die Tattoos noch gar nicht. Also, überschminken oder nicht?« Bevor ich antworten konnte, sagte er: »Ich weiß, das ist banal, aber ich hatte auf einmal Angst, ich würde irgendeine Comedy-Regel brechen, die ich gar nicht kenne.«

»Wenn es da eine Regel gibt, kenne ich sie auch nicht«, sagte ich. »Aber von was für Tattoos reden wir denn? Haben Sie einen riesigen Drachen auf der Brust oder so?«

Er lächelte. »Bis jetzt noch nicht, aber der Abend ist jung. Nein, ich habe drei, und sie sind alle ganz gewöhnlich.«

Ach ja, dachte ich. *Das keltische Symbol, von dem ich in der »Enthüllungsstory« gelesen habe.* Laut sagte ich: »Wo sind sie denn?« Wir standen ungefähr einen Meter voneinander entfernt, immer noch unweit von Bob und Elliot, und wahrscheinlich klang ich nicht so entspannt wie beabsichtigt, als ich fragte: »Wollen Sie sie mir einfach mal zeigen?«

»Also, da wäre das hier.« Noah streckte den Arm aus, schob den langen Ärmel seines T-Shirts hoch, und auf der Innenseite seines Arms sah ich einige Noten auf einer Notenlinie. »Gar nicht klischeemäßig, was?«, sagte er.

»Ist das eins von Ihren Liedern?«

Er schüttelte den Kopf. »Das ist ›Blackbird.‹ So eine Art Qualitätsmaßstab für mich.«

»Ich glaube, für ›Blackbird‹ bekommt niemand Punktabzug. Und ich würde sagen, das kommt im Fernsehen ziemlich dezent rüber.« Die Tätowierung war einige Zentimeter breit, aber das wirklich Auffällige an diesem Oberarm war, dass er perfekt aussah. Sowohl die Haut als auch die kaum sichtbaren Haare schimmerten golden, und er war muskulös, aber nicht zu muskulös, nicht steroidmäßig muskulös. Ich konnte akzeptieren, dass es mein Schicksal war, einen solchen Arm niemals zu berühren, aber Noah so nah zu sein war eine Tortur.

»Dann wäre da noch das hier«, sagte er, und er wandte sich

von mir ab und zog das rechte Hosenbein seiner Jeans hoch. Hinten auf seiner Wade war eine Krähe, und sie war viel größer und klobiger als die Noten.

»Nicht ganz so dezent«, sagte ich. »Aber wahrscheinlich nicht im Bild.«

»Das letzte ist auf meinem Schulterblatt.« Er sah mich an. »Kann ich Ihnen das zeigen? Ich will kein Typ sein, der sich auf Grundlage irgendwelcher Schutzbehauptungen plötzlich auszieht. Ich schwöre, ich will wirklich wissen, was Sie davon halten.«

Wieder mimte ich die Entspannte: »Während der Sendung müssen die Kostümwechsel so schnell vonstattengehen, dass sie vor versammelter Mannschaft passieren. Ich habe also schon jedes Mitglied des Ensembles in jedem Stadium der Entblätterung gesehen und das Publikum im Übrigen auch.«

»Wenn das so ist«, sagte er, und er verschränkte die Arme und zog das T-Shirt im Rücken hoch, nicht über den Kopf, aber so weit, dass es auf den Schultern ruhte. Da war tatsächlich ein Keltenknoten aus verschlungenen schwarzen Linien und Kreisen, und diese Tätowierung war die größte der drei. Sahen meine Kollegen das auch? Ich wagte nicht, mich umzudrehen und den Zauber zu brechen. Zwischen uns war jetzt kein Meter Abstand, und auch die Haut auf Noahs Rücken schimmerte auf geradezu schmerzhafte, glorreiche Weise golden, und darüber hinaus hatte der Augenblick etwas sonderbar Häusliches an sich, so als wären wir ein Paar, das im Badezimmer der gemeinsamen Wohnung stand, und er hätte mich gebeten, mir einen roten Fleck auf seinem Rücken anzusehen, weil er dachte, es könnte vielleicht ein Zeckenbiss sein, und außerdem fragte ich mich zum ersten Mal, ob es doch ein Vorwand war. Wenn er eine Weste trug, würde sie das doch wahrscheinlich bedecken.

Aber weil es mir als einmalige Gelegenheit erschien, streckte ich, solange ich noch hinter ihm stand, die Hand aus und drückte mit einer Fingerspitze auf die Tätowierung. »Sie meinen das da?«, sagte ich.

Natürlich meinte er das da.

»Ja«, sagte er.

Noch nie hatte ich mich so verzweifelt einfach an jemanden drücken, jemandem die Kleider vom Leib reißen wollen. Und war er nicht mitschuldig, hatte er sich nicht zu etwa dreizehn Prozent nackt ausgezogen? Oder hatte ich Wahnvorstellungen, und er war wie unsere Ensemblemitglieder daran gewöhnt, dass sein Körper entblößt und betatscht wurde? Meine Fingerspitze berührte immer noch seine Tätowierung. Ich schluckte, streckte die anderen Finger aus und drückte sie ebenfalls auf seine perfekte Haut. Ruhig sagte ich: »Darüber brauchen Sie sich auch keine Gedanken zu machen.« Während ich die Hand wegzog, fügte ich hinzu: »Ich muss sagen, der Begriff *Schutzbehauptung* gefällt mir. Den werde ich wohl in meinen Wortschatz übernehmen.«

Er zog das T-Shirt wieder herunter, und als er sich umgedreht hatte und wir einander wieder ins Gesicht sahen, sagte er: »Nur zu. Mein Vater ist Anwalt, und ich habe es von ihm gelernt. Ich hoffe, Sie haben wegen meiner gewöhnlichen Tattoos nicht jeden Respekt vor mir verloren. Ich habe sie mir innerhalb von ein paar Jahren stechen lassen, und das ist schon eine ganze Weile her.«

»Ich glaube, ich weiß, wie ich Sie beruhigen kann.« Ich trug eine geöffnete Fleecejacke, die ich von den Schultern schüttelte, dann hob ich den rechten Ärmel meines T-Shirts an und drehte ihm den Arm mit ausgestrecktem Ellbogen zu.

Er schaute mit zusammengekniffenen Augen auf meinen Ellbogen und sagte: »Ist das … eine Maus?«

»In der vierten Klasse hatten wir im Klassenzimmer einen Hamster namens Barnaby, den ich so sehr liebte, dass ich meiner Mutter sagte, ich wollte ihn mir tätowieren lassen. Sie sagte, wenn ich wartete, bis ich einundzwanzig war und es dann immer noch wollte, würde sie mit mir zum Tätowierer gehen und sich auch eins stechen lassen. Mit einundzwanzig wollte ich es dann natürlich nur noch, damit meine Mutter ihren Teil der Abmachung einhalten musste.«

Genau wie ich streckte er die Finger aus – sie waren ebenfalls perfekt, lang und schlank und wohlgeformt –, und als sie über meine Haut fuhren, dachte ich, wenn ich für immer und ewig in diesem Augenblick existieren könnte, würde ich es tun. Aber er zog sie rasch wieder zurück. Er sagte: »Darum sagt er wohl *Mom*.«

»Ihrer sagte *Sally*, aber das Erstaunliche ist, dass das nicht abgesprochen war. Wir ließen sie uns getrennt stechen, in verschiedenen Räumen, um uns gegenseitig zu überraschen. Und beim Anblick ...« Ich verstummte. Das war vor fünfzehn Jahren gewesen, in einem Tattoo-Studio in Kansas City, und anschließend hatten wir Enchiladas zu Mittag gegessen. Weil meine Mutter kein großtuerischer oder selbstdarstellerischer Mensch war, hatte ich lange gebraucht, eigentlich bis zu meinem Studium, um zu begreifen, wie klug und witzig und wie unglaublich einfühlsam sie war. Immer wenn ich ihr von irgendeinem peinlichen Erlebnis erzählte, sagte sie: »Ach, das wäre mir auch passiert«, oder: »Ich glaube, das geht fast allen so.«

Zu Noah sagte ich: »Als wir sahen, dass ihr Hamster *Sally* sagte und meiner *Mom*, fing ich an zu lachen, und sie fing an zu weinen. Und sie war keine von diesen Müttern, die andauernd weinen. Aber heute verstehe ich sie.«

Noahs Miene war ernst geworden, und er sagte: »Ihre Mutter – ist sie ...?«

Ich wusste, was er meinte. »Sie ist 2015 gestorben.«

»Das tut mir leid.«

»Danke.« Ich zog die Fleecejacke wieder über die Schultern. »Wann auch immer Sie sich ihre Tattoos haben stechen lassen, ich glaube nicht, dass Sie sie abdecken müssen. Niemand überprüft so etwas. Und es wird ohnehin schon viel los sein, da sollten Sie es sich so einfach wie möglich machen.«

Freitag, 16:39 Uhr

Der Wagen stand offenbar vor dem Haupteingang der 66 in der West 50th Street – mit anderen Worten nicht auf einem Parkplatz, und der Himmel allein wusste, welche Hebel Annabels Presseleute in Bewegung gesetzt hatten, um zu verhindern, dass er augenblicklich abgeschleppt wurde. Nachdem sie Danny aus dem sechzehnten Stock herunterbeordert hatte, hüpfte Annabel, die auf der Motorhaube hockte, herunter, um ihn leidenschaftlich zu küssen, während die mehr als ein Dutzend Paparazzi drauflosknipsten und ihnen Fragen zum Preis des Autos und dem Hochzeitsdatum zuriefen. Der Wagen war ein Mercedes-AMG G 65, eine Abfolge von Buchstaben und Zahlen, die mir rein gar nichts sagte, aber Henrietta berichtete, laut Internet hätte er 220 000 Dollar gekostet. Ich war mir nicht sicher, ob Annabel und die Öffentlichkeit Bescheid wussten, aber ich für meinen Teil war mir sicher, dass Danny keinen Führerschein hatte.

Ich hatte nichts von dem Spektakel mitbekommen, weil ich bei den »Plappermäulchen«-Proben gewesen war und versucht hatte, mich in Noahs Gegenwart normal zu verhalten. Aber als ich Danny in unserem Büro traf, zeigte er mir die Bilder aus Annabels Instagram-Account, auf denen sich die beiden im Vordergrund küssten und im Hintergrund das Auto zu sehen war. Diese Fotos waren nicht von einem Paparazzo geschossen worden, sondern von einem Fotografen, der auf Annabels Gehaltsliste stand und bei so gut wie allen ihren öffentlichen Auftritten anwesend war. Quer über das erste Foto war der Satz *I heart my bb* geschrieben, und Dannys Antwort in den Kommentaren lautete: *Liebe dich mein Mondmädchen.*

Ich sagte: »Komischerweise habe ich gehört, ihr hättet gestern Schluss gemacht.« Danny und ich saßen nebeneinander auf dem Sofa, und obwohl er abstritt, gerade gerülpst zu haben, lag noch der Geruch eines halb verdauten Reuben-Sandwichs in der Luft.

»Ja, hatten wir auch«, sagte er gleichmütig. »Aber nur für eine halbe Stunde.«

»Habt ihr euch schon öfter getrennt?«

»Ein paarmal.«

»War das nicht belastend?«

»Ich müsste es nicht unbedingt haben.«

»Ist es immer Annabel, die Schluss macht?«

»Ja, aber sie macht auch jedes Mal wieder den ersten Schritt zur Versöhnung. Sie wird schnell eifersüchtig, was absurd ist, denn ich könnte nie jemand Besseres kriegen. Einmal habe ich ihr gesagt, sie würde aussehen wie Bethany Brick, wenn sie sich die Haare zur Seite kämmt, und sie ist voll ausgerastet.«

»Wer ist denn Bethany Brick?«

»Das wollte sie auch wissen. Und es sagt mir, dass du keine Pornos guckst.«

»Ich finde sie auf erzählerischer Ebene unzulänglich«, sagte ich.

»Hm, ich glaube, du missverstehst da was. Jedenfalls habe ich ihr auch irgendwann mal gesagt, dass ich eigentlich nie eifersüchtig werde, und es war, als wäre sie eifersüchtig darauf, dass ich nicht eifersüchtig werde. Ich meinte damit nur, dass ich weiß, dass sie nicht meine Kragenweite ist. Meine kühnsten Träume wurden einfach schon übertroffen.« Wir schwiegen beide, und dann sagte er: »Das muss sich alles komplett bescheuert anhören.«

»Nein, nein«, sagte ich schnell. »Der Sketch über die Danny-Horst-Regel – den habe ich bloß geschrieben, weil mich die Doppelmoral von heterosexuellen Beziehungen ankotzt. Ich wollte damit nichts über die Beziehung zwischen Annabel und dir aussagen.«

»Aber das ganze Auf und Ab bei Belly und mir – das muss dir doch total pubertär vorkommen.«

»Habe ich dir mal erzählt, dass ich mit Anfang zwanzig verheiratet war?«

»Ernsthaft? Scheiße, Chuckles.«

»Damals kam es mir nicht so vor, aber die Ehe und die Scheidung waren beide völlig leidenschaftslos. Mein Ex-Mann und ich waren das Gegenteil von Annabel und dir. Wir waren sehr ruhig und beherrscht, und schau dir an, was aus uns geworden ist – ich habe seit fast zehn Jahren kein Wort mit ihm gewechselt. Und ich kann nicht behaupten, dass ich seitdem viel dazugelernt hätte. Ich habe nicht die geringste Ahnung, was Paare dazu bringt, zusammenzubleiben oder sich zu trennen, also habe ich wohl kaum das Recht, über euch zu urteilen.«

»Welche Geheimnisse aus deiner Vergangenheit hast du mir denn sonst noch verschwiegen? Hast du mal in Reno einen Mann erschossen, nur um ihn sterben zu sehen?«

»Ich glaube, du musst deinem Bauchgefühl vertrauen«, sagte ich.

»Ich wollte dich fragen, ob du für mich die Trauzeugin spielst. Das ist ein Trauzeuge mit einer Vagina.«

»Wie, um die Überzahl von Annabels Brautjungfern auszugleichen?«

»Unter anderem, aber ich hätte dich auch einfach gern dabei.«

Ich wandte ihm den Kopf zu und lächelte. »Dann gerne. Es ist mir eine Ehre.«

Wir schwiegen wieder, und es war ein angenehmes Schweigen, ehe ich sagte: »Ich bräuchte jemanden, der mich nach Poughkeepsie fährt, aber wie war das noch mal, hattest du ein Auto?«

Danny lachte. »Leck mich, Chuckles.«

Freitag, 17:07 Uhr

»Ich habe es genau so gemacht, wie du gesagt hast«, sagte Viv. »Ich habe ihm geschrieben: ›Ich bin offiziell nicht mehr bei Ihnen in Behandlung, Ihr Name steht auf der Gästeliste, bis morgen‹, so in der Art.« Wir waren in ihrer Garderobe, bevor sie zur Anprobe des Nonnenkostüms für ihre Rolle der Schwester Colleen musste.

»Hat er geantwortet?«, fragte ich.

»Er hat einen Scherz darüber gemacht, dass er sich wohl am Samstagnachmittag aufs Ohr legen muss, um so lange aufzubleiben, und, na ja …« Sie schürzte die Oberlippe, und ihre Nasenlöcher weiteten sich. »Ich habe doch gesagt, dass er auf diesem Bild von der Website aussieht wie ein mittelalter Nerd, aber in echt richtig sexy war? Vielleicht sieht er auch nach mittelalter Nerd aus, weil er eben einer *ist*. Er hat auch geschrieben, er sei ›ganz aus dem Häuschen‹ und komme gern.«

»Das finde ich ehrlich gesagt ganz süß«, sagte ich. »Öffne dein Herz.«

Viv verdrehte die Augen. »Sagt die Frau, die quasi einen körperlosen Penis datet.«

Freitag, 20:07 Uhr

»Sally, wach auf«, sagte eine Frauenstimme. »Hörst du mich? Wach auf, ich habe ein Wahnsinnsgerücht für dich!« Während ich darauf wartete, dass die Kulissen für meine Sketche aus der Lagerhalle geliefert wurden, hatte ich mich im Büro kurz hingelegt, und als ich die Augen aufmachte, kniete Henrietta neben mir. Völlig verzückt sagte sie: »Noah Brewster trägt eine Perücke!«

Ich stützte mich auf die Ellbogen. »Moment mal, was ist?«

»Seine wunderschönen blonden Locken sind fake! Ich muss schon sagen, die Qualität ist beeindruckend. Meinst du, er trägt die Perücke schon, seit er berühmt ist, oder sind seine Haare einfach mit der Zeit dünner geworden?«

Ich setzte mich auf, griff nach der Wasserflasche auf dem Fensterbrett, nahm einen Schluck und sagte: »Woher weißt du das?«

»Terrance und ich sind gerade dabei, meine Frisur für den Käsehändler zu besprechen, da kommt Gloria an und nimmt ihn zur Seite, und sie unterhalten sich flüsternd, aber ich habe es mir zusammengereimt. Anscheinend hat Noah Gloria nichts davon gesagt, und es ist ein Thema, weil er in mindestens zwei Sketchen eine Perücke tragen soll. Er trägt also seine Perücke, dann eine Unterziehhaube und dann noch eine Perücke.« Sie klatschte in die Hände. »Ein Perückensandwich!«

»Wie sehen denn seine echten Haare aus?«

Henrietta ließ sich auf die Fersen nieder und zuckte mit den Schultern. »Wohl eher spärlich.«

War es merkwürdig, dass mich dieses Wissen dazu brachte, Noah in Schutz nehmen zu wollen? Es ließ ihn auf eine Art eitel und unsicher erscheinen, die eher verständlich als lachhaft war. »Ich würde das den anderen nicht erzählen«, sagte ich. »Es könnte sie ablenken.«

»Echt?« Was sie als Nächstes sagte, erinnerte mich daran, wie ich Noah gesagt hatte, ich sei kein Arschloch, und dann, ich sei doch eins. »Und ich war mir sicher, du überschlägst dich vor Begeisterung.«

Samstag, 13:55 Uhr

Zuerst ging ich davon aus, dass sich Annabel einfach verspätete. Die Durchspielprobe war das erste Mal, dass irgendwer bei *TNO* die Sendung der jeweiligen Woche als zusammenhängendes Ganzes zu sehen bekam, wenn auch ohne Maske und ohne gewisse Kostüme und Spezialeffekte, und zugleich war es die letzte Probe vor der Generalprobe, die um 20:00 Uhr vor Publikum stattfand, das dann für die Liveshow um 22:30 Uhr ausgewechselt wurde.

Als wir auf der Homebase gleich mit Oliver als James Comey loslegten, eilte ich von der Kammer mit den Stichwortkarten, in der ich einige Änderungen durchgesehen hatte, zu Bühne 1, wo der Käsehändler als Viertes an der Reihe war. Auf dem Flur kam ich an Danny in seiner Polizeiuniform vorbei und sagte: »Hey, ist Annabel bei dir in der Garderobe?«

»Ihre Leute sollten sich eigentlich bei Autumn melden, sobald sie hier sind.«

Beim Betreten des Studios schaute ich mich um und sah Autumn nicht; vermutlich wartete sie zusammen mit Noah in dem engen Raum hinter der Homebase, bis er mit seinem Monolog auftrat. Ich wollte ihr eine Nachricht schreiben, aber dann fiel mir auf, dass ich ihre Nummer gar nicht hatte, und ich öffnete eine E-Mail. Ich tippte Autumns E-Mail-Adresse ein, schrieb einen Satz in die Betreffzeile – *Ich brauche Annabel um 5 auf Bühne 3* – und drückte auf *Senden*. Dann bat ich einen Produktionsassistenten herauszufinden, wo Annabel war, und er machte sich direkt auf den Weg. Im Anschluss an den Anfangssketch spielte die Hausband die saxofonlastige Erkennungsmelodie; später würde der Sprecher namens Rusty dazu die Mitwirkenden ankündigen, aber Rusty war erst ab der Generalprobe dabei, und daher rief jetzt die Regieassistentin Penelope: »Und Ihr Gastgeber, Noah Brewster. Meine Damen und Herren, Noah Brewster!« Noah kam im Smoking durch die Tür auf die Bühne und stieß zum Eröffnungs-Crescendo der Hausband die Faust in die Luft, und einmal mehr versuchte ich nicht zur Kenntnis zu nehmen, wie gut aussehend er war. Dann dachte ich: *Moment mal, das soll wirklich eine Perücke sein?*

Während er mit den Worten »Ich freue mich wahnsinnig, heute *TNO* präsentieren zu dürfen« seinen Monolog eröffnete, studierte ich seinen Haaransatz, die blonden Fransen, die sein Gesicht rahmten, die hinter die Ohren geklemmten Strähnen. Ich hätte es wirklich nie gemerkt. Ich fragte mich, ob Henrietta sich vielleicht verhört hatte, hielt es aber für unwahrscheinlich. Und dann erschien Elliot auf der Bühne, und ich dachte: *Elliot? Was soll das denn?* Genau wie ich stand Elliot Jahr für Jahr nicht vor der Kamera; auch er war im Innersten Autor und kein Darsteller. Aber wie sich herausstellte, beruhte der Eröffnungsmonolog auf der Prämisse, dass der Chefautor von *TNO* glaubte, Noah wäre als musikalischer Gast und nicht als Moderator eingeladen, und Noah versuchte zu erklären, dass er beides sei. Ich wusste nicht genau, warum nicht Nigel statt Elliot die Rolle übernahm. War zwischen Noah und Elliot im Laufe der Woche eine Freundschaft entstanden, die nach außen hin sichtbar gemacht werden musste?

Nach Noahs Monolog lief über die vielen im Studio aufgehängten Monitore ein Rohschnitt des Digital Shorts mit den Rezepten der weißen Frauen, und dann war es schon Zeit für den Käsehändler-Sketch auf Bühne 1, auf den unmittelbar der Danny-Horst-Regel-Sketch auf Bühne 3 folgen würde. Als der Käsehändler anfing, stand ich am Set, hatte das aufgeschlagene Skript auf dem linken Arm liegen und hielt in der rechten einen Bleistift. Mit der linken Hand schaute ich rasch in meine E-Mails, um zu sehen, ob Autumn geantwortet hatte; hatte sie nicht.

Die Durchspielprobe war insofern entspannter als die Generalprobe, als es Pausen und Wiederholungen gab – manche Sketche wurden zweimal hintereinander gespielt – und ich noch nach Gutdünken Änderungen vornehmen konnte. Bei der Generalprobe sahen die Autoren ihre Sketche zusammen mit Nigel in einem kleinen, für ihn reservierten Raum unter der Loge an, einer Art Höhle, in der er auf einem Regiestuhl hockte und Rosé trank, die Augen auf einen Monitor gerichtet, sodass er die Sketche so sah wie die Zuschauer zu Hause. Neben den jeweiligen Autoren waren auch noch eine oder zwei von Nigels Assistentinnen, ein paar Produktionsleiter, Autumn und manchmal einer von Nigels engsten prominenten Freunden dabei (seinen weniger engen prominenten Freunden bot er an, die Livesendung in seinem Studiobüro zu schauen). Das bedeutete, dass diese Leute mitanhörten, welches Feedback Nigel den Autoren gab, was bedeutete, dass ein über siebzigjähriges Mitglied einer der berühmtesten Rockbands der Welt einmal Zeuge geworden war, wie Nigel in sachlichem Tonfall zu mir sagte: »Wenn Viv Henrietta sagt, sie soll ihre Pilzinfektion mit einer Knoblauchzehe behandeln, meint sie doch bestimmt, sie soll sie vaginal einführen, aber das wird nicht ganz deutlich.« Vor der Generalprobe sprühte ich mich immer mit dem Deo aus dem Kulturbeutel in meinem Schreibtisch ein, weil ich beim Ansehen eines meiner Sketche mit Nigel schwitzte wie sonst nie.

Bei der Durchspielprobe des Käsehändlers legte sich Noah wie bei der vorherigen Probe richtig ins Zeug, und auf den Monitoren hinter ihm liefen im Greenscreen-Verfahren Ratten fröhlich durch den Laden. Aber auch wenn sein Duett mit Henrietta perfekt klang, drehte ich mich immer wieder weg und suchte das Studio nach Annabel ab. Der Sketch ging zu Ende, und Bob O'Leary, der ein paar Meter entfernt gestanden und zugeschaut hatte, sagte zu mir: »Irgendwelche Anmerkungen, oder passt alles?«

Ich sah zu den Ensemblemitgliedern hinüber und sagte: »Wes und Viv, könntet ihr näher an Bailey rücken? Ihr habt alle zu viel Abstand. Ansonsten könnt ihr bei der Generalprobe und in der Show alles genau so machen.« Ich schaute wieder zu Bob. »Aber Annabel Lily soll im nächsten Sketch auftreten, und ich weiß nicht mal, ob sie schon da ist.«

Bob sagte in sein Headset: »Kann mir irgendwer sagen, ob Annabel Lily im Studio ist? Wir suchen Annabel Lily für den Danny-Horst-Regel-Sketch auf Bühne 3.« Seine Stimme war über Lautsprecher im ganzen Studio zu hören, auch in den Garderoben, wie ich wusste.

Noah wurde von einer Mitarbeiterin der Kostümabteilung namens Peggy, die während der Auftritte immer den Stargast begleitete, buchstäblich an der Hand abgeführt. Er reckte mir wortlos die freie Hand zu einem Faustcheck entgegen, und ich hob meine. So wie er meine Gedanken beherrschte, rechnete ich fast damit, dass bei der Berührung Funken sprühten, aber das passierte nicht, und dann war er fort, unterwegs zur nächsten Station, an die Peggy ihn brachte.

Während Bob und ich auf Bühne 3 zugingen, merkte ich, dass er über sein Headset eine Antwort bekam, konnte sie aber nicht verstehen. Er drehte sich zu mir und sagte: »Annabel ist nicht da. Wie wär's, wenn Lynette oder Bianca für sie einspringt?«

So was von unzuverlässig, dachte ich und sagte: »Bianca.« Es war Biancas erste Staffel, und sie war Anfang zwanzig, also so alt wie Annabel oder sogar jünger.

Bob sagte ins Headset: »Sally will Bianca. Weißt du, wo sie ist?« Nach einer kurzen Pause sagte er: »Super, schick sie her.«

Und dann begann der Danny-Horst-Regel-Sketch: Gregor und Viv bei ihrem Date im Restaurant, lächelnd, lachend, Josh in der Polizeiuniform, der sie festzunehmen schien. Ich war so auf Annabels Abwesenheit fixiert, dass ich das Geschehen auf der Bühne nur schwer bewerten konnte, zumal als Danny erschien. Etwa dreißig Sekunden später betrat Bianca in Crocs, Jeans und einem schwarzen Crop-Top die Bühne und erklärte, sie sei Susan B. Anthony, wobei sie so flüssig von den Stichwortkarten ablas, dass ein Außenstehender bestimmt nicht gemerkt hätte, dass sie erst vor fünf Minuten von ihrem Auftritt erfahren hatte. Als der Sketch zu Ende war, sagte ich: »Vielen Dank fürs Einspringen, Bianca.« Ich schaute kurz zu Danny hinüber. »Das war alles in allem gut«, fuhr ich fort, »nur Josh, du kamst einen Tick zu spät. Du brauchst nicht zu warten, bis Viv und Gregor ihren Text komplett aufgesagt haben. Komm einfach reingestürmt und unterbrich sie.«

»Alles klar«, sagte Josh.

»Willst du's noch mal sehen?«, fragte mich Bob.

Bildete ich mir das nur ein, oder wirkte Danny irgendwie sonderbar? »Ich glaube, es ist okay«, sagte ich.

Als alle auseinandergingen, kam Bianca auf mich zu. »Ich wollte dir bloß sagen«, sagte sie, »dass dieser Sketch ein krass wichtiges Statement ist. Er ist voll witzig, aber du denkst dir halt auch so: *What the fuck*? Weil's die Regel einfach mal gibt. Ich freu mich so hart, dass du das thematisierst, und ich freu mich so hart, dass ich jetzt dabei sein kann.«

»Oh ...« Ich verstummte. »Danke. Aber es tut mir leid, eigentlich soll Annabel immer noch bei der Generalprobe und in der Livesendung die Rolle übernehmen. Ich glaube, sie ist einfach nur spät dran.«

Bianca brachte ihre Gesichtszüge genauso schnell wieder unter Kontrolle, wie sie ihr entglitten waren. »Ja, logisch«, sagte sie. »Macht auf jeden Fall Sinn.«

»Ich bin dir wirklich dankbar, dass du eingesprungen bist, und ich würde sehr gern bald mit dir an etwas anderem arbeiten –«

»Ja, ja«, sagte Bianca rasch. »Ja, *same.*« Sie huschte davon.

Als der nächste Sketch begann – es war der mit Viv als Nonne und Hakeem als Priester, und er wurde auf der Homebase gespielt –, schaute ich noch einmal in meine E-Mails und sah, dass Autumn geantwortet hatte. Ihre Nachricht lautete: *Annabel ist nicht da.*

Was du nicht sagst, dachte ich. Ich ging zur Toilette – der Plappermäulchen-Sketch, mein nächster, fing erst um elf Uhr an –, und während ich pinkelte und mir die Hände wusch, hing mir das peinliche Missverständnis mit Bianca noch nach. Ich hatte nie zum Ensemble gehört, aber irgendwann war auch mein erstes Jahr bei *TNO* gewesen, und ich wusste noch, dass es mir vorgekommen war, als würde mein Erfolg nicht von irgendetwas abhängen, was ich tat, sondern nur davon, was andere, langjährigere Mitarbeiter zuließen.

Als ich das Studio wieder betrat, spielte Noah gerade seinen ersten Song, denjenigen, den er entweder für mich gesungen hatte oder eben nicht. Ich wusste, dass er aufgrund der Beleuchtung nur die ersten paar Sitzreihen sehen konnte, die jetzt ordentlich aufgestellt waren. Ich stand mit gekreuzten Armen hinter den Stühlen, und während ich ihn singen hörte und Gitarre spielen sah, empfand ich den Respekt, den ich bei *TNO* oft vor Leuten hatte, die nicht nur etwas konnten, was ich nicht konnte, sondern auch noch so gut darin waren, dass es ganz einfach wirkte.

Nach Noahs erstem Stück blieb ich, wo ich war, und sah zu, wie Danny in Jackett und Krawatte mit unbewegter Miene den News-Desk-Nachrichtensprecher gab. Als er am Set erschienen war, um seinen Platz hinter dem Schreibtisch einzunehmen, hatte man die blassrosa Jogginghose gesehen, die er anstelle einer Anzughose trug. Ich fragte mich, was Annabel für eine Ausrede hatte – vielleicht hatte ihre Aromatherapie-Massage länger gedauert, oder sie bekam noch eine Plasma-Gesichtsbehandlung. Danny deutete beim Aufsagen seines Textes kaum ein Lächeln an, was aber nicht ungewöhnlich war.

Dann kam Noahs Choreografie-Sketch, der lustig und albern war und damit endete, dass Noah sich Hemd und Hose vom Körper riss, wodurch die kurze schwarze Lederhose und die bauchfreie Lederweste, also eigentlich sein Sixpack und seine muskulösen Arme und Beine zum Vorschein kamen; die Tätowierung auf dem Unterarm fiel kaum auf. Als wäre der Anblick seines goldschimmernden Körpers nicht anregend genug gewesen, legte an einer Stelle, an der später die Kamera wechseln würde, ein Mitarbeiter der Requisite Noah eine lange grüne Schlange um Hals und Schultern. Ich brauchte ein paar Sekunden, um zu erkennen, dass die Schlange aus Gummi war. Noah packte sie an beiden Enden und ließ auf eine übertrieben sinnliche Weise die Hüften kreisen, die ich nicht so lächerlich fand, wie ich es eigentlich hätte tun sollen, oder vielleicht wurde er auch gerade dadurch so attraktiv, dass er nicht davor zurückschreckte, sich lächerlich zu machen.

Dann war es Zeit für »Plappermäulchen«, und obwohl Noah und Henrietta bestens aufgelegt waren und ihre Albernheit in dem Flugzeugspiel gipfelte, befiel mich die tiefe, bedrückende Gewissheit, dass der Sketch doch nicht gut genug war; er hatte nichts, was frühere Fassungen von »Plappermäulchen« nicht besser auf den Punkt gebracht hätten. Ich wusste auch, dass ich so kurz vor Generalprobe und Livesendung keine tiefgreifenden Änderungen mehr vornehmen würde. Manche Autoren bastelten an den Sketchen herum, so lange sie konnten, doch ich fand, dass potenzielle Qualitätsverbesserungen von einem bestimmten Zeitpunkt an auf Kosten der Vertrautheit des Ensembles mit dem Skript gingen.

Nach dem Plappermäulchen war der furchtbare Sketch von

Catchphrase an der Reihe, der mir die unangenehme Erkenntnis bescherte, dass Catchphrase gleichzeitig Einrad fahren *und* jonglieren konnte, was mich gegen meinen Willen beeindruckte; dann Noahs zweiter musikalischer Auftritt, das Stück mit dem Titel »Inbox Zero«; dann der Arzneischränkchen-Sketch, der mir zu etwa fünfundsiebzig Prozent gelungen erschien; dann die Drei Tenöre. Dann erschien Noah wieder auf der Homebase und sagte: »Danke für eure Teilnahme an dieser Probe, die in jeder Hinsicht glattlief.« Über die Lautsprecher hörte ich die Regieassistentin Penelope sagen: »Und damit hätten wir die Durchspielprobe, Leute.«

Bob, Nigel, Autumn, Penelope und Elliot versammelten sich vor der Homebase, und Noah sprang von der Bühne und unterhielt sich mit ihnen. Ich näherte mich Autumn unauffällig von hinten und berührte sie am Ellbogen. Als sie sich umdrehte, flüsterte ich: »Annabel kommt doch zur Generalprobe und zur Liveshow, oder?«

Autumn legte die Stirn in Falten und schüttelte den Kopf. Die anderen waren alle verstummt und sahen mich an.

Ich sagte: »Ich möchte einfach nur wissen, was mit Annabel Lily ist.«

»Annabel kommt heute nicht«, sagte Autumn. »Punkt.«

»Wieso nicht?«

»Ihr ist etwas dazwischengekommen.«

»Ich könnte mal bei ihr nachfragen«, sagte Noah.

»Danny auch«, sagte ich im selben Moment, in dem Bob sagte: »Noah, Sie werden bis zur Ausstrahlung ohnehin schon alle Hände voll zu tun haben.«

»Das ist gar kein Problem«, sagte Noah. »Ich kenne sie flüchtig.«

In einem deutlich wärmeren Tonfall als dem, mit dem sie mir geantwortet hatte, sagte Autumn: »Das ist mehr als großzügig von Ihnen, Noah, aber wissen Sie was: Für Sie ist es an der Zeit, Ihre Schlange kennenzulernen.« Sie schaute in die Runde und sagte: »Der Tierpfleger hat empfohlen, dass Noah und die Schlange sich vorher einmal begegnen, um sich aneinander zu gewöhnen.«

Mein Blick begegnete Noahs, und ich sagte: »Moment mal, ihr nehmt doch eine echte?«

Er grinste. »Man hat mir versichert, dass es keine Giftschlange ist.«

Elliot klopfte Noah auf den Rücken: »Das wird der Hammer, Mann.«

Bob sagte: »In den letzten siebenunddreißig Jahren haben wir nur wie viele Stargäste verloren, Nigel? Drei? Vier?«

Nigel sagte trocken. »Mehr auf keinen Fall.« Dann sah er mich an und sagte: »Sie sind heut gut vertreten, Sally.«

Samstag, 18:01 Uhr

Ich war wieder in der Kammer mit den Stichwortkarten, als mein Telefon vibrierte und eine Nachricht von Henrietta auf dem Display erschien: *OMG Annabel und Danny haben echt Schluss gemacht?!?!!! Ist Danny okay?*

»Ach du Scheiße«, sagte ich und wandte mich dem nächsten Mitarbeiter zu. »Bin gleich wieder da.«

Ich lief hastig zu Dannys Garderobe und klopfte mehrmals an die Tür. Es kam keine Antwort, aber sobald ich den Türknauf gedreht hatte, sah ich Danny mit dem Gesicht nach unten auf seinem kleinen braunen Cordsofa liegen. Der Raum war etwa 1,80 Meter mal 2,50 Meter groß, ein fensterloser Kasten mit einer Anrichte aus Resopal unterhalb der verspiegelten Wand, und Danny hatte abgesehen vom Aufstellen des Zweisitzersofas wenig unternommen, um dem Raum einen persönlichen Anstrich zu geben. Seine Beine ragten über den Rand, und er trug immer noch den Blazer vom News Desk.

»Danny, ich bin's«, sagte ich.

Als er den Kopf drehte, sah ich sein gerötetes und tränenüberströmtes Gesicht.

»Du hast's wohl schon gehört«, sagte er.

Nachdem ich mich auf das Sofa gequetscht hatte – er nahm so viel Platz ein, dass mein rechter Oberschenkel gegen seine linke Hüfte drückte –, konnte ich ihn riechen. Aber es war ein wiedererkennbarer und menschlicher, kein widerwärtiger Geruch; ihn zu erkennen fühlte sich vertraut an.

»Es tut mir wirklich leid«, sagte ich. »Aber meinst du denn, es ist so richtig, *richtig* vorbei? Wenn man sich eure Vergangenheit anschaut ...«

»Weißt du noch, dieses Gefühl am Wahlabend, dass es wirklich zum Schlimmsten kommen könnte? Und dann dachte man auf einmal: O mein Gott, Scheiße, es passiert tatsächlich. Und dann war es auch schon passiert.« Er schniefte. »Ihre Presseagentin hat meine Presseagentin angerufen, und Belly hat schon ein Statement abgegeben, das ganz sicher die Presseagentin geschrieben hat, weil es nur verlogenes Gewäsch ist.« Er grinste düster. »Und dann hat sie mich auf sämtlichen Social-Media-Kanälen geblockt.«

Neben vielen anderen Dingen wirkte es entweder verblüffend unsensibel oder bewusst grausam, sich direkt vor Dannys Live-Auftritt im bundesweiten Fernsehen so zu verhalten. Und es wäre gelogen, wenn ich behauptete, mich nicht wieder gefragt zu haben, was aus meinem Danny-Horst-Regel-Sketch werden würde, aber diesmal war das nicht mein Hauptgedanke. Mein Hauptgedanke war, dass Danny dem Teufel von der Schippe gesprungen war.

»Ist irgendwas Bestimmtes passiert?«, fragte ich.

Er drehte sich auf die Seite, lehnte sich mit dem Rücken an die mit Cord überzogenen Kissen. »Heute Morgen war ich bei ihr, okay? Wir hängen in der Küche rum, machen Smoothies, und sie hat so einen superstarken und absolut erstklassigen Mixer. Wir reden darüber, dass es auf den Mixer zehn Jahre Garantie gibt, und ich reiße ein paar blöde Witze nach dem Motto, wenn die Garantie abläuft, gibt es nur noch selbstfahrende Autos, Fleisch wird im Labor gezüchtet, und wir sind geschieden, was aber auch egal ist, weil wir eh nur noch mit Robotern vögeln.«

Er schwieg, und ich sagte: »Sonst noch was?«

»Ich schwöre, ich war noch gar nicht richtig wach. Ich hab einfach nur Blödsinn geredet. Aber sie ist ausgerastet.«

»War ihr denn klar, dass du bloß Spaß gemacht hast?«

»Sie meinte, es wäre mir nie ernst mit ihr gewesen, weil ich überhaupt nicht ernst sein kann.« Er zuckte mit den Schultern. »Ich komme hierher und denke, okay, das war kacke, aber so was haben wir schon öfter erlebt. Irgendwann kommt sie vorbei, und wir haben Versöhnungssex« – ich sagte mir, dass das nicht der richtige Moment war, um darüber nachzudenken, welche Körperflüssigkeiten dieses Sofa schon aufgesogen hatte –, »und stattdessen reißt sie alles ein.«

»Ich weiß, ich habe leicht reden, aber wie wär's, wenn du die sozialen Medien einfach ignorierst, dich nach der Sendung aufs Ohr legst und morgen zu ihr gehst?«

»Sie ist ein bisschen irre«, sagte er. »Aber wenn sie gerade mal nicht irre ist, dann ist sie der reizendste, liebevollste Mensch, den ich je kennengelernt habe. Sie hat so ein riesiges Bett mit einer Million Kissen und so einer großen Decke wie im nobelsten Hotel, und da liegen wir einfach drauf und schauen uns in die Augen. Bevor ich sie kannte, dachte ich, diese Augen-Nummer gäb's nur im Film.«

»Das klingt schön«, sagte ich.

Einige Sekunden lang schwiegen wir beide, und Dannys Magen knurrte.

»Wann hast du zuletzt was gegessen?«, fragte ich.

»Gute Frage.«

»Komm, wir lassen dir ein Sandwich holen. Irgendwas Einfaches wie Putenbrust und Käse? Du solltest ein paar Proteine zu dir nehmen.« Aber als ich aufstand, streckte er den Arm aus, um mich aufzuhalten.

»Kennst du das Gefühl, wenn zwischen dir und jemand anderem einfach alles stimmt?«, fragte er. »Wenn die Einsamkeit auf einmal verschwindet und man sich einfach blind versteht – meinst du, das ist alles Blödsinn?«

Ich atmete tief durch und sagte: »Ich glaube nicht, dass es Blödsinn ist. Ich glaube, es kommt nicht oft vor, aber manchmal passiert es.«

Samstag, 18:27 Uhr

Ich sagte den beiden Assistentinnen an den Tischen vor Nigels Büro, ich müsse ihn dringend sprechen, und eine von ihnen stand auf, ging in sein Büro, erschien dann wieder und bedeutete mir einzutreten. Drinnen standen Elliot, Bob O'Leary und zwei weitere Produzenten. Nigel selbst saß an seinem Schreibtisch und trank aus einem großen Glas, und als er es abstellte, sagte er: »Sally, vergessen Sie niemals, wie wertvoll Wasser ist.«

»Wir müssen den Danny-Horst-Regel-Sketch streichen«, sprudelte es aus mir heraus. Weil ich so etwas noch nie getan hatte, wusste ich nicht, ob das Pronomen wirklich *Wir* wie in *Wir müssen* oder doch eher *Sie* wie in *Sie müssen* lauten sollte. »Danny und Annabel haben sich gerade in aller Öffentlichkeit getrennt, und sie lässt sich in den sozialen Medien aus, es ist alles sehr hässlich.«

In ruhigem Tonfall sagte Bob: »Annabel ist für den Sketch wirklich nicht unersetzlich. Bianca hat ihre Sache gut gemacht.«

»Wir müssen ihn wegen Danny streichen«, sagte ich. »Er ist ziemlich aufgewühlt.«

»Danny ist ein Profi«, sagte Elliot. »Der schafft das schon. Und außerdem, trennen die sich nicht andauernd?«

»Ich glaube, diesmal ist es anders.«

»Könnte der Sketch vielleicht den Knoten zum Platzen bringen?«, fragte Nigel.

Zwischen ihnen hin und her zu schauen verwirrte mich; sie dazu bringen zu wollen, einen meiner Sketche zu *streichen*, verwirrte mich, nachdem ich neun Jahre lang das Gegenteil getan hatte. Vielleicht hatte ich ja unrecht, und sie hatten recht? Das wünschte ich mir, einerseits Dannys Wohlbefinden zuliebe und andererseits, um einen Hattrick landen zu können.

»Er würde gar nichts zum Platzen bringen«, sagte ich. »Wir würden nur nachtreten, wo er sowieso schon am Boden liegt.«

»Sollen wir ihn für die Generalprobe noch drinlassen und mal abwarten, wie es läuft?«, fragte Bob.

»Oder ob sie in einer Stunde vielleicht wieder zusammen sind«, sagte Elliot.

»Wir müssen Danny jetzt gleich von seinem Elend erlösen«, sagte ich.

»So oder so tritt er noch im News Desk auf«, sagte Elliot.

»Da geht es aber nicht um ihn«, sagte ich.

»Sicher, dass das die richtige Entscheidung ist?«, fragte Nigel.

Natürlich war ich mir in diesem Augenblick nicht sicher. »Ja«, sagte ich. »Hundertprozentig.«

Nigel wandte sich Bob zu und sagte: »Nehmen wir den Medizinschrank wieder rein.«

Elliot und ich sahen uns in die Augen, und er sagte, nicht wertend, eher überlegend: »Wüsste ich es nicht besser, würde ich denken, du hast den Biss verloren.«

Samstag, 18:35 Uhr

Die Garderoben von Gastmoderator und musikalischem Gast lagen auf demselben Flur, und auf meinem Weg zu Nigels Büro waren beide Türen geschlossen gewesen. Auf dem Rückweg ins Studio stand die der Moderatorengarderobe offen, und der Raum war voller Menschen. Ich hörte jemanden »Hey, Sally!« sagen, und Noah erschien in der Tür und winkte mich herein. Hinter ihm befanden sich mehrere Leute, die teils standen, teils auf den überraschend schäbigen Möbeln in dem überraschend unschicken Raum saßen: Autumn, Madison *und* Addison, ein Weißer mit einem gepflegten Kinnbart, ein Schwarzer mit einem gepflegten Kinnbart, eine Frau mit stachelig gestylten Haaren in einem Jumpsuit, eine blonde Frau, die ein bisschen nach Vorortmutti aussah, und ein Weißer in Anzug und Krawatte. Ich ging davon aus, dass es sich bei allen außer Autumn, Madison und Addison um seine Agentin, seinen Manager und andere Mitglieder seines Teams handelte.

Noah trug einen Smoking und außerdem eine Schicht Make-up, und ich fand ihn – vielleicht weil ich es gewohnt war, Männer wie Frauen mit Foundation, Bräunungscreme und Rouge im Gesicht zu sehen – strahlend schön. Wenn er wirklich eine Perücke trug, war sie unglaublich gut.

»Hey«, sagte ich. »Und, haben Sie mit der Schlange Freundschaft geschlossen?«

»Wir sind jetzt *so*.« Er hielt zwei gekreuzte Finger hoch. »Also, es lief wirklich nicht schlecht. Ich dachte, sie wäre kalt, von wegen Kaltblüter und so, aber sie war ganz warm. Sie heißt übrigens Eleanor.«

»Wirklich?«

Er nickte. »Was ich Ihnen noch sagen wollte – ich habe Annabel geschrieben, und es hört sich an, als hätten Danny und sie Schluss gemacht.«

»Ja, haben sie«, sagte ich. »Und der Sketch ist gestrichen.«

»Oh, das tut mir leid.«

»Kommt vor. Ich meine, danke, dass Sie es versucht haben. Wie fühlen Sie sich denn?«

Er machte ein selbstironisch nervöses Gesicht. »Vielleicht nicht zu einhundert Prozent entspannt?«

»Ich glaube, Sie machen das großartig, und es wird eine tolle Show«, sagte ich. »Ganz sicher.« Es war nicht unüblich, dass Moderatoren sichtlich nervös waren, wenn es auf die Livesendung zuging – und manche waren von Anfang an so nervös, dass sie sich die ganze Woche lang übergaben und zitterten –, aber ich persönlich hatte ihnen nie Trost zugesprochen. Einmal allerdings hatte ich auf dem Flur ohne Vorwarnung den in Panik verfallenen Backgroundtänzer einer Rapperin umarmt, einen glatzköpfigen, außerordentlich muskulösen Mann in engem Tanktop und kurzen Jeansshorts. Noah gegenüber fügte ich hinzu: »Diese Woche steht die Sendung ehrlicherweise schon deutlich besser da als viele andere zu diesem Zeitpunkt.«

»Ja?«, sagte Noah. Dann sagten wir beide gleichzeitig: »Ehrlicherweise?«, und lächelten. In diesem Augenblick hatte ich das Gefühl, wir würden einander viel besser kennen als in Wirklichkeit, und ich dachte, dass Noah zusätzlich zu seiner strahlenden Schönheit eindeutig ein feiner Kerl war, und außerdem, dass es eine enorme Erleichterung sein würde, wenn die Livesendung vorbei war und wir uns nicht mehr dutzendfach so betont beiläufig begegnen würden. Wenn *TNO* wie ein Ferienlager war, dann dauerte sein Aufenthalt immerhin nur eine Woche. Ich deutete mit dem Daumen hinter mich und sagte: »Ich sollte Danny wohl mal sagen, dass mein fieser kleiner Sketch über sein Liebesleben gestrichen ist.«

»Bevor Sie gehen …« Noah beugte sich in den Raum hinein und legte die Hand auf die Schulter der blonden Frau, die ein mit braunen Blumen gemustertes bordeauxrotes Kleid trug und Cashewkerne aus einem 100-Kalorien-Tütchen aß. Auf einem Tisch stand eine Schale mit solchen Tütchen, dazu gab es Bananen, Äpfel, getrocknete Rindfleischstreifen vom Weiderind, einen Teller mit Gemüsestäbchen, winzige Brownies und Wasserflaschen. Die Frau drehte sich zu ihm um, und Noah sagte: »Sally, das ist meine Schwester Vicky; Vicky, das ist Sally, eine Autorin hier im Haus.«

Vicky sagte herzlich: »Sie helfen Noah, seine Träume wahrzumachen.«

»Na ja, nicht persönlich«, sagte ich, wodurch ich auf Anhieb seltsam wirkte. »Freut mich, Sie kennenzulernen«, ergänzte ich, während wir einander die Hand gaben.

»Ebenso.«

»Wohnen Sie hier in –«, setzte ich an, aber ehe ich den Satz beenden konnte, grätschte Autumn auf ihre Autumn-Art dazwischen und sagte: »Sally, ich muss Noah und Vicky entführen und ihnen zeigen, wo Vicky steht, wenn sie Noahs erstes Lied ansagt.«

»Ach, wie schön.« Ich trat einen Schritt zurück und deutete ein Winken an. »Hals- und Beinbruch!«, sagte ich und huschte davon.

Samstag, 23:08 Uhr

Die Arbeit bei *TNO* war oft hektisch, aber die hektischste Zeit war die zwischen Ende der Generalprobe und Beginn der Livesendung. Die über dreihundert Zuschauer mussten hinaus- und dreihundert neue hereingeführt werden. Sämtliche Autoren, Produzenten und Ensemblemitglieder quetschten sich in Nigels Büro – diesmal das mit Blick aufs Studio –, damit er enthüllen konnte, welche zwei oder drei Sketche er kürzen und welche allerletzten Änderungen er an Skripts, Kulissen und Kostümen vornehmen wollte. Sein Augenmerk auf Einzelheiten konnte absurd erscheinen – es konnte vorkommen, dass er entschied, eine Topfpflanze müsse von der rechten Seite eines Schreibtischs auf die linke verschoben werden –, aber das Gegenargument lautete, dass er Nigel Petersen war und wir eben nicht.

Die Generalprobe war gut gelaufen, die Zuschauer hatten viel gelacht, aber sie war nicht so gut gelaufen, dass ich mir Sorgen um die Livesendung machte; manchmal wusste man bei Beginn der Sendung, dass sich die Generalprobe nicht verbessern ließ, und das war keiner dieser Abende. Es hatte einen echten Flop gegeben – »Schwester & Vater« mit Viv als Nonne –, bei dem das Publikum von Anfang bis Ende stumm geblieben war, aber das war unmittelbar vor Noahs erstem musikalischen Beitrag gewesen, der gewissermaßen als Rachenputzer diente und verhinderte, dass der Flop die übrige Show ruinierte. Auch wenn wir alle lieber richtig abräumten, waren wir uns einig, dass der Umstand, dass Sketche floppen *konnten* und uns das Publikum nicht allein für unser Erscheinen belohnte, dem Abräumen erst Wert und Bedeutung verlieh.

Seiner üblichen Undurchschaubarkeit entsprechend, strich Nigel »Schwester & Vater« nicht; stattdessen sollte der Sketch so umgeschrieben werden, dass Noah als Papst nicht erst nach zwei Dritteln auftrat, sondern der Sketch mit ihm anfing, und dass Noah keine Mitra, sondern ein Scheitelkäppchen auf dem Kopf trug. Das Plappermäulchen und der Käsehändler überstanden beide die Generalprobe, wobei Nigel »Plappermäulchen« zwanzig Sekunden kürzer haben wollte, was für mich die Frage aufwarf, ob ich die kürzlich hinzugefügte Flugzeugnummer mit Henrietta und Noah wieder herausstreichen oder das Geplauder der männlichen Juroren ausdünnen sollte. Und der Einradsketch von Catchphrase war ans Ende verschoben worden. Die späteren Sketche waren eher so etwas wie Platzhalter, weil es sein konnte, dass sie während der laufenden Sendung aus Zeitgründen gestrichen wurden –, aber manchmal wurden sie überraschend zu Klassikern.

Nach der Sitzung hastete ich zur Kammer mit den Stichwortkarten und stieß dort auf Benji, der sagte: »Echt schade, dass Nigel den Danny-Horst-Regel-Sketch gestrichen hat. Ich fand ihn richtig gut.«

Selbst wenn ich es gewollt hätte, blieb keine Zeit, um die Sache aufzuklären; wir mussten beide die neuen Stichwortkarten kontrollieren. Ich sagte nur: »Ich weiß.« Es waren noch zehn Minuten bis zur Ausstrahlung, und ich hörte die Hausband auf der Homebase und das Geplauder der ungeduldig auf die Show wartenden Zuschauer. Meist ging Danny vor der Ausstrahlung ein paar Minuten lang auf die Bühne, um das Publikum anzuheizen, aber ich hörte, dass das stattdessen Bailey übernahm – Bailey kam auch vom Stand-up. Dann ging Bailey ab, und Jay aus dem Ensemble betrat die Bühne, gefolgt von Bianca, Lynette und Grace. Obwohl ich die Homebase nicht sehen konnte, wusste ich – weil es immer so war –, dass Jay in einen blassblauen dreiteiligen Anzug im Siebzigerjahre-Stil gekleidet war und die Frauen dazu passende kurze, silbrig glänzende Trägerkleider und hohe weiße Stiefel trugen. Sie schmetterten alle »We Are Family«, und das Publikum drehte durch.

Auf dem Weg zu der Stelle unterhalb der Loge, von der aus ich mir normalerweise die Livesendung ansah, einem Niemandsland weitab von Nigels Höhle und ohne Rosé, kam ich an Viv vorbei, die im Eröffnungssketch Comeys Lektorin spielen sollte. Wenn die Ensemblemitglieder in den Sekunden vor dem Auftritt von Mitarbeitern aus der Maske, einer Haarstylistin und jemandem aus der Kostümabteilung umringt wurden, die alle noch letzte Anpassungen vornahmen, erinnerte mich das Gewimmel immer daran, wie die Mäuse und Vögel Aschenputtel in der ersten Disney-Verfilmung für den Ball herrichteten. Ich wollte nicht im Weg stehen oder Dr. Theos Namen rufen, also hielt ich, als Viv zu mir herübersah, nur die rechte Hand in die Luft, zuerst mit erhobenem, dann mit gesenktem Daumen, und zog die Augenbrauen hoch. Sie nickte und hob auch den Daumen. Ich wusste nicht genau, ob ich danach gefragt hatte, ob Dr. Theo gekommen war oder ob sie miteinander gesprochen hatten, aber die Bestätigung war in jedem Fall vielversprechend. »Super«, sagte ich und ging weiter, um meinen Platz neben Patrick und Jenna, den beiden anderen Autoren, einzunehmen. Solange alles nach Plan lief – also nicht bei einem anderen Sketch deutlich überzogen wurde und ein Produzent weitere Kürzungen von mir verlangte –, würde ich hierbleiben. Sogar an Abenden, an denen kein Sketch von mir auf dem Programm stand, war es aufregend, die Ensemblemitglieder im Studio spielen zu sehen und zu wissen, dass die Sketche über Fernsehschirme im ganzen Land liefen. Wie Noah und Millionen anderer hatte auch ich in meiner Jugend fernab von New York gelebt und ganz elektrisiert *TNO* geschaut.

Und dann war es 23:28 Uhr, 23:29 Uhr – eine von Nigels Weisheiten, die auch von Leuten außerhalb von *TNO* aufgegriffen wurde, lautete: »Die Sendung fängt nicht an, wenn sie fertig ist. Die Sendung fängt an, wenn es 23:30 Uhr ist« –, und ich hörte Penelope sagen: »Dreißig Sekunden bis zur Ausstrahlung, Leute, dreißig Sekunden bis zur Ausstrahlung. Auf geht's.« Der Eröffnungssketch begann, und Oliver war als Comey leicht schmierig und selbstgerecht, und Viv war als seine Lektorin ungeduldig, und Lynette kam als der Welt überdrüssige Hillary Clinton auf die Bühne, und dann war der Moment am Ende des Sketchs gekommen, in dem sie die vierte Wand durchbrachen, sich vorbeugten, in die Kamera schauten und die Zuschauer unisono lautstark zur Show willkommen hießen, wie es das *TNO*-Ensemble seit 1981 tat. Wenn ich den berühmten Satz hörte, löste das immer etwas in mir aus, eine Art von Ekstase, als würde man eine Coladose öffnen oder vielleicht wie ein Orgasmus oder vielleicht als wüsste ich, dass ich in naher Zukunft einen Orgasmus haben würde – Aufgeregtheit, freudige Erwartung, Nervosität und Wonne. Das Wesentliche, was ich an *TNO* vor meiner Arbeit dort nicht begriffen hatte, war, dass der Live-Aspekt trotz vermasselter Sätze, verspäteter Kamerabewegungen und gefloppter Sketche nicht die Schwäche der Sendung war, sondern ihre Stärke. Und im Grunde galt das auch für den Umstand, dass sämtliche Vorbereitungen in eine einzige Woche gequetscht werden mussten. Das waren die Dinge, die uns erfinderisch und überaus ehrgeizig machten, die der Sendung ihre Unvorhersehbarkeit, Intensität und Magie verliehen. Auch wenn vielen Zuschauern komischerweise selbst nach siebenunddreißig Jahren noch nicht klar war, dass es sich überhaupt um eine Livesendung handelte.

Ich hatte inzwischen genügend Zeit mit Noah verbracht, um zu merken, dass er während des Monologs nervös war, aber auf eine liebenswerte Art – dass er glücklich und aufgeregt zugleich war. Als Elliot für ihr inszeniertes Missverständnis auf die Bühne kam, wurde Noahs Charme durch Elliots vergleichsweise steifes Auftreten – und ehrlich gesagt auch sein vergleichsweise durchschnittliches Aussehen – noch verstärkt. Und dann sagte Noah: »Der musikalische Gast ist … na ja, das bin auch ich, und wir haben heute eine großartige Show, also bleiben Sie bitte dran, wir sind gleich wieder da«, und dann überschlug sich alles – Peggy brachte Noah in Windeseile von der Bühne (ein weiterer meiner Lieblingsmomente war der Abend gewesen, an dem Peggy sich ein zierliches Starlet in Schuhen mit extrem hohen Absätzen, das gerade seinen Monolog beendet hatte, kurzerhand auf die Schultern gewuchtet und es einfach huckepack von der Homebase zu seinem ersten Sketch getragen hatte). Ich dachte oft, dass *TNO* wie eine beschleunigte Version des normalen Lebens war und dass die Zeit, ganz egal ob etwas nun großartig oder katastrophal verlief, immer weiterraste und ein Augenblick auf den anderen folgte. In den Werbeunterbrechungen oder während andere Sketche aufgeführt wurden, verschoben die Schwärme von Bühnentechnikern in Schwarz ruhig Kulissenwände, rollten Teppiche aus, trugen Sofas und Tische durch die Gegend, und bevor die einzelnen Sketche anfingen, sagte Penelope über die Lautsprecher: »Zehn Sekunden«, und dann: »Drei, zwo«, und dann waren wir wieder auf Sendung. Nach Noahs Monolog, der Werbepause und dem Digital Short mit Tony und Lianna schlug der Käsehändler voll ein (natürlich war der Sketch, der mir am wenigsten am Herzen lag, ein Abräumer, und der, der mir am meisten bedeutet hatte, war gestrichen worden, wenn auch von mir selbst); dann kam der Arzneischrank-Sketch, der die Danny-Horst-Regel ersetzt hatte, und er war einerseits clever und andererseits immer noch ein bisschen zahm, nicht so bissig, wie er gewesen wäre, wenn man noch etwas weiter daran gefeilt hätte; dann der überarbeitete »Schwester-&-Vater«-Sketch, bei dem das Publikum zu johlen anfing, sobald Noah in weißer Soutane und Scheitelkäppchen auftrat und in dem Viv als Nonne ganz unschuldig zotige Doppeldeutigkeiten von sich gab, die mich veranlassten, die Hinterköpfe der Zuschauer auf den Sitzen nach Dr. Theo abzusuchen; dann wurde Noahs erste Gesangsnummer von seiner Schwester Vicky angesagt, und es war »Ambiguous«, das Stück, bei dessen Probe ich zugeschaut hatte. Diesmal machte es mich unerwartet traurig, und dann dachte ich, ich sollte die Sache mit Gene vielleicht beenden und es nach all der Zeit noch einmal mit einer richtigen Beziehung probieren. Ganz sicher mit niemandem von *TNO* und auch nicht mit Noah Brewster, weil er eben Noah Brewster war. Aber mit *irgendwem*, jemandem, dem ich in die Augen schauen wollte und der mir in die Augen schauen wollte, während wir auf einem riesigen Bett mit einer Million Kissen lagen. Dann war der News Desk an der Reihe, wobei Dannys Stimmung von seinem üblichen Pokerface nicht abzulesen war und neben Dannys Witzen zu aktuellen Ereignissen auch Bailey mit einem Beitrag zur Zubereitung von landestypischen Gerichten aus Minnesota auftrat (Bailey stammte im wahren Leben tatsächlich aus Duluth), und während Bailey einen riesigen Krug Pilzcremesuppe in eine gläserne Auflaufform voller Kartoffelkroketten kippte, wurde mir schon klar, dass es sich um eine wiederkehrende Nummer handeln würde. Dann war da noch Noahs Choreografie-Sketch, und ich sah den Schlangenpfleger direkt neben dem Set warten; ich hatte erwartet, dass die Schlange grün sein würde wie das Requisit aus Gummi, aber ihre Schuppen trugen ein Muster aus rot-orangen Rauten über blässlicherem Orange, und die Zuschauer jubelten, als der Pfleger sie Noah um die Schultern legte und sich dann entfernte, und mein Herz klopfte, und dann war auch dieser Sketch zu Ende, und ich hatte einmal mehr Noahs muskulösen Bauch gesehen, wie so viele andere Amerikaner auch. Dann kam das Plappermäulchen, und so, wie ich gespürt hatte, dass Baileys Kochnummer der Beginn von etwas gewesen war, spürte ich jetzt, auch wenn gelacht wurde, dass die Tage von »Plappermäulchen« gezählt waren. Dann zerrte Peggy Noah für seinen zweiten Song von Bühne 3 zu Bühne 2, die Aschenputtel-Mäuse und -Vögel kleideten ihn in ein mintgrün-schwarzes Bowlinghemd im Retrolook und frischten sein Make-up auf, diesmal kündigte Jay den Auftritt an, und Noah sang »Inbox Zero«, und nach einer weiteren Werbepause war es dann auch schon Zeit für die Verabschiedung, bei der Noah mit den Ensemblemitgliedern und der Band auf der Homebase stand und sich bedankte und alle einander umarmten. Der Einradsketch von Catchphrase war gestrichen worden, aber Josephs Drei-Tenöre-Sketch ebenfalls. Danny kam zur Verabschiedung nicht heraus, und die Hausband spielte noch die Abschiedsmusik, und die Zuschauer jubelten noch, als ich das Studio verließ und durch den Flur zu seiner Garderobe ging.

Ein Produzent und eine Assistentin aus der Kostümabteilung gratulierten mir zu meinen Sketchen, und ich bedankte mich flüchtig. Ich klopfte an Dannys Tür und öffnete sie, ohne eine Antwort abzuwarten. Er saß vor dem Spiegel und entfernte mit einem Tuch sein Make-up.

»Wie geht's dir denn?«, fragte ich.

»Was glaubst du wohl?«

»Wenn du nicht zur Afterparty willst, können wir uns auch eine Pizza holen oder irgendwas.«

Unsere Blicke begegneten sich im Spiegel, und er lächelte grimmig. »Nimm's mir nicht übel, aber das klingt gerade derbe nach ›Schatz, ich weiß, du wurdest nicht zum Abschlussball eingeladen, aber macht es nicht eh viel mehr Spaß, mit Dad und mir zu Hause zu bleiben und Plätzchen zu backen?‹«

»Ich hätte da ja ein köstliches Rezept für Zimtkekse«, sagte ich, und er lachte nicht.

Er sagte: »Ich gehe nach Hause, rauche ein bisschen Gras und versuche zu schlafen.«

»Schreibst du mir morgen mal, wie's dir geht?« Wir hatten einander noch nie an einem freien Tag kontaktiert.

»Ist gut, Mom«, sagte er.

Bevor ich seine Garderobe verließ, klopfte ich ihm auf die Schulter.

Im Gegensatz zu Autoren wurde den Ensemblemitgliedern je ein Wagen mit Chauffeur zur Verfügung gestellt, um zu den Afterpartys zu kommen – genauer gesagt ein gigantischer schwarzer Cadillac Escalade –, und ich hatte es so arrangiert, dass ich mit Henrietta und ihrer Frau Lisa fahren konnte. Bevor ich mich mit ihnen in Henriettas Garderobe traf, die nur ein paar Türen von Dannys Garderobe entfernt war, musste ich noch im sechzehnten Stock vorbeigehen, meine Skripts loswerden und die schwarze Nylonhüfttasche holen, die ich als Handtasche benutzte. Als ich das Büro betrat, lag ein riesiger Blumenstrauß mitten auf meinem Schreibtisch, Rosen in dunklen und hellen Rosatönen und Ziergrün, das aussah wie mit Raureif bedeckt. Während ich die große eckige Vase aus dem offenen Pappkarton hob, dachte ich, wenn das Noahs Art war, sich für meine Hilfe bei dem Sketch (vier Tage und viele Lebensalter war das her) zu bedanken, dann war es sowohl völlig maßlos als auch besonders großzügig.

Aber als ich das Kärtchen von der durchsichtigen Plastikgabel in der Mitte des Straußes nahm und aufklappte, stand dort:

Sally, bitte verzeih mir. xoxo Annabel

Sonntag, 1:51 Uhr

Die offizielle Afterparty vor der After-Afterparty oder sämtlichen Partys danach fand diese Woche in einem riesigen traditionell französischen Restaurant statt. Im Untergeschoss gab es eine leicht modische Bar – ein Dreiundzwanzigjähriger aus Bushwick hätte sie eher nicht modisch gefunden, aber ein Sechsunddreißigjähriger von der Upper West Side vielleicht schon. Jede offizielle Afterparty war eine schräge Mischung aus quasi verpflichtender Arbeitsveranstaltung, notwendigem emotionalen Ventil, Promi-Event und Abendessen morgens um halb zwei.

Fast unmittelbar nach unserer Ankunft fielen Henrietta, Lisa und ich über das Buffet her – Henrietta hatte mir einmal gesagt, das sei die einzige Mahlzeit der Woche, bei der sie ohne jede Zurückhaltung aß –, und dann setzten wir uns in eine große runde Nische zu Viv, Dr. Theo, Bailey, Baileys Partner, Sterling, Oliver, Olivers Manager, dessen Namen ich nicht kannte, Olivers Exfreundin Bettina und Olivers Cousine, deren Namen ich ebenfalls nicht kannte.

Während die Ensemblemitglieder und ich noch die Sendung Revue passieren ließen – wer hatte seinen Text vermasselt, wer war aus der Rolle gefallen, welche Sketche waren mit mehr oder mit weniger Begeisterung als erwartet aufgenommen worden –, fragte ich mich, wie Dr. Theo es fand, an diesem Ort zu sein, zu dieser Uhrzeit, umgeben von Menschen, die alle mindestens anderthalb Jahrzehnte jünger waren als er. Von Angesicht zu Angesicht sah er so gut wie auf dem Foto im Internet aus oder sogar noch besser: mittelgroß, schlank, mit kurz geschnittenem grau melierten Haar und warmen braunen Augen. Er wirkte zugleich gelassen und schwer durchschaubar. Viv stand links von ihm und ich rechts, und während die Sendung weiter besprochen wurde, sagte ich: »Ich hoffe, die Manöverkritik langweilt Sie nicht zu Tode.«

»Überhaupt nicht«, sagte er. »So ein Blick hinter die Kulissen ist doch spannend.«

»Sie sind Augenarzt, oder?«

»Jawohl.«

»Und wie ist das so?«

Er lachte. »Gut.«

Ich lachte auch. »Wahrscheinlich wussten Sie das schon, aber die Leute legen viel Wert auf ihre Augen.«

»Ja, das wusste ich«, sagte er. »Und es stimmt wirklich.«

»Auch wenn ich ständig vergesse, dass man zwischendurch immer mal wieder zwanzig oder dreißig Sekunden vom Computerbildschirm wegschauen soll. Sind Sie aus New York?«

Er schüttelte den Kopf. »Ich bin nach dem Studium hergezogen, aber groß geworden bin ich in St. Louis.«

»Moment mal, wirklich? Ich bin aus Kansas City.«

Wir wandten uns einander zu – wir hielten beide eine Gabel in der Hand –, und er sagte: »Schau an.«

»Sind Sie noch oft zu Hause? Ich nur ein paarmal im Jahr.«

»Über die Feiertage. Meine Eltern und meine Schwester leben noch dort, meine Nichten und Neffen auch. Meine älteste Nichte studiert jetzt sogar an der NYU, aber der Rest meiner Familie ist noch dort.«

»Viv war auf der NYU«, sagte ich. »Aber das wissen Sie wahrscheinlich.«

Auf der anderen Seite von Dr. Theo sagte Viv: »Viv war auf der NYU?«

»Viv war auf der NYU«, sagte ich. »Wo sie meines Wissens Wirtschaft im Hauptfach belegt hatte und der Star des studentischen Improtheaters war.«

Zu Dr. Theo sagte Viv: »Sally arbeitet nebenher als Presseagentin für mich. Ich weiß nicht, ob sie das erwähnt hat.«

»Es ist kein Beruf«, sagte ich. »Es ist eine Berufung.« Aber während wir noch herumwitzelten, zog es meinen Blick über die weite Fläche des Speisesaals dorthin, wo Noah in einer identischen Nische saß, zusammen mit Nigel, Elliot, Autumn, Noahs Schwester, einem der Gitarristen, der mit ihm aufgetreten war, und den beiden kinnbärtigen Männern, die ich in seiner Garderobe gesehen hatte. Sie unterhielten sich alle sehr angeregt, und ich dachte mir, wie erleichtert Noah wohl sein musste, dass die Sendung gut gelaufen war. Ich fragte mich, ob ich mich später von ihm verabschieden würde. Natürlich konnte ich zu ihm gehen, aber hatte ich ihm wirklich etwas zu sagen?

Während der nächsten Stunde überwachte ich laufend, wo Noah sich aufhielt und was er tat, aber es passierte nicht viel, außer dass er aus der Nische kam, als Franklin Freeman, der Leader der Hausband, vorbeiging. Noah klopfte Franklin kräftig auf den Rücken, dann umarmten sie sich und unterhielten sich ein paar Minuten lang. Würde ich Noah jemals wiedersehen? Am ehesten, wenn er in zwei oder drei Jahren als Gastmoderator zurückkehrte, falls ich dann noch bei *TNO* arbeitete, was ich nicht glaubte.

»Sally«, sagte Viv, dann noch einmal: »*Sally?*« Ich drehte mich um. »Willst du mit zum Blosca fahren?« Das war die Spelunke auf der Lower East Side, in der die erste After-Afterparty des Abends stattfand. Eine schmale Treppe führte zu der Bar im Kellergeschoss hinunter, und die Party würde viel kleiner sein, eher vierzig Leute als die hundert, die sich auf dieser tummelten, und die Hauptattraktionen dort waren ein Billardtisch und billige Drinks (auf der ersten Afterparty mussten wir alle, auch die Ensemblemitglieder, die in Escalades hergekommen waren, unsere Drinks selber bezahlen). In meinem ersten Jahr bei *TNO* war ich zu eingeschüchtert gewesen, um zur After-Afterparty zu gehen; vom zweiten bis zum sechsten oder siebten Jahr war ich dann auf jeder einzelnen gewesen, hatte den Abend aber dort beendet, statt noch zu den Stripclubs weiterzuziehen, in denen angeblich die After-After-Afterpartys stattfanden. Ein paarmal hatte ich um sieben oder acht Uhr morgens in einem Diner gesessen, aber weiter reichte meine Abenteuerlust nicht. Und in den letzten paar Jahren hatte ich die After-Afterparty oft ganz ausgelassen, weil ich mein Bett verlockender fand.

Aber Viv hatte schon die Jacke angezogen und sah mich erwartungsvoll an.

»Klar«, sagte ich.

Sonntag, 3:09 Uhr

Im Blosca ging ich direkt zur Bar und holte mir einen Drink, und als ich mich umdrehte, stieß ich beinahe mit Noah Brewster zusammen.

»Hey!« Er lächelte breit.

»Hey!«, sagte ich ebenfalls. »Herzlichen Glückwunsch! Sie waren großartig!« Ich war zwar nicht betrunken, hatte aber gerade einen großen, aufmunternden Schluck Wodka Tonic genommen, dem zwei Drinks auf der früheren Party vorausgegangen waren.

Noah beugte sich über den Tresen und bestellte ein Mineralwasser – er war vermutlich stocknüchtern –, und ich hörte den Barkeeper sagen: »Ich liebe Ihre Musik, Mann«, und Noah sagte: »Danke, Mann«, und dann drehte er sich wieder zu mir um und sagte: »Ich war mir nicht sicher, ob Sie hier sind.« Selbst in dem schummrigen Licht strahlten seine Augen blau, und sein blondes Surferhaar sah, nun ja, überzeugend surfermäßig aus. Manchmal trugen die Gastmoderatoren auf den Afterpartys noch ihr Fernseh-Make-up, aber es sah aus, als hätte er sich abgeschminkt.

»Ich war mir nicht sicher, ob *Sie* hier sind«, sagte ich und breitete die Arme aus. »Aber da sind wir.« Er konnte es nicht wissen, aber das war mein Maximum an Theatralik und an Beschwipstheit. »Sind Sie erschöpft oder noch vom Adrenalin befeuert?«

»Ich weiß nicht, wie ihr das Woche für Woche macht.«

»Aber Gastmoderator und musikalischer Gast zusammen ist der größtmögliche Irrsinn. Ich könnte nichts von beidem, geschweige denn beides auf einmal. Und Sie waren wirklich der Hammer. Der Choreografie-Sketch war fantastisch.«

»Na ja, Sie haben mit dem Käsehändler richtiggelegen.«

»Nein, das war Ihr Verdienst. Es steht und fällt doch alles mit der schauspielerischen Leistung.« Beschwipstheit hin oder her, mir war bereits bewusst, dass ich einem Prominenten die Zeit stahl, dem ich in beruflicher Hinsicht nicht mehr nützlich sein konnte.

In diesem Moment sagte Noah: »Geben Sie jetzt endlich zu, dass Sie sich meine Musik nie richtig angehört haben?«

Ich musste aufrichtig lachen. »Wenn es so wäre, wie hätte ich dann den Sketch schreiben können? Außerdem lebe ich ja nicht auf einem anderen Planeten. Glauben Sie, es gibt irgendwo einen Mann, eine Frau oder ein Kind, die noch nie auf dem Zahnarztstuhl ›Making Love in July‹ gehört haben?«

»Ja, genau. Ich meine, dass Sie nicht mehr als das absolute Minimum gehört haben. Sie haben sich nicht wirklich damit auseinandergesetzt.« Er schien mich noch immer gutmütig aufzuziehen und mir nicht bloß ein Kompliment entlocken zu wollen.

»Auch falsch«, sagte ich. »Ich liebe ›The Bishop's Garden‹ und ›All Regrets‹.«

Er kniff die Augen leicht zusammen und musterte mich.

»Eins gebe ich zu«, sagte ich. »Es gibt zwei Arten von Popsongs, aus denen ich mir nicht viel mache, und weil ›Making Love in July‹ ohne eigenes Verschulden in eine der Kategorien fällt, war ich anfangs ein wenig voreingenommen gegen Sie. Ich meine vor fast zwanzig Jahren. Aber mir ist klar geworden, dass ich die Spannbreite Ihres« – ich verstummte kurz – »Ihres Œuvres unterschätzt habe.« Ich verstummte wieder. »Was meinen

Sie, welche Art von Arschloch verwendet morgens um drei in einer Bar das Wort *Œuvre?*«

»Hm, da kann ich nur raten: vielleicht ein Arschloch, das in Harvard studiert hat?«

»Nein, nein«, sagte ich. »Ich bin keins von den Harvard-Arschlöchern bei *TNO*.«

»Wo haben Sie denn studiert?«

»An der Duke«, sagte ich.

Diesmal fiel sein Lächeln sarkastischer aus. »Sie meinen die weltberühmte Universität in North Carolina? Diese Duke?«

»Mir ist schon klar, dass sich das anhört, als gäbe es da keinen großen Unterschied, aber glauben Sie mir, die Autoren, die in Harvard waren, finden das schon. Und waren Sie nicht auf so einer schicken Privatschule in Washington, D. C.? Ich war nämlich auf einer riesengroßen, miesen öffentlichen Highschool in einem Vorort von Kansas City.«

»Aber ich habe gar nicht studiert, was meinen Abschluss auf der schicken Privatschule schon wieder entwertet. Ich sollte auf die Kenyon gehen, aber stattdessen fing ich an, in U-Bahnhöfen Musik zu machen. Wann verraten Sie mir denn die beiden Kategorien von Songs, die sie nicht mögen?«

»Also, zuerst mal muss ich vorausschicken, dass ich keine Musikexpertin bin.«

»Ist vermerkt.«

»Die eine Kategorie sind Lieder, die von einer langen Beziehung oder Ehe handeln, und gesungen wird so was wie: ›Manchmal war es so schwer, dass wir es fast nicht geschafft hätten, aber wir haben durchgehalten.‹ Die finde ich unfreiwillig komisch, weil sie angeblich die alles überdauernde Liebe feiern oder was auch immer, aber der Text klingt eher nach: ›Verheiratet sein ist die Hölle, aber klopfen wir uns auf die Schulter, weil wir uns durchgebissen haben.‹«

»Hmmm«, sagte er. »Ich glaube, so habe ich es noch nie betrachtet.«

»Die gibt es haufenweise«, sagte ich. »›Wir fühlten uns beide zu anderen hingezogen, du hast mich in den Wahnsinn getrieben, ich wollte dich umbringen. Aber nach all den Jahren bist du noch immer mein Ein und Alles.‹ Das wäre vielleicht gar kein schlechter Sketch. Obwohl du meine Katze vergiftet hast, obwohl du auf mein Nadelkissen gekotzt hast ... Waren Sie schon mal auf einer Hochzeitsfeier, bei der alle Ehepaare aufstehen müssen, und dann sagt der DJ: ›Bitte setzen, wenn ihr weniger als zehn Jahre verheiratet seid, weniger als zwanzig, weniger als dreißig?‹ Und zum Schluss stehen nur noch ein paar Neunzigjährige rum, die seit 1950 verheiratet sind?«

»Haben Sie meinen Backgroundsänger Jimmy kennengelernt? Das kenne ich nur von seiner Hochzeit. Ich glaube, bei weißen Protestanten ist das weniger verbreitet.«

»Das stimmt wahrscheinlich. Aber es könnte ein Standbild von jedem Paar geben, dem applaudiert wird, und dann beichten sie ihre wahren Gefühle. Die anderen finden es also total berührend, und die neunzigjährige Frau denkt bloß: ›Seit sieben Jahrzehnten will ich ihn umbringen, wenn ich seine Kaugeräusche höre.‹«

»Das wäre witzig«, sagte Noah. »Ehrlicherweise.«

Unsere Blicke begegneten sich, und ich sagte: »Danke. Ehrlicherweise.«

»Die Sache ist nur die«, sagte er. »Ich bin mir ziemlich sicher, dass ich so einen Song nie geschrieben habe, unter anderem, weil ich nie verheiratet war.«

»Oh, tut mir leid. ›Making Love in July‹ ist die andere Art von Lied, die ich meinte. Da singt immer ein Mann eine Frau an, nach dem Motto: ›Baby, du weißt gar nicht, wie schön du bist. Du bist so perfekt, ich weiß gar nicht, wie mir geschieht – bin ich im Himmel?‹.«

Noah wirkte belustigt und verunsichert zugleich. »Was ist denn so schlimm an ›Baby, du bist so perfekt, ich weiß gar nicht, wie mir geschieht – bin ich im Himmel?‹?« Auf einer beinahe unbewussten Ebene befriedigte es mich, dass ich Noah Brewster dazu gebracht hatte, zu mir zu sagen: »Baby, du bist so perfekt, ich weiß gar nicht, wie mir geschieht – bin ich im Himmel?«, während er eine Armlänge von mir entfernt stand.

Ich sagte: »Was mich stört, ist der Du-weißt-gar-nicht-wie-schön-du-bist-Teil. Das klingt, als beruhte die Liebe auf einem Mangel an Bewusstsein oder an Selbstbewusstsein seitens der Frau. Und oft ist die Frau in den Liedern kindlich und betörend sexy zugleich. Er könnte also genauso gut singen: ›Ich fühle mich zu dir hingezogen, weil du dem entsprichst, was zu diesem Zeitpunkt der Menschheitsgeschichte als begehrenswert gilt, aber dir ist das gar nicht bewusst, und deine Ahnungslosigkeit gibt mir das Gefühl, ein echter Mann zu sein.‹«

»Das wäre vielleicht ein bisschen viel Text«, sagte er. »Aber ich verstehe, was Sie meinen. Würden Sie sagen, das ist so etwas Ähnliches, wie wenn die Hauptfigur in einer romantischen Komödie nach dem Plätzchenbacken Mehl an der Nase hat, ohne es zu merken? Ich habe nämlich gehört, das soll auch sehr nervig sein.«

Auch wenn ich beeindruckt war, dass er sich diesen Teil unserer Unterhaltung in meinem Büro gemerkt hatte, wusste ich nicht, ob er mir zustimmte oder mich aufzog. Ich zuckte mit den Schultern. »Ich hatte Sie doch vor meinen Vorträgen gewarnt, oder?«

»Und ich hatte Ihnen doch gesagt, dass ich Vorträge liebe, oder?«, sagte er. »Aber ich glaube, Sie vermischen die zweite Art von Song mit etwas, das eigentlich in eine dritte Kategorie gehört. Ja, es gibt Du-weißt-gar-nicht-wie-schön-du-bist-Songs, aber für mich sind die nicht automatisch das Gleiche wie Songs nach dem Motto: ›Ich kann gar nicht glauben, dass es dich gibt, und ich kann gar nicht glauben, dass wir zueinander gefunden haben.‹ Wenn so ein Lied gut gemacht ist, fängt es dann nicht die größte Transzendenzerfahrung ein, die zwei Menschen überhaupt machen können?« Als ich nicht gleich antwortete, sagte er: »Sagen Sie mir nicht, Sie halten die Liebe für Blödsinn.«

»Na ja …« Ich dachte an die seltsam ähnliche Frage, die Danny mir nur ein paar Stunden zuvor gestellt hatte. »Ich will jedenfalls nicht, dass es Blödsinn ist.«

»Ich verstehe nicht, warum Sie Drehbücher für romantische Komödien schreiben wollen, wenn Sie Romantik für kitschigen Unsinn halten.«

»Aber das ist genau der Punkt«, sagte ich. »Ich schreibe nicht von einer Position der Klarheit aus. Ich schreibe aus der Verwirrung heraus.«

»Wie wäre es dann hiermit: Können Sie mir erklären, wann etwas kitschig ist? Ich habe nämlich nach zwei Jahrzehnten immer noch nicht begriffen, wo die Grenze zwischen *cheesy* und äußerst gefühlsintensiv, aber gerade noch akzeptabel verläuft. Wodurch landet ein Lied, ein Film oder ein Augenblick im wahren Leben auf der einen oder der anderen Seite? Auch darum hat der Käsehändler-Sketch bei mir einen Nerv getroffen.«

Ich schwieg ein paar Sekunden lang und sagte schließlich: »Gute Frage. Aber diese Grenze ist subjektiv, oder? Ein bisschen wie die Pornografie-Definition des Supreme Court: ›Ich erkenne sie, wenn ich sie sehe.‹«

»Welches Lied finden Sie denn auf aufrichtige, nichtkitschige Art romantisch?«

»Das ist jetzt vielleicht vorhersehbar, aber es gibt da ein Indigo-Girls-Stück mit dem Titel ›Dairy Queen‹.«

»Aber geht es da nicht um eine Beziehung, die scheitert?«

»Romantik braucht kein Happy End.« Auch wenn ich es mir

nicht anmerken ließ, war ich überrascht, dass er das Lied kannte. Es war bei den Fans beliebt, aber längst nicht so bekannt wie »Closer to Fine«.

»Okay«, sagte Noah. »Aber Sie müssen zugeben, dass es einfacher ist, nicht kitschig zu werden, wenn man über eine vergangene Liebe schreibt. Werden Ihre romantischen Komödien ein trauriges Ende haben? Ist das die überraschende Wendung?«

Ich lachte. »Ich weiß nicht, wie sie ausgehen, weil ich noch keine zu Ende geschrieben habe.«

Er sah mich mit eindringlicher Neugier an, und so wurde ich nicht oft angesehen. Dann sagte er: »Haben *Sie* schon einmal richtig geliebt?«

»Na ja ...« Ich verstummte kurz. »Ich habe sogar geheiratet.« Er warf einen Blick auf meine linke Hand, mit der ich den Drink hielt, also nahm ich das Glas in die andere Hand und wackelte mit den bloßen Fingern der Linken. »Und mich scheiden lassen«, ergänzte ich. »Ich bin so eine ordinäre Geschiedene. Ich hatte eine frühe Ehe, mit Anfang zwanzig, gleich nach der Uni.«

»Mögen Sie deswegen keine Songs über Leute, die durch alle Höhen und Tiefen hindurch verheiratet geblieben sind?« Er nippte an seinem Mineralwasser. »Oder vereinfache ich zu stark?«

»Na ja, jedenfalls halte ich Scheidungen nicht für grundsätzlich tragisch. Meine eigene habe ich als persönliches Scheitern empfunden, aber es war auch eine riesige Erleichterung. Wäre ich verheiratet geblieben, wäre es mit dieser Karriere nie etwas geworden.«

»Als Sie und Ihr Mann zusammenkamen, haben Sie da gedacht: ›Bin ich im Himmel?‹«

Ich lachte. »Nein.« Er lachte auch, ein überrascht klingendes Lachen, und ich sagte: »Ich glaube, irgendwie habe ich schon mal geliebt, nur eben nicht meinen Mann.«

Noah sah mich immer noch mit einer Miene an, die zugleich

belustigt und seltsam verzückt wirkte, so als fände er mich ganz und gar fesselnd. Das war das Schwierige an Prominenten: dass sie ihr Charisma bewusst einschalten konnten und man sich in seinem Licht sonnte, und dann zogen sie es von einem ab, und die Welt wurde wieder kalt. »Wie liebt man denn ›irgendwie‹?«, fragte er.

Elliot war auf der Afterparty in dem französischen Restaurant gewesen – er hatte viel zu viel Ehrgeiz, um sie auszulassen –, aber auf der After-Afterparty war er nicht; zu denen ging er nicht mehr, seit er geheiratet hatte. »Es ist erbärmlich«, sagte ich, »aber es gab da jemanden bei *TNO*, den ich für meinen Seelenverwandten hielt. Wir sind nie zusammengekommen. Wir waren bloß Freunde, aber ich dachte, wir hätten den gleichen Blick auf Comedy und aufs Leben. Das Erbärmliche daran ist, dass es ihm überhaupt nicht so ging.«

»Ich bin im Zweifel«, sagte Noah. »Verwenden Sie ›Seelenverwandte‹ ironisch?«

»Peinlicherweise nicht.«

»Und sind Sie noch in ihn verliebt?«

»O Gott, nein«, sagte ich. »Das ist Jahre her.« Eine kurze Pause entstand – durch die anderen Gespräche an der Bar und den im Hintergrund laufenden Seventies-Rock-Klassiker hindurch hörte ich die klackernden Geräusche eines neu begonnenen Billardspiels –, und ich sagte: »Ihren Songs nach zu urteilen waren Sie wahrscheinlich hundertfach verliebt.«

Er schüttelte den Kopf. »Kann ich nicht behaupten.«

»Zieht es *Sie* denn noch zu irgendwem aus Ihrer Vergangenheit hin?«

»Ich wünschte fast, es wäre so. Ich hatte noch nie eine Beziehung, von der ich dachte, sie könnte ewig dauern, und im Rückblick kommen sie mir noch aussichtsloser vor. Ich frage mich, ob ich mir nur eingebildet hatte, dass die andere Person und ich irgendetwas gemeinsam hatten. Wenn ich jetzt von der Bindungstheorie anfange, klinge ich wahrscheinlich, als hätte ich ein bisschen zu viel Therapie hinter mir.« Er hob sein Glas. »Aber es hilft mir auf jeden Fall dabei, nüchtern zu bleiben.«

»Wenn ich klinge, als hätte ich zu wenig Therapie hinter mir, liegt das daran, dass ich mich stattdessen für die klassische Verdrängung nach Art des Mittleren Westens entschieden habe.«

Er lachte.

Ich sagte: »Begleitet von der alterprobten Methode, meine Neurosen in meine Texte einfließen zu lassen.«

»Auch ein gangbarer Weg, wobei das eine begleitende Therapie nicht ausschließt.«

»Ich glaube, ich habe ein paar Artikel zur Bindungstheorie gelesen. Geht es darum, dass man die Verhaltensmuster der Familie wiederholt, in der man aufgewachsen ist?«

Er nickte und stellte sein Glas auf dem Tresen ab. »Ich weiß noch, wie ich dreißig wurde und gerade einen recht bedeutenden Preis der Musikbranche erhalten hatte –«

»Ach, kommen Sie«, sagte ich. »Nur keine falsche Bescheidenheit.«

Er grinste. »Den Grammy für das Album des Jahres. Danke für die Vorlage.«

»Hätte ich den Grammy für das Album des Jahres gewonnen, würde ich ihn ständig mit mir herumtragen, auch jetzt gerade. Das ist so eine kleine Plattenspielerskulptur, oder?«

»Nur dass Sie schon mehrere Emmys gewonnen haben, das kann also nicht ganz stimmen. Es sei denn, die sind da drin?« Er deutete mit dem Kinn auf meine Hüfttasche.

Hatte er mich gegoogelt? Ich hatte keine großartige Internetpräsenz – ich hatte zwar Social-Media-Accounts angelegt, um anderen folgen zu können, aber buchstäblich noch nie selbst etwas gepostet –, doch das gehörte zu den wenigen Fakten, auf die man bei einer Suche gestoßen wäre. Ich klopfte auf meine Hüfttasche. »Wenn sie reinpassen würden, wären sie drin. Also, was wollten Sie sagen, Sie waren gerade dreißig geworden, hatten einen Grammy gewonnen und dann …?«

»Ach, nur, dass ich glaubte, ich wüsste allmählich, wie der Hase läuft. Ich hatte meinen frühen Erfolg gehabt, dann hatte ich das schwierige zweite Album in den Sand gesetzt, dann hatte ich das Ansehen der Kritiker zurückgewonnen – ich meine, heute fühlt sich das wie eine verzerrte Sicht auf die Dinge an, aber damals glaubte ich das. Außerdem dachte ich, ich würde bald heiraten und Kinder bekommen. An meinem dreißigsten Geburtstag ging ich mit ein paar Freunden in Costa Rica surfen. Eines Abends saß ich allein auf einem Balkon der Villa, in der wir wohnten, und schaute in den Sonnenuntergang, und ich war mir sicher, dass es da einen Code gab, den ich geknackt hatte. Aber das ist sechs Jahre her, und ich bin immer noch nicht verheiratet, und ich bin verwirrter als je zuvor – über den Zustand der Welt, die Richtung, die mein Leben nimmt, darüber, wie ich meine sogenannte Plattform nutzen sollte. Ähnlich wie bei der Frage nach kitschig oder nichtkitschig könnte man auch fragen, wo die Grenze verläuft, wenn man ein Promi ist, der sich gern einbringen möchte, aber genau weiß, es gibt jede Menge Leute, die sagen würden: ›Halt einfach die Klappe und spiel Gitarre.‹«

»Als Sie glaubten, Sie würden bald heiraten«, sagte ich, »dachten Sie da an jemand Bestimmten?«

Er schüttelte den Kopf und lächelte. »Meinen Sie, das könnte ein Teil des Problems gewesen sein?«

»Ich weiß nur so viel: Als ich auf der Highschool war – auf meiner schäbigen öffentlichen Schule –, sagte uns ein Mathelehrer einmal bei der morgendlichen Versammlung, der Sinn des Lebens bestünde darin herauszufinden, was man gut könne und gern tue, und es für andere Menschen zu tun. Können Sie sich vorstellen, dass jemand die Unverfrorenheit besitzt, anderen zu erklären, was der Sinn des Lebens ist? Aber ich habe es nie vergessen, und ich bin mir gar nicht so sicher, dass er falschlag.«

»Ich habe schon Schlimmeres gehört.«

»Es klingt vielleicht albern, aber für mich ist …« Ich verstummte. Selbst nach zweieinhalb Drinks war es noch ein großer Schritt, das jemandem anzuvertrauen, den ich kaum kannte. Aber ich sprach weiter. »Für mich ist *TNO* die Liebe meines Lebens.«

Unerklärlicherweise kamen mir die Tränen. Und dann wurde mir klar: Es lag nicht daran, dass ich das, was ich sagte, traurig fand. Es lag daran, dass es die Wahrheit war und überhaupt nicht traurig.

»O ja«, sagte Noah sofort. »Genauso geht es mir mit meiner Musik.«

»Wir können uns glücklich schätzen«, sagte ich. »Finden Sie nicht? Die meisten Menschen haben das nicht. Ich weiß, an jedem anderen Ort als New York gilt es als Zeichen von Reife, als Zeichen eines gefestigten und vollständigen Lebens, einen guten Job, einen Ehepartner, Kinder, ein Haus und ein Auto zu haben. Und um sieben wird zu Abend gegessen und um zehn ins Bett gegangen, und am Wochenende wird eifrig gejoggt. Wenn man das so haben möchte, wunderbar. Aber es gibt haufenweise andere Möglichkeiten, sein Leben zu leben.«

»Kennen Sie diesen Satz von Thoreau: ›Die Masse der Menschen führt ein Leben in stummer Verzweiflung‹?«

»Den kenne ich nicht nur«, sagte ich, »auf der Highschool hatte ich sogar ein Poster mit berühmten Zitaten, und das war eins davon!« Das hatte ich so begeistert ausgerufen, dass ich eine winzige Menge Speichel auf seine rechte Wange gespuckt hatte. Er wischte ihn nicht weg; er erwiderte meine strahlende Miene, und auch wenn ich es nicht beweisen konnte und ihn auch ganz sicher nicht fragen würde, glaubte ich weniger, dass er es nicht gemerkt hatte, sondern dass er mich nicht beschämen wollte oder es ihm tatsächlich egal war und er mich gar nicht so abstoßend fand. Auch nach sechs Tagen war seine unbekümmerte Herzlichkeit noch sehr unerwartet und sehr liebenswert. »Nur damit wir uns verstehen«, sagte ich, »ich führe auf jeden Fall ein Leben in stummer Verzweiflung. Ich würde mit niemandem befreundet sein wollen, der das nicht tut oder der nicht innerlich zerrissen ist, weil ich ihn für unglaublich oberflächlich hielte. Aber meine stumme Verzweiflung wäre ganz bestimmt noch zehnmal größer, wenn ich in einem Vororthaus mit Doppelgarage leben würde.«

»Sind Sie sich ganz sicher, dass Sie das nicht wollen? Die Ehe, die Kinder?«

Ich überlegte zu sagen: »Mit Ihnen oder mit jemand anderem?«, aber was, wenn er glaubte, ich meinte es ernst? Stattdessen sagte ich: »Ich weiß es nicht genau, aber ich sitze auch nicht herum und warte, bis eins von beidem passiert. Und ich wette, Sie sind ein besserer Musiker, weil Sie nicht mit dreißig sesshaft geworden sind. Und wahrscheinlich auch, weil Sie weiter Verwirrung verspüren. Ich kann mir einfach nicht vorstellen, dass jemand, der glaubt, den absoluten Durchblick zu haben und immer obenauf zu schwimmen, sehr gute Songs schreiben könnte. Oder übrigens auch sehr gute Comedy-Sketche oder Drehbücher.«

»Vielleicht sollten *Sie* Therapeutin werden.« Er nahm das Glas vom Tresen, trank einen kleinen Schluck und sagte: »Ich glaube übrigens nicht an die Danny-Horst-Regel. Ich fand Ihren Sketch witzig, und es tut mir leid, dass er gestrichen wurde, aber die Regel an sich – ich persönlich war auf jeden Fall schon mit Frauen zusammen, die ... nun ja ...«

Ich versuchte meine Belustigung nicht zu verhehlen: »Die weniger attraktiv waren als Sie?«, vervollständigte ich den Satz.

»Das wollte ich nicht sagen. Aber mit nichtprominenten Frauen.«

»Und Sie haben eine ernsthafte Beziehung mit ihnen geführt?«

»Natürlich. Es ist ja nicht so, als hätte ich nur die Beziehungen gehabt, über die in den Klatschspalten berichtet wurde. Aber sie zerreißen dich so oder so in der Luft. Gehst du mit einer Prominenten aus, ist es wie bei Danny und Annabel – du wirst durch dieses verzerrende Mikroskop betrachtet. Es hat den Vorteil, dass man die Welt des anderen aus erster Hand kennt, aber den Nachteil, dass beide einen sehr komplizierten Terminplan haben. Bist du aber mit jemandem zusammen, der nicht prominent ist, hast du das Gefühl, ihm ständig etwas abzuverlangen. Und der Partner fühlt sich schnell unsicher. Sie sehen mich gerade mit einem sehr spöttischen Gesichtsausdruck an. Mir ist schon bewusst, dass das die Probleme eines privilegierten Menschen sind.«

»Ich glaube, Sie glauben nur, ich würde Sie mit einem spöttischen Gesichtsausdruck ansehen, weil ich für *TNO* schreibe.«

»Das könnte wohl als Berufsrisiko gelten.« Und dann passierte etwas, was ich mir später nur schwer erklären konnte, etwas schwer Verständliches. Wie der Augenblick, als er im Büro mein Kinn umfasst hatte, bedeutete es womöglich gar nichts. Seine Miene war sehr zärtlich und zugleich sehr belustigt, als gäbe es einen ausgezeichneten Insiderwitz zwischen uns, und er neigte den Kopf nach rechts und sah mich mit einer Art konzentrierter Liebenswürdigkeit und Wärme an. Dann stellte er sein Glas wieder auf den Tresen und beugte sich ein ganz kleines Stück vor, und ich dachte: *O mein Gott, hat er vor, mich zu küssen? Aber Noah Brewster kann mich nicht küssen, nicht vor meinen Kollegen, in einer Umgebung, die nicht richtig privat ist, weil gar nichts mehr privat ist im Zeitalter des Handys, in einer Welt, in der er er ist und ich ich bin. Und wenn er mich küssen würde, wie sollte es dann weitergehen?*

Ich trat einen Schritt zurück, ebenfalls einen ganz kleinen. »All die Einsichten zu Liebe und Romantik«, sagte ich, »haben Sie die in Ihren Beziehungen mit zweiundzwanzigjährigen Models gewonnen?«

Er kniff die Augen zusammen, offenbar aufrichtig verwirrt. »Was soll das denn heißen?«

Mein Herz schlug schneller, und nicht auf die verliebte Art. Auf eine gefechtsbereite Art, wie in den Überarbeitungssitzungen, wenn ich mich für die Auseinandersetzung mit Elliot wappnete. Ich sagte: »Ich wusste gar nicht, dass Models so lehrreich sind.«

Noahs Miene war jetzt nicht mehr verwirrt. Sie war versteinert, und es vergingen einige Sekunden, bis er sagte: »Ich dachte, wir führen hier ein echtes Gespräch. Warum sagen Sie so etwas?«

»Waren Sie nicht mit vielen Models zusammen? Ist das faktisch unrichtig?« Er sah mich finster an – es war eindeutig die hübscheste finstere Miene, die ich je gesehen hatte, und außerdem eine, so wurde mir allmählich klar, die schreckliche Zerknirschung hervorrufen konnte –, und ich setzte hinzu: »Ich wollte Ihnen nicht zu nah treten.«

»Verstehe«, sagte er.

»Entschuldigung, aber ich hatte Sie gewarnt, dass ich ein Arschloch bin.«

»Wow. Das ist …« Er schüttelte den Kopf. »Das ist einfach die schlechteste Ausrede, die ich je gehört habe.«

Wir sahen einander an und wandten dann den Blick ab. Zwischen uns herrschte eine neue Befangenheit, eine nicht angenehme Befangenheit, und das bisher kaum merkliche Summen der Umgebungsgeräusche schien anzuschwellen. Einerseits wünschte ich verzweifelt, ich könnte die Unterhaltung neunzig Sekunden zurückspulen und die Bemerkung über die Models ungesagt machen. Andererseits war es aufreibend und verwirrend gewesen, mich zu diesem Mann hingezogen zu fühlen und seine Aufmerksamkeit zu erregen, nicht nur in der Bar, sondern die gesamten letzten Tage, und jetzt schien es, als fielen dieser Druck und diese Verwirrung von mir ab. Ich konnte in mein gewöhnliches nichthoffnungsvolles, nichtquälendes Leben zurückkehren.

»Wenn Sie meine Entschuldigung nicht annehmen wollen«, hörte ich mich sagen, »dann war's das wohl. Schön, Sie kennengelernt zu haben, und so weiter.« Ich hob mein Glas zu einer Art Abschiedsgruß.

Er wirkte zutiefst frustriert und vielleicht sogar wütend, als er sagte: »›Ich wollte Ihnen nicht zu nah treten‹ und ›Ich habe Ihnen ja gesagt, dass ich ein Arschloch bin‹ – das ist beides keine Entschuldigung. Ich wünschte nur ...« Dann verstummte er. Er schüttelte noch einmal den Kopf. »Wissen Sie was? Vergessen Sie's. Wahrscheinlich sollte ich froh sein, dass Sie mich noch rechtzeitig vor sich selbst gewarnt haben.« Mit einer sonderbar entschieden wirkenden Geste strich er sich die, wie ich wusste, zu einer Perücke gehörenden Haare hinter die Ohren. »Also dann. Machen Sie es gut, Sally.«

Und dann drehte er sich um und ging davon.

Die Tage darauf

Was als Nächstes geschah, schildere ich nicht chronologisch, weil mir die zeitliche Abfolge noch immer nur schemenhaft bewusst ist, sondern in der Reihenfolge, in der sich mir die Ereignisse eingeprägt haben. Als Erstes wurde mir bewusst, dass Noah die Bar nicht gleich verließ, sondern noch kurz mit einem Grüppchen von Ensemblemitgliedern plauderte und zehn Minuten später ging. Ich machte Viv ausfindig, die sich auf eine so sanfte, vertraute Weise mit Dr. Theo unterhielt, dass ich die beiden in Ruhe gelassen hätte, wäre ich nicht so aufgewühlt gewesen. Während ich vier oder fünf Meter von Noah entfernt dastand, beobachtete ich ihn aus dem Augenwinkel und fragte mich, ob ich zu ihm gehen und versuchen sollte, die Sache wiedergutzumachen; wäre ich betrunkener oder impulsiver gewesen, hätte ich wohl einen Versuch unternommen, aber ich glaubte nicht, dass er von Erfolg gekrönt gewesen wäre. Außerdem wollte ich die Bedeutung unseres kleinen Geplänkels für ihn nicht überschätzen. Vielleicht würde er sich am nächsten Morgen kaum noch daran erinnern. Ich war am Boden zerstört und erleichtert zugleich, als er sich von Josh, Hakeem und Lynette abwandte und zu dem Ausgangsschild am Fuß der Treppe ging, kurz stehen blieb, um sein Telefon herauszuholen und irgendetwas zu schreiben, und dann die Stufen hinauf in Richtung Erdgeschoss verschwand. Aber natürlich war ich schon vorher am Boden zerstört gewesen – von dem Moment an, da ich unser Gespräch ruiniert hatte. Die dramatische Veränderung im Tonfall, die Tatsache, dass ich es überhaupt hatte ruinieren *können*, führte bei mir zu der Einsicht, dass die Dynamik zwischen uns nicht nur auf der After-Afterparty, sondern in den letzten sechs Tagen über genügend Gewicht und Energie verfügte, um etwas zu *sein*; sie war nicht nichts gewesen. Bei einem Nichtprominenten hätte ich auf jeden Fall gedacht, dass er sich an mich heranzumachen versuchte. Aber ob wir wenige Minuten zuvor wirklich im Begriff gewesen waren, uns zu küssen – nun würde ich nie erfahren, ob ich mit diesem Gedanken schockierend richtig- oder lachhaft falschgelegen hatte.

Das zweite Ereignis war, dass der Käsehändler-Sketch viral ging. Um acht Uhr am Sonntagabend war er auf YouTube schon über fünfhunderttausendmal angesehen worden, am Montag hatte er über eine Million und am Freitag über drei Millionen Klicks.

Das dritte Ereignis war, dass anderthalb Wochen darauf Noahs zehntes Album erschien, und als er wieder nach New York kam, um es in den Talkshows am Morgen wie am späten Abend zu bewerben, wurde er mehrmals auf den Käse-Sketch angesprochen, sprach sehr freundlich darüber und verlor kein Wort über mich. Noch schlimmer war, dass Annabel Lily und er zweimal zusammen fotografiert wurden. Einmal machten sie nachmittags einen Schaufensterbummel durch SoHo, und am nächsten Tag aßen sie in einem Sushi-Restaurant im East Village zu Abend. Am selben Abend wurde er gegen 23:00 Uhr beim Verlassen ihrer Wohnung gesehen. Es war Henrietta, die mich darauf aufmerksam machte, indem sie mir nach der Veröffentlichung des ersten Fotos schrieb: *Was denken die sich bloß dabei???* Und dann, als hätte ich nicht begriffen: *Der arme Danny!!!*

Ein paar Wochen lang googelte ich, masochistisch, wie ich war, Noah weiterhin, und es gab keine Berichte mehr über Annabel und ihn. Zwar waren die Fotos von Dementi aus nicht genannten Quellen – also ihren Presseleuten – flankiert worden, aber ein anderer Gast in dem japanischen Restaurant hatte die »flirrende Atmosphäre« zwischen den beiden bemerkt (»Sie amüsierten sich sehr zusammen«), und beide Episoden wirkten fachmännisch inszeniert. Ich meine, ein Schaufensterbummel – machte irgendwer so etwas im wahren Leben? Und lasst euch das Sushi doch um Himmels willen nach Hause liefern! Aber ich wusste nicht, ob die Bewerbung des Albums der Hauptgrund und Grausamkeit der Nebeneffekt war oder ob der Hauptgrund darin bestand, einer echten gegenseitigen Anziehung nachzugehen, und die Bewerbung des Albums der Nebeneffekt war.

Das vierte Ereignis war, dass Viv und Dr. Theo ein richtiges Paar wurden, eine dauerhafte Beziehung eingingen, auch wenn sie, wie Viv mir später sagte, an diesem ersten Abend nicht miteinander geschlafen hatten. Sie waren zusammen nach Hause gegangen, und sie hatten im selben Bett geschlafen, aber sie hatten tatsächlich geschlafen, im Anschluss an etwas, was Viv scherzhaft, aber begeistert als Heavy Petting bezeichnete.

Nicht lange nach Noahs Abgang hatte auch ich die After-Afterparty zusammen mit Viv und Dr. Theo verlassen. Wir waren alle in die zweite Sitzreihe des Escalade gestiegen, Viv hatte sich in die Mitte gesetzt, und beim Anschnallen beugte ich mich vor und sagte zu Dr. Theo: »Wie steht es mit der Müdigkeit?«

»Ich weiß nicht, ob ich seit meiner Assistenzzeit noch einmal um diese Uhrzeit wach war, aber ich halte durch.«

Viv sagte: »Sollen wir kurz am Bellevue anhalten, damit du ein Baby entbinden kannst wie in alten Zeiten?«

»Danke, da würde ich lieber passen.«

Der Fahrer lenkte den Wagen auf die Straße, und es war keine Minute vergangen, da hörte ich ein rhythmisches Atemgeräusch, leiser als ein Schnarchen, und als ich mich wieder vorbeugte, sah ich, dass Dr. Theo eingeschlafen war. Viv und ich sahen uns in die Augen, und sie lächelte.

»Er gefällt mir.« Halb flüsterte ich, und halb formte ich die Worte stumm mit den Lippen.

»Mir auch«, flüsterte sie zurück.

»Hast du schon mal von der Danny-Horst-Regel gehört?«, sagte ich leise. »Glaubst du daran?«

»Nein«, sagte sie sofort.

»Echt nicht?«

»Unsere Kultur ist auf jeden Fall besessen davon, wie Frauen aussehen, und das hat uns alle infiziert. Aber auf der individuellen Ebene sind die Leute viel schräger drauf, als wir oft glauben. Anziehung hängt von so viel mehr als nur dem Äußeren ab.« Nach einer Pause – wir fuhren den um diese Zeit nahezu leeren Franklin D. Roosevelt Drive hinauf, am breiten dunklen Streifen des East River entlang, hinter dem die Lichter von Brooklyn sichtbar waren – sagte Viv: »Würdest du lieber Danny oder Annabel heiraten?«

»Auf jeden Fall Danny«, sagte ich.

»Oder? Sexy Aussehen wird irgendwann langweilig, aber Witzigkeit einfach nie.«

»Bei dir bräuchte man sich nicht zu entscheiden«, sagte ich. »Da kriegt man witzig und sexy.«

»Ich weiß.« Viv deutete nach links, wo Dr. Theo schlief, und sagte in demselben gedämpften Tonfall, in dem wir die ganze Zeit gesprochen hatten: »Der Glückspilz.«

Ich zögerte, bevor ich sagte: »Am Dienstagabend habe ich Noah Brewster mit seinem Sketch geholfen. Er kam aus heiterem Himmel in mein Büro, und wir waren ungefähr eine Stunde allein, bis Autumn ihn wieder abholte. Danach hatte ich die ganze Woche über das Gefühl, zwischen uns wäre irgendwas. Dann dachte ich wieder, das ist unmöglich. Es kann gar nicht sein.«

»Natürlich kann das sein«, sagte Viv. Wir fuhren gerade an der Anlegestelle der East-Twentieth-Street-Fähre vorbei, als sie sagte: »Ihr seid wie *Ein Herz und eine Krone.*«

»Was meinst du damit?«

»Noah hat sich von seinen Betreuern davongestohlen. Er ist Audrey Hepburn, und du bist Gregory Peck.«

»Ha«, sagte ich. »Der Gedanke kam mir gar nicht.« Nach ein paar Sekunden fügte ich hinzu: »Aber falls da was zwischen uns war, habe ich es heute Abend versemmelt. Wir hatten im Blosca so ein seltsam offenherziges Gespräch, und ich bin in Panik geraten und habe was Fieses über irgendwelche zweiundzwanzigjährigen Models gesagt, mit denen er zusammen war.«

»Wieso das denn?«

»Ich habe keine Ahnung«, sagte ich und fing an zu weinen.

Viv antwortete nicht. Stattdessen nahm sie meine linke Hand in ihre rechte und hielt sie fest, und der Fahrer fuhr weiter den

Franklin D. Roosevelt East River Drive hinauf, vorbei an den Gebäuden auf der einen und dem Fluss auf der anderen Seite, zu dieser stillen Stunde, in dieser Frühlingsnacht, auf der Insel Manhattan. Auf Vivs anderer Seite atmete Dr. Theo weiter tief ein und aus.

KAPITEL 2

Juli 2020

Von: Noah Brewster <NoahRBrewster@gmail.com>
An: Sally Milz <Smilz@TNOshow.com>
Datum: 20. Juli 2020, 23:42 Uhr
Betreff: Ehrlicherweise

Ist die hier noch aktuell?

Von: Sally Milz <Smilz@TNOshow.com>
An: Noah Brewster <NoahRBrewster@gmail.com>
Datum: 21. Juli 2020, 8:04 Uhr
Betreff: Ehrlicherweise

Ja, meine Mail ist noch aktuell.

(Okay, meine innere Anglistik-Studentin steckt jetzt echt in der Zwickmühle. Sie sollen wissen, dass ich weiß, dass es in Satz Eins streng genommen »meine E-Mail« und noch besser »meine E-Mail-Adresse« heißen müsste, aber ich will auch nicht, dass Sie mich für überkorrekt halten. Habe ich den Schaden einigermaßen begrenzt? Übrigens: Als Kind dachte ich, eine Zwickmühle wäre eine echte Mühle, in der man gezwickt wird.)

Ich hoffe, Sie kommen gut durch diesen, äh, tödlichen globalen Albtraum.

Von: Noah Brewster <NoahRBrewster@gmail.com>
An: Sally Milz <Smilz@TNOshow.com>
Datum: 21. Juli 2020, 13:36 Uhr
Betreff: Ehrlicherweise

Ich dachte bis zur fünften Klasse, Nudeln wären aus Käse. Zu meiner Verteidigung muss ich sagen, dass Nudeln aus Käse wohl ganz lecker wären.

In sprachlicher Hinsicht bin ich nicht so streng, nur das groß geschriebene »Eins« irritiert mich ein bisschen. Andererseits würde jeder, der kein völliger Ignorant ist, die Expertise der Frau mit dem noblen Universitätsabschluss anerkennen, auch wenn die noble Universität nicht Harvard war. Moment … ist das Wort Ignorant anstößig?

Sind Sie in N. Y.? Nicht, dass Sie gefragt hätten, aber ich bin gerade in L. A.

Von: Sally Milz <Smilz@TNOshow.com>
An: Noah Brewster <NoahRBrewster@gmail.com>
Datum: 21. Juli 2020, 19:04 Uhr
Betreff: Ehrlicherweise

Ich habe Ignorant gerade gegoogelt, und ich weiß es immer noch nicht. Aber Sie wissen doch noch, dass viele meinen, TNO würde es darauf anlegen, anstößig zu sein, oder? Nach der ersten Folge in diesem Jahr, bevor uns allen klar geworden ist, dass noch ganz andere Probleme auf uns zukommen würden, hat ein hohes Tier im Democratic National Committee getweetet, ein Sketch von mir sei die Apotheose der politischen Gleichgültigkeit der Mittzwanziger. Als jemand, der im Oktober 39 wird, habe ich das mit den Mittzwanzigern als Kompliment genommen. Aber Mittzwanziger sind die am wenigsten gleichgültigen Menschen, die ich kenne! Das sind die, die Metallstrohhalme verwenden. Die vor allen anderen zu den Black-Lives-Matter-Demos gegangen sind. (Waren Sie diesen Sommer auf einer?) Jedenfalls sollten Sie mich nicht als Maßstab dafür nehmen, was anstößig ist und was nicht.

Und ich bin ehrlicherweise in (Achtung, jetzt wird's ganz glamourös) Kansas City, Missouri. In meinem alten Kinderzimmer. Ich wohne mit meinem 81-jährigen Stiefvater und seinem Beagle Sugar zusammen. Es wird immer glamouröser! Ich bin ein bisschen belämmert, weil ich zu denen gehöre, die aus New York geflüchtet sind, aber als alles dichtgemacht wurde, hatte ich das

Gefühl, den Verstand zu verlieren (also in echt, nicht bloß als Redensart). Wie ist es in L. A.?

Nudeln aus Käse wären fantastisch! Man könnte sie frittieren und in Marinarasoße dippen und – ach du Schande, ich glaube, ich habe gerade Mozzarella-Sticks erfunden! Übrigens, schreiben Ihnen manchmal völlig Fremde, die Ihre überraschend offensichtliche E-Mail-Adresse ausgeknobelt haben?

Von: Noah Brewster <NoahRBrewster@gmail.com>
An: Sally Milz <Smilz@TNOshow.com>
Datum: 22. Juli 2020, 22:36 Uhr
Betreff: Ehrlicherweise

Ich werde noch vor Ihnen 39, am 5.9. Ich weiß nicht genau, wie man während eines »tödlichen globalen Albtraums« einen Geburtstag feiert, vielleicht indem man Nudeln aus Käse isst und durch einen Metallstrohhalm trinkt? Es gibt so viele Möglichkeiten!

Wo wir gerade schon bei der Pandemie sind … Ganz im Ernst, darum hatte ich Ihnen geschrieben. Hat Sie das gar nicht gewundert? Falls doch, war es nett von Ihnen, so zu tun, als wäre das nicht irgendwie komisch und völlig unerwartet.

Also … ich hatte im Februar Covid. Zuerst möchte ich vorausschicken, dass ich mich nicht beschweren sollte, weil ich sehr privilegiert bin … und dann möchte ich sagen, dass es zum Kotzen war. Ich war fast drei Wochen lang kurzatmig, hatte den schlimmsten Husten meines Lebens, war erschöpft, mir tat alles weh, ich hatte permanent Kopfschmerzen. Es war die Hölle, und dazu die Angst, nie wieder singen zu können oder zumindest nicht mehr so wie vorher. Zum Glück war das nicht der Fall, aber für jemanden wie mich ist alles, was meine Stimme und meine Atmung angreift, wirklich beängstigend. Während ich das Ganze schreibe, kommt mir der Gedanke, dass Sie es vielleicht auch hatten und sich gerade denken: Der stellt sich ja an wie ein Baby! Ich hoffe, Sie hatten es nicht.

Aber als ich krank war, hatte ich Zeit zum Nachdenken über ... über vieles, ehrlich gesagt. Unter anderem über meine Woche bei TNO im Jahr 2018, insbesondere die Arbeit mit Ihnen, und darüber, dass es so blöd zu Ende ging. Das tut mir leid, und ich möchte mich ganz offiziell entschuldigen. Ich finde Sie cool und klug, und ich hätte mir gut vorstellen können, nach dieser Woche noch mehr Zeit mit Ihnen zu verbringen, und dann ... na ja, dazu kam es dann eben nicht mehr. Hätte es aber vielleicht tun sollen, wissen Sie?

Um Ihre Fragen zu beantworten:

Ich war auf einer BLM-Demo. Ich hatte vorher lange hin und her überlegt, weil ich es nicht zur Selbstdarstellung nutzen wollte, aber ich habe mich entschieden, einfach hinzugehen und es darauf ankommen zu lassen, dass irgendwer meine Motive infrage stellt ... es wäre weder das erste noch das letzte Mal. Ich habe den Leuten, die für mich die sozialen Netzwerke bespielen, gesagt, sie sollten dazu nichts posten, wobei letztlich doch ein paar Fotos im Netz aufgetaucht sind. Haben Sie demonstriert?

Ja, ein paarmal im Jahr kriege ich E-Mails von völlig Fremden, die entweder schreiben: »Ich bin dein allergrößter Fan und brauche $500 für eine Operation«, oder: »Deine Musik ist scheiße.« Einmal hat mir einer geschrieben, der das Geld für mein letztes Album zurückwollte und sich lang und breit über die Gründe ausließ. In ein paar Punkten hatte er recht, also habe ich zurückgeschrieben: »Okay, Mann, schick mir deinen Nutzernamen auf Venmo, und du kriegst die zehn Kröten.« Ich habe nie wieder von ihm gehört.

Meine E-Mail-Adresse ist zugegebenermaßen einfallslos, aber kriege ich nicht wenigstens ein paar Punkte dafür, dass ich den Anfangsbuchstaben meines zweiten Vornamens eingebaut habe? Hat Ihnen schon mal jemand gesagt, dass sich Ihre Adresse ein bisschen wie »smiles« liest ... was Sie sich wahrscheinlich auch ausgesucht hätten, wenn Sie die Wahl gehabt hätten. Apropos E-Mails: Ich glaube, das ist die längste, die ich seit Anfang der 2000er geschrieben habe!

Von: Sally Milz <Smilz@TNOshow.com>
An: Noah Brewster NoahRBrewster@gmail.com
Datum: 23. Juli 2020, 11:27 Uhr
Betreff: Ehrlicherweise

Zuerst einmal tut es mir leid, dass Sie so krank waren. Das klingt schrecklich. Geht es Ihnen wieder richtig gut, oder haben Sie Langzeitsymptome? Konnte sich jemand um Sie kümmern? Waren Sie zu der Zeit auch in L. A.? Ich hatte noch kein Covid, oder wenn doch, habe ich es nicht bemerkt. Ein großes Glück, weil es einige bekommen haben, kurz nachdem TNO dichtgemacht hat, unter anderem auch Henrietta, ihre Frau Lisa (die jetzt im achten Monat schwanger ist) und Viv (die zufällig auch im achten Monat schwanger ist). Vivs Mann, der Arzt ist, hat es aus irgendeinem Grund nicht gekriegt. Viv, Lisa und Henrietta scheint es wieder gut zu gehen, aber ich weiß, dass sie sich Sorgen über die potenziellen Auswirkungen von Covid auf die ungeborenen Babys machen. Viv sorgt sich verständlicherweise auch um die Entbindung. Ich muss gestehen, dass ich nicht wusste, dass schwarze Frauen und ihre Babys über alle Klassenschranken hinweg aufgrund von Rassismus/schlechter Versorgung weit häufiger im Kindbett sterben.

Was die BLM-Demos angeht, ich war auch auf einer – Sie haben vielleicht mitbekommen, dass sie hier recht heftig abliefen, und einige fanden in der Nähe vom Haus meines Stiefvaters statt –, aber ich kann mit ziemlicher Sicherheit sagen, dass sich niemand genug für meine Anwesenheit interessiert hat, um Bilder von mir im Netz zu posten. Einerseits finde ich es so bizarr und so peinlich, dass Weiße und von Weißen geführte Unternehmen eines Tages aufgewacht sind und sich entschieden haben zuzugeben, dass Rassismus existiert. Andererseits, besser zu spät (400 Jahre) als nie, oder? Viv hat mir erzählt, nachdem George Floyd getötet wurde, hätten sich irgendwelche weißen Bekannten aus dem Nichts bei ihr gemeldet und gefragt: Wie geht's dir? Nein, im Ernst, wie geht's dir wirklich???, und sie dachte sich nur: Na ja, ich bin erschöpft, weil in meiner Gebärmutter ein Mensch heranwächst, aber ich glaube nicht, dass ihr das meint. (Randbemerkung: Natürlich fürchte ich neuerdings, eine von diesen weißen Frauen zu sein, die glauben, Viv viel näherzustehen, als sie das empfindet, aber ich werde sie jetzt ganz bestimmt nicht um Bestätigung bitten. Ich habe über einen Sketch nach dem Motto »Dein schlechtes Gewissen wird dich nicht retten« nachgedacht. Also über das Phänomen, dass weiße Frauen glauben, das bloße Aussprechen unseres Unbehagens oder unserer Schuldgefühle würde schon zum Freispruch führen. Wer weiß, was uns in der kommenden Staffel bei TNO erwartet – angeblich wird es tägliche Tests geben –, aber letzte Woche habe ich den Vertrag für mein zwölftes [!!] Jahr unterschrieben.)

Was das Ende Ihrer Woche bei TNO betrifft: Ich weiß die Entschuldigung zu schätzen, aber Sie hatten mit allem recht. (Es kann gut sein, dass ich diese Worte noch nie jemandem geschrieben habe, also freuen Sie sich bitte darüber.) Ich habe auch viel über diese Woche nachgedacht und mich schlecht gefühlt. Die Wahrheit ist, dass Sie sich nicht bei mir entschuldigen müssen, sondern ich mich bei Ihnen. Sie hatten jedes Recht, mir den Kopf zu waschen. Was ich in der Bar gesagt habe, war unverschämt. Das tut mir wirklich leid.

Ist das gut oder schlecht, die längste E-Mail seit Anfang der 2000er geschrieben (und wahrscheinlich auch erhalten) zu haben? Zerbrechen Sie sich im Gedenken an die frühen 2000er auch den Kopf über den Millennium Bug und tragen eins von diesen gelben Livestrong-Trikots? Ich trage meins natürlich gerade. Das luftige Nylon hält im feuchten Sommer von Missouri so schön kühl.

Von: Noah Brewster <NoahRBrewster@gmail.com>
An: Sally Milz <Smilz@TNOshow.com>
Datum: 23. Juli 2020, 15:50 Uhr
Betreff: Ehrlicherweise

Was für eine Ehre, die allererste »Ich glaube, Sie hatten mit allem recht«-Erklärung von Sally Milz zu erhalten! Wäre es schräg, wenn ich mir das auf den Arm tätowieren lasse? (Haben Sie sich noch etwas stechen lassen, seit wir uns darüber ausgetauscht haben? Ich nicht, aber ich weiß noch, dass ich Ihren Hamster zum Totlachen fand.)

Es ist total geil, lange E-Mails zu schreiben und zu bekommen! Verstehen Sie mich nicht falsch, es ist einschüchternd, einer TNO-Autorin zu schreiben, aber es macht auch richtig Spaß (auch wenn ich bestimmt einen Haufen Zeichensetzungsfehler mache), und ich frage mich, ob eine Brieffreundin nicht das war, was mir die ganze Zeit gefehlt hat. Ganz im Ernst, mein Leben war seit zwei Jahrzehnten nicht so ruhig, und es ist richtig schön, sich mit jemandem auszutauschen. Ich hatte mir manchmal gewünscht, ich könnte für sechs Monate oder ein Jahr auf Pause drücken, und jetzt ist es, als wollte mich das Universum auf die Probe stellen. Nein, ich bin nicht so selbstbezogen, dass ich glauben würde, eine weltweite Pandemie ausgelöst zu haben, aber trotzdem … man soll sich gut überlegen, was man sich wünscht.

Um Ihre Frage zu beantworten: Im Februar war ich gerade mitten auf einer Achtzehn-Städte-Tour, ich fuhr zurück nach L. A., und seitdem bin ich hier. Ich glaube, das ist inzwischen eine bekannte Geschichte, aber wir haben in San Antonio ein Konzert gegeben, und es fühlte sich alles ziemlich normal an; am nächsten Abend waren wir in Houston, und da lag eine komische Energie in der Luft, zwei Abende später waren wir in New Orleans, und als ich auf der Bühne stand, wusste ich schon, dass wir den Rest der Tour verschieben würden. Aber selbst an dem Abend haben wir noch das Meet and Greet und das ganze übliche Drumherum mitgemacht ... ich hätte mich also wahrscheinlich nicht wundern sollen, dass ich eine Woche später krank wurde.

Ich bin deswegen ein bisschen belämmert, um Ihren Ausdruck zu gebrauchen, aber ich habe eine Hauswirtschafterin/Köchin und einen Hauswart, die in ihrem eigenen Teil des Hauses leben, über der Garage, und miteinander verheiratet sind. Dann habe ich noch eine persönliche Assistentin, die nicht mit mir zusammenlebt. Als ich krank war, haben sie sich alle so um mich gekümmert, dass ich es ihnen nie vergessen werde. Niemand von ihnen ist krank geworden ... Margit (die Hauswirtschafterin) hat mir Essen vor die Tür gestellt, und wir kamen nicht viel miteinander in Berührung, aber es war beruhigend, dass immer mal jemand nachschaut, ob ich noch lebe.

Ich hoffe, Sie finden die Frage nicht komisch, aber wie sieht denn momentan ein normaler Tag in Ihrem Leben aus? Leben Sie noch mit irgendwem außer Ihrem Stiefvater und seinem Hund zusammen? Glückwunsch zum Vertrag für eine weitere TNO-Staffel! Ich weiß noch, wie Sie 2018 zu mir sagten, Sie würden in ein oder zwei Jahren kündigen, aber es klingt, als hätten Sie sich anders entschieden. Haben Sie darüber nachgedacht, in Kansas City zu bleiben?

Also … Ich habe Angst, das Thema anzuschneiden, aber da wir hier anscheinend offen und ehrlich sind … Mir ist bewusst, dass ich mich für eine Sache entschuldigen muss, und zwar dafür, dass ich mich in der Woche nach der Sendung mit Annabel L. getroffen habe. Ich weiß nicht genau, ob ich mich bei Ihnen oder bei Danny Horst entschuldigen muss, aber das war nicht okay von mir. Zwischen Annabel und mir ist nichts gelaufen, aber ich weiß, dass es vielleicht so ausgesehen haben mag, und … na ja … ich wünschte, ich könnte das rückgängig machen. (Ich gerate hier ganz schön ins Schwitzen, erstens wegen des Themas an sich und zweitens, weil ich auch nicht genau weiß, ob es oben »mag ausgesehen haben« oder »ausgesehen haben mag« heißen muss. 47 Grammatik-Websites behaupten Letzteres, aber ich bin mir immer noch nicht sicher.)

Ich wette, Sie sehen großartig aus in Ihrem gelben Trikot. Ich habe mir sagen lassen, die kommen nie aus der Mode.

Von: Sally Milz <Smilz@TNOshow.com>
An: Noah Brewster <NoahRBrewster@gmail.com>
Datum: 23. Juli 2020, 19:40 Uhr
Betreff: Ehrlicherweise

Es verschafft mir eine seltsame Befriedigung, dass ich Sie mit meiner Sprachneurose angesteckt habe. Entschuldigung? Herzlichen Glückwunsch?

Das könnte ehrlicherweise (ehrlicherweise ehrlicherweise ehrlicherweise) ein witziger Sketch sein: Verschiedene Leute erklären, warum sie glauben, persönlich für die Pandemie verantwortlich zu sein. Sie sind nicht der Erste, von dem ich das gehört habe. Die Mutter der Familie nebenan hat mir erzählt, ihre 11-jährige Tochter hätte Angst, sie ausgelöst zu haben, weil sie ihrer Mutter gesagt hat, sie wäre zu oft auf Dienstreisen, und Henriettas Schwiegervater hat ihr erzählt, er hätte das Gefühl, sie ausgelöst zu haben, weil er sich vor einer Feier anlässlich seiner Pensionierung fürchtete. Meiner Meinung nach hat die Kombination aus der 11-Jährigen, Henriettas Schwiegervater und Ihnen sie tatsächlich ausgelöst, und Sie schulden der ganzen Welt eine Entschuldigung. Mit einer Fledermaus auf einem Markt in Wuhan hatte das nichts zu tun.

Das Komische an der Arbeit bei TNO ist unter anderem dieser Alles-oder-Nichts-Zeitplan – ich habe entweder eine Neunzig-Stunden-Woche, oder ich gehe wochenlang oder den ganzen

Sommer über gar nicht ins Büro. Bevor alles dichtgemacht wurde, hätte ich gesagt, dass ich mich abseits der Sendung sehr gut beschäftigen kann, aber vielleicht hat uns die Pandemie alle auf die Probe gestellt.

Ich würde NIEMALS in Kansas City bleiben. Ich weiß, das klingt vielleicht hochnäsig, und es leben überall kluge, interessante Menschen und so weiter, aber trotzdem – niemals. Selbst wenn gerade keine Pandemie herrscht, sind die Restaurants um 19:45 Uhr verwaist, die Gehwege menschenleer, und klar gibt es überall kluge, interessante Leute, aber nicht in dem Maße wie in N. Y.. Wobei es angenehm ist, mit Jerry und Sugar zusammenzuwohnen, wenn auch alles ein bisschen langsamer abläuft. Jerry ist sehr nett, sehr gesittet, und er hält Dinge wie E-Mails und Hafermilch für hochinnovativ. Sugar ist überhaupt nicht gesittet, vor allem nicht, wenn sie darum bettelt, den Bauch gekrault zu kriegen. Jerry und ich haben nie auch nur annähernd so viel Zeit miteinander verbracht wie jetzt, und unsere Gespräche drehen sich zu 75 % um Sugar. Ich war zehn, als meine Mom Jerry geheiratet hat (mein biologischer Vater hatte einige Probleme, und er starb, als ich acht war – aber das ist eine andere Geschichte für einen anderen Tag). Als Jerry zu uns zog, hatte ich seit dem Tod meines Vaters mit bei meiner Mutter im Bett geschlafen, und sie lockte mich zurück in mein Zimmer, indem sie mir einen eigenen Fernseher kaufte. Und so fing ich als Fünftklässlerin an, heimlich TNO zu schauen. Also habe ich meine Karriere vielleicht Jerry zu verdanken?

So sieht ein typischer Tag im Leben von Pandemie-Sally aus (im Gegenzug verpflichten Sie sich, mir einen typischen Tag im Leben von Pandemie-Noah zu schildern):

7 Uhr: Aufstehen, bevor es draußen 37 Grad heiß ist, ausgiebig mit Sugar Gassi gehen, schockiert sein, wie hell es schon ist und wie viele andere Menschen so früh schon unterwegs sind.

8 Uhr: Wieder zu Hause, duschen, Kaffee, an den Rattanschreibtisch aus meiner Jugend setzen, Laptop aufklappen, um an Drehbuch zu arbeiten, die nächsten 4 Stunden unbeabsichtigt mit der Lektüre von Artikeln darüber vertrödeln, wann ein Impfstoff existieren wird und was eine Gain-of-Function-Mutation ist.

12 Uhr: Mittagessen mit Jerry, der um 10 aufsteht (wenn ich nicht da bin, steht er um 6 auf, geht mit Sugar raus und legt sich wieder hin) und dann zwei Stunden lang den Kansas City Star von vorne bis hinten durchliest, wobei er eine einzige Tasse Kaffee trinkt und genüsslich eine einzige Schale Raisin Bran auskostet. Er stellt buchstäblich die Schale vom Frühstück in den Geschirrspüler und nimmt direkt den Teller fürs Mittagessen aus dem Schrank. Zu Mittag gibt es Weißbrot mit Fleischwurst, Mayonnaise und Salatblättern. Fun Fact: Ich bin seit sieben Jahren Pescetarierin. Aber ist Fleischwurst WIRKLICH Fleisch?

12:30–16:45 Uhr: So tun, als würde ich am Drehbuch arbeiten, mehr Artikel über Verlust des Geruchssinns und Zytokinstürme lesen.

17 Uhr: Online »Stuhlyoga für Senioren« mit Jerry im Wohnzimmer. Die Yogalehrerin ist eine knackige Sechzigjährige namens Marie, und Jerry würde in einer Million Jahren nicht mit mir darüber reden, aber ich glaube, er ist ein ganz kleines bisschen in sie verguckt. Ich will ja nicht prahlen, aber als Nichtseniorin (Juniorin?) lasse ich beim Stuhl-Yoga den Stuhl weg.

17:30 Uhr: Jerry mixt sich selbst einen Manhattan und mir eine Grapefruit-Schorle on the Rocks, brät sich ein Schweinesteak und mir einen Veggie-Burger, und wir essen auf der Veranda hinterm Haus, wenn es nicht zu heiß ist. In dem Fall unterhalten wir uns meist mit der Familie nebenan (die Töchter sind 9 und 11, und die 11-Jährige ist die, die die Pandemie ausgelöst hat, weil sie zu ihrer Mutter gesagt hat, sie sei zu oft auf Geschäftsreise). Sie stellen uns viele Fragen wie: »Wenn ihr für den Rest eures Lebens nur noch eine Sache essen könntet, was wäre das?« und »Wenn Sugar die Menschensprache beherrschen würde, was würde sie wohl sagen?«.

18:30 Uhr: Noch ein langer Spaziergang mit Sugar. Diesmal quatsche ich meist mit Viv, Henrietta oder beiden. Viv ist in der Stadt – ihr Mann behandelt noch Patienten, was ihr verständlicherweise Sorgen bereitet –, aber Henrietta und ihre Frau haben außerhalb ein Haus gemietet.

19–21 Uhr: Ich bin Jerrys kundige Führerin durch das Goldene Fernsehzeitalter. Ich versuche Shows zu finden, die er noch nicht kennt und die seinen Horizont erweitern, ohne ihn zu verschrecken. Was geht: im ländlichen England angesiedelte Dramen, Reality-Show-Wettbewerbe für die ganze Familie, Sitcoms über Menschen, die nicht weiß oder hetero sind. Was nicht geht: Datingshows, schnell geschnittene und hochironische Millennial- oder Gen-Z-Serien. Wenn ihm etwas nicht gefällt, sagt er: »Da geht es aber ganz schön drunter und drüber, wie?« Wenn es ihm gefällt, findet er es »sehr interessant« oder »sehr amüsant«.

21:15 Uhr: Jerry zieht sich auf sein Zimmer zurück. Ich höre ihn herumhantieren, ich gehe in mein Zimmer, zwei Wege trennen sich wie bei Robert Frost, und ich versuche den weniger begangenen zu nehmen, indem ich Laptop und Telefon beiseitelege und ein Buch heraushole. Es gelingt mir in ungefähr einem Drittel der Fälle.

Mitternacht: Licht aus, friedlicher Schlummer. Ha, von wegen. Licht aus, dann logistische, körperliche und geistige Panik.

Und dann das Ganze wieder von vorne!

Waren Sie schon mal in Missouri? Und hatten Sie schon mal eine Brieffreundin, oder bin ich, ähm, die erste für Sie?

(Von wegen Annabel etc.: Ich weiß Ihre Ehrlichkeit zu schätzen. Ich glaube, eine pandemische Brieffreundschaft hat nicht viel Sinn, wenn man nicht ehrlich zueinander ist. Ehrlicherweise hatte ich gerade noch einen ganzen Absatz über Annabel, das Leben und meine existenzielle Verwirrung geschrieben, aber ich habe mich entschieden, uns beiden das Ganze zu ersparen, und habe ihn wieder gelöscht. Schnee von gestern. Falls Ihnen das ein Trost ist: Danny ist glücklich mit Nigels Tochter Lucy liiert, die vor Kurzem ihren Abschluss an der Brown gemacht hat, im Verlagswesen arbeitet und natürlich umwerfend aussieht, dabei aber sonderbar bodenständig ist. Ich hoffe das Beste für die beiden, und ich hoffe auch, dass Nigel ganz offiziell Dannys quasi-jüdischer Quasi-Stiefvater wird.)

Von: Noah Brewster <NoahRBrewster@gmail.com>
An: Sally Milz <Smilz@TNOshow.com>
Datum: 24. Juli 2020, 01:49 Uhr
Betreff: Ehrlicherweise

Klar war ich schon mal in Missouri! Ich habe schon mehrmals im Sprint Center in K. C., im Chaifetz in St. Louis und vor Jahren auch einmal im Blue Note in Columbia gespielt, einem coolen kleineren Laden (ein ehemaliges Kino, glaube ich). Ich kann nicht behaupten, Kansas City sehr ausgiebig erforscht zu haben, aber ich war in dem Museum mit den riesigen Federball-Skulpturen auf dem Rasen. Wenn auf Tour neben Soundcheck und Pressearbeit noch Zeit bleibt, versuche ich wenigstens eine Sache vor Ort zu machen, und sei es nur, essen zu gehen. Allerdings versuche ich, mich nicht ungesund zu ernähren, und die lokalen Spezialitäten und eine gesunde Ernährung können einander im Weg stehen.

Weil es grob zum Thema gehört … Ich weiß, aus meinem Mund klingt das wie eine Fangfrage, aber wie würden Sie Ihr Verhältnis zum Trinken und zu Alkohol beschreiben? Sie haben erwähnt, dass Sie »Grapefruit-Schorle on the Rocks« trinken, wenn sich Ihr Stiefvater einen Cocktail genehmigt, wobei ich den Eindruck habe, dass Sie schon manchmal Alkohol trinken. Sollte sich das nicht von selbst verstehen: Mir ist bewusst, dass es für viele Menschen zum normalen Leben gehört zu trinken, ohne sich heillos zu betrinken … diese beneidenswert ausgeglichenen Menschen!

Ihr Stiefvater scheint ein toller Kerl zu sein, und ich wette, er ist froh, dass Sie da sind. Ich würde gern mehr über Ihren biologischen Vater oder Ihre Mutter hören, wenn Sie je darüber sprechen möchten. Leider habe ich keine sehr gute Beziehung zu meinen Eltern. Wir sind nicht über Kreuz, aber wir stehen uns auch nicht nah. Unter normalen Umständen sehe ich sie ungefähr einmal im Jahr, und wir telefonieren alle paar Monate. Ich habe versucht, mich damit abzufinden, wie sie sind (ich weiß noch, dass wir darüber sprachen, wie sehr mir meine Therapie geholfen hat, und in diesem Bereich ganz besonders). Sie leben immer noch in Arlington, Virginia, und sie sind beide in Rente, aber mein Vater war Steueranwalt, und meine Mutter hat am Empfang einer Privatschule gearbeitet. Sie sind in jedem Sinne weiße angelsächsische Protestanten (also Snobs), und sie haben meine Karriere immer als geschmacklos, weil zu öffentlich betrachtet. Außerdem finden sie, dass es in der Musikindustrie und in L. A. vor widerwärtigen Menschen wimmelt. Schon vor der Pandemie hatten sie ein sehr abgeschottetes Leben geführt: Tennis in ihrem Country Club, Drinks und Dinner mit einer kleinen Gruppe von Freunden, und über den Sommer geht es nach Maine. Natürlich habe ich keinen Grund zur Klage, und in Bezug auf finanzielle Absicherung und akademische Ausbildung habe ich eindeutig Vorteile genossen, auch wenn ich die Chance vertan habe, aufs College zu gehen. Aber der größte Vorteil war, daran glauben zu können, dass ich es mit meiner Musik schaffe. Weil ich als Teenager so ein schüchterner, absonderlicher Grufti-Außenseiter war, dauerte es Jahre, bis ich den selbstbewussten oder sogar arroganten Gedanken zulassen konnte, man hätte das Recht, selbst Kunst zu schaffen und sie mit anderen zu teilen. Wie sich zeigt, sind unverhältnismäßig viele Menschen in der Musikbranche in privilegierten Verhältnissen groß geworden, und viele von ihnen unternehmen einiges, um das zu vertuschen. Natürlich gibt es auch Musiker, die Hürden wie zum Beispiel Mittellosigkeit überwunden haben, und meist sind sie begabter und viel umgänglicher.

Ich hoffe, das ist Ihnen nicht alles zu ausführlich geraten. Ich fand Ihre Beschreibung Ihres Stiefvaters so interessant, dass ich es mit einer ähnlichen Schilderung versuchen will. Ich habe das große Glück, meine Schwester Vicky als eine meiner besten Freundinnen betrachten zu dürfen. Sie war da, als ich TNO moderiert habe, und Sie haben sie kurz getroffen. Unsere Eltern missbilligen sie auf andere Weise als mich (sie ist Sozialarbeiterin und hilft Kindern in Pflegefamilien, ein stabiles Zuhause zu finden, was sie in meinen Augen zur Heldin macht, aber meine Eltern finden, sie ziehe die Kinder anderer Leute ihren eigenen vor – mein Neffe Jonah ist sechs und Billy vier –, und dann ist sie auch noch geschieden, was sie ihr auch tierisch verübeln). Vicky und ich stimmen unseren jährlichen Besuch bei unseren Eltern ab, damit wir uns gegenseitig den Rücken stärken können.

Soll ich Sie fragen, wovon Ihr Drehbuch handelt, oder spricht ein Genie nicht über die Einzelheiten eines gerade entstehenden Werkes? Ich nehme mal an, es handelt sich um eine romantische Komödie, und auf dem Höhepunkt läuft ein Song der Indigo Girls, aber möchten Sie darüber hinaus noch etwas zur Handlung sagen? Immerhin weiß ich jetzt ja schon einmal, dass das Geheimnis preisgekrönter TNO-Autoren darin besteht, in der fünften Klasse einen eigenen Fernseher bekommen zu haben! Dass ich eine musikalische Laufbahn einschlagen musste, liegt wohl nicht zuletzt daran, dass ich erst als Erwachsener meinen eigenen Fernseher hatte.

Was den typischen Tag betrifft … Ihrer ist mit Hunden, Stuhlyoga und witzigen Nachbarn deutlich interessanter, aber bitte:

9:00 Uhr: Aufwachen.

10:00 Uhr: Auch wenn das wieder nach einem Klischee klingt: Mein Trainer Bobby kommt Mo/Mi/Fr. Wir machen alle möglichen Übungen im Freien und halten dabei 1,80 Meter Abstand. Im März/April haben wir eine Zeit lang ausgesetzt, aber mir persönlich hilft das Training sehr, im Hinblick auf Alkohol und alles andere die nötige Ausgeglichenheit zu erreichen.

13:00 Uhr: Mittagessen, dann checke ich meine E-Mails oder kümmere mich um die Arbeit – das Pensum hat ziemlich nachgelassen. In den letzten Monaten habe ich im Netz zu ein paar Spendenaktionen aufgerufen, darunter auch die mit dem berüchtigten Softwarefehler Ende April.

16:00 Uhr: Ich gehe wandern, damit mir nicht die Decke auf den Kopf fällt, und manchmal kommen auch Freunde vorbei. Ich versuche mich mit ein paar Leuten an einem musikalischen Nebenprojekt. Einer der Jungs (es sind insgesamt sieben, zwei von ihnen sind Frauen) ist Erik Ventresca von Frontal Plumage; wir reden schon seit Jahren über eine Zusammenarbeit, aber im Moment probieren wir nur ohne jeden Druck herum. Ich habe zwar ein Studio im Haus, schleppe aber aus offensichtlichen Gründen alles nach draußen, einschließlich der Verstärker. Das haben wir jetzt fünf-, sechsmal gemacht, und für mich war es die Rettung. Wenn sie könnten, würde ich mich jeden Tag mit ihnen treffen, aber die anderen haben alle Familie nebst Kindern und Online-Unterricht.

20:00 Uhr: Wie erwähnt, kocht Margit meist für mich, aber ich koche schon mehr als früher. Jetzt, wo ich weiß, dass Sie Pescetarierin sind, brate ich Ihnen vielleicht irgendwann mal Lachs in der Pfanne. Kochen Sie gern?

Wegen Annabel … ja, Schnee von gestern, absolut. Aber der verschwundene Absatz voller existenzieller Verwirrung macht mich neugierig. Ich liebe existenzielle Verwirrung! Der verschwundene Absatz erinnert mich an die verschwundenen Watergate-Tonbänder. (Ich versuche Sie mit politischen Anspielungen zu beeindrucken, weil ich denke, eine TNO-Autorin könnte so etwas spannend finden. Funktioniert es?)

Sie sind meine erste Brieffreundin! Bin ich, äh, der erste für Sie?

Von: Sally Milz <Smilz@TNOshow.com>
An: Noah Brewster <NoahRBrewster@gmail.com>
Datum: 24. Juli 2020, 10:22 Uhr
Betreff: Ehrlicherweise

Okay, ich habe HAUFENWEISE Fragen! Waren Sie wirklich ein schüchterner, absonderlicher Grufti-Außenseiter, oder sagen Sie das nur aus Bescheidenheit? Trainieren Sie drei Stunden am Tag? Was für Musik machen Sie mit Ihrem Nebenprojekt? Vor allem aber: Wie können Ihre Eltern denn nicht total stolz und beeindruckt sein, dass ihr Sohn ein superbegabter, erfolgreicher, bei Millionen Menschen auf der ganzen Welt beliebter Musiker ist? In seinem tiefsten Inneren findet mein Stiefvater TNO nicht mal lustig (für ihn fällt es in die Kategorie »Da geht es aber ganz schön drunter und drüber, wie?«), aber er erzählt trotzdem allen, dass ich für die Sendung schreibe. Das Beste ist, dass er es The Night Owl nennt, Einzahl, statt The Night Owls.

Das ist vielleicht der richtige Moment, um zuzugeben, dass ich Ihre Musik seit 2018 sehr viel gehört habe. Also, auch schon ehe Sie mir vor ein paar Tagen geschrieben haben. Es könnte eventuell schon ein klitzekleines Fitzelchen Wahrheit daran sein, dass ich mit Ihren Nicht-Greatest-Hits vor Ihrer Gastmoderation nicht ganz so vertraut war, aber inzwischen bin ich so tief eingestiegen, ich glaube, ich kenne sogar die Songs, die Sie zu schreiben vergessen haben. (Haben Sie irgendwelche Songs zu schreiben vergessen? Ich habe bestimmte Sketche zu schreiben vergessen, aber wenn sie jemand erwähnte, würden sie mir wieder einfallen. Es ist ein bisschen wie bei einem Mitschüler von der Highschool, den du 22 Jahre nicht gesehen hast und dann plötzlich im Supermarkt vor dem Müsliregal entdeckst, nachdem du im Laufe einer Pandemie wieder in deinen Heimatort gezogen bist, und du erkennst Vinny Kaplan auf Anhieb, aber weil ihr beide Masken tragt, stiehlst du dich einfach davon und bist dir ziemlich sicher, dass Vinny dich nicht bemerkt hat, aber vielleicht hat er es einfach genauso gemacht wie du.) Jedenfalls, auch wenn ich mich wie so ein peinliches Fangirl anhöre: Wie sich herausstellt, sind Sie ein großartiger Musiker! Wer hätte das gedacht?! (Antwort: alle außer mir.)

Ich weiß nicht genau, ob Genies Einzelheiten über ihre Drehbücher verraten, aber ich verrate Einzelheiten über meine (jedenfalls ausgewählten Personen). Es handelt von einer alleinstehenden Richterin am Obersten Bundesgericht, die sich in einen Anwalt verliebt, der regelmäßig Plädoyers vor ihr hält. Oder vielleicht handelt es auch von der alleinstehenden Leiterin der Werbeabteilung eines Katzenfutterherstellers, die sich in den alleinstehenden Leiter der Werbeabteilung eines Hundefutterherstellers verliebt. Oder vielleicht arbeitet der alleinstehende Leiter der Werbeabteilung auch für den Katzenfutterherstellerkonkurrenten? Oder, na ja, willkommen in meinem Hirn. Ich habe schon mehrmals zehn Seiten geschrieben (vermutlich kein Zufall, dass das die durchschnittliche TNO-Sketch-Länge ist) und dann angefangen, nicht nur die Prämisse des Drehbuchs, sondern meine sämtlichen Lebensentscheidungen bis zu diesem Punkt infrage zu stellen, mich von der Idee verabschiedet und neu angefangen. Übrigens, neben dem eigenen Fernseher in der fünften Klasse ist die andere Voraussetzung, um für TNO zu schreiben, dass man früher Lückentextspiele wie Mad Libs geliebt hat. Haben Sie so was auch gespielt? In der vierten Klasse haben meine Freunde und ich auf dem Rückweg von einem Schulausflug zum Naturzentrum im Bus eine Runde gespielt, und ich habe nie wieder so gelacht wie über den Satz »Ich war so glücklich, dass ich das Grinsen gar nicht mehr aus dem Penis bekam«.

Wie peinlich, dass Sie noch wissen, wie ich gesagt habe, ich würde in absehbarer Zeit bei TNO aufhören. Tatsächlich wäre es wohl an der Zeit zu gehen, aber angesichts der unsicheren Lage im Moment war ich einfach zu feige. Und Drehbücher anzubieten, ist außerdem eine weniger verlässliche Einnahmequelle, als für eine wöchentliche Sendung zu schreiben. Ich bin nicht besonders scharf darauf, in einem typischen Autorenteam zu arbeiten – die Freiheit, der Irrsinn und die unmittelbare Befriedigung bei TNO haben mich womöglich für immer verdorben –, wobei ich es vielleicht mal ausprobieren sollte, bevor ich mich entscheide. Jetzt, wo die Besprechungen per Zoom stattfinden, könnte ich theoretisch in Kansas City bleiben und trotzdem in einem Team in N. Y. oder L. A. mitarbeiten – das Schlechteste aus beiden Welten?

Die ganze Wahrheit über meinen Umzug ist, dass ich ungefähr zwei Wochen durchgehalten habe, nachdem alles dichtgemacht wurde. Meine Wohnung (auf der Upper West Side) ist ziemlich klein und dunkel, und rund um die Uhr rasten Krankenwagen vorbei. Ich hatte keinerlei Kontakt zur Außenwelt und aß auch nicht besonders viel, weil ich einerseits nicht einkaufen wollte, aber andererseits auch kein gutes Gefühl dabei hatte, mir die Lebensmittel von irgendeinem Boten bringen zu lassen. (Ich aß nicht gar nichts, aber komisches Zeug, das ich im Schrank fand, wie seit zwei Jahren abgelaufene Proteinriegel. Und nein, ich koche nicht gern.) Eines Abends, nachdem ich den ganzen Tag nicht draußen gewesen war, wollte ich eine Dosensuppe aus Obamas Amtszeit essen und wusch mir in der Küche die Hände. Ich stieß mit einem Knöchel der rechten Hand gegen den Wasserhahn, und der Knöchel war mit so einem schwarzen Schmutz oder Schimmel beschmiert. Ich bückte mich und guckte mir den Wasserhahn von unten an, und er war voll mit dieser Schmiere. Dann ging ich ins Bad und schaute mir den Wasserhahn dort an, und er sah genauso aus. Und bei mir kommt alle paar Wochen jemand zum Putzen vorbei. Aber ich hatte das Wasser getrunken, mir die Zähne damit geputzt usw., und es war so eklig, und ich hatte das Gefühl, dass es mir die ganze Zeit so viel abverlangt hatte, einen kühlen Kopf zu bewahren, und ich mir solche Sorgen wegen Keimen und dem Virus gemacht hatte, darüber, auf welchen Oberflächen es sich befand und auf welchen nicht, und es war fast zu viel für mich, mich gleichzeitig mit Covid und meinen widerlichen Wasserhähnen auseinanderzusetzen. (Wissen Sie noch, wie Sie sich vor ein paar E-Mails gefragt haben, ob ich Sie für ein Baby halten würde, weil es Ihnen so schlechtging, als Sie Covid hatten? Tja, wer im gläsernen Laufstall sitzt usw. usf.) Ich ging sofort auf die Website einer Autovermietung und fuhr am nächsten Morgen um 5 los, und ein paar Minuten vor Mitternacht (Kansas-Zeit) kam ich bei Jerry an. Weil ich solche Angst hatte, ihn womöglich anzustecken, schlief ich dann zwei Wochen in dem halb fertigen Keller, und ich fragte mich, ob es meine Lage verbessert hatte, aus New York wegzugehen, aber nach fast vier Monaten Stuhlyoga und Gesprächen über einen Beagle bin ich mir SICHER, dass es so besser ist. Auch wenn ich nicht vorhabe, für immer in K. C. zu bleiben, verhält Jerry sich aufgrund seiner guten Manieren so, als täte ich ihm mit meiner Anwesenheit einen Gefallen. Dabei besteht mein Beitrag nur darin, 1) Lebensmittel einzukaufen und

2) Sugar die Krallen zu schneiden, weil der Hundesalon, zu dem er sonst mit ihr geht, geschlossen hat.

Es ist übrigens ziemlich lässig, dass Sie auf die Frage, ob Sie schon mal in Missouri waren, antworten können: Ja, klar, als ich da mal in einem Stadion vor 18 000 Leuten gespielt habe. Es wird Sie vielleicht entsetzen, dass ich noch nie auf einem Konzert im Sprint Center war (das kürzlich in T-Mobile Center umbenannt wurde), wobei es erst nach meinem Uni-Abschluss gebaut wurde, falls das eine gute Entschuldigung ist. Treten Sie GERN in Stadien auf? Ist das stressig? Macht es Spaß?

Es tut mir wirklich leid, dass Ihre Eltern Sie in Ihrem Beruf nicht unterstützen, und ich stelle mir das schwierig und schmerzhaft vor. Es freut mich, dass Sie Ihrer Schwester nahestehen – ich erinnere mich, dass sie einen netten Eindruck machte. Was meine Eltern angeht: Mein Vater war Pathologe (das sind die, die sich Biopsien usw. anschauen) und außerdem ein depressiver Mann, der sein Leiden mittels der nicht empfehlenswerten und illegalen Methode, sich selbst Morphin-Rezepte auszustellen, auf eigene Faust behandelte. Er und meine Mutter, die im Vertrieb von Hallmark arbeitete (ja, der Produzent von Grußkarten und kitschigen Weihnachtsfilmen, wobei nur die Grußkartenabteilung in K. C. sitzt), ließen sich scheiden, als ich noch ein Kleinkind war. Ich habe keine Erinnerungen an unser Zusammenleben, aber ich weiß noch, wenn mein Vater mich samstags zum Mittagessen abholte, trug er fast immer eine Khakihose und ein marineblaues Polohemd und im Winter einen grauen Pullover darüber. Meist gingen wir Hamburger essen. Obwohl ich schon als Kind fand, dass Hamburger nichts als widerliche knubbelige Fleischscheiben sind, begriff ich intuitiv, dass ich meinen Ekel vor ihm verbergen sollte, um nicht unhöflich zu sein. Das heißt, ich begriff, dass ich mich ihm gegenüber so höflich verhalten sollte wie bei einem Freund der Familie statt so schonungslos offen, wie es die meisten Kinder ihren Eltern gegenüber sind.

Am 3. November 1989, da war ich in der dritten Klasse, holte mich meine Mutter früher von der Schule ab, ging mit mir in einen Park, in dem wir noch nie gewesen waren, und sagte mir, dass mein Vater zu viel Medikamente eingenommen habe und gestorben sei. Der Ort war vermutlich strategisch gewählt, um mir nicht irgendeine vertrautere Umgebung einschließlich unseres Hauses zu ruinieren. Sie sagte mir, wir würden nie erfahren, ob er die zu hohe Dosis versehentlich oder absichtlich eingenommen hatte, dass das aber auch eigentlich keine Rolle spiele, denn selbst wenn es Absicht gewesen sei, dann nur weil er geglaubt habe, mit mehr Medikamenten würde es ihm besser gehen. Ich glaube ehrlicherweise, das war eine gute Lektion zum Thema, wie wir bei unvollständigen Informationen unser Narrativ selber wählen. Ich nehme auch an, meine Mutter glaubte, dass es Absicht gewesen war, denn bevor ich auszog, um zu studieren, sagte sie zu mir, ganz egal, wie schlecht es mir irgendwann einmal ginge, eines dürfe ich nie tun: mich umbringen. Sie sagte, Ideen könnten in einem Augenblick richtig und im nächsten schon falsch erscheinen, und man könne vieles rückgängig machen, einen Selbstmord aber nicht. Sie sagte das ganz sachlich, ungefähr so, wie sie mir immer sagte, dass man sich die Zähne nicht putzt, weil es spannend ist, sondern weil man sich eben die Zähne putzen muss (als Kind beschwerte ich mich immer, Zähneputzen sei »langweilig«).

Ich glaube, die Dämonen meines Vaters haben ihren Anteil daran gehabt, dass sich meine Mutter von Jerrys Beständigkeit und Verlässlichkeit angezogen fühlte. Aber schon in meiner frühsten

Jugend gab es Dinge, die meine Mutter Mama-Sally-Geheimnisse nannte, zum Beispiel, wenn wir Kuchen vom Vortag zum Frühstück aßen oder sie uns beide krankmeldete und wir ein Picknick machten, einfach nur, weil schönes Wetter war, oder wenn sie, die vor Jerry niemals fluchte, bei Autofahrten mit mir allein in ruhigem, aber deutlichem Tonfall auf andere Autofahrer schimpfte, deren Fahrstil sie gefährlich fand: »Was für ein verdammtes Arschloch.« Ohne es je offen auszusprechen, teilte sie mir so mit, dass wir alle ein öffentliches und ein privates Ich haben, was auch eine wichtige Lektion war. Komischerweise hängt das damit zusammen, warum ich glaube, TNO verlassen zu müssen. Ich spüre mit jedem weiteren Jahr, dass die nach mir kommenden Autoren zunehmend anders sind als ich. Um ehrlich zu sein, ist das beängstigend, aber es ist auch erfrischend und angemessen und führt einem den Kreislauf des Lebens vor Augen – nach dem Motto, es könnte an der Zeit sein, die Bahn für andere freizumachen. Und unter anderem unterscheiden sich die Autoren zwischen zwanzig und dreißig eben dadurch von mir, dass sie offenbar NICHT der Ansicht sind, dass wir alle ein öffentliches und privates Ich haben. Für sie ist es in Ordnung, nur ein öffentliches Ich zu haben und offen über ihre psychischen Probleme und ihre gesundheitlichen Probleme und ihre sexuellen Gewohnheiten und ihre traumatische Kindheit zu sprechen. Ich finde es sehr schön, mit Ihnen über all diese Sachen (oder bisher zumindest einige davon) zu sprechen, aber mit den meisten Menschen würde ich das nicht tun. Sie etwa?

Meine Beziehung zum Alkohol sieht so aus, dass ich unter normalen Umständen ein, zwei Gläser auf der TNO-Afterparty trinke und sonst kaum – vielleicht mal ein Glas Wein, wenn ich mich mit Viv zum Abendessen treffe, aber als sie schwanger wurde und sich keinen mehr bestellt hat, machte ich es auch nicht mehr. Neben der TNO-Party gibt es nur einen Anlass, zu dem ich immer trinke: beim ersten Date mit jemandem, um die Nerven zu beruhigen. Die Wahrheit ist also wohl, dass ich Alkohol als Stütze verwende, nur eben nicht besonders oft (hoppla, habe ich gerade gestanden, dass ich nicht oft ein Date habe? Das ist natürlich allein meine Entscheidung!). Aber ich finde es gut nachvollziehbar, dass Sie über die Trinkgewohnheiten anderer nachdenken.

Ehrlicherweise sind Sie nicht mein erster Brieffreund. Aber Sie sind wahrscheinlich der beste, oder zumindest finde ich diese kleine wechselseitige Zerstreuung sehr angenehm. Finden Sie es schön, wenn man der oder die Erste füreinander ist, oder finden Sie, dass das unweigerlich für Beklemmung sorgt und es besser ist, wenn einer von beiden mehr Erfahrung hat und den anderen bei der Hand nehmen kann?

Von: Noah Brewster <NoahRBrewster@gmail.com>
An: Sally Milz <Smilz@TNOshow.com>
Datum: 24. Juli 2020, 15:01 Uhr
Betreff: Ehrlicherweise

Ich bin »wahrscheinlich« Ihr bester Brieffreund? Im Rahmen »dieser kleinen wechselseitigen Zerstreuung«? Sie brechen mir das Herz! Nur Spaß, aber wer sind denn die ganzen anderen Brieffreunde, gegen die ich wahrscheinlich ganz gut abschneide? Sprechen wir hier von der Gegenwart oder der Vergangenheit? Muss ich sie ausfindig machen und zum Duell herausfordern?

Ganz im Ernst: Ich fühle mich geehrt, dass Ihnen meine Musik gefällt. Ich klinge womöglich auch wie ein peinliches Fangirl, wenn ich Ihnen sage, dass ich wohl alle Ihre Sketche gesehen habe. Und das liegt auch schon ein wenig zurück, es war gleich nach meiner TNO-Gastmoderation. Sie wissen vermutlich, dass sich nur schwer herausfinden lässt, welche Sketche von Ihnen stammen, weil es im Abspann nicht angegeben wird, sodass ich mich in tiefe, dunkle Superfan-Höhlen vorwagen musste. Nur fürs Protokoll: Das heißt nicht, dass ich dem Glauben anhängen würde, ich wäre ein weit und breit bekannter Prominenter und Sie eine Unbekannte. Sie haben ganz sicher Ihre Fans, auch wenn man Sie nicht im Supermarkt erkennt (außer Vinny Kaplan, der Sie ganz bestimmt erkannt und dann gemerkt hat, dass Sie ihn absichtlich übersehen, und am Boden zerstört war). Aber ich weiß, dass Sie in der Comedywelt ein Star sind. Außerdem wissen viele nicht, wer ich bin, oder es ist ihnen egal, und wenn ich von Fremden im Restaurant angesprochen werde (in normalen Zeiten), rechne ich regelmäßig damit, dass sie sagen: »Ich liebe Ihre Musik«, und dann sagen sie stattdessen: »Sie kommen mir irgendwie bekannt vor … Sind Sie mein Zahnarzt?« Aber worauf ich hinauswill: Ihre Sketche sind wirklich lustig. Auch wenn die Wahl schwerfällt – am witzigsten finde ich den mit den Frauen, die angeblich nicht furzen, den mit den Thanksgiving feiernden Grenzschützern und die Werbespots für Hausfrauen im Fünfzigerjahre-Stil. Es nötigt mir Respekt ab, dass Sie nicht davor zurückschrecken, auch mal düsterer zu werden oder die unangenehmen Aspekte des Lebens zu thematisieren, statt sie einfach glattzubügeln, wie wir es alle gelernt haben. Beindruckend, dass Ihre gesamte Karriere auf Lückentexten fußt!

Danke für Ihre freundlichen Worte zu meinen Eltern. Es hat ein bisschen gedauert, bis ich so weit war, aber ich versuche ihre Ablehnung nicht persönlich zu nehmen. Ich bin dankbar dafür, viel mehr Erfahrungen gesammelt und viel mehr Menschen getroffen zu haben als sie. Außerdem ist es nicht ganz fair zu behaupten, dass sie mich gar nicht unterstützen. Vor Jahren … Achtung, Namedropping-Alarm … durfte ich Mick Jagger einmal einen Preis verleihen und dann zusammen mit der Band »You Can't Always Get What You Want« spielen, und ich lud meine Eltern dazu ein, weil mein Vater ein riesiger Stones-Fan ist. Sie konnten zwar nicht kommen, aber ich habe gemerkt, dass er beeindruckt war. Im Gegensatz zu meiner Mutter trägt mein Vater eine gewisse Liebenswürdigkeit in sich, die er nur nicht richtig zum Ausdruck bringen kann (er redet insgesamt nicht viel), wohingegen meine Mutter einfach hemmungslos auf anderen Leuten herumhackt, einschließlich denen, die sie zur Welt gebracht hat. Das mit Ihrem biologischen Vater tut mir wirklich leid, aber es freut mich, dass Sie eine so wunderbare Beziehung zu Ihrer Mutter hatten. Es scheint, als hätten Sie viel von ihrer Wärme und ihrem Humor geerbt, und ich wette, sie hat es sehr schön gefunden, Sie als Tochter zu haben.

Spiele ich gern in Stadien, und ist es stressig? Das sind zwei sehr gute Fragen. Wie Sie von TNO wissen, lässt sich nichts mit einem Publikum vergleichen, das gemeinsam einen flüchtigen Augenblick der Freude erlebt, und wenn ich in diesen Momenten auf der Bühne stehe und in so viele Gesichter schaue, sauge ich das alles auf wie ein Schwamm und komme mir dabei unglaublich privilegiert vor. Klar kann das Touren eintönig werden ... die Hotels und der Transport, aber auch die Auftritte selbst. Aber zugleich weiß ich, dass es für die Leute im Publikum vielleicht ein ganz besonderer Abend ist, die Karten waren nicht billig, vielleicht haben sie noch einen Babysitter engagiert und Parkplatzgebühr bezahlt. Meine Aufgabe ist also, in Omaha für genauso viel Stimmung zu sorgen wie in der Hollywood Bowl.

Inzwischen stressen mich Auftritte eigentlich nicht mehr. Es hat Vor- und Nachteile, so früh »groß rauszukommen«, und zu beiden gehört vielleicht, dass ich in beruflicher Hinsicht, auch wenn ich weiß, dass meine Karriere zu großen Teilen auf Glück beruht, inzwischen gar kein anderes Leben mehr kenne. Im Rückblick lief ich ernsthaft Gefahr, fast unmittelbar nach meinen Anfängen auszubrennen. Nachdem mein erstes und zweites Album direkt nacheinander erschienen waren, trank ich eine Menge, führte mich in meinen frühen Zwanzigern wie ein Vollidiot auf und ließ mir den Erfolg ganz allgemein zu Kopf steigen. Im Oktober 2003 geschah in Miami ein schrecklicher Unfall, bei dem mein Schlagzeuger, der Christopher hieß und schwer in Ordnung war, von einer Zugbrücke über die Biscayne Bay stürzte. Das war ein überdeutlicher Weckruf, und nach Christophers Beerdigung begab ich mich zwei Monate lang in Entzug. Ich denke immer noch täglich an ihn und wünschte, ich hätte verhindert, dass wir alle auf diese Brücke kletterten. Ich überlegte, gar nicht mehr aufzutreten. Ich wusste nicht, ob die Fans oder die Medien mir die Schuld an Christophers Tod geben würden, und auch wenn das nicht der Fall war, bin ich mir immer sehr bewusst über die zweite Chance gewesen, die ich bekommen habe.

Zu Ihrer Frage, ob ich drei Stunden am Tag trainiere … Auch wenn es sich vielleicht so angehört hat, trainiere ich nicht von 10–13 Uhr. Ich trainiere von 10–11:15 Uhr. Aber wo wir schon so ehrlich zueinander sind: Es ist zweifelhaft, wie gesund meine Beziehung zum Trainieren und zum Essen ist. Ich bin stolz, sagen zu können, dass ich beim Alkohol keine Rückfälle hatte (und danke, dass Sie meine Frage zu Ihrem Trinkverhalten so aufrichtig beantwortet haben), aber beim Training bin ich ziemlich besessen. Das soll keine verhohlene Prahlerei sein, denn ich halte es nicht für gut, von irgendetwas besessen zu sein. Als Junge war ich dürr, und ich konnte essen, was ich wollte, bis ich ungefähr 30 war. Dann fing ich an, Zucker und Weizen wegzulassen, sobald ich ein bisschen zunahm. Als ich Covid bekam, verlor ich zu viel Gewicht, also beschloss ich im Frühling, wieder Brot zu essen, und auch wenn ich Getreide inzwischen wieder vom Speiseplan gestrichen habe, wiege ich heute sechs Kilo mehr als bei meiner TNO-Moderation. Erinnern Sie sich an den Sketch, in dem ich diese hochalberne kurze Lederhose und -weste trug? Ich wusste schon im Voraus, dass man mich bitten würde, in der Show etwas Freizügiges zu tragen, und dass ich im Rahmen der Werbetour für mein Album im Fernsehen auftreten und fotografiert werden würde, also machte ich eine Woche vorher eine Saftkur. Ich hatte auch früher schon vor Fototerminen gefastet, aber mit ein bisschen Abstand zu dem Ganzen kommt mir das wie eine Angewohnheit vor, mit der ich gern brechen möchte. Das wird sicher dazu führen, dass ich weniger fit aussehe, und es wird einige hämische Kommentare geben, aber vielleicht lerne ich, mich damit abzufinden.

OK ... Ich denke ernsthaft darüber nach, den letzten Absatz zu löschen, weil ich fürchte, dass er in Ihren Ohren wahnsinnig eitel klingt ... aber ich bin auch neugierig auf Ihre Reaktion. Und nein, mit den meisten Leuten spreche ich ganz und gar nicht über solche Sachen.

Ich weiß, was Sie meinen, von wegen älter werden und eine andere Weltsicht haben als die Nachdrängenden. Mir wird das in Bezug auf die sozialen Medien klar, die mir sinnlos vorkommen und mit denen ich mich nicht befasse, die jetzt aber ein so großer Teil der Maschinerie sind. Noch etwas Komisches, was mich von Anfang an begleitet hat: Meine letzten Alben haben sich zwar alle anständig verkauft, aber ich werde mit ziemlicher Sicherheit nie mehr an die Zahlen meines ersten Albums herankommen (selbst wenn man die ganzen Veränderungen bei der Vermarktung von Musik in den letzten 20 Jahren berücksichtigt ... was, wie Sie sagen würden, eine andere Geschichte für einen anderen Tag ist). Zu Anfang meiner Karriere hatte ich noch Angst, die Leute von meinem Plattenlabel hängen zu lassen, aber im Laufe der Zeit hat es mir zu der Erkenntnis verholfen, dass ich ausschließlich über meine Musik Kontrolle habe ... nicht über die Verkaufszahlen, nicht über Marktentwicklungen, nicht über die Reaktionen der Kritiker. Ich kann nur versuchen, meine besten Arbeiten zu veröffentlichen.

Ich schwöre Ihnen, ich war ein absonderlicher Grufti, und als Beweis hänge ich ein Bild von mir als 14-Jährigem an. Bitte erfreuen Sie sich an meinen viel zu langen Stirnfransen, meinen furchtbar schlecht sitzenden Jeans und dem schwarzen Nagellack. Ich hatte Sterbensangst vor Mädchen, verehrte Velvet Underground und The Cure, und dass wir auf meiner reinen Jungenschule Jackett und Krawatte tragen mussten, hasste ich fast so sehr wie den obligatorischen Sportunterricht.

Mit meinem Nebenprojekt spiele ich wohl … Rockabilly? Es ist weniger poppig als meine Soloarbeiten, was Sie sicherlich nicht gern hören. Ich frage mich oft, wann ich wieder einmal vor Publikum spielen werde. Es fehlt mir wahnsinnig, und wenn ich an aneinandergedrängte, schwitzende, aus voller Kehle singende Menschen denke … Es ist schwer vorstellbar, dass sich das je wieder normal anfühlen wird.

Ich wette, jede Fassung Ihres Drehbuchs ist großartig. Ich kann es gar nicht erwarten, einen Film aus Ihrer Feder im Kino zu sehen.

Von: Sally Milz <Smilz@TNOshow.com>
An: Noah Brewster <NoahRBrewster@gmail.com>
Datum: 24. Juli 2020, 19:22 Uhr
Betreff: Ehrlicherweise

Sie sind auf jeden Fall mein bester Brieffreund! Ohne Frage! Ich wollte bloß cool rüberkommen.

Es gab noch drei weitere:

Brieffreundin 1 (4.–6. Klasse/1992–1994) – Freja Mikaelsson aus Göteborg in Schweden. Die College-Mitbewohnerin meiner Mutter hatte einen Schweden geheiratet, und die Mütter heckten die Idee aus, ihre gleichaltrigen Töchter könnten einander doch schreiben. Ich habe die Vermutung, der Hauptgrund bestand darin, dass Freja Englisch üben sollte; die einzigen Brocken Schwedisch, die ich dagegen lernte, waren »Wie geht es dir?« und »Danke, mir geht es gut«. Eine Zeit lang schrieben Freja und ich uns viel – hauptsächlich Sachen wie »Meine Lieblingsfarbe ist Gelb« und »Ich habe keine Haustiere, hätte aber gern ein Kaninchen« –, aber irgendwann verlief es im Sande. Ein paar von ihren Briefen könnten noch in einer Schachtel in Jerrys Keller liegen, aber der Keller ist … sagen wir mal, nicht optimal organisiert.

Brieffreund 2 (erstes College-Jahr/Herbst 2000) – Martin Biersch. Ich war mit Martin auf der Highschool gewesen (nicht zu verwechseln mit Vinny Kaplan vom Müsliregal im Supermarkt), und nach unserem Abschluss hingen ein paar von uns eines Abends bei meiner Freundin Erin am Pool rum. Man könnte wohl sagen, dass Martin und ich uns näherkamen, und obwohl wir während der vier Jahre auf der Highschool kaum ein Wort gewechselt hatten, fingen wir danach an, uns E-Mails zu schreiben, als ich auf die Duke ging und er auf die University of Missouri, auch Mizzou genannt (ich weiß nicht, ob er sich irgendwann mal ein Konzert im Blue Note ansah, aber ich habe gehört, es soll ein cooler Club sein, möglicherweise ein ehemaliges Kino). Martin und ich schrieben uns alle paar Tage, von Ende Aug/Anfang Sep bis Thanksgiving. Die E-Mails waren nicht explizit romantisch, aber sie waren auch nicht explizit nicht romantisch (so etwas kann manchmal ziemlich uneindeutig sein, nicht wahr?). Und dann waren wir über Thanksgiving beide wieder in K. C., und es gab da diese Bar, in der sich die Leute von meiner Highschool immer am Abend vor Thanksgiving trafen, weil man dort auch ohne Ausweis Alkohol bestellen konnte. Als Martin und ich uns dort trafen, war es wahrscheinlich die peinlichste Begegnung meines ganzen Lebens. Ich meine, ich brachte kaum einen Ton heraus. Und ihm ging es genauso. Im Rückblick glaube ich, es lag daran, dass wir einfach nicht genau wussten, was zwischen uns war – war es Freundschaft oder doch eher ein Flirt? –, und außerdem, und das soll jetzt keine faule Ausrede sein, bin ich mir ziemlich sicher, dass wir beide stocknüchtern waren (ich war es auf jeden Fall). Wir standen vielleicht sechs Minuten lang herum, größtenteils schweigend (ich glaube, inzwischen rede ich durchschnittlich viel, aber auf dem College war ich extrem schweigsam, und Martin war auch eher der stille Typ), und dann sagte ich, ich müsste aufs Klo, und seitdem haben wir weder miteinander geredet noch einander geschrieben. Meinen Sie, er wartet immer noch darauf, dass ich vom Klo zurückkomme?

Brieffreund 3 (mein drittes Jahr bei TNO/2011) – wir beide haben auf der After-Afterparty kurz darüber geredet, aber damals war ich gerade 30 geworden und hatte eine Scheidung und einen absoluten Hirnfick von einer Nichtbeziehung mit einem TNO-Autor hinter mir. Jahre später als die meisten anderen in unserem Alter versuchte ich es zum ersten Mal mit Online-Dating. Und ich beging einen totalen Anfängerfehler, als ich mit einem Typen matchte, dessen Namen ich nicht mehr weiß, und mir vor dem ersten Treffen drei Wochen lang vielleicht dreimal am Tag mit ihm schrieb. Und dann trafen wir uns, und da war NICHTS zwischen uns. Es war nicht auf diese quälende Martin-Art peinlich. Es war eher so, wie wenn man im Flugzeug neben jemandem sitzt und nicht mal einen Hauch von Interesse aneinander hat. Endloser E-Mail-Verkehr mit jemandem, bevor man ihn zum ersten Mal trifft, ist natürlich Zeitverschwendung, aber ich frage mich bis heute, ob das schreibende Ich einer Person ihr wahrstes Ich, ihr falschestes Ich oder einfach nur ein anderes als ihr alltägliches Ich ist. Oder vielleicht ist von vielen E-Mails vor der ersten Begegnung nicht abzuraten, weil der andere echt oder falsch sein könnte, sondern weil es auf jeden Fall eine Diskrepanz zwischen der eigenen Vorstellung von ihm und der Wirklichkeit geben wird. Haben Sie es mal mit Online-Dating probiert? Und fliegen Sie überhaupt mit öffentlichen Flugzeugen? Falls nicht, das sind solche Dinger mit vielen Leuten drin, die sich nicht kennen, aber an Bord desselben Luftfahrzeugs in dieselbe Stadt reisen, so eine Art Bus im Himmel.

Jedenfalls bewerte ich meine Brieffreunde wie folgt:
Freja: 1- (Alles darunter wäre gemein, oder? Sie war schließlich noch ein Kind.)
Martin: 2- (Es war schon ganz interessant, einen Einblick ins erste Semester von jemand anderem zu bekommen, zumal ich in meinem ersten Jahr nicht besonders glücklich war, aber sein Schreibstil war nur durchschnittlich.)

Typ, dessen Namen ich nicht mehr weiß, von Datingseite, die es nicht mehr gibt: 2 (Ich kann mich auch an keine einzige bestimmte E-Mail erinnern, aber man muss ihm zugutehalten, dass ich immerhin motiviert genug war, um zu antworten.)

Sie: 1+ (Ganz klar!!) Außerdem sahen Sie mit 14 richtig süß aus.

Es ist ganz bezaubernd und auch ein bisschen peinlich, dass Sie sich meine ganzen Sketche angesehen haben. Ich würde gern anmerken, dass thematische Sketche nicht gut altern, aber stattdessen sage ich einfach nur Danke. Dass Christopher gestorben ist – ich hatte davon gehört –, tut mir leid. Der Unfall und sein Tod klingen traurig und schrecklich. Ich bin froh, dass Sie danach weiter Musik gemacht haben, und ich weiß, dass es viele andere auch sind.

Und auf eine andere Art bin ich auch froh, dass Sie den Absatz übers Essen und Trainieren nicht gelöscht haben. Einerseits glaube ich mich einigermaßen auszukennen mit dem Druck, gut auszusehen, weil ich eine Frau bin, die im Amerika des 21. Jahrhunderts lebt (vielleicht könnte man auch einfach sagen, weil ich eine Frau bin), und weil ich mit Menschen zusammenarbeite, die beruflich vor der Kamera stehen, und weiß, wie unsicher sie sind und wie sie kritisiert werden, obwohl sie toll aussehen. Andererseits kann ich mir ehrlicherweise nicht vorstellen, wie es ist, wenn das eigene Aussehen von Fremden in aller Öffentlichkeit zerpflückt wird, und es erscheint mir ungerecht, dass das so eine große Rolle spielt, wo Ihr Aussehen doch nicht das Geringste mit Ihren Fähigkeiten als Songschreiber oder Gitarrist zu tun hat. Ich persönlich kann nur sagen, dass ich Sie von TNO als geradezu furchteinflößend fit in Erinnerung habe, und es kann sehr gut sein, dass Sie mit 6 Kilo mehr besser aussehen. In jedem

Fall wurde das Bild von Ihnen als Träger kurzer Lederhosen, das ich im Kopf hatte, in den letzten Tagen vom Bild eines digitalen Bewusstseins überlagert, mit dem ich (auf höchst angenehme Weise!) kommuniziere. Wenn ich Ihren Namen in meinem Postfach sehe, frage ich mich eher, was Sie über Ihre Kindheit oder Ihr heutiges Leben schreiben werden, als daran zu denken, wie Sie in Ledershorts ausgesehen haben. Nicht, dass Sie in Ledershorts NICHT gut ausgesehen hätten. Sie sahen in Ledershorts so gut aus, wie man in Ledershorts nur aussehen kann ... Ich meine, oje, ich fürchte, der Peinlichkeitslevel von Martin Biersch an Thanksgiving 2000 ist allmählich erreicht.

Noch eine Randbemerkung zu meinem obigen Statement, als Frau könnte ich den Druck, gut auszusehen, wohl nachvollziehen: Ein weiterer Grund dafür, dass ich glaube, es ist allmählich Zeit, von TNO weiterzuziehen, ist, dass meine Weltsicht so sehr von irgendwelchen Annahmen zu Männern und Frauen und Sexismus und Feminismus geprägt ist, wohingegen es die meisten jüngeren TNO-Autoren als gegeben ansehen, dass Gender ein gesellschaftliches Konstrukt ist. Und je mehr ich darüber lese, desto mehr stimme ich ihnen überraschenderweise zu. Als ich im Jahr 2012 einen Sketch über Grundschülerinnen, die in der Pause mit einem Ball spielen, durchkriegte, kam ich mir noch subversiv und bedeutend vor. Es ist wohl ein Zeichen des Fortschritts, wenn es jetzt schlicht als Tatsache gilt, dass die Welt zutiefst sexistisch ist (danke, Wahl von 2016?) und dass »weibliche« Themen »männlichen« Themen ebenbürtig sind. An einem guten Tag gibt mir das das Gefühl, meine Arbeit wäre abgeschlossen, und an einem schlechten das Gefühl, ich wäre kurz davor, in den Ruhestand versetzt zu werden.

Bevor ich Schluss mache: Was ist Ihre Lieblingsfarbe? Und haben Sie Haustiere?

Von: Noah Brewster <NoahRBrewster@gmail.com>
An: Sally Milz <Smilz@TNOshow.com>
Datum: 24. Juli 2020, 22:40 Uhr
Betreff: Ehrlicherweise

Das ist alles sehr faszinierend ... wirft aber deutlich mehr Fragen auf, als es beantwortet. Zunächst einmal:

- Sie haben vermutlich nur noch die Briefe von Freja an Sie und Ihre eigenen an Freja nicht mehr? Was ein Jammer ist, weil die Briefe der Viertklässlerin Sally mit Sicherheit ziemlich spektakulär waren. Vielleicht sogar Nationales Kulturgut.
- Was heißt, dass Martin und Sie sich »näherkamen«? Ist das so ein Euphemismus? Es kommt mir vor, als würden bei der Martin-Anekdote ein paar entscheidende Einzelheiten fehlen.
- Ich weiß zu schätzen, dass Sie mir versichern, ich sei Ihr bester Brieffreund aller Zeiten, muss aber gestehen, dass ich mich immer noch ein bisschen unsicher fühle, weil Sie so viel mehr Erfahrung haben als ich. (Gut, das zählt wohl nicht als Frage.)
- Ja, so etwas kann manchmal ziemlich uneindeutig sein. (Das zählt wohl auch nicht als Frage.)
- Ihre Ehe und Scheidung ... Kann man sich irgendwo ein PDF herunterladen, um einen umfassenden Überblick über das Wann/Wo/Warum zu bekommen?
- Die gleiche Frage wie oben, nur zu dem TNO-Nichtbeziehungs-Hirnfick.

Was Online-Dating angeht ... Vor ein paar Jahren habe ich mal eine App ausprobiert, die »diskret« sein sollte … also, nicht in dem Sinn, dass man damit undurchsichtige Sachen machen konnte, sondern dass sie die Privatsphäre der Nutzer wahrte. Ich hatte ein paar Dates, keins davon denkwürdig. Ich glaube nicht, dass Online-Dating das Richtige für mich ist. Trotz der strengen Bestimmungen zur Privatsphäre musste ich beim Schreiben mit den Frauen immer im Hinterkopf behalten, dass jede von ihnen mit Reportern von irgendeiner miesen kleinen Gossip-Website sprechen oder selbst eine davon sein könnte. Diese Vorsicht hat sicher nicht dazu beigetragen, eine Beziehung zu irgendwem aufzubauen. Fürs Protokoll: Ich habe nicht die geringste Sorge, dass Sie mich an die Klatschpresse verhökern.

Wie ich fliege … meist in einem raketengetriebenen Spaceshuttle. Meine Zeit ist wertvoll, und auf diese Weise komme ich maximal effektiv überallhin und muss mich nicht mit dem Pöbel herumschlagen. Ja, natürlich fliege ich auch mit öffentlichen Flugzeugen! Zugegebenermaßen erste Klasse, und wenn der Flughafen ein privates Terminal hat, warte ich dort. Auf Tour chartern wir manchmal einen Privatflieger, und manchmal fahren wir mit einem Bus, und selbst bei den nobleren Bussen gibt es immer ein paar sehr unglamouröse Momente … Stau, Bandmitglieder, denen schlecht wird, Bandmitglieder, die sich mit dem verbrauchten Wasser die Haare waschen und so weiter und so fort. Und trotzdem habe ich einige meiner glücklichsten Momente in solchen Bussen verbracht.

Meine Lieblingsfarbe ist Gelb. Ich habe keine Haustiere, hätte aber gern ein Kaninchen.

Von: Noah Brewster <NoahRBrewster@gmail.com>
An: Sally Milz <Smilz@TNOshow.com>
Datum: 25. Juli 2020, 9:03 Uhr
Betreff: Ehrlicherweise

Sally,

nachdem ich die letzte E-Mail abgeschickt hatte, wurde mir klar, dass die Frage nach einem PDF zu Ihrer Ehe und Scheidung wahrscheinlich respektlos klang, und das tut mir sehr leid. Ich wollte witzig sein, bin aber zu weit gegangen. Glauben Sie mir, ich weiß (ich habe es bei meiner Schwester und einigen Freunden mitangesehen), dass eine Scheidung eine sehr schwierige Erfahrung ist, und ich hätte nicht so flapsig daherreden sollen. Wie schon gesagt, diese E-Mails sind für mich gerade wirklich ein Rettungsanker. Ich hoffe, ich habe unseren Austausch nicht in irgendeiner Weise gefährdet.

Beste Grüße,
Noah

Von: Sally Milz <Smilz@TNOshow.com>
An: Noah Brewster <NoahRBrewster@gmail.com>
Datum: 25. Juli 2020, 9:32 Uhr
Betreff: Ehrlicherweise

Ich wünschte, Sie könnten sehen, wie herzhaft ich gerade lache. Außerdem kriegen Sie eine 1+ in verdrucksten Entschuldigungen. Besonders gut gefällt mir, dass Sie eine Anrede (davor war ich mir nicht sicher, ob Sie meinen Namen kennen) und eine Signatur (davor war ich mir nämlich nicht sicher, ob ich Ihren Namen kenne) eingebaut haben. Aber das »Beste Grüße« ist eine hübsche Note, das klingt, als hätten Sie mich angeschrieben, um zu fragen, ob meine Marketingfirma derzeit eine Stelle zu vergeben hat.

Erstens: Habe ich Ihnen nicht 2018 schon gesagt, dass TNO-Mitarbeiter sehr schwer zu beleidigen sind? Dass ich noch nicht geantwortet habe, liegt nicht daran, dass ich beleidigt war. Ich brauche nur so lange, um mir zu überlegen, wie ich meine Ehe und den Hirnfick zusammenfasse. Ich arbeite noch daran! Vielleicht sollten die E-Mails in zwei geteilt werden wie die Tschechoslowakei 1992.

Zweitens: Alle Ehen, meine eingeschlossen, haben so einiges an sich, was Flapsigkeit und Respektlosigkeit verdient. Leider war meine Ehe an sich ziemlich langweilig und nicht besonders witzig, aber ich kann wohl getrost behaupten, dass ich niemand bin, der die Ehe als Institution für sakrosankt hält. Ehrlich gesagt fällt es mir schwer, irgendetwas im Leben sakrosankt zu finden.

Im Ernst, Ihre Zerknirschung ist liebenswert und dazu sehr lustig. Vielleicht könnten Sie noch ein paar Sachen sagen, die Sie unangemessen finden, und sich dann dafür entschuldigen.

Während ich mein Ehe/Hirnfick-Opus verfasse, muss ich Sie zu Ihrer Aufmerksamkeit beglückwünschen, da Ihnen nicht entgangen ist, dass ich bei der Martin-Geschichte ein paar Details ausgelassen habe. Dass wir uns »näherkamen«, heißt in dem Fall, dass ich (Achtung, anschnallen! Mal wieder) IN Erins Pool (!) meine Jungfräulichkeit an ihn verloren habe, während ein paar von den anderen ungefähr drei Meter entfernt (!!) auf den Poolliegen herumsaßen. Wohl aus Rücksicht den anderen gegenüber küssten Martin und ich uns nicht, während wir halb öffentlich poppten.

Mit anderen Worten, nein, Sie müssen sich keine Sorgen machen, dass ich Sie an die Klatschpresse verschachere, denn die Zielgruppe für meine Geheimnisse ist zwar kleiner, aber letztlich haben wir uns gegenseitig in der Hand. Nicht, dass ich Sie sonst verschachert hätte.

Von: Noah Brewster <NoahRBrewster@gmail.com>
An: Sally Milz <Smilz@TNOshow.com>
Datum: 25. Juli 2020, 10:18 Uhr
Betreff: Ehrlicherweise

Puh!!!

Ich muss gestehen, als ich las, dass Sie Martin nach dieser peinlichen Thanksgiving-Begegnung nie wieder geschrieben hätten, kriegte ich es ein bisschen mit der Angst zu tun. Ich will nicht, dass Sie irgendwann aufhören, mir zu schreiben!

Meine Hauptfrage zu Martin ist wohl, ob es für Sie eine gute Erfahrung war? Ich kann auch noch eine Bombe platzen lassen, etwas, was außer meiner Schwester absolut niemand weiß. Sehen Sie? Ich vertraue Ihnen wirklich! Die Bombe ist, dass mein erstes Album herauskam, bevor ich zum ersten Mal Sex hatte. Der Song »Making Love in July« (den Sie sehr gern mögen, wie ich weiß) wurde allgemein als autobiografisch gelesen, aber im wahren Leben hatte ich noch nie »Liebe gemacht«, als er erschien, und es sollte auch erst vier Monate später dazu kommen. Wenn Sie nachrechnen wollen: Ich war neunzehn, als das Lied erschien, und zwanzig, als ich meine Jungfräulichkeit verlor. Der Song war eine Sexfantasie, keine Erinnerung. Als ich ihn schrieb, hatte ich ein paar Mädchen geküsst, aber das war's auch schon. An meine Highschool, auf die nur Jungs gingen, war eine reine Mädchenschule angegliedert, die mehr oder weniger auf demselben

Campus lag, und im vorletzten und letzten Schuljahr konnten wir Kurse in ihrer Schule belegen und umgekehrt, also taugt noch nicht einmal die Geschlechtertrennung als Ausrede. Ich konnte einfach nicht landen. Außerdem war meine Schwarzer-Nagellack-Phase zwar kurz, aber manche Mädchen hielten mich vielleicht trotzdem für schwul. (Apropos, Gender ist eindeutig ein soziales Konstrukt ... haben David Bowie und Prince uns das nicht gelehrt? Gleichzeitig bin ich mir sicher, dass Ihre Gedanken zu Männern und Frauen und Sexismus und Feminismus immer ihren Platz haben werden.)

Was Sie an meiner Jungfräulichkeitsgeschichte noch interessieren könnte, ist, dass es zwei verschiedene Schauspielerinnen gibt, nämlich Angela Shinske und Kathryn Woo, von denen es in der Presse oft heißt, »Making Love in July« würde von ihnen handeln, und Angela stützt diese Behauptungen, obwohl sie und ich nur zweimal miteinander aus waren, und das erst 2004. Kathryn und ich waren länger zusammen, und sie begleitete mich im Jahr 2002 zu den Grammys, aber den Song hatte ich schon viel früher geschrieben.

Also ... hat Ihre Marketingfirma derzeit eine Stelle zu vergeben?

Von: Sally Milz <Smilz@TNOshow.com>
An: Noah Brewster <NoahRBrewster@gmail.com>
Datum: 25. Juli 2020, 10:59 Uhr
Betreff: Ehrlicherweise

Moment mal, an WEN haben Sie denn Ihre Jungfräulichkeit verloren? (Ja, das WEN ist geschrien, so dringend muss ich es erfahren.) Haben Sie derjenigen gesagt, dass sie Sie defloriert hat? Ich bin immer davon ausgegangen, dass die Große Poolpopperei von 2000 auch für Martin das erste Mal war, und ich würde das Ganze nicht unbedingt als magisch bezeichnen, aber es war auch keine negative Erfahrung und damit wohl als Erfolg zu verbuchen?

Ich hoffe, Sie sind nicht enttäuscht, wenn ich es nicht schockierend oder peinlich finde, dass Sie erst mit zwanzig das erste Mal Sex hatten. Schließlich habe ich Sie nur um was, ein, zwei Jahre geschlagen?

Im Vergleich zu dem mit Martin fühlt sich unser E-Mail-Wechsel ziemlich anders an. Weil wir beide Erwachsene sind? Und weil er und ich außerhalb des Pools (und eigentlich auch im Pool) kaum ein Wort gewechselt, Sie und ich vor diesem Austausch aber schon viele tiefschürfende Gespräche über Käse, Panther und Schlangen geführt haben. Hmmm, vielleicht sind das doch nicht ganz so überzeugende Punkte. Aber ich vermute, solange sich keiner von uns beiden in den letzten zwei Jahren dramatisch verändert hat, haben wir eine Vorstellung davon, wie es ist, sich in einem Raum miteinander zu unterhalten.

Wobei, da wir schon an dieser irgendwie merkwürdigen Kreuzung stehen … Ich weiß nicht … Haben Sie eine Ahnung, was wir hier eigentlich machen? Merken Sie, dass ich mir Ihre Ellipsen ausborge? Um meine … entspannte … lässige … Persönlichkeit … zum Ausdruck … zu bringen …

Von: Noah Brewster <NoahRBrewster@gmail.com>
An: Sally Milz <Smilz@TNOshow.com>
Datum: 25. Juli 2020, 11:26 Uhr
Betreff: Ehrlicherweise

Nein, ich kann nicht behaupten, eine Ahnung zu haben, was wir hier treiben. Aber es macht Spaß, oder?

Meine Jungfräulichkeit habe ich an ... dramatische Pause ... ein Model namens Brittain Smith verloren. Brittain und ich hatten uns bei der Premiere eines Films kennengelernt, in dem ein Song von mir vorkam, und wir waren nur ein paar Monate zusammen. Viel später war ich noch mit einem einzigen weiteren Model ernsthaft zusammen. Ihr Name war Maribel Johnson. Fürs Protokoll: Das sind die einzigen beiden Models, mit denen ich je zusammen war. Nicht, dass ich mich rechtfertigen müsste ... Ich muss sogar sagen, es kommt mir ziemlich sexistisch vor, wenn jemand automatisch davon ausgeht, dass eine Beziehung mit einem Model oberflächlich ist. Aber wenn ich in der Bar so negativ reagiert habe, als Sie das mit den 22-jährigen Models sagten, lag das vor allem daran, dass es nicht nur beleidigend, sondern schlicht falsch ist, mich als Playboy zu verunglimpfen.

Schicken Sie das Ehe/Hirnfick-PDF!

Von: Sally Milz <Smilz@TNOshow.com>
An: Noah Brewster <NoahRBrewster@gmail.com>
Datum: 25. Juli 2020, 17:12 Uhr
Betreff: Ehrlicherweise

Das klingt vielleicht, als ginge es am Thema vorbei, aber meiner Erfahrung nach gibt es zwei Arten von TNO-Gastmoderatoren. Mit den guten machen die Vorbereitungen auf die Sendung Spaß. Alle erkennen den höheren Status des Stargasts an und verhalten sich entsprechend ehrerbietig, aber wir verfolgen alle dasselbe Ziel. Bei schlechten Gastmoderatoren ist ihr Status das bestimmende Element, wenn man sich im selben Raum aufhält, denn das ist eindeutig der Blick, mit dem sie aufs Leben schauen – sie sind Narzissten wie im Bilderbuch. In dem Fall kann sich der Stargast noch so unhöflich oder unvernünftig verhalten, die TNO-Mitarbeiter geben alles, um dafür zu sorgen, dass er in jeder Situation zufrieden ist, und gleichzeitig bis 23:30 Uhr am Samstagabend die Show auf die Beine zu stellen. So ein Gastmoderator wird kein zweites Mal eingeladen. Trotzdem fühle ich mich nach so einer Woche schmutzig, weil ich so viel Energie dafür aufgewendet habe, ihn gut dastehen zu lassen.

Um es ganz klar zu sagen: Sie sind zu 1000 % kein widerlicher Narzisst. Aber ich kann nicht umhin, mich zu fragen, warum ich mir solche Mühe gebe, Sie zu unterhalten (und Ihnen zu schmeicheln! Und Sie zu beschwichtigen!). Weil Sie ein Promi sind? Der sich während der Pandemie langweilt? Und ich mich glücklich schätzen kann, dass Sie mir Aufmerksamkeit schenken? Bis es einen Impfstoff gibt und Sie wieder in Costa Rica surfen und in Stadien vor 18 000 Menschen singen können?

Von: Noah Brewster <NoahRBrewster@gmail.com>
An: Sally Milz <Smilz@TNOshow.com>
Datum: 25. Juli 2020, 20:58 Uhr
Betreff: Ehrlicherweise

Sally, es tut mir wirklich leid, wenn ich Sie beleidigt habe. Ich bin verwirrt, weil es mir vorkommt, als wäre die Sache irgendwie aus dem Ruder gelaufen, aber ich weiß nicht, warum. Als ich geschrieben habe, ich wollte nicht, dass Sie aufhören, mir zu schreiben, hatten Sie da das Gefühl, ich nehme Sie als selbstverständlich? Ich wollte das Gegenteil zum Ausdruck bringen. Es ist mir eine aufrichtige Freude, mich mit Ihnen auszutauschen, und ich wollte Ihnen sagen, wie dankbar ich bin und wie toll ich Sie finde. Ich will gar nicht in Abrede stellen, dass ich womöglich etwas falsch gemacht habe, ich weiß bloß nicht, was es war.

Würde mich jemand fragen: »Sind Sie prominent?«, dann würde ich antworten: »Ja, ich bin prominent.« Würde die Frage lauten: »Bringt Amerika Prominenten eine kranke Hassliebe entgegen?«, dann ist meine Antwort darauf: »Ja, auf jeden Fall.« Das Berühmtsein ist etwas, wofür ich mich irgendwie entschieden habe … allerdings im vollen Bewusstsein, wofür ich mich da entscheide … und irgendwie auch etwas, was sich für mich entschieden hat. Es hat riesige Vorteile und einige Nachteile, aber inzwischen ist es einfach eine Tatsache. Wenn Sie darauf hinweisen, dass ich prominent bin, decken Sie nichts auf, was ich verbergen wollte. Und es ist kein Teil meiner Identität, der sich von den anderen Teilen trennen ließe. Es ist nichts, was ich an manchen Tagen einfach zu Hause lassen könnte wie einen Schirm.

Trotz alledem bin ich genau im gleichen Ausmaß ein Mensch, wie Sie es sind. Ich bin keine Schaufensterpuppe, die auf einer Bühne steht und Gitarre spielt. Meine Empfindungen, Hoffnungen und Sorgen sind vielleicht nicht identisch mit Ihren, aber ich hoffe, Sie nicht davon überzeugen zu müssen, dass ich Empfindungen, Hoffnungen und Sorgen habe. Was ich an Ihrer letzten E-Mail besonders schade finde, ist die Andeutung, ich würde Sie benutzen. Ich dachte, unser Austausch beruhte auf Gegenseitigkeit … auf beidseitigem Vergnügen … und wenn ich Ihnen in den letzten Tagen geschrieben habe, wie sehr ich mich darüber freue, wollte ich Ihnen Anerkennung zollen und nicht etwa das Gefühl geben, Sie wären verpflichtet, mich zu amüsieren. Sind wir nicht alle auf der Suche nach jemandem, mit dem wir über alles reden können? Jemandem, der die Mühe wert ist, ihm unsere Geschichten und Ansichten anzuvertrauen, und dessen Geschichten und Ansichten wir auch wirklich hören wollen?

Von: Sally Milz <Smilz@TNOshow.com>
An: Noah Brewster <NoahRBrewster@gmail.com>
Datum: 25. Juli 2020, 22:15 Uhr
Betreff: Ehrlicherweise

1) Sie waren wirklich in Therapie, oder? Das ist meine Arschloch-Art zu sagen, dass ich Ihre sehr ruhige Antwort auf meine halb verrückte (zu 75 % verrückte?) Mail, die mir ein schlechtes Gewissen macht, seit ich auf Senden geklickt habe, zu schätzen weiß. (Und ich schreibe Mail jetzt immer so, das macht die Sache einfacher.)

2) Das ist eine komische Frage, aber erinnern Sie sich daran, wie Sie bei TNO das Stück »Ambiguous« geprobt haben und ich in der Nähe der Bühne saß und zugehört habe? Und falls Sie sich erinnern, würden Sie sagen, Sie haben für mich gesungen?

Von: Noah Brewster <NoahRBrewster@gmail.com>
An: Sally Milz <Smilz@TNOshow.com>
Datum: 25. Juli 2020, 22:21 Uhr
Betreff: Ehrlicherweise

Ich erinnere mich genau. Und ich will Ihnen Ihre Frage gern beantworten, aber was meinen Sie mit »für Sie gesungen«?

Von: Sally Milz <Smilz@TNOshow.com>
An: Noah Brewster <NoahRBrewster@gmail.com>
Datum: 25. Juli 2020, 22:24 Uhr
Betreff: Ehrlicherweise

Wollten Sie mich verführen?

Von: Noah Brewster <NoahRBrewster@gmail.com>
An: Sally Milz <Smilz@TNOshow.com>
Datum: 25. Juli 2020, 22:33 Uhr
Betreff: Ehrlicherweise

Jetzt bin ich nervös, weil es mir vorkommt, als gäbe es eine richtige und eine falsche Antwort auf Ihre Frage, und ich weiß nicht genau, welche welche ist. Ich antworte also einfach ehrlich, weil ich gehört habe, dass es keinen Sinn hat, eine pandemische Brieffreundin zu haben, wenn man nicht ehrlich ist.

Ich würde sagen, beeindrucken wollte ich Sie auf jeden Fall, verführen wollte ich Sie nicht.

Von: Noah Brewster <NoahRBrewster@gmail.com>
An: Sally Milz <Smilz@TNOshow.com>
Datum: 25. Juli 2020, 22:58 Uhr
Betreff: Ehrlicherweise

Hallo?

Von: Noah Brewster <NoahRBrewster@gmail.com>
An: Sally Milz <Smilz@TNOshow.com>
Datum: 25. Juli 2020, 23:19 Uhr
Betreff: Ehrlicherweise

Falsche Antwort, was?

Von: Sally Milz <Smilz@TNOshow.com>
An: Noah Brewster <NoahRBrewster@gmail.com>
Datum: 26. Juli 2020, 12:25 Uhr
Betreff: Ehrlicherweise

Okay, hier ist die Geschichte meiner Ehe: Als Weiße aus der Mittelschicht kann ich nicht behaupten, an der Duke von einem sozioökonomischen Standpunkt aus fehl am Platz gewesen zu sein (so fangen doch alle prickelnden und romantischen Geschichten an, oder?), aber in den Studentenverbindungs-Country-Club-Vibe, der auf dem Campus herrschte, passte ich einfach nicht hinein. Ich ging fast nie auf Partys und hatte kaum Freunde, bis ich im zweiten Jahr zur Redaktion der Studentenzeitung stieß. Ich war Korrektorin und irgendwann Textchefin. Das hieß, dass ich lange im Büro blieb, so gut wie jeden eingereichten Artikel las und auf eine Art, die mir entgegenkam, ziemlich unsichtbar war. (Nigel sagt, TNO sei kein Ort für Perfektionisten oder einsame Wölfe, und da ich von Natur aus beides bin, habe ich durch die Arbeit hier gelernt, gegen diese Tendenzen anzukämpfen.)

Jedenfalls war der Sportredakteur der Zeitung in meinem letzten Semester ein Typ namens Mike. Er hatte sich auch hochgearbeitet, also hatten wir häufig miteinander zu tun (während ich seine Artikel über Herrentennis oder was auch immer korrigierte), ohne einander richtig kennenzulernen. Bei einem Umtrunk an Halloween besoff sich dann ein Kolumnist namens Derrick so heftig, dass er kaum noch stehen konnte, und Mike und ich brachten ihn in sein Zimmer im Studentenwohnheim und legten ihn ins Bett. Es war erst gegen acht Uhr an einem Freitagabend, und der Campus war voller Leute in allen möglichen verrückten Kostümen mit Plänen für einen wilden Abend, aber Mike und ich hatten Angst, Derrick könnte sich übergeben und daran ersticken, also ließen wir uns bei gedämpftem Licht in seinem Zimmer nieder, um ihn im Auge zu behalten. Wir saßen auf dem Boden und unterhielten uns ein paar Stunden lang, bis wir der Meinung waren, ihn allein lassen zu können. Ich glaube wirklich nicht, dass wir zusammengekommen wären, hätten wir nicht auf Derrick aufgepasst (wobei ich denke, dass das auf viele Beziehungen zutrifft – dass sie mindestens genauso oft zufällig wie zwingend sind), aber bald wurde es etwas Ernstes (in jeder Hinsicht). Mike bewarb sich zu der Zeit an mehreren Unis für ein Jurastudium und entschied sich schließlich für Chapel Hill, nur 20 Minuten von der Duke entfernt. Er war (ist? Denn er lebt ja noch, auch wenn er kein Teil mehr von meinem Leben ist) aus Charlotte, North Carolina, und es stand von Anfang an fest, dass er nach dem Studium dorthin zurückgehen würde.

Im Frühling gegen Ende des Semesters beschlossen wir zu heiraten. Unsere Eltern machten uns keinen Druck – seine waren tatsächlich religiös, aber nicht so, dass es sie in Aufregung versetzt hätte, wenn wir ohne Trauschein zusammengelebt hätten. Meine Mutter sagte, sie hätte Bedenken, weil man sich zwischen zwanzig und dreißig noch sehr verändern könne und Mike und ich uns womöglich auseinanderleben würden, aber sie fand auch, ich hätte das Recht, eigene Entscheidungen zu treffen. Am Freitag nach unserem Abschluss heirateten wir im Landratsamt von Durham County im Beisein von Mikes Eltern und seinem Bruder, meiner Mutter und Jerry und zwei Freunden von der Studentenzeitung. Am Montag fing ich in einem riesigen Unternehmen für medizinische Geräte (AdlerWilliams) an, wo ich den internen Newsletter schrieb.

Im Rückblick denke ich, dass es in Ordnung war, dass Mike und ich geheiratet haben, es wurden keine Tiere verletzt usw., UND ich habe zugleich das Gefühl, dass wir es aus völlig falschen Gründen taten – bestenfalls, um den in unseren Augen wichtigen Posten auf der To-do-Liste des Erwachsenendaseins abhaken zu können, schlimmstenfalls, weil wir uns vor dem Leben nach dem College fürchteten. Oder vielleicht war das auch ein und dasselbe, oder vielleicht meine ich auch einfach nur, dass ich mich fürchtete. Theoretisch wollte ich nach New York oder L. A. ziehen und fürs Fernsehen schreiben, aber ich kannte niemanden aus der Branche und war zu feige, um mich auf eigene Faust in eine dieser Städte aufzumachen. Wahrscheinlich wollte ich mich von der Verantwortung für mein eigenes Glück freisprechen – ich konnte Mike die Schuld dafür geben, dass ich in NC gefangen war.

Während der Anstellung bei AdlerWilliams hatte ich ein geheimes Ritual, von dem niemand außer Mike wusste: Immer im Juli schickte ich ein Bündel Sketche an TNO. Beim ersten Mal rief acht Wochen später der Chefautor, seinerzeit Ollie Toubey, bei mir an und sagte etwas in der Art wie: »Wir können Ihnen derzeit keine Stelle anbieten, aber Sie haben Talent, und wir möchten Sie ermutigen, es später noch einmal zu versuchen.« Das Gespräch dauerte drei Minuten und war das Aufregendste, was ich je erlebt hatte. Die nächsten paar Jahre bewarb ich mich immer wieder und wurde immer wieder abgelehnt (ohne dass sich noch einmal jemand auf direktem Weg bei mir meldete), während Mike das Jurastudium abschloss, wir nach Charlotte zogen und ich eine neue Stelle als Autorin beim Magazin so einer

Nobel-Kreditkarte antrat (»Luxuries Monthly«? Vielleicht sind Sie ja Abonnent? Gegen Ihren Willen?). Und Ende September 2009, an einem Montag, bekam ich dann einen Anruf von Ollie, der sagte: »Können Sie morgen zum Vorstellungsgespräch ins TNO-Büro kommen?« Und ich sagte: »Oh, wow, das ist ja toll, aber ich wohne in North Carolina.« Und Ollie sagte: »Cool, können Sie morgen zum Vorstellungsgespräch ins TNO-Büro kommen?« Ich investierte $880 in das Ticket, die höchste Summe, die ich je für irgendetwas ausgegeben hatte. Und ich buchte ein Zimmer im Holiday Inn Express am Flughafen Newark, fuhr aber nach der Landung direkt zum 66er-Gebäude, mit meinem Koffer im Schlepptau. Das Gespräch führten Ollie und seine Stellvertreterin Ursula, und sie waren die klügsten und witzigsten Menschen, denen ich je begegnet war. Dann sagten sie, ich solle vor Nigels Büro warten, um ihn kennenzulernen. Ich wartete sieben Stunden, was nichts Außergewöhnliches ist, wie Sie vielleicht wissen – Henrietta musste drei Tage vor seinem Büro warten (an dem Tag, als ich da war, kam er per Hubschrauber aus den Hamptons). Um zehn Uhr abends traf ich ihn endlich, und wir führten ein belangloses Gespräch, das sich anfühlte, als wäre es vorbei, ehe es richtig begonnen hatte. Hauptsächlich schilderte ich, wie es war, bei »Luxuries« und dem Newsletter von AdlerWilliams (der den Titel »Heartbeats« trug) zu arbeiten. Ich war mir sicher, dass ich ihn zu Tode gelangweilt hatte. Nach etwa acht Minuten verließ ich sein Büro und saß wieder auf dem Gang, und Ollie und Ursula gingen in sein Büro, kamen nach noch kürzerer Zeit als ich wieder heraus, führten mich zu Ollies Büro und sagten: »Können Sie morgen anfangen?« Mir fehlen heute noch die Worte, um zu beschreiben, wie schockiert, begeistert, überwältigt und ungläubig ich war. Es war, als würde man im Ozean schwimmen und spüren, wie sich unter einem etwas bewegt, und plötzlich erhebt sich ein gigantisches magisches Meereslebewesen aus dem Wasser, von dessen Existenz man nichts geahnt hat, und trägt einen auf dem Rücken in die Luft.

Danach stiegen mein Koffer und ich vor der 66 in ein Taxi zum Holiday Inn Express, und ich zitterte vor Aufregung, als ich Mike anrief und ihm die Neuigkeiten erzählte. Und er sagt in diesem sehr verhaltenen Tonfall: »Jammerschade, dass du das nicht machen kannst«, und ich frage: »Wieso kann ich das nicht machen?«, und er sagt: »Weil wir in Charlotte wohnen.«

Ich: Wieso können wir nicht umziehen?
Mike: Weil meine Anwaltszulassung nur für hier gilt.
Ich: Wieso kann ich dann nicht pendeln?
Mike: Was hat es für einen Sinn, verheiratet zu sein, wenn wir nicht zusammenleben?
(Langes Schweigen.)
Ich: Wenn du nicht bereit bist, nach New York zu ziehen, wieso hast du das dann nicht gesagt, als ich die letzten fünf Jahre bündelweise Sketche zu TNO geschickt habe?
Mike (sachlich): Weil ich nie gedacht hätte, dass sie dich einstellen.

Ich könnte dazu einiges sagen, aber maßgeblich ist, dass Mike erstens einen Sinn für Humor hatte und Comedy durchaus mochte. Wir gingen zusammen zu Auftritten von Stand-up-Comedians und schauten TNO und Comedy-Specials. Und dass er zweitens jedes Jahr die Sketche las, die ich einreichte.

Auch wenn ich ein bisschen spät bemerkte, dass Mike mich nicht für witzig oder talentiert hielt, war er kein Arsch. Er war ein sehr ruhiger, verantwortungsvoller, stiller Mensch, der glaubte, einen anderen ruhigen, verantwortungsvollen, stillen Menschen geheiratet zu haben. Und während mein Taxi in den Lincoln Tunnel hineinfuhr, dachte ich mir: Gott sei Dank haben wir keine Kinder, das macht die Scheidung um einiges weniger hässlich. Nebenbemerkung: Er lebt immer noch in North Carolina, ist verheiratet und hat zwei Kinder.

Mein erzählerischer Instinkt sagt mir, ich sollte hier eine Atempause einlegen, wir sollten uns eine Art schriftliches Sorbet als Rachenputzer gönnen, oder ich sollte Ihnen zumindest die Gelegenheit zu einer Antwort geben, aber mein Bedürfnis nach Auflösung treibt mich voran zu Teil 2: Der Hirnficker – der immerhin deutlich knapper ausfallen wird als Teil 1: Der Ehemann.

Wie weiter oben schon in Teilen behandelt, verknallte ich mich in meinem zweiten Jahr bei TNO Hals über Kopf in einen Autorenkollegen (Spoiler: Es war Ihr Kumpel Elliot). Ich redete mir ein bisschen ein, er wäre ebenfalls in mich verknallt, auch weil er nicht wahnsinnig attraktiv war. Das heißt, in meinen Augen spielte er nicht in einer anderen Liga. Auf der Afterparty zum Staffelende sagte ich ihm (auf eine Art, dass es eine starke solide 9 von 10 auf der Martin-Biersch-Peinlichkeitsskala verdiente), dass ich ihn verliebt war, und er sagte: »Sally, du hast die Romantik der Comedy mit der Romantik der Romantik verwechselt.«

Ich bin mir bis heute nicht sicher, ob das eine brillante oder total beschissene Antwort war. Vielleicht beides? Natürlich hatte er das Recht, mein Interesse nicht zu erwidern, und ich kam bald zu dem Schluss, dass es mir TNO vielleicht madig gemacht hätte, wenn wir zusammengekommen wären und uns wieder getrennt hätten; und wären wir zusammengekommen und hätten geheiratet und Kinder bekommen, wäre es mit TNO vielleicht auch vorbei gewesen für mich. Ich fasste den Entschluss, nie mehr etwas mit irgendeinem TNO-Mitarbeiter anzufangen, wobei das wohl zugegebenermaßen niemanden um den Schlaf gebracht hat …

Das ist alles eine (sehr, sehr) weitschweifige Art zu sagen: Nachdem ich mit einem Typen verheiratet war, der nicht mochte, was mich erst zu mir machte, und dann mit einem befreundet war, der mich toll fand, aber nicht mit mir herummachen wollte, traue ich meinen eigenen Instinkten nicht mehr. Diese beiden Situationen haben mich schwer durcheinandergebracht, und ich weiß, das ist nicht repräsentativ, aber ich habe beschlossen, dass ich durch bin mit dem Kram. Und jetzt bringen mich unsere Mails wieder durcheinander.

Von: Noah Brewster <NoahRBrewster@gmail.com>
An: Sally Milz <Smilz@TNOshow.com>
Datum: 26. Juli 2020, 12:41 Uhr
Betreff: Ehrlicherweise

Das klingt vielleicht abgeschmackt, aber Danke, dass Sie mir das alles anvertraut haben. Ich bin froh, Bescheid zu wissen.

Es gibt haufenweise Dinge, auf die ich antworten möchte, aber am wichtigsten erscheint mir die Frage, warum unsere Mails Sie verwirren?

Von: Sally Milz <Smilz@TNOshow.com>
An: Noah Brewster <NoahRBrewster@gmail.com>
Datum: 26. Juli 2020, 12:43 Uhr
Betreff: Ehrlicherweise

Auf die Gefahr hin, meinen liebsten Quarantäne-Zeitvertreib zu ruinieren: weil ich Gefahr laufe, die Romantik des Mail-Schreibens mit der Romantik der Romantik zu verwechseln.

Von: Noah Brewster <NoahRBrewster@gmail.com>
An: Sally Milz <Smilz@TNOshow.com>
Datum: 26. Juli 2020, 12:44 Uhr
Betreff: Ehrlicherweise

Warum sollte das hier nicht die Romantik der Romantik sein?

Von: Sally Milz <Smilz@TNOshow.com>
An: Noah Brewster <NoahRBrewster@gmail.com>
Datum: 26. Juli 2020, 12:45 Uhr
Betreff: Ehrlicherweise

Wegen der Danny-Horst-Regel?

Von: Noah Brewster <NoahRBrewster@gmail.com>
An: Sally Milz <Smilz@TNOshow.com>
Datum: 26. Juli 2020, 12:46 Uhr
Betreff: Ehrlicherweise

Habe ich Ihnen nicht schon 2018 gesagt, dass ich daran nicht glaube?

Von: Sally Milz <Smilz@TNOshow.com>
An: Noah Brewster <NoahRBrewster@gmail.com>
Datum: 26. Juli 2020, 12:49 Uhr
Betreff: Ehrlicherweise

Ehrlicherweise glaube ich nicht, dass ich wegen meines Äußeren besonders unsicher bin. Uns beiden zuliebe werde ich darauf verzichten, mein Gesicht und meinen Körper einer Inventur zu unterziehen, und nur schreiben, dass ich zwar gewiss einiges an mir auszusetzen habe, mich aber freue, gesund zu sein, und das mehr denn je.

Ich bin mir außerdem ziemlich sicher, dass das Raum-Zeit-Gefüge aus den Fugen geriete, wenn sich ein weltbekannter Sänger von Ihrem Aussehen mit einer Fernsehautorin von meinem Aussehen einlassen würde.

Von: Noah Brewster <NoahRBrewster@gmail.com>
An: Sally Milz <Smilz@TNOshow.com>
Datum: 26. Juli 2020, 12:51 Uhr
Betreff: Ehrlicherweise

Manchmal, und das gehört zu den Dingen, die ich an Ihnen so charmant finde, fällt es mir schwer zu sagen, wie ernst Sie etwas meinen. Aber ich fühle mich sehr zu Ihnen hingezogen, und das schon seit der Pitchrunde damals in Nigels Büro.

Von: Sally Milz <Smilz@TNOshow.com>
An: Noah Brewster <NoahRBrewster@gmail.com>
Datum: 26. Juli 2020, 12:52 Uhr
Betreff: Ehrlicherweise

Manchmal ist es auch für mich schwer zu sagen, wie ernst ich etwas meine. Aber ich fand Sie in der Pitchrunde auch nicht so übel.

Von: Noah Brewster <NoahRBrewster@gmail.com>
An: Sally Milz <Smilz@TNOshow.com>
Datum: 26. Juli 2020, 12:52 Uhr
Betreff: Ehrlicherweise

Mir ist klar, dass das Raum-Zeit-Gefüge auch dadurch aus den Fugen geraten könnte, aber kann ich Sie jetzt einfach mal anrufen?

KAPITEL 3

August 2020

Als ich im Hampton Inn in Albuquerque, New Mexico, eincheckte, auf halber Strecke zwischen Kansas City und L. A., musste ich so dringend pinkeln, dass ich nicht mehr aufrecht stehen konnte. Außer mir und dem Mann am Empfang war niemand in der Lobby. Wir trugen beide Stoffmasken – meine war mit Erdbeeren bedruckt, seine einfach nur blau –, und ich sagte: »Wie ausgebucht sind Sie denn?«, und er sagte: »Nicht ausgebucht.«

Während ich mir auf dem Zimmer die Hände wusch, vibrierte mein Telefon in der Seitentasche meiner Leggings, und nachdem ich mir die Hände abgetrocknet hatte (waren die Handtücher frisch? War überhaupt irgendetwas frisch?), zog ich es heraus.

Sag Bescheid, wenn du im Hotel bist, hatte Noah geschrieben.

Dann: *Hatte ich dir schon gesagt, dass ich mich tierisch freue, dass du kommst?*

Dann: *Ich freue mich tierisch, dass du kommst!!*

Ich sah mich im Spiegel über dem Waschbecken an und überlegte, was für einen Gesichtsausdruck eine Frau aufsetzen würde, die 2575 Kilometer weit gefahren war, um Noah Brewster zu besuchen. Einen sinnlichen, oder? Was ein Problem war, weil ich mit einiger Anstrengung freundlich schauen konnte und auch immer ein Grinsen hinbekam, aber nicht wusste, ob ich körperlich zu einer sinnlichen Miene in der Lage war.

Eine Woche war vergangen, seit Noah und ich zum ersten Mal telefoniert hatten; zwölf Tage, seit ich seine erste E-Mail bekommen hatte; und dreizehn Stunden, Tankstopps eingerechnet, seit ich aus Jerrys Einfahrt auf die Straße eingebogen war. Ich hatte mir den Hyundai von Jerrys Schwester geliehen, ihn mit einem Koffer, einem Rucksack, einer Handtasche und einem offenen Pappkarton beladen, in dem sich eine Wasserflasche, ein Zwölferpack Proteinriegel, vier Äpfel, drei kleine Fläschchen mit Desinfektionsmittel und einige Masken in einem Ziploc-Beutel befanden. Nachdem ich beschlossen hatte zu fahren, statt zu fliegen, hatte ich ausgerechnet, dass ich es in zwei sehr unangenehm langen oder drei nur leicht unangenehmen Tagen schaffen könnte. Weil ich hoffte (ohne mir sicher zu sein), dass ich unterwegs war, um Sex mit Noah zu haben, und weil ich so schnell wie möglich Sex mit Noah haben wollte, hatte ich mich für die Zwei-Tage-Variante entschieden.

Als ich Noahs Einladung annahm, hätte ich wahrscheinlich verblüfft sein sollen angesichts der menschlichen Fähigkeit, selbst in düstersten Zeiten zueinanderzufinden. Und das war ich auch gewesen! Aber meine Gedanken waren auch darum gekreist, wie und wann ich den ungepflegten und haarigen Zustand beheben sollte, in den ich während der Pandemie verfallen war. Während unseres ersten Telefonats hatte er vorgeschlagen, am Tag darauf vielleicht zu facetimen, und gleich nach dem Auflegen hatte ich mir, obwohl es nach drei Uhr morgens war, eifrig die Augenbrauen gezupft und die Haare über meiner Oberlippe mit der immergleichen und möglicherweise toxischen Creme gebleicht, die ich seit der Mittelstufe benutzte. Aber am nächsten Abend hatte er dann doch wieder ohne Bild angerufen, weshalb ich nicht so tun konnte, als wäre ich spontan und unbehaart und spontan unbehaart.

Nachdem wir uns darauf geeinigt hatten, dass ich wirklich

und wahrhaftig nach Kalifornien fahren würde, hatte ich sofort begonnen, Strategien zu entwerfen, wie ich es schaffen konnte, möglichst wenig bestialisch auszusehen und zu riechen, wenn ich nach zwei Dreizehn-Stunden-Tagen bei ihm (bei Noah zu Hause! Zu Hause bei Noah Brewster!) ankam. Ich hatte vor, mir morgens in dem Hotel in Albuquerque noch einmal die Augenbrauen zu machen und mir Beine, Achselhöhlen und die Bikinizone zu rasieren. Und auch wenn ich vor der Abfahrt in New Mexico natürlich duschen würde, hatte ich mir ausgiebig den Kopf darüber zerbrochen, ob ich mir nach der Ankunft in Los Angeles einen Ort suchen sollte, an dem ich noch einmal duschen könnte, bevor ich zu Noah fuhr – einen Autohof? Ein Hotelzimmer? Die leer stehende Wohnung einer Freundin?

Aber ich hatte beschlossen, nicht noch eine weitere logistische oder soziale Variable in die Gleichung einzubringen; ich sagte niemandem in L. A., dass ich kam. Stattdessen würde ich vor der Ankunft bei Noah noch an einer Tankstelle haltmachen (sonst hatte in Kalifornien während des Lockdowns ohnehin so gut wie nichts auf), um mir die Zähne zu putzen und vielleicht meinen Angstschweiß mit einer neuen Schicht Deo zu bedecken.

Kurz gesagt: Die Sketche, die ich im Laufe der Jahre über die Absurdität und Willkür der Schönheitsstandards für Frauen geschrieben hatte, waren nicht aus meiner scharfsichtigen Abkehr von Letzteren erwachsen, sondern aus meiner Verbitterung darüber, dass sie mich so fest im Griff hatten. Aber stärker noch als meine Sorge darüber, ob Noah mich hübsch genug finden würde, um mit mir zu knutschen – selbst jetzt noch, wo zu erwarten war, dass er sich in seiner Einsamkeit mit einem warmen Körper und einem Pulsschlag zufriedengeben würde –, war meine Angst, dass es womöglich überhaupt keine Rolle spielte, wie ich aussah, weil ich ihn missverstanden hatte und es sich gar nicht um einen sehr, sehr umständlichen Quickie handelte.

Ich hatte Noahs vor einer Minute eingegangene Nachricht noch nicht beantwortet, als eine weitere eintraf: *Wenn wir uns heute Abend sehen, gibt es was zu besprechen*

Ach du Scheiße, dachte ich, und mein Gehirn begann sofort, Möglichkeiten anzubieten: *Ich lebe im Zölibat. Ich bin schwul. Ich habe wieder Covid. Ich habe dich als Witz-Ghostwriterin für ein anstehendes Zoom-Gastspiel in einer Late-Night-Show herbestellt.*

Und dann eine letzte Nachricht, die nicht unbedingt ermutigend war: *Es ist nichts Schlimmes*

An dem Abend, an dem ich Noah meine Nummer gab, hatte er eine Minute später angerufen. Vielleicht hätte ich aufgrund dieser Effizienz gar nicht genügend Zeit haben sollen, um nervös zu werden, aber das Herz schlug mir bis zum Hals, und als ich »Hi« sagte, fragte ich mich, ob diese eine Silbe das Zittern in meiner Stimme verraten würde.

»Hey, Sally.« Noah klang entspannt und selbstbewusst, wie ein Mann, der auf Bühnen stand und vor bewundernden Menschenmassen sang, ein Mann, den die amerikanische Bevölkerung im Großen und Ganzen als äußerst gut aussehend empfand. »Bist du gerade in deinem alten Kinderzimmer? Mit den ganzen Indigo-Girls-Postern?«

»Ich hatte leider nie welche«, sagte ich. »Die wären viel cooler gewesen als mein Thoreau-Poster mit dem Spruch über das Leben in stummer Verzweiflung. Ach, und dann hatte ich noch ein Audrey-Hepburn-Poster, um zu demonstrieren, wie mondän und feminin ich war.« Weil ich nicht erwartet hatte, dass das Gespräch diesen Verlauf nehmen würde – ich wusste nicht, was ich erwartet hatte, aber das nicht –, spürte ich, wie meine Nervosität ein klein wenig nachließ. »Was hattest du denn für Poster?«

»Nur um als langweilig und berechenbar zu gelten: hauptsächlich Musiker. Jimi Hendrix, Velvet Underground, das Cover von Nirvanas *Nevermind*. Du bist übrigens sehr mondän und feminin.«

»Ist *Nevermind* das mit dem Pool und dem Baby-Penis?«

»Ich glaube, es soll für eine Verurteilung des Kapitalismus stehen, weil das Baby nach dem Dollar-Schein greift, aber vielleicht ist das auch egal.«

»Hier sind nicht mehr viele von meinen alten Sachen«, sagte ich. »Die Rattanmöbel sind noch da, aber keine Doktorhüte oder Kuscheltiere oder baumförmige Schmuckständer. Nichts, was auf mein Teenager-Ich hindeuten würde.«

»O Mann«, sagte er. »Weiße Rattanmöbel?«

»Bettgestell, Nachttisch und Schreibtisch sind komplett aus Rattan, und es gibt noch einen Sessel, in dem ich gerade sitze. Du sitzt bestimmt auch gerade in einem weißen Rattansessel?«

»Natürlich«, sagte er. »Immer.«

Diesmal lachte ich.

»Ich bin in meinem Arbeitszimmer«, sagte er. »Aber ich bezeichne es gern als ›Studierzimmer‹, das hat so einen intellektuellen Touch.«

»Rauchst du Pfeife und trägst ein Monokel?«

»Und eine Samtjacke«, sagte er. »Ehrlich gesagt, studiere ich hier hauptsächlich den Fernsehschirm. Gelesen wird im Schlafzimmer.«

»Lesen und Fernsehen sind beides hochanständige Tätigkeiten«, sagte ich. »Das sollte man nicht vergessen.«

»Und das Fernsehen vor allem samstagabends um halb zwölf, richtig?«

»Hast du im Schlafzimmer keinen Fernseher?«

Er lachte. »Doch, da ist auch einer. Und im Wohnzimmer neben der Küche.«

Nachdem ich Noahs zweite E-Mail bekommen hatte – die, in der stand, er sei in L. A., und die wie seine erste E-Mail nicht klang, als schriebe er aus geschäftlichen Gründen –, hatte ich *Noah Brewster Haus Los Angeles* gegoogelt.

Natürlich hatte ich das, ich war schließlich nicht hirntot. Laut Internet stand es im Topanga Canyon, war im Jahr 2014 für neun Millionen Dollar gekauft und *dann* von Grund auf renoviert worden. Es handelte sich um eine spanische Hacienda mit sechs Schlafzimmern und acht Bädern auf vierzigtausend Quadratmetern mit einem Pool, einem Poolhaus und einem 2016 erbauten frei stehenden Aufnahmestudio. Ein Männermagazin hatte Fotos gebracht, die ihn sowohl im Studio als auch am und im Pool zeigten – auf einem Bild stand er am flachen Ende, in ein durchnässtes weißes T-Shirt gekleidet, das sich auf hochbefriedigende Weise an seine Bauch- und Armmuskeln schmiegte. Ein Wohnmagazin hatte im Netz die Inneneinrichtung gezeigt, begleitet von einem langen Gespräch zwischen ihm und einem britischen Architekten.

Nachdem ich *Noah Brewster Haus Los Angeles* gegoogelt hatte, schlug mir das Internet vor, auch nach *Noah Brewster Gesamtvermögen* zu suchen, und wer war ich, dieses Angebot auszuschlagen? Die Antwort, die zutreffend oder auch völlig falsch sein konnte, lautete 95 Millionen Dollar.

In der Leitung herrschte kurz Stille, dann sagte Noah: »Ich finde, du solltest mich mal besuchen kommen. Und ich finde, wir sollten ein bisschen Zeit zusammen verbringen und weiter über die ganzen Sachen sprechen, die wir schon in den Mails angerissen haben.«

»Okay.«

»Warte mal, glaubst du, ich würde das nicht ernst meinen?«

»Meinst du es ernst?«

»Ja.«

»Ich auch. Und wie es der Zufall will, ist mein Terminplan gerade nicht sehr voll.«

Er lachte. »Genau wie meiner. Wie wäre es dann mit, ich weiß nicht, morgen? Du wirst dich bestimmt darüber lustig machen, aber eine Möglichkeit wäre, dass meine Assistentin dich mit dem Flieger abholen lässt.«

»Das klingt sehr nach *Fifty Shades of Grey*.«

»Tja, irgendwie bin ich noch nicht dazu gekommen, es zu lesen. Aber wenn wir ein Flugzeug chartern, kommst du um Terminal und Security-Check herum, und ich denke, das sind die übelsten Virenherde.«

»Ich hatte mir die Bücher eigentlich nur als Recherchematerial für einen Sketch besorgt, und dann hatte ich im Handumdrehen fünfzehnhundert Seiten über Ben-Wa-Kugeln und Reitgerten verschlungen.« Ich zögerte. Ich wusste nicht, was ein Charterflug kostete, aber es erschien mir, als würde die Beziehung zu Noah dadurch von Anfang an aus dem Gleichgewicht geraten. Ich sagte: »Ein Privatflugzeug klingt ein bisschen, äh, krass. Aber besuchen würde ich dich sehr gern.«

»Du musst dich wegen des Flugs ja nicht sofort entscheiden. Aber wenn du ein Linienflugzeug nimmst, versprich mir, eine FFP-2-Maske zu tragen.«

»Weißt du, wie Leute wie ich ein Linienflugzeug nennen?«, sagte ich. »Flugzeug.«

»Okay, das geschieht mir recht.«

Dieses Gespräch hatte nach Mitternacht begonnen, und wir telefonierten noch weitere zweieinhalb Stunden, in denen wir darüber sprachen, dass die Kinder eines der Bandmitglieder seines Nebenprojekts Masken für Insassen von Altenheimen nähten; und darüber, dass ich abends beim Gassigehen mit Sugar an einer schlanken weißen Frau in einem T-Shirt mit der Aufschrift *Good Vibes Only* vorbeigekommen war und das Gefühl gehabt hatte, eine schlanke weiße Frau sollte so etwas in diesem bestimmten Augenblick und kulturellen Kontext nicht tragen; und darüber, dass ich gerade einen im kommunistischen Rumänien angesiedelten Roman las; und darüber, dass er gerade ein Sachbuch über die Zukunft der künstlichen Intelligenz las, aber eigentlich nur abends und selten mehr als eine Handvoll Seiten, ehe er einschlief; und darüber, dass er in der vergangenen Woche zum ersten Mal seit seiner Covid-Erkrankung ein neues Lied geschrieben hatte und dass es nicht wahnsinnig gut, aber auch nicht katastrophal gelaufen sei; und darüber, dass es in »Dairy Queen« von den Indigo Girls eine Textstelle gab, die ich nie richtig verstanden hatte, weil sie ein bisschen nach *»to hold you«*, aber auch ein bisschen nach *»to haunt you«* klang, und wenn man im Netz nachsah, stand da *hold*, aber ich wollte so gern, dass es *haunt* hieß; und über die Fastfood-Kette Dairy Queen und darüber, dass er noch nie in einem ihrer Restaurants gewesen war; und darüber, dass ich noch nie in einem In-N-Out-Burger gewesen war, und er sagte, das liege nur daran, dass ich nie in Kalifornien gelebt hätte. Inzwischen war es fast halb vier meiner Zeit, und ich fühlte mich wie der Teenager, der ich nie gewesen war, wie benommen von der Lust und den Gesprächen. Kurz vor dem Auflegen sagte ich: »Normalerweise hasse ich telefonieren, aber mit dir nicht.«

»Ich werde versuchen, mir das nicht allzu sehr zu Kopf steigen zu lassen.« Er klang sehr glücklich, und ich spürte, wie mir eng ums Herz wurde. War das nicht alles zu schön, um wahr zu sein? Wann immer ich in der letzten Woche gerade nicht eine E-Mail an Noah geschrieben oder eine E-Mail von Noah gelesen hatte, wenn ich gerade Rührei gemacht oder die Säcke mit Müll und Wertstoff zum Straßenrand geschleift hatte, dann hatte ich oft das Telefon aus der Tasche gezogen und sowohl seine Nachrichten an mich als auch meine an ihn noch einmal gelesen, vor allem wenn ich auf eine Antwort wartete; mehr als einmal hatte ich sämtliche E-Mails der Reihe nach durchgelesen. Außerdem hatte ich im Kopf pausenlos zukünftige Mails verfasst und so gut wie jedes Erlebnis – wobei es zugegebenermaßen nicht viele gab – daraufhin begutachtet, ob es sich lohnen würde, es Noah zu schildern. Und jetzt hatten wir miteinander gesprochen, und es hatte nicht alles ruiniert!

Er setzte hinzu: »Kann ich dich morgen Abend wieder anrufen?«

»Unbedingt«, sagte ich.

»Kann ich dir noch sieben Mails schreiben, bevor ich dich morgen Abend anrufe?«

»Das hoffe ich doch.«

Das war der Moment, in dem er sagte: »Ich hätte fast Facetime statt einem normalen Telefonat vorgeschlagen. Wie stehst du denn zu Facetime?«

»Das kommt ganz auf das Face an, mit dem man timet.« Nach einer kurzen Pause ergänzte ich: »In deinem Fall bin ich dafür.«

Er lachte. »Was für eine Erleichterung.« Dann sagte er: »Gute Nacht, Sally. Das hat großen Spaß gemacht.«

»Fand ich auch«, sagte ich. »Gute Nacht, Noah.«

Aber am nächsten Tag kam keine E-Mail von ihm; stattdessen schickte er mittags eine Kurznachricht: *Hoffe, du hast nichts dagegen, dass ich dir die gerade bestellt habe*, gefolgt vom Screenshot eines rosa Kissens, auf dem in weißer Handschrift *Good Vibes Please* stand, und dann eines orangen Kissens mit der Aufschrift *Good Vibes Welcome* und einer Sonne darunter, gefolgt von einer weiteren Nachricht, die lautete: *Ich konnte mich nicht entscheiden also habe ich beide genommen*

Ich schrieb zurück: *Das ist ja ein Riesenzufall ich habe dir nämlich gerade das hier bestellt*, und schickte einen Screenshot von einem auf alt getrimmten Holzschild mit der Aufschrift *Bei uns gibt's Klartext, feste Umarmungen und schlechte Tanzeinlagen.*

Er schrieb zurück: *Echt unfassbar weil ich dir gerade das hier für deine Küche bestellt habe*, gefolgt vom Screenshot eines ebenfalls auf alt getrimmten Schildes mit der Aufschrift *Schaumschläger am Werk* und der Abbildung eines Schneebesens. Und dann schrieben wir uns drei Stunden lang und telefonierten abends wieder von zehn bis zwei Uhr nordamerikanischer Zeit. Um 21:50 Uhr hatte ich Foundation, Wimperntusche und Lipgloss aufgelegt, den Lipgloss wieder abgewischt und dann wieder aufgetragen. Um zehn war auf meinem Telefon die Benachrichtigung eines Facetime-Anrufs erschienen, aber gleich wieder verschwunden, und ein normaler Anruf war eingegangen.

Vier Stunden später, am Ende des Gesprächs, sagte er: »Ich wollte nur Bescheid sagen, dass ich, na ja – ich habe mir den Kopf rasiert. Ich habe keine langen Haare mehr.«

Ich dachte daran, wie Henrietta in meinem *TNO*-Büro neben dem Sofa kniete und mich weckte, um mir von Noahs Perücke zu erzählen. Siebenundzwanzig Monate waren seitdem vergangen; es erschien mir zu wenig als Erklärung dafür, wie wehmütig ich mich in diesem Moment fühlte.

Ich versuchte so beiläufig wie möglich zu klingen, als ich sagte: »Cool.«

»Ich wollte nicht, dass du schockiert bist, wenn wir morgen facetimen.«

»Ich glaube, so leicht bin ich nicht zu schockieren.«

»Nur weil es immer heißt, meine Haare wären, na ja, du weißt schon ...« Er verstummte kurz; zum ersten Mal, seit ich ihn kannte, wirkte er verlegen. »So was wie mein Markenzeichen.«

Wieder versuchte ich unbekümmert, aber aufrichtig und kein bisschen spöttisch zu klingen, als ich sagte: »Sind deine Fähigkeiten als Songschreiber und Gitarrist nicht dein Markenzeichen?«

Am nächsten Abend war es vor allem in den ersten ein, zwei Minuten schockierend und aufregend, Noah auf dem Display meines Telefons zu sehen. Er sah ein wenig anders und zugleich erschütternd gut, unverschämt gut aus. Er hatte sich tatsächlich den Kopf rasiert, wenige Millimeter lange Stoppeln, die dunkler waren als die blonden Locken von früher, aber zu den Stoppeln auf seinen Wangen passten. Er sah blasser oder müder aus als auf den Bildern im Netz, die ich in der vergangenen Woche natürlich oft in Augenschein genommen hatte, was bedeutete, dass er aussah, als trüge er kein Make-up und wäre auch sonst nicht professionell zurechtgemacht worden, und es war eine reine, reflexartige Freude, diese Version von ihm zu Gesicht zu bekommen: diesen privaten, echten Menschen. Seine durchdringenden blauen Augen waren wachsam und seine Miene belustigt, und er trug ein olivgrünes T-Shirt und saß in einem niedrigen weißen Sessel, und ich wünschte, ich hätte ins Display eintauchen und die Arme um ihn legen können, und war mir zugleich auf einschüchternde Weise bewusst, dass er mich sehen konnte, und ich schaute immer wieder auf mein winziges körniges Spiegelbild in der rechten unteren Bildschirmecke. »Das ist so komisch!«, platzte es aus mir heraus.

Er lächelte. »Inwiefern?«

»Findest du nicht?« Rasch fügte ich hinzu: »Nicht wegen deines Haarschnitts. Der sieht toll aus. Wahrscheinlich habe ich mich in den letzten zwei Nächten einfach an deine körperlose Stimme gewöhnt.«

»Ist eine körperlose Stimme besser oder schlechter als ein digitales Bewusstsein?«

»Na ja«, sagte ich, »sie sind sich nicht unähnlich.«

Dann sprachen wir über das Buch über KI, das er stückchenweise las, und darüber, in welchem Alter wir die ersten Handys gehabt hatten, und nach fünfzehn Minuten war ich schon viel ruhiger. Am nächsten Abend brauchte ich nur ein paar Minuten, um über Noahs erschreckende Attraktivität hinwegzukommen, und am Abend darauf fragte ich mich, ob wir uns dem Telefonsex annäherten – ich hatte schon die Kamera umgedreht und ihm mein Schlafzimmer gezeigt, und er hatte einige alberne Fragen zur Beschaffenheit meiner Bettlaken und der Position der Kissen gestellt –, aber ich konnte keinen Facetime-Telefonsex mit Noah Brewster haben, jedenfalls nicht in nüchternem Zustand, und ich hatte bei den Telefonaten mit ihm nie etwas anderes als Wasser getrunken, weil mir alles andere unnötig und womöglich sogar rücksichtslos vorkam. Nachdem wir gemeinsam überlegt hatten, ob die Fadenzahl bei Bettwäsche wirklich einen Unterschied machte, hatte ich daher einfach gesagt: »Wie wäre es, wenn ich zu dir fahre, statt zu fliegen?«

»Im Ernst? Sind das nicht eine Million Kilometer?«

»Es sind ziemlich genau zweitausendfünfhundertfünfundsiebzig.«

»Ich will dich auf keinen Fall entmutigen, aber wäre das nicht eine unnötige Quälerei?«

»Ich glaube, es wäre gut für mich. Ich könnte in Gedanken schwelgen, während die Landschaft auf poetische Weise an mir vorbeizieht.«

»Ist es denn sicher, allein zu fahren? Entschuldige, wenn das sexistisch klingt, aber …«

»Jetzt kannst du mir eine förmliche Entschuldigung schicken und mit *Beste Grüße* unterschreiben.« Dann setzte ich hinzu: »Es ist nicht sexistisch. Und ich glaube, es wäre einigermaßen sicher.«

»Du müsstest mir andauernd schreiben, wo du gerade bist. Ich fürchte, in einigen dieser westlichen Bundesstaaten könnte mein Sally-Radar versagen.«

Ich spürte – und sah in Miniaturversion –, wie ich ein albernes Lächeln aufsetzte. Vielleicht war ich leicht um den Finger zu wickeln, oder vielleicht hatte er einfach zu viel Übung, aber er war so entwaffnend süß. »Wie wäre es, wenn ich eine Funkantenne auf meinem Auto befestige?«, sagte ich. »Oder auf meinem Kopf?«

»Das ist ein toller Plan, und dann merke ich sogar, wenn du irgendwo auf dem flachen Land in Utah oder so in einen Supermarkt gehst.«

»Schau nicht auf mich herab, wenn ich Doritos kaufe.«

»Doritos sind das Beste, was es gibt. Also, wann kannst du losfahren?«

Bei unserem ersten Telefongespräch hatte ich gedacht, es würde sich in irgendeiner Form Klarheit einstellen, irgendeinen expliziten Hinweis darauf geben, dass unsere Beziehung romantischer Art war oder wir zumindest bis zum Beweis des Gegenteils davon ausgingen. Das war nicht der Fall gewesen. Wir flirteten ein wenig, aber es wurde in keiner Hinsicht explizit. Und hätte ich das Thema nicht genauso leicht anschneiden können wie er? Nur dass ich vielleicht mehr zu verlieren hatte? Stattdessen plauderten wir weiter herzlich miteinander. *Warum sollte das hier nicht die Romantik der Romantik sein?* und *Ich fühle mich sehr zu Ihnen hingezogen, und das schon seit der Pitchrunde damals in Nigels Büro* – wenn ich nach Bestätigung suchte, waren diese Sätze aus seinen E-Mails meine zuverlässigsten Belege. Und es waren Sätze, die ich sehr mochte, die ich noch viele Male gelesen hatte, als ich sie längst auswendig kannte. Aber eben auch: *Ich würde sagen, beeindrucken wollte ich Sie auf jeden Fall, verführen wollte ich Sie nicht.*

»Damit ich richtig packen kann«, sagte ich. »Wie lange soll ich denn bleiben?«

»So lange du willst«, sagte er.

Und dann sagte ich, statt näher darauf einzugehen: »Bist du

einer von den Airbnb-Vermietern, die ihre gerahmten Familienfotos und im Kühlschrank ihre halb gegessenen Joghurts herumstehen lassen, oder sorgst du dafür, dass alles makellos ist, wenn die Gäste kommen?«

Er lachte. »Für dich wird alles makellos sein, weil ich fünf Sterne von dir will.«

Am nächsten Morgen schrieb ich: *Wie wär's wenn ich morgens am 1. Aug in KC losfahre und abends am 2. ankäme?*

Das klingt toll, schrieb er zurück.

Am 31. Juli kam in Jerrys Haus ein FedEx-Paket an: der Zwölferpack Proteinriegel, ein spiralgebundener Straßenatlas im Format 28x40 und ein graues T-Shirt, auf dem in gelber Achtzigerjahre-Schrift *California* stand. Auf den beiliegenden Zettel hatte er geschrieben: *Sally, ich kann's nicht erwarten, dich zu sehen. Dein Brieffreund Noah*. Ich hatte seine Handschrift noch nie gesehen, und selbst sie ging mir ans Herz und erfüllte mich mit Sehnsucht: wie er das *S* in *Sally* am unteren Ende mit dem *a* verbunden hatte und die gerade nach unten zeigende Linie ohne Schleife, mit der das *y* abschloss, das schnörkellose große *N* in *Noah*. Aber war das *Brieffreund* als Insiderwitz zu verstehen, oder war es ein Hinweis auf unsere platonische Beziehung?

An diesem Abend beendeten wir unser Gespräch um Mitternacht, also relativ früh, und ich stellte den Wecker auf 6:15 Uhr. Ich hatte Jerry gesagt, er brauche nicht aufzustehen, aber er tat es trotzdem; in seinem weiß-blauen Seersucker-Morgenrock trug er mir den Karton mit den Proteinriegeln und Masken nach draußen und stellte ihn auf den Beifahrersitz, dann umarmte er mich und sagte: »In manchen Bundesstaaten darf man hundertdreißig fahren, aber ich denke, es ist sicherer, ein bisschen darunter zu bleiben.« Sugar scharwenzelte um unsere Füße herum, und ich ging in die Hocke, um sie zu streicheln. Ich hatte Jerry erzählt, ich wolle für ein, zwei Wochen zu einem Freund in L. A. fahren, und seine Schwester, meine Tante Donna, deren Einkäufe ich in letzter Zeit mitbesorgt hatte, hatte mir ihr Auto angeboten; da mein Onkel Richard und sie momentan kaum irgendwohin führen, brauchten sie keine zwei.

Es war seltsam, Jerrys Haus zu verlassen; es war seltsam, nicht zu wissen, wie lange ich in Kalifornien bleiben würde; es war – selbst nach fünf Jahren noch – seltsam, ohne meine Mutter auf der Welt zu sein; es war seltsam, während einer globalen Pandemie zu leben. Ich ließ den Motor an und fuhr rückwärts aus der Einfahrt, winkte von der Straße aus Jerry und Sugar zu und drehte den Sender mit den Folkfrauen auf, und im Wagen erschallte ein Song von Mary Chapin Carpenter, dessen Text ich auswendig kannte. Ich war vorfreudig und melancholisch zugleich, als ich auf der State Line Road nach Süden fuhr, durch die frühmorgendliche Sommersonne, und meine Melancholie legte sich ein wenig, als ich den Shawnee Mission Parkway erreichte, und als ich eine halbe Stunde später durch Olathe, Kansas, fuhr, war sie fast ganz verflogen oder zumindest von Ausgelassenheit, Nervosität und schierer Geilheit überlagert. Der Highway vor mir war lang und größtenteils eben, und mir wurde bewusst, dass ich nur einmal im Leben so vorfreudig und verängstigt gewesen war – bei meinem *TNO*-Bewerbungsgespräch.

Das Albuquerque Hampton Inn war drei Stockwerke hoch und von einem nahezu leeren, trostlos asphaltierten Parkplatz flankiert; im Osten waren die Sandia Mountains zu sehen. Um 20:15 Uhr Mountain Time saß ich auf meinem Bett und aß zu Abend: zwei Proteinriegel, eine Banane und eine Orange, die ich zuvor an einer Tankstelle im nordwestlichen Zipfel von Texas gekauft hatte. Die Fahrt war ganz gut verlaufen, der Highway hatte mich durch das immer kargere Kansas geführt, dann kurz hinunter nach Oklahoma, es folgten ein kaum längerer Abstecher nach Texas und die letzten Stunden in New Mexico: die Straße gerade und endlos; das sich zu beiden Seiten erstreckende Land eine Mischung aus verdorrtem Gras, Sand und Gestrüpp; der Himmel weit und von einem beruhigenden Blau. Obwohl ich vorgehabt hatte, mir während der Fahrt entweder tiefschürfende Gedanken über Natur und Menschheit zu machen oder die Struktur von »Euer Lieben und Ehren« festzuzurren – so der Arbeitstitel meines nahezu nichtexistenten Drehbuchs über die Richterin am Obersten Bundesgericht –, hatte ich über weite Strecken an gar nichts gedacht. Diese Gedankenleere wurde immer wieder abrupt vom Impuls unterbrochen, das Lenkrad zu umklammern, wenn ich einen Lkw überholte oder, was weit angenehmer war, plötzlich von der Erkenntnis aufgeschreckt wurde, dass ich in etwa vierundzwanzig Stunden vielleicht Sex mit Noah haben würde. Oder doch nicht? Wie versprochen, schrieb ich ihm bei jedem Halt, und er antwortete jedes Mal umgehend.

Weil Jerry kein Freund von Kurznachrichten war, teilte ich ihm per E-Mail mit, dass ich in Albuquerque angekommen sei. Dann setzte ich eine Maske auf, verließ mein Zimmer, eilte durch die Lobby – ich kam an einer einzelnen Familie mit Campingsachen vorbei – und setzte in der Wagenauffahrt die Ohrhörer ein. Die Sonne war untergegangen, aber im Westen war der Himmel noch blass orange. Als ich Noah anrief, sagte er: »Wie war das Abendessen?«

»Dank deines Carepakets köstlich, und jetzt gehe ich eine Runde um den Parkplatz, um ein bisschen Luft zu schnappen. Wie geht's dir?«

»Ich versuche gerade, mein Haus durch deine Augen zu betrachten, um zu sehen, ob ich noch irgendetwas verstecken sollte. Außerdem will Margot einkaufen gehen. Du trinkst Grapefruit-Schorle und deinen Kaffee mit Hafermilch, richtig?«

Solange du keine Konföderiertenflagge hast, ist alles gut. Und ja.«

»Obwohl Jerry Hafermilch komisch findet.«

»Ja. Obwohl Jerry sie komisch findet.« Dass Noah Jerrys Namen sagte, dass Noah überhaupt wusste, wer Jerry war, fand ich immer noch merkwürdig und reizend zugleich.

»Dazu noch eins, die Sache, über die ich mit dir reden wollte – erinnerst du dich, dass ich keinen Alkohol im Haus habe? Ist das für dich in Ordnung?«

»Natürlich«, sagte ich.

»Sag das bitte nicht nur aus Höflichkeit. Ich sage dir ganz ehrlich, dass ich lieber keinen Wein oder irgendwas im Haus habe, aber falls dir das zu extrem ist, finden wir bestimmt einen Weg. Wenn Freunde vorbeikommen, haben sie meist etwas dabei und nehmen es hinterher auch wieder mit, es herrscht also kein generelles Alkoholverbot auf dem Gelände.«

Ich schwieg ein paar Sekunden lang und sagte dann: »Ich habe wirklich kein Problem damit. Wenn es dir gleichgültig wäre, klar, dann würde ich nach meiner Ankunft wohl was trinken, einfach nur weil … na ja, ich will nicht uncool klingen, aber ich bin ein bisschen nervös. Aber nichts zu trinken, ist kein großes Opfer für mich.« Nicht zum ersten Mal kam mir der Gedanke, dass es um einiges schwieriger war, seine Einstellung zu heiklen Themen offen auszusprechen, als munteres Geplauder zwischen imaginären Figuren zu schreiben.

»Sagst du mir Bescheid, wenn sich das ändern sollte?«, sagte Noah.

»Mein Wunsch, etwas zu trinken, tritt auf jeden Fall hinter dem Wunsch zurück, dir keine Schwierigkeiten zu bereiten«, sagte ich. »Aber ja, mache ich.«

»Danke, Sally, ganz im Ernst. Und der letzte Punkt auf der Haushaltsliste: Mein Haus ist etwas schwer zu finden, es geht um einige Biegungen, und ich habe mir überlegt, dass wir uns vielleicht besser auf dem Parkplatz des Einkaufszentrums in der Nähe treffen und ich vorfahre.«

»Ach, ich finde mich schon zurecht. Aber danke.« Den größten Respekt hatte ich vor den ersten Sekunden und Momenten des Zusammentreffens. Zwar hatte ich ihm in einer E-Mail geschrieben, dass wir durch unsere Zusammenarbeit bei *TNO* schon wüssten, wie es sich anfühlte, uns im selben Raum aufzuhalten, aber zu der Zeit war das noch eine hypothetische Aussicht gewesen. Jetzt, auf halbem Weg nach L. A., war ich mir da weniger sicher. Und würde ein Treffen auf einem Parkplatz die Unbeholfenheit nicht nur verstärken?

»Solltest du es dir anders überlegen, sag Bescheid. Wenn du auf dem Highway 101 bist, sind es noch ungefähr zwanzig Minuten bis zum Topanga Canyon Boulevard, und je weiter du nach Süden kommst, desto verwinkelter werden die Straßen. Wenn du irgendwann das Gefühl hast, dich so richtig verfranzt zu haben, dann bist du fast da.«

»Klingt kein bisschen ominös.«

Er lachte. »Das Grundstück ist von einer Steinmauer umgeben, sie führt zum Tor vor der Einfahrt. Halt einfach an der Gegensprechanlage, und wenn das Tor aufgeht, fährst du den Hügel rauf, und ich warte vor dem Haus.«

War das der richtige Moment, um zu erwähnen, dass ich sein Haus gegoogelt hatte und die Terracotta-Fliesen in der Eingangshalle sehr schön fand? Wahrscheinlich nicht.

»Eins noch, in aller Offenheit«, sagte er. »Solltest du dir das mit dem Treffen beim Einkaufszentrum noch anders überlegen, kann es sein, dass sich Paparazzi auf dem Parkplatz herumtreiben. Die lungern gern vor dem Nobelsupermarkt herum. Ich nehme an, du bist das von deinen *TNO*-Freunden mehr oder weniger gewohnt, aber ich will nicht, dass es dich kalt erwischt.«

»Okay.« In meinem Bauch breitete sich ein schwummriges Gefühl aus, das anders war als das mulmige Gefühl beim Gedanken, ihn zu sehen; diese Mulmigkeit fühlte sich säuerlich an.

»Ich habe den Eindruck, während der Pandemie sind sie nicht so oft da, aber man kann nie wissen.«

Ich ging inzwischen an der Rückseite des Hampton Inn entlang; in den meisten Zimmern waren die Vorhänge geschlossen. Vor mir hatten sich die Berge schwarz verfärbt. Laut meinem Telefon waren es sechsundzwanzig Grad – schon kühler als bei meinem Check-in und angenehm trocken im Vergleich zu meinem letzten ganzen Tag in K. C., an dem feuchte sechsunddreißig Grad geherrscht hatten. Ehe ich mich zurückhalten konnte, sagte ich: »Wäre es nicht einfacher, wenn ich in einem Hotel übernachte?«

Nach einer Pause sagte Noah langsam: »Inwiefern einfacher?«

»Logistisch? Ich weiß es nicht.«

»Würdest du dich in einem Hotel wohler fühlen?«

Warum hatte ich davon angefangen? Was war denn nur mit mir los? Es war beinahe so, als wäre ich heil durch die Alkoholdiskussion gekommen, nur um anschließend zu scheitern, als wäre ich einfach nicht in der Lage, den Karren nicht irgendwie an die Wand zu fahren. »Ich glaube, es würde, äh … weniger Spaß machen?«, sagte ich. »Aber ich will mich auch nicht aufdrängen.«

»Ich glaube, es würde deutlich weniger Spaß machen, wenn du im Hotel übernachten würdest«, sagte er. »Und nur, damit das klar ist: Es gibt hier einige Schlafzimmer, also wie auch immer du das handhaben willst … ich meine, ich erwarte da überhaupt nichts.«

Bestimmt gab es eine perfekte, schlagfertige Antwort darauf, einen Satz, der dem Gespräch eine fröhliche statt unbeholfene Wendung gegeben hätte, der auf charmante Weise ausgedrückt hätte, dass ich seine Ritterlichkeit zu schätzen wisse, aber sehr hoffte, dass er das Bett mit mir teilen würde. Und hätte ich für diesen Satz ein, zwei Tage lang Zeit gehabt oder ihn in einem Sketch für jemand anderen wie Viv oder Henrietta geschrieben, dann wäre ich auch ziemlich sicher darauf gekommen. Aber als ich selbst in Echtzeit bekam ich die Zähne nicht auseinander. Nach ein paar Sekunden sagte ich: »Ja, ist in Ordnung.«

Wieder entstand eine Pause von ein oder zwei Sekunden, aber seine Stimme klang liebevoll, als er sagte: »Weißt du noch, wie du meintest, du wärst ein bisschen nervös? Ich bin ein bisschen sehr nervös.«

»Ist klar.«

»Wie denn nicht? Die Starautorin von *TNO* kommt mich besuchen.«

»Aber du bist nicht nervöser als bei deinem letzten Auftritt im Madison Square Garden, oder?«

»Deutlich nervöser«, sagte er, und wir lachten beide. Es war eine späte Erkenntnis, aber mir kam der Gedanke, dass Unterhaltungen zwischen Erwachsenen vielleicht so funktionierten – dass ein Gespräch zwar durchaus einmal verebbte, aber beide Seiten nach bestem Willen versuchten, es anschließend wieder zum Laufen zu bekommen.

Morgens wachte ich um fünf Uhr auf, bevor der Wecker auf meinem Telefon klingelte, und trotz äußerst sorgfältiger Dusche und zusätzlicher Enthaarung war ich um sechs wieder auf dem Highway.

Während ich fuhr, ging hinter mir die Sonne auf und warf rosiges Licht auf das Land und die Vegetation zu beiden Seiten der Straße. Weil es in New York schon acht Uhr und der Highway geradezu beunruhigend leer war, rief ich Viv an.

»Ist der Rammelzug schon ausgerollt?«, fragte sie.

»Er donnert mit hundertzwanzig Sachen auf L. A. zu, und ich glaube, ich bin im Begriff, eine Panikattacke zu kriegen.«

»Jetzt gerade?«

»Nein, ich warte wohl bis Kalifornien. Wie war dein Massagekurs?«

»Die Hosen blieben an«, sagte Viv. »Tut mir leid, dass ich dich enttäuschen muss.«

Viv hatte eine Geburtsbegleiterin angeheuert, eine Mittsechzigerin mit silbrigem Haar namens Gloria, und am Abend zuvor hatte Gloria sie per Zoom in die Dammmassage eingewiesen. Im Voraus hatten Viv und ich überlegt, ob Gloria vorhatte, Viv ihren Damm zu zeigen, oder ob sie erwartete, dass Viv ihren freilegte.

»Hat sie eine anatomisch korrekte Puppe benutzt?«, fragte ich.

»Sie hat ein Stück Papier und einen Stift benutzt. Aber wo wir gerade beim Thema Dammerforschung sind, wann kriegst du denn Noahs zu sehen?«

»Bestenfalls am späten Nachmittag oder frühen Abend.«

»Und warum kriegst du eine Panikattacke?«

»Das echte Leben ist einfach kompliziert«, sagte ich. »Was, wenn er mich langweilig findet?«

»Was, wenn du ihn langweilig findest? Übrigens, ich koche gerade Eier und nehme dich jetzt vom Schlafzimmer mit in die Küche. Weißt du, was diese Eier sind?«

»Sind sie von freilaufenden Hühnern?«

»Sie sind mein zweites Frühstück.«

»Glückwunsch.«

Ich hörte leises Klappern und Rascheln im Hintergrund, dann sagte Viv: »Theo meint, man muss die Eier ins Wasser tun, bevor es kocht, aber sie werden viel besser, wenn man erst das Wasser zum Kochen bringt und *dann* die Eier reinlegt.«

»Da ich nur Rührei mache, bleibe ich in dieser Frage völlig neutral.«

»Hast du schon gehört, dass Bianca rausgeschmissen wurde? Ich habe gestern eine Nachricht von Tony gekriegt.«

»Ach du Schande«, sagte ich. »Patrick meinte, Elliot hätte gesagt, dass es dieses Jahr definitiv kein Retreat gibt.« Bei *TNO* gab es jährlich vor der Woche der ersten Show einen Ausflug zu einem Resort in den Catskills, der den beruflichen Zusammenhalt stärken sollte, aber unweigerlich zu noch stärkerer Cliquenbildung als im Studio führte.

»Das überrascht mich nicht«, sagte Viv. »So, und du machst dir also einen Kopf darüber, bei Noah zu Hause zu kacken?«

»Habe ich dir das schon erzählt?«

»Sally, ich kenne dich seit Ewigkeiten.«

Nachdem Noah und ich angefangen hatten, uns zu schreiben, aber noch bevor er erklärt hatte, wie sehr er mir vertraute, hatte ich mir eine Regel auferlegt: *Kein Weiterleiten und keine Screenshots.* Ich konnte Viv und Henrietta berichten, was passierte, und mich auf jeden Fall ausgiebig über meine vielen, vielen Gefühle auslassen, aber ich durfte ihnen nichts zeigen und auch keine wirklich persönlichen Details aus Noahs Leben verraten, die er mit mir teilte.

Ich sagte: »Was, wenn er glaubt, weil ich Sketche über Durchfall und Körpergeruch geschrieben habe, hätte ich keine Probleme mit Durchfall und Körpergeruch?«

»Ich glaube nicht, dass er psychologisch so einfach gestrickt ist.«

»Aber wir haben nie über solche Sachen gesprochen.«

»Echt? Ihr habt euch lange E-Mails über euer Verlangen und euer tiefstes Seelenleben geschrieben, und das kam nicht zur Sprache? Verblüffend. Also, du machst das folgendermaßen: Du sitzt auf dem Klo und drückst eine Wurst raus, ja? Und sobald sie das Wasser berührt, spülst du, also wirklich augenblicklich. Kann sein, dass du dann mehrmals spülen musst, aber so klebt sie nicht an der Schüssel, und auf dem Klo stinkt es weniger.«

»Wirklich?«

»Wahrscheinlich spielt das sowieso keine Rolle, weil er in einer Villa mit einer Million Klos wohnt. Meine Tipps stammen aus der Zeit, als ich Typen in ihre Einzimmerwohnungen begleitet habe, aber du wirst einen halben Kilometer von Noah entfernt kacken.«

»In denselben vier Wänden zu kacken wie ein Typ, den man mag, schickt einen ganz schön drauf.« Dann sagte ich: »Was, wenn ich ankomme, und er sagt so was wie: ›Unsere unerschütterliche platonische Freundschaft bedeutet mir sehr viel‹?«

»Dann schüttelst du ihm platonisch die Hand, wünschst ihm alles Gute, mietest eine süße kleine Hütte am Strand und gehst auf Tinder.« Im Hintergrund piepte etwas, und sie fügte hinzu: »Aber da er dir unmissverständlich gesagt hat, dass er sich zu dir hingezogen fühlt, würde mich das überraschen.«

»Waren das deine Eier?«

»Das waren meine Eier. Atme tief durch, und halt mich auf dem Laufenden.«

Ich war seit fünf Stunden unterwegs und gerade vor Flagstaff, Arizona, als mir klar wurde, was ich auf Noahs Erklärung, er erwarte in Bezug auf die Schlafsituation überhaupt nichts, hätte erwidern sollen. Ich hätte unbeschwert sagen sollen: »Du hast einiges zu erwarten!«

Die Tankstelle in Canoga Park, Kalifornien, lag laut meinem Telefon 16,6 Kilometer und 24 Minuten von Noahs Haus entfernt. Es war kurz nach siebzehn Uhr Pazifischer Zeit, es herrschten trockene und sonnige dreiundzwanzig Grad, und das Stück

Straße, an dem ich gehalten hatte, unterschied sich nicht sonderlich von den Einkaufsmeilen in Kansas City, abgesehen von den Palmen, die die Straße säumten. Als ich aufgetankt hatte und auf den Eingang des Mini-Markts zuging, klopfte mein Herz, und ich zitterte am ganzen Körper. Bei meinem ersten Telefonat mit Noah und auch bei unseren ersten Gesprächen über Facetime hatte ich geglaubt, nervös zu sein, aber im Rückblick erschienen diese Episoden geradezu bezaubernd harmlos. Um Gottes willen, Noah war 16,6 Kilometer entfernt.

Vor der Tür des Ladens zog ich die Maske über. Drinnen suchte ich die Toilette auf, pinkelte ausgiebig und wusch mir energisch die Hände, dann stellte ich meine Kosmetiktasche auf dem (verkeimten? Oder kürzlich gereinigten?) Waschtisch ab. Ich nahm die Maske ab, putzte mir ungefähr dreimal so gründlich wie sonst die Zähne, gurgelte mit Mundspülung aus einem kleinen Fläschchen, das ich zwei Tage vorher in einer Drogerie in Kansas City gekauft hatte, trug Lippenbalsam auf und zog die Maske wieder über. Als ich das Deo in Reisegröße zur Hand nahm, zitterte ich so heftig, dass ich beim ersten Versuch beinahe die Achselhöhle verfehlte. Mein Verhalten erinnerte mich an irgendwen, und dann wurde mir klar, dass es sich um Sugar während eines Gewitters handelte.

Ich hatte vorher beschlossen, jedes einzelne Kleidungsstück zu wechseln, auch und gerade Slip und BH. Das tat ich in einer Kabine, wobei ich auf meinen Turnschuhen stand und mir alle Mühe gab, mit den bestrumpften Füßen nicht auf den nackten Boden zu treten. Als ich mein liebstes und vorteilhaftestes schwarzes T-Shirt und die abgeschnittenen Jeans trug, beugte ich mich im letzten Akt meiner Verwandlung hinunter, zog mir die Socken von den Füßen und stieg in schwarze Sandalen. Meine Füße waren weder furchtbar verschwitzt noch taufrisch. Ich beschloss, sie im Auto mit Desinfektionstüchern abzureiben, und wünschte, mir meiner eigenen Lächerlichkeit bewusst zu sein, würde sie irgendwie schmälern.

Jetzt blieb nichts weiter zu tun, als zu Noah zu fahren. Ich betrachtete mich noch einmal im Spiegel der Tankstelle und dachte zum ersten Mal seit Jahren an die Worte meiner Mutter, als ich ihr gegenüber Elliots Satz über das Verwechseln der Romantik der Comedy mit der Romantik der Romantik wiederholt hatte. Zuerst hatte sie gesagt: »Was für ein aufgeblasener Arsch.« Dann hatte sie gesagt: »Ich verspreche dir, eines Tages wirst du die Liebe finden, die du verdienst, aber vielleicht nicht unbedingt, wenn du damit rechnest oder wie du es erwartest.«

Als ich die Toilette verließ und an den Kühlschränken mit Softdrinks, Eistee und Wasser hinter durchsichtigen Türen vorbeiging, kniff ich ungläubig die Augen zusammen – konnte das sein? – und musste dann unter meiner Maske lachen. Es war nicht sehr laut, aber ein Irrtum war ausgeschlossen: Auf der Musikanlage des Ladens lief eine Muzak-Version von »Making Love in July«.

Im Topanga Canyon hatte ich tatsächlich schon bald das Gefühl, im Nichts gelandet zu sein, auf eine ganz schöne Art, die unter anderen Umständen vielleicht etwas Beruhigendes gehabt hätte. Die gewundene zweispurige Straße wirkte viel ländlicher, als es keine ganze Stunde von Downtown L. A. entfernt eigentlich hätte der Fall sein dürfen. Sie führte mich zwischen den zerklüfteten Bergen von Santa Monica auf der einen und steil abfallenden Hängen auf der anderen Seite hindurch, vorbei an Dickichten und Sandsteinvorsprüngen und hin und wieder einem in den baumbestandenen Berghang hineingebauten Haus. Als ich in Richtung Süden abbog, konnte ich den ersten Blick auf das verschwommene Türkis des Pazifischen Ozeans erhaschen. Im Rhythmus der Kurven verschwand es und tauchte wieder auf.

Nach fünfzehn Minuten kam ich an eine scharfe Rechtskurve. Inzwischen glaubte ich, wenn mein Herz noch etwas schneller geschlagen hätte, wäre ich wohl als medizinischer Notfall durchgegangen. Dann sah ich die Steinmauer, das Tor und die Einfahrt dahinter, die einen Hügel voller Gestrüpp und Bäume hinaufführte, sodass das Haus nicht zu sehen war. Als ich an der Gegensprechanlage am Tor abbremste, war ich so nervös, dass ich sie um fast fünf Meter verpasste. Ich fuhr zurück und setzte noch einmal an. Ich streckte den linken Arm aus dem Fenster, drückte auf einen silbernen Knopf, und Noahs Stimme – nicht die irgendeines Bediensteten – sagte: »Hi, Sally. Das Tor geht jetzt auf.« Auf steinernen Säulen zu beiden Seiten des Tors sah ich Videokameras, und mich beschlich das gleiche mulmige Gefühl wie vorher, als Noah die Paparazzi auf dem Supermarktparkplatz erwähnt hatte. Das Tor öffnete sich, und ich fuhr auf das Gelände.

Ich war vielleicht hundertfünfzig Meter bergauf gefahren, als der Weg eben wurde und das Haus erschien, dieselbe weitläufige Stuck-Hacienda, die ich im Netz gesehen hatte. Sie leibhaftig vor mir zu sehen, erinnerte mich daran, wie ich im Metropolitan Museum vor Monets Wasserrosen gestanden hatte, nachdem wir sie in einem Kunstgeschichtskurs behandelt hatten. Sie existierte also wirklich. Ich war immer noch hundert Meter vom Haus entfernt, und eine männliche Gestalt in Jeans, petrolfarbenem T-Shirt und schwarzer Maske kam auf das Auto zu, und mein Herz explodierte wie ein Feuerwerkskörper. Selbst mit Maske, selbst aus dieser Entfernung sah Noah noch erschreckend gut aus.

Ich bremste wieder, als wir zehn Meter voneinander entfernt waren – *der* Noah »Making-Love-in-July«-Pseudosurfer Brewster und ich, Sally Milz –, und mein Fenster war noch von der Gegensprechanlage offen, und meine entschieden unrühmlichen ersten Worte lauteten: »Sollte ich besser eine Maske tragen?«

Durch die Maske sagte er: »Sollte ich besser keine Maske tragen?« Über der Maske bildeten sich kleine Fältchen um seine Augen, was ziemlich sicher bedeutete, dass er lächelte, und er sagte: »Willkommen in Kalifornien.«

»Soll ich hier parken oder in die Garage fahren?«, fragte ich.

»Du sollst hier parken, weil du schon viel, viel zu lange in diesem Auto sitzt.« Er zog die Maske unters Kinn. »Und ich sollte das Ding abnehmen, weil wir von jetzt an sowieso zusammen in einer Blase leben.« Er löste die Schlaufen von den Ohren und steckte die Maske in die Gesäßtasche, und das darunter zum Vorschein kommende Gesicht – nun ja, es war nicht so, dass ich eine Bestätigung für seine Attraktivität gebraucht hätte, aber in jedem Fall waren seine blauen Augen durchdringend, die Lippen voll und von Lachfältchen umrahmt und die dichten Augenbrauen und Bartstoppeln hellbraun. Und auch wenn das schwer zu begreifen war, lag eine gewisse Offenheit in seiner Miene und Gestik, so als wäre er auf eine deutlich greifbare, verwirrende Weise erfreut über meine Ankunft.

Ich stellte den Motor ab, blickte mir im Rückspiegel kurz und panisch in die Augen und stieg aus, und da war Noah, genau vor mir, null Meter entfernt, und unsere Körper drückten sich aneinander, und wir hatten die Arme umeinander geschlungen. Weil er ein Stück größer war, wurde mein Gesicht an seinen teilweise stoppeligen Hals gedrückt, und das Gefühl und der Geruch seiner Haut und seiner Bartstoppeln und seines ganzen bekleideten Körpers an meinem war das Schönste, was ich je gespürt hatte. Es war alles tröstend und aufregend zugleich, in einer Kombination, von deren Existenz ich nichts geahnt hatte, und wir blieben lange so stehen.

Und dann, weil ich eben ich war und mich genötigt fühlte, den Augenblick zu beenden, während ich mich noch fragte, ob wir uns gleich leidenschaftlich küssen würden, löste ich mich von ihm, schaute zu ihm hoch und sagte: »Die Wegbeschreibung war ausgezeichnet.«

»Musst du auf Toilette, oder möchtest du ein Glas Wasser oder sonst irgendwas?«

»Ist schon gut, ich habe vor Topanga haltgemacht.« Ich war nicht nur für seine Fürsorglichkeit dankbar, sondern auch für den unromantischen Hinweis aufs Pinkeln. Ich streckte ein Bein aus. »Ich habe die schicken Schuhe angezogen.«

»Das sind tolle schicke Schuhe.« Er machte eine Kopfbewegung in Richtung des Hauses. »Soll ich dich ein bisschen herumführen? Du kannst die Sachen einfach im Auto liegen lassen.«

»Ich habe etwas für dich.« Die Tür auf der Fahrerseite stand noch offen, und beim Herausholen des Geschenks achtete ich darauf, mich nicht vorzubeugen und ihm den Hintern entgegenzustrecken, sondern mich wieder auf dem Fahrersitz niederzulassen und zu der grauen Papiertüte hinüberzubeugen. Ich stieg wieder aus und gab sie ihm, wobei ich mir eines anhaltenden Zitterns am ganzen Körper bewusst war.

»Wie aufregend«, sagte er.

»Du solltest deine Erwartungen vielleicht besser zügeln.«

Er grinste. »Oh, dafür ist es längst zu spät.« Er griff in die Tüte, nahm Stück für Stück die Schlüsselanhänger heraus, die ich unterwegs gekauft hatte, und wickelte einen nach dem anderen aus. Nach dem ersten sagte er: »Ich habe mir schon immer einen Schlüsselanhänger in der Form von New Mexico gewünscht.« Beim Auspacken des zweiten fügte er hinzu: »Und ich habe mir auch schon immer einen Schlüsselanhänger in der Form eines texanischen Cowboyhuts gewünscht. Ach ja, und in der Form eines Kaktusses aus Arizona.« Die restlichen waren ein Kansas-Nummernschild im Retro-Look mit Weizenähren und ein für Oklahoma typischer Vogel; beim Kauf hatte ich natürlich an Nigel gedacht.

Ich sagte: »Aus Missouri habe ich nichts, weil ich ungefähr fünf Minuten nach Abfahrt in Kansas war.«

»Witzigerweise habe ich mir ja nie einen Missouri-Schlüsselanhänger gewünscht«, sagte er. »Versteh mich nicht falsch, ich habe eine ganz neue Wertschätzung für Missouri. Aber die Schlüsselanhänger sind einfach nicht mein Ding.« Er hatte inzwischen alle ausgepackt und sagte: »Danke. Die sind herrlich.«

»Ich wollte dir was mitbringen, was du ganz sicher noch nicht hast.«

Er legte mir die Hand auf den bloßen Unterarm, und ich dachte an diese Zeilen aus »Making Love in July«: *»Did you feel it, too / My hand brushed against you«*. Ich dachte daran, wie ich das Lied vor fast zwanzig Jahren, im Sommer zwischen meinem ersten und zweiten Studienjahr, zum ersten Mal gehört hatte und dass ich es damals albern gefunden und nicht die geringste Ahnung gehabt hatte, welche Bedeutung Noah Brewster einmal für mich haben sollte. Und wann würden wir eigentlich anfangen, uns leidenschaftlich zu küssen? Er sagte: »Sie sind perfekt.«

Drinnen standen wir in einer Eingangshalle mit hoher Decke, stuckverzierten weißen Wänden und, wie ich es auf den Bildern im Netz gesehen hatte, einem Boden aus Terracotta-Fliesen mit kleinen blau-weißen Kacheln dazwischen. Ein bogenförmiger Durchgang zu einem großen Wohnzimmer bestätigte mir, dass das ästhetische Konzept »Beiläufiger südwestlicher Chic in Weiß« lautete. Als er mich durch Wohn-, Ess- und Arbeitszimmer führte, waren fast alle Läufer, Sofas und Stühle weiß – viele der Sitzmöbel waren mit Leinen bezogen, dazu gab es ein paar Polsterhocker in Kuhfelloptik –, und fast alle Tische wirkten auf teure Art ungeschliffen. In der Tür zum Arbeitszimmer zeigte ich auf den Schreibtisch und sagte: »Hast du mir von hier aus gemailt? Schwingst du hier den Zauberstab?«

Er lachte. »Manchmal.«

Es gab eine Art Instrumentenraum, nicht zu verwechseln mit dem frei stehenden Aufnahmestudio, der leer war bis auf ein Klavier mit Bank, vier Gitarren auf Ständern an einer Wand und einem großen (weißen) Sessel ohne Armlehnen in einer Ecke. Die Küche war auch groß und offen, mit einer riesigen hölzernen Kochinsel, einem Edelstahlkühlschrank, einem Edelstahlherd und einer ganzen Wand voller deckenhoher Fenster mit Blick auf einen langen rechteckigen Pool in einem mit Terracotta-Fliesen ausgelegten Innenhof. Wir betraten den Innenhof, in dem Adirondack-Gartensessel um eine Feuergrube herumstanden. Hinter dem Pool fiel das Land zu einem Tal hin ab und schwang sich dann wieder zu Bergen auf, über denen sich der klare blassblaue Himmel ausdehnte.

»In welcher Richtung liegt denn das Meer?«, fragte ich.

Er deutete mit einem Daumen über die Schulter. »Das ist dort hinten.«

»Schöne Aussicht«, sagte ich. »Und es riecht noch besser als in meinem Auto.«

Er lachte. »Das ist der Eukalyptus.«

»Schwimmst du tatsächlich, oder ist der Pool eher dekorativ? Der verbreitet so eine Zen-Stimmung.«

»Lustig, dass du fragst. Ähnlich wie beim Kochen bin ich in den letzten paar Monaten mehr geschwommen als in den letzten paar Jahren. Ich hatte als Workout angefangen, Bahnen zu schwimmen, aber inzwischen lasse ich mich meist zum Spaß auf irgendwelchen aufblasbaren Schwimmtieren treiben, die ich für Partys angeschafft, aber selbst nie benutzt hatte.«

»Wo sind der Butler und das Zimmermädchen gerade? Beobachten sie uns über die Kameraanlage?«

Er lachte. »Hoffentlich nicht. Nein, Glenn und Margit besuchen am Wochenende immer ihre Enkel, und meist bleiben sie über Nacht dort. Ihre Tochter lebt in Torrance.«

»Kommen die Enkel auch manchmal hierher? Hast du sie mal kennengelernt?«

»Meist kommen sie nicht her, aber ich habe sie schon getroffen. Ein Junge und ein Mädchen in ähnlichem Alter wie meine Neffen.«

Ich machte eine ausladende Handbewegung und sagte: »Auf jeden Fall hast du einen sehr hübschen Garten.«

»Ehrlicherweise ist Topanga nicht ganz ideal, was Waldbrände angeht, aber ansonsten ist es ziemlich toll. Und diesen Sommer war alles bestens.« Unsere Blicke begegneten sich, und er sagte: »Hätte ich das mit den Waldbränden erwähnen sollen, bevor du durchs halbe Land gefahren bist?«

»Das mit den Waldbränden klingt furchteinflößend, aber ich glaube nicht, dass es mich aufgehalten hätte.«

Wir kehrten in die Küche zurück, die in ein zweites oder vielleicht auch drittes Wohnzimmer überging, in dem ein weißes Sofa und zwei weiße Sessel vor einem Flachbildfernseher standen. Ich deutete darauf. »Schaust du hier *TNO*?«

»Ausnahmslos jeden Samstag.« Auf dem Weg zurück in den vorderen Teil des Hauses sagte er: »Ich habe das Haus 2014 gekauft, bin aber wegen Renovierungsarbeiten erst 2016 eingezogen. Die Renovierung hätte wohl ziemlich genervt, wenn ich es eilig gehabt hätte, aber da ich mich sehr für Architektur interessiere, hat mir das Ganze Spaß gemacht.«

Ich brachte es nicht über mich, weiter nachzufragen – dieses Interesse wirkte immer noch auf eine Art affektiert, wie er es sonst nicht war –, schaffte es aber immerhin, keinen hämischen Witz darüber zu reißen, was ich als Unentschieden verbuchte – oder sogar als kleinen Sieg?

Wir bogen in einen Flur ein, von dem drei Schlafzimmer abgingen, allesamt so groß und luftig, dass ich das erste schon für seins hielt und einen stillen Kitzel verspürte, bis er sagte: »Hier schläft meine Schwester am liebsten, wenn sie da ist.« Dann nahm ich an, das zweite Schlafzimmer wäre seins – wie im ersten stand auch hier ein Doppelbett mit einer großen weißen Überdecke und ein paar Lederkissen im Westernstil –, und dann hielt ich das dritte für seins. Aber im dritten sagte er: »Ich dachte mir, hier könntest du schlafen. Ich finde es am besten, weil es ganz am Ende des Gangs liegt, aber wenn du noch mehr Privatsphäre möchtest, können wir dir auch das Poolhaus herrichten.« Er sah mich mit einer aufmerksamen und forschenden Miene an, und ich fragte mich, ob wir zu entgegengesetzten Schlussfolgerungen gekommen waren, nachdem wir am Telefon über die Schlafsituation gesprochen hatten – ob er geglaubt hatte, ich wollte wirklich ein Zimmer für mich, statt ihm einfach nur ein Schlupfloch zu lassen. Und ganz im Ernst, wann würden wir uns *endlich* küssen? Was, wenn wir zu lange warteten und den richtigen Moment verpassten und ich mir am Ende nicht nur Witze für seinen Auftritt in einer Late-Night-Show überlegte, sondern als Ghostwriterin unbeabsichtigt seine ganze Biografie verfasste?

Oder was, wenn ich nicht darauf wartete, dass er mich küsste, sondern ihm zuvorkam? Wenn er mich zurückwies, wäre die schlechte Nachricht, dass ich augenblicklich ins Auto steigen und nach Kansas City zurückfahren müsste, aber die gute Nachricht wäre, dass es eine so intensiv demütigende Erfahrung wäre, dass ich bestimmt noch jahrelang berufliche und persönliche Inspiration daraus ziehen würde.

Aber ich tat wieder einmal nichts. Ich sagte bloß: »Ach, ich brauche nicht im Poolhaus zu schlafen.«

Wir durchquerten wieder die Eingangshalle, und dann waren wir eindeutig im Hauptschlafzimmer: doppelt so groß wie die Gästezimmer, mit eigener Sitzgruppe – dass das Schlafzimmer größer war als meine gesamte Wohnung in New York, erschien mir so vorhersehbar, dass ich es kaum zur Kenntnis nahm –, und das angrenzende Bad verfügte über ein in Quarz gefasstes Doppelwaschbecken, eine riesige Dusche mit Quarzwänden und eine gewaltige frei stehende ovale Badewanne. Wie in den Gästezimmern war das Bett ordentlich mit einer weißen Überdecke bezogen, aber hier gab es persönliche Gegenstände – ein iPad, einen Notizblock und eine schwer wirkende zylinderförmige silberne Uhr, deren beleuchtetes Zifferblatt rotierende geometrische Formen in Hell- und Dunkelbraun zeigte. Aber es lag nicht viel herum; er war entweder ein ordentlicher Mensch, oder Margit und Glenn räumten regelmäßig hinter ihm her oder beides.

Ich überlegte kurz, aufs Bett zu zeigen und zu sagen: »Schwingst du hier den Zauberstab?« Aber ich konnte auch diesen wenig hilfreichen Impuls unterdrücken und sagte stattdessen: »Also, irgendwie fehlt mir hier etwas.«

Wir standen mit dem Rücken zur Zimmertür, ein kleines Stück von ihr entfernt, und er sah mich aufmerksam an.

»Ein Indigo-Girls-Poster«, sagte ich.

Er lachte. »Poster kauft man heutzutage wohl online, oder? Ich bin früher immer in den Musikladen im Einkaufszentrum gegangen und habe diese riesigen Plastikrahmen durchgeblättert.«

»Ich auch«, sagte ich. »Und hinterher habe ich mir einen Milchshake geholt.«

Mir wurde bewusst, dass wir am Ende der Führung angelangt waren, dass wir in seinem Schlafzimmer standen, dass wir sehr vertraut miteinander sprachen. Ich spürte seine Nähe mehr als deutlich, dachte aber zugleich auf eine abstrakte Weise darüber nach, dass ich bis zu meiner Scheidung ein ganz bestimmter Typ Mensch gewesen war, ein schicksalsergebener und eingeengter Mensch. Im vergangenen Jahrzehnt war ich dann ein anderer Mensch gewesen, ein zynischer und abgeschotteter. Gab es irgendeinen Grund dafür, dass ich nicht eine dritte Art von Mensch werden konnte, den die eigene Lebenserfahrung selbstsicherer und die stetige Erinnerung daran, wie dünn und zerbrechlich unser aller Leben von Anfang an war, tapferer gemacht hatte? Und noch immer hatte Noah den Kopf zu mir gewandt und sah mich an, und ich hatte den Kopf zu ihm gewandt und sah ihn an.

Er lächelte mich an, wie mich noch nie jemand angelächelt hatte, ein so zärtliches, offenes und liebevolles Lächeln. »Hi«, sagte er.

»Hi«, antwortete ich.

Wir sahen uns weiter in die Augen, während ich mit dem Rücken meiner rechten Hand über den Rücken seiner linken strich, und dann verschlangen sich unsere Finger ein wenig ineinander. Seine Mitwirkung ermutigte mich, und ich stellte mich vor ihn. Die neue Position machte es leichter, uns bei den Händen zu halten, nicht nur auf einer Seite, sondern, beinahe ohne dass ich es gemerkt hätte, auch auf der anderen. »Also«, sagte ich, und es fühlte sich wirklich an, als könnte ich das Raum-Zeit-Gefüge durcheinanderbringen, so gewaltig war das, was bevorzustehen schien. Ich hatte noch nie einen ersten Kuss mit jemandem angebahnt, der mir am Herzen lag, und ich hatte noch nie einen ersten Kuss angebahnt, während ich nüchtern war.

»Also«, sagte er, noch immer lächelnd.

Ich trat noch einen Schritt auf ihn zu – wieder schwindelte mich von seiner Nähe, seinem Säugetiergeruch –, und dann stellte ich mich auf die Zehenspitzen, beugte mich vor und drückte meinen Mund auf seinen.

Natürlich war da ein Teil von mir, der das Geschehen kommentierte, der ausrief: *Es ist so weit! Ach du Schande, jetzt ist es so weit!* Aber während wir uns weiter küssten, während wir abwechselnd die Lippen aufeinanderpressten und uns voneinander lösten, lächelten und einander die Hände auf die Schultern und den Rücken legten, während sich seine Zunge vorschob und meine berührte, zog sich meine innere Erzählerin zurück oder ging irgendwo anders hin. Und dann war da nur noch die reine körperliche Wonne und Aufregung, als mein Mund seinen berührte und die Haut meiner Hände und Arme und meines Gesichts und Halses die Haut seiner Hände und Arme und seines Gesichts und Halses berührte und sich mein übriger bekleideter Körper an seinen bekleideten Körper drückte. Es fühlte sich wie eine Erleichterung an, wie etwas, worauf ich gewartet hatte, seit *TNO* und ein großer Teil der Welt im März dichtmachte, und auch wie etwas, worauf ich gewartet hatte, seit er mir im Jahr 2018 seine Tätowierungen zeigte, und auch wie etwas, worauf ich mein ganzes Leben lang gewartet hatte. Und es fühlte sich wie ein erstaunliches Wunder an. Wenn es dabei blieb, wäre es das Beste, was mir je passiert war, und wenn es dabei blieb, würde ich nie aufhören, mir mehr davon zu wünschen.

Und dann zog er den Kopf ein ganzes Stück zurück und machte auch einen Schritt rückwärts, wobei seine Hände aber weiter mein Kinn umfasst hielten und er mich weiter zärtlich ansah. »Ich will dir was zeigen«, sagte er.

Es war meinem Beruf und nicht meiner sexuellen Verwegenheit geschuldet, dass ich versucht war zu sagen: »Deinen Penis?« Stattdessen sagte ich: »Was Besseres als das hier?«

Er lachte. »Es ist in der Küche.«

»Ist es Sauerteigbrot?«

»Nein, aber ich kann etwas zu essen machen, wenn du Hunger hast, ein bisschen Lachs und einen Salat oder so, und ansonsten hat Margit auch etwas vorgekocht.«

Wie könnte man denn jetzt ans Essen denken?, dachte ich.

Ich sagte: »Soll ich vielleicht eine Verschwiegenheitsklausel unterschreiben?«

Er lachte. »Auch nicht.« Er legte mir eine Hand ins Kreuz, um mich zur Schlafzimmertür zu dirigieren. »Es ist eine Art Geschenk, aber es sind keine Schlüsselanhänger.«

Fand er, dass ich nicht gut küsste? Hätten wir uns gar nicht küssen sollen? Hätten wir uns küssen sollen, aber war das Timing anders, wenn es sich nicht um einen Typen von einer Datingseite handelte, und die nächsten Schritte folgten nicht so schnell? War es komisch, dass ich nicht wusste, wie das Ganze funktionierte, obwohl ich achtunddreißig Jahre alt war, oder wusste es überhaupt niemand? Einschließlich Martin Biersch, meinem Ex-Mann, zwei Typen auf dem College und allen seriellen Online-Affären hatte ich mit insgesamt neun Männern Sex gehabt. Hätte mir zu Highschool-Zeiten jemand diese Zahl genannt, hätte ich sie für überaus hoch gehalten, aber im Vergleich zu Noahs Zahl war es sicherlich gar nichts. Selbst ein Popstar, der die Bezeichnung *Playboy* scheute, musste nach normalen Standards ein Playboy sein.

Wieder in der Küche angekommen, fiel mir ein schimmernder schwarzer Schnellhefter auf. Er zog ein einzelnes Blatt Papier daraus hervor, auf dem Wörter standen, die ich nicht lesen konnte, und sagte: »Das habe ich als Überraschung für dich gemacht. Es ist kein Lied, eher ein Spiel.«

»Das macht mich neugierig.«

»Du wirst schnell merken, worum es geht. Okay.« Er räusperte sich. »Nenn mir ein Substantiv.«

Ich war mir nicht sicher, ob ich ihn richtig verstanden hatte. »Ein *Substantiv*? Also einen Menschen, einen Ort oder ein Ding?«

»Ja.«

»Irgendein bestimmtes Substantiv?«

Er schüttelte den Kopf.

»Also gut«, sagte ich. »Wie wär's mit *Tür*?«

Er schrieb es mit einem Kugelschreiber auf und sagte dann: »Ein Adverb?«

»Das ist ja wie ein Lückentextspiel. *Zappelig.*«

Er sah mich verlegen an. »Es *ist* ein Lückentextspiel. Aber extra auf dich zugeschnitten. »Ich bin gerade in meiner Tür aus Kansas City, Missouri, nach Los Angeles, Kalifornien, gefahren. Während der Fahrt dachte ich zappelig darüber nach, ob ich …« Er schaute vom Blatt auf. »Das ist wahnsinnig blöd, oder?«

»Na ja, wir haben ja gerade erst angefangen. Nimm die Pointe nicht vorweg.«

»Wir müssen das nicht machen.«

»Ich habe aber Lust drauf. Brauchst du ein Adjektiv?«

Er runzelte die Stirn. »Bevor du kamst, hielt ich das für eine clevere Idee, aber jetzt kommt es mir sehr gezwungen vor.«

»Es macht Spaß«, beharrte ich.

»Du sollst nicht bereuen, dass du hergekommen bist«, sagte er, und ich spürte eine Enge in der Brust, die weniger mit Schwindel als mit Erstaunen zu tun hatte. »Du sollst mich nicht für langweilig halten, auch wenn ich nicht bei *TNO* arbeite.«

Ich merkte, dass er es nicht sarkastisch oder neckisch meinte. Er war ganz ungeschützt und aufrichtig, und ich versuchte ebenso aufrichtig zu sein, als ich sagte: »Ich will dich nicht beunruhigen, aber so etwas hat noch nie jemand für mich gemacht. Es ist so, ich weiß auch nicht, bedachtsam und liebenswert. Und *du* sollst nicht bereuen, dass ich gekommen bin. Gerade eben in deinem Zimmer …« Ich verstummte und sah ihn unsicher an.

»Nein, das war der Hammer«, sagte er. »Das war großartig. Ehrlich gesagt hatte ich Angst, die Sache zu überstürzen, und ich will einfach … ich will dir Zeit lassen, richtig anzukommen, dich wohlzufühlen. Und dich nicht irgendwie unter Druck setzen.«

»Ich fühle mich sogar sehr wohl.«

»Versteh mich nicht falsch, ich will das auf jeden Fall. Aber ich fürchte, ich habe dich schon einmal verschreckt.«

Ich runzelte die Stirn. »Wann?«

»In der Bar nach der Afterparty.«

»Oh ... An dem Abend war ich total durcheinander. Ich dachte fast ... na ja, ich fragte mich, ob du mich küssen würdest, aber ich konnte einfach nicht glauben, dass du das wolltest.«

»Ich hatte vor, dich zum Essen einzuladen. Natürlich *wollte* ich dich küssen, aber dort hätte ich es nicht getan.«

Diesmal fiel es mir ein klein wenig leichter, meinen Mut zusammenzunehmen. Ich sagte: »Willst du mich denn jetzt küssen?«

Zwischen uns lag eine Ecke der Kochinsel, und er trat um sie herum, beugte sein Gesicht zu meinem herunter und küsste mich auf die Lippen. »Beantwortet das deine Frage?«

Lächelnd sagte ich: »Hatte ich schon erwähnt, dass ich mich sehr wohlfühle? Und gar kein bisschen verschreckt?«

Und dann knutschten wir in der Küche herum, und diesmal war er schon ein klein wenig vertrauter, der Geschmack seines Mundes und die Art und Weise, wie sich sein Körper anfühlte, und ich war ein klein wenig entspannter, und wieder war es überwältigend und beglückend. Und wieder trat er nach ein, zwei Minuten einen Schritt zurück, die Hände diesmal um meine Oberarme gelegt. Er deutete mit dem Kinn nach unten und sagte: »Siehst du? Ich wollte bloß ... Ich wollte nicht übers Ziel hinausschießen oder dich kirre machen.«

Im Gegensatz zum letzten Mal begriff ich jetzt, dass er darauf anspielte, dass er eine Erektion hatte; noch bevor er etwas sagte, hatte ich es fühlen können. Und es genossen. Ich sah ihn an und dachte, dass er so attraktiv, aber auch so liebenswürdig war. »Weißt du, was?«, sagte ich. »Lass uns in dein Zimmer gehen und übers Ziel hinausschießen.«

Wir aßen den Lachs nicht. Wir aßen überhaupt nichts, bis wir nach Mitternacht wieder in die Küche gingen, er splitternackt und ich nur mit meinem schwarzen T-Shirt bekleidet, und wir beide eine Handvoll Cashewkerne aßen, uns eine Banane teilten und Wasser aus demselben riesigen Glas tranken, das er dann mit ins Schlafzimmer nahm.

Zuerst hatten wir uns gegenseitig die Kleider vom Leib gerissen und schnellen, gierigen Zum-ersten-Mal-miteinander-Sex gehabt, der zugleich Es-ist-eine-Pandemie-im-Gang-und-das-Ende-ist-womöglich-nah-Sex war. Ich hatte nicht erwartet, zum Höhepunkt zu kommen, und ganz sicher nicht in der Missionarsstellung – um Himmels willen, zu diesem Zeitpunkt war es noch hell draußen, und ich war komplett nüchtern –, weshalb es wohl klappte. Ich kam sogar noch vor ihm, und während ich stöhnte, seine rechte Schulter an meinem Mund und sein Mund an meinem linken Ohr, flüsterte er mit tiefer, leiser Stimme: »Oh, Sally«, und dann zog er sich aus mir zurück und ejakulierte auf meinen Bauch, und ich dachte daran, wie Jessa, die ältere Tochter der besten Freundin meiner Mutter, mir mit dreizehn erzählt hatte, wenn man einen Typen nicht möge, seien die ekligen Sachen beim Sex eklig, und wenn man einen Typen möge, seien die ekligen Sachen beim Sex sexy. Ich zog Noah auf mich, und er sagte: »Bin ich nicht zu schwer?«, und ich sagte: »Du bist perfekt«, und wir lagen beide lange reglos da, meine Arme um ihn geschlungen, sein ganzes Gewicht auf mir und sein Gesicht an meinen Hals gedrückt, während seine linke Hand mit meinem Haar spielte. Meine Gedanken überschlugen sich nicht; ich war nicht nervös; ich wollte nichts anderes als das.

Nach einigen Minuten – acht? Oder fünfundzwanzig? – rollte er sich von mir herunter auf die Seite und zog mich so an sich, dass ich auch auf der Seite lag und wir einander ansahen, und er betrachtete mich aus sieben oder acht Zentimetern Entfernung so eindringlich und voller Zuneigung, dass ich den Blick abwenden musste; ich konnte nicht anders. Doch dann sah ich ihn wieder an und sagte: »Du bist es auf jeden Fall wert, sechsundzwanzig Stunden im Auto zu sitzen. Und du bist eindeutig nicht langweilig, auch wenn du nicht bei *TNO* arbeitest.«

Er lachte: »Und dabei hast du noch nicht mal meinen gebratenen Lachs probiert.«

»Ich habe übrigens eine Spirale. Falls du nächstes Mal …« Ich verstummte und hob die Augenbrauen; mir wurde einmal mehr bewusst, wie seltsam es war, dass sich die präziseste und prägnanteste Art, etwas zu sagen, wunderbar obszön anfühlen konnte. Ich fuhr fort: »Falls du nächstes Mal in mir kommen willst.«

»Ich würde liebend gern in dir kommen.« Er grinste. »Ich hoffe, ich habe da eben keine zu große Sauerei angerichtet.«

»Es war die gute Art von Sauerei«, sagte ich. »Und ich bin auch, äh, kerngesund. In sexueller Hinsicht.«

»Gut zu wissen, und ich auch.«

Er beugte sich herüber und küsste mich auf den Mund, und diesmal war der Sex langsamer und ruhiger, bis wir wieder anfingen, einander zu zerkratzen und zu verschlingen.

Nach dem zweiten Mal, vor dem dritten Mal, als offensichtlich wurde, dass es ein drittes Mal geben würde, lag er auf dem Rücken, und ich hockte auf ihm, und es war mir egal, dass mein Bauch vorstand, weil ich entschieden hatte, dass ich schön war, so wie ich war. Nur Spaß! Weil es dunkel war und außerdem weil vermutlich Sexhormone durch meinen Körper strömten. Er war noch nicht wieder in mir, aber ich spürte seine Erektion, und ich sagte: »Hast du Viagra genommen?«

»Oha«, sagte er. »Schönen Dank auch.«

»Das war keine Beleidigung. Es war ein Kompliment.«

»Für wen von uns?« Ohne eine Antwort abzuwarten, sagte er: »Entschuldige, dass du mich so anturnst. Nein, ich habe kein Viagra genommen.«

Ich sagte aufrichtig: »Tut mir leid, wenn das unhöflich klang.«

Seine Miene war schwer zu deuten – er schien mich beinahe distanziert zu analysieren oder zu begutachten, aber da war auch ein neuer Schleier der Nähe zwischen uns, der zweifellos daher kam, dass wir gemeinsam nackt waren, unsere Haut nach der des anderen roch, unsere Körperflüssigkeiten sich auf seinen Laken gemischt hatten. Auch wenn das Wissen nicht umfassend war, hatten wir einander abrupt viel besser, viel gründlicher kennengelernt, als wir uns noch vor ein paar Stunden gekannt hatten.

»Ich glaube, ich kann dir verzeihen«, sagte er. »In Anbetracht der Umstände.« Er stieß einmal aufwärts, dann hielt er inne und sagte: »Geht es so? Oder brauchst du etwas?«

»Was denn? Einen Impfstoff? Einen Studiovertrag?«

»Ich dachte an Gleitmittel.«

Wie bei den zärtlichen Blicken, wie bei dem auf mich zugeschnittenen Lückentextspiel hatte mich noch nie jemand gefragt, ob ich ein Gleitmittel brauchte. Und wie nach meiner Ankunft, als er mich gefragt hatte, ob ich zur Toilette müsse, fand ich sowohl seine Fürsorglichkeit als auch die Tatsache, dass er nicht vor der Biologie des menschlichen Körpers zurückschreckte, anrührend.

»Im Moment nicht«, sagte ich. »Aber danke.«

Diesmal sah er mich an, als er in mir war, und ich konnte den Blick vielleicht drei Sekunden lang erwidern, was besser als nichts war; und dann beugte ich mich vor, beugte mich zu ihm hinunter, sodass sich unsere Oberkörper aneinanderschmiegten.

Wäre das Leben eine romantische Komödie, dann wäre ich am nächsten Morgen in anmutiger Pose aus tiefem, erholsamem Schlummer erwacht, Sonnenlicht wäre durch die Fenster hereingeströmt, und Noah hätte mit einem Becher Kaffee für mich am Bett gestanden. Stattdessen erwachte ich um 4:13 Uhr mit Herzrasen im Dunkeln, auf der Seite liegend, das Kinn in einer Pfütze meines eigenen Speichels, Noah von hinten an mich gedrückt. Und selbst dieses vordergründig liebliche Arrangement wurde von dem Umstand beeinträchtigt, dass ich im besten Fall furzen musste, mir aber ziemlich sicher war, kacken zu müssen. Und er war immer noch nackt, und ich hatte immer noch nichts außer meinem T-Shirt an. Im Unterschied zu vergleichbaren Situationen in der Vergangenheit hatte ich dankenswerterweise keinen Kater. Zugleich rächte sich jetzt alles, was am Vorabend so spontan gewirkt hatte – bei der Ankunft nicht zu duschen, mir vor dem Schlafengehen nicht die Zähne zu putzen, dass er auf meinen Bauch gekommen war … Wahrscheinlich war ich noch mit Rückständen aus dem Albuquerque Hampton Inn überzogen! Ich fühlte mich nicht wegen Noah eklig, aber ich fühlte mich definitiv eklig, wie ich so unmittelbar neben ihm lag, und nahm ihn hinter mir nicht als megaheißen Menschen wahr, in den ich mich vielleicht gerade verliebte, sondern als eine rhythmisch atmende Masse, belebt von jemandem, den ich eigentlich nicht besonders gut kannte.

Ich konnte die Zeit auf der zylindrischen Silberuhr auf Noahs Nachttisch ablesen, an der ich näher lag als er. *Was für ein hässliches Teil*, dachte ich, während ich an einer Strategie arbeitete, um mich aus dieser Lage zu befreien. Das Badezimmer war ungefähr sechs Meter entfernt, und die Tür stand offen, und ich konnte hineingehen, die Dusche aufdrehen, um die Geräusche zu übertönen, die entstanden, während ich auf der Toilette meinem Schicksal ins Auge sah, dann wirklich duschen, um zu verschleiern, dass ich gerade auf der Toilette meinem Schicksal ins Auge gesehen hatte, und sauber aus der Sache hervorgehen. Aber wo waren eigentlich meine Kleider, meine Zahnbürste und meine Haarbürste? Noch in meinem Auto? Anscheinend ja. Und es war sehr wahrscheinlich, dass die Alarmanlage des Hauses aktiviert war, entweder weil Noah sie abends eingeschaltet hatte oder weil sie automatisch funktionierte. Dann dachte ich: eins der Gästezimmer. Irgendeins der Gästezimmer. Irgendein Bad, das nicht direkt an Noahs Schlafzimmer angrenzte.

Noahs linker Arm hatte die ganze Zeit über auf meiner linken Hüfte gelegen, und ich schüttelte ihn so sanft wie möglich ab. Dann rutschte ich zentimeterweise zum Rand der Matratze vor, schwang die Beine aus dem Bett und stand rasch auf. Meine neu gewonnene Freiheit löste augenblicklich einen Adrenalinschub aus. Die auf dem Läufer verstreuten Kleidungsstücke waren in dem dunklen Raum nicht voneinander zu unterscheiden, und das erste, was ich aufhob, waren ziemlich sicher seine Boxershorts. Das zweite schien sein T-Shirt zu sein. Er bewegte sich im Bett, und ich dachte: *Scheiße*, und eilte aus dem Zimmer.

Ich folgte einem kurzen Flur in die Eingangshalle; durchquerte sie; betrat den Gästeflügel; ging bis zum letzten der drei Schlafzimmer; betrat das Bad; setzte mich auf die Toilette; pinkelte lange; kackte; fühlte mich augenblicklich um sechzig Prozent besser; erinnerte mich daran, dass ich keine Unterwäsche trug, von einer Hose, die ich hätte hochziehen können, ganz zu schweigen; wusch mir die Hände und trocknete sie ab und stand dann da, unsicher, wie es weitergehen sollte. Mir kam der Gedanke, ähnlich wie in den Häusern anderer reicher Leute, die ich in der Vergangenheit besucht hatte, könnten im Spiegelschrank oder unter dem Waschbecken Hygieneartikel lagern. Aber hinter dem Spiegel war gar kein Schrank, und unter dem Waschbecken fand ich nur eine Klobürste, einen Pömpel und eine ungeöffnete Packung mit sechs Rollen Toilettenpapier. Anstelle einer Zahnbürste benutzte ich meinen Zeigefinger und Wasser, und währenddessen bemerkte ich das bauschige Nest in meinen Haaren, die immerhin drei Orgasmen hinter sich hatten. Ich wusch mir zum zweiten Mal die Hände und versuchte mit wenig Erfolg, die Haare zu entwirren, und dabei wurde mir die Absurdität meiner Lage vollends bewusst. Mein Telefon war in Noahs Zimmer, in der Hosentasche meiner achtlos weggeschleuderten Jeans. Mein Laptop war im Auto. Ich war von der Gürtellinie abwärts nackt. Wäre ich ein anderer Mensch gewesen, dann wäre ich in diesem Moment vermutlich in Noahs Zimmer zurückgekehrt und in sein Bett gestiegen, hätte mich an ihn geschmiegt und wäre wieder eingeschlafen. Stattdessen ging ich hosenlos in die Küche, zog mein T-Shirt über meine niederen Regionen und hoffte, dass es wirklich keine Kameraanlage gab, nahm mir eine Mandarine aus einer Schale auf der Kochinsel und öffnete dann – so leise wie möglich – sieben Küchenschränke, ehe ich den Kompost- und Mülleimer fand. Auf der Mikrowellenuhr sah ich, dass es 4:31 Uhr war. Ich ging zurück in das Schlafzimmer neben dem von mir besudelten Bad, schlüpfte unter die Decke und begann an den Sätzen zu feilen, mit denen ich Noah gegenüber zum Ausdruck bringen würde, ich wisse seine Gastfreundschaft wirklich zu schätzen, hätte aber das Gefühl, es wäre sinnvoller, in einem Hotel zu übernachten. Sollte ich sagen, dass ich mich überwältigt fühlte, oder war das offensichtlich? Sollte ich klarstellen, dass es zwar ganz bestimmt Leute gab, die mit einem unorganisierten und ergebnisoffenen Ausflug im Kontext einer unorganisierten und ergebnisoffenen Beziehung gut klarkamen, ich aber nicht zu ihnen gehörte? *Beziehung* war natürlich das falsche Wort. *Affäre? Techtelmechtel? Rendezvous?* Mindestens eine Stunde lang überarbeitete ich fieberhaft mein hypothetisches Skript, ehe ich überraschenderweise einschlief. Als ich erwachte, strömte Sonnenlicht durchs Fenster herein, und Noah stand mit einem Becher Kaffee für mich am Bett. Aber bis ich ihn erkannte, wusste ich nur, dass ich mich mit einem fremden Mann in einem fremden Zimmer befand, und ich schrie auf.

»Ich bin's, Sally«, sagte er. »Entschuldige. Ich wollte dich nicht erschrecken.«

»Wie spät ist es?«

»Viertel vor zehn.« Er reichte mir den Becher und setzte sich dann auf den Rand der Matratze. Er trug ein graues T-Shirt, blaue Shorts, Knöchelsocken und Turnschuhe. Auf seinen perfekten Armen und Beinen waren die perfekten goldfarbenen Härchen zu sehen, und sein Gesicht war liebenswert und schön. »Ich habe abzuschätzen versucht, wie viel Hafermilch du reintust – wenn es die falsche Menge ist, können wir einen neuen machen.«

»Ich hoffe, es ist okay, dass ich mich hier hingelegt habe. Ich dachte einfach …« Die Wörter, die ich noch ein paar Stunden zuvor für notwendig gehalten hatte – *unorganisiert* und *ergebnisoffen*, *Beziehung* und *Affäre* –, wollten mir nicht mehr einfallen. Stattdessen war ich sehr froh, Noah zu sehen, während ich mich zugleich fragte, ob meine Augen sichtbar verkrustet waren oder meine Lippen sichtbare Schmutzränder hatten.

»Ja, natürlich.« Seine Stimme klang freundlich und völlig gelassen. »Zum ersten Mal woanders zu schlafen ist immer ein bisschen komisch. Und es tut mir leid, dass wir dir gestern nicht mehr Zeit gelassen haben, dich häuslich einzurichten, aber wir waren wohl abgelenkt.« Er lächelte lieb. »Dein Gepäck steht in der Eingangshalle. Ich habe alles hereingetragen. Und deine Kleider sind hier.« Er nickte nach links hinüber, und ich sah, dass meine Jeans und mein BH gefaltet auf dem weißen Lehnsessel lagen. »Ich glaube, dein Telefon ist in der Tasche.«

Wo war bloß meine Unterhose, fragte ich mich.

Noah tätschelte meine Wade unter der Tagesdecke. »Mein Trainer kommt gleich. Du weißt schon, Bobby, der, mit dem ich *kein* dreistündiges Training absolviere. Danach dusche ich, und ich dachte mir, anschließend könnten wir spazieren gehen oder am Strand picknicken, wenn du Lust hast. Oder wir bleiben einfach hier und schwimmen.« Er lächelte, und ich verspürte eine Art schäumendes Wogen in mir, so als sammelte sich die Flut, um wieder loszuströmen: wie sehr ich mich zu ihm hingezogen fühlte, wie sehr ich ihn mochte und wie verwirrend es war, plötzlich bei ihm zu Hause zu sein. »Wir können heute einfach in den Tag hineinleben, aber ich bin sehr froh, dass du da bist.«

Hätte sich jemand, der nicht ängstlich und beklommen war, aufgesetzt und ihn geküsst? Aber ich hatte mir seit der Tankstellentoilette nicht richtig die Zähne geputzt! Stattdessen sagte ich: »Ich auch.«

Noahs Hand blieb auf meiner Wade liegen, und er drückte einmal zu. »Schick mir einfach eine Nachricht, wenn du in der nächsten Stunde irgendwas brauchen solltest. Ich bin im Garten beim Studio.« Dann beugte er sich herunter und küsste mich auf den Mund, und es ging so schnell, dass es wahrscheinlich gar keine Rolle spielte, ob meine Lippen Schmutzränder hatten oder nicht.

*

Gute Nachrichten ich hab erfolgreich gekackt, schrieb ich Viv. *Und wir hatten letzte Nacht 3 x Sex und es war großartig*

Die schlechte Nachricht ist ich hab keinen Plan was ich hier mache

Noch 13 Stunden oder so bis zum Schlafengehn

Im Ernst wie kriegt man einen Tag mit jemand anderem rum?

In den zusammengelegten Jeans auf dem Sessel hatte ich mein Telefon in der einen und meine Unterhose in der anderen Vordertasche gefunden, was irgendwie peinlich war, aber nicht so peinlich, als wenn die Unterhose verschwunden geblieben wäre. Viv antwortete nicht gleich, also öffnete ich die Tür, die Noah beim Gehen geschlossen hatte, spähte hinaus, sah niemanden und schnappte meinen Koffer, meinen Rucksack, die Handtasche und den Karton mit den zwei übrigen Proteinriegeln, die ich beide aß. Ich machte meine Zahnbürste ausfindig und benutzte sie, und dann duschte ich. Als ich aus dem Bad kam, wartete eine Nachricht von Viv: *Sex am helllichten Tag*

Dann: *OK können wir mal kurz zurückspulen und uns das auf der Zunge zergehen lassen: DREIMAL SEX MIT NOAH BREWSTER*

UND DASS ES GROSSARTIG WAR

DAS EINZIG GUTE WAS 2020 PASSIERT IST

Du kannst grad nicht reden oder?

Ich rief sie sofort an. »Er ist gerade mit seinem Trainer draußen.«

In einem Singsang trällerte Viv: »Sally wurde flachgelegt, du dei, du dei.«

»Ich dreh hier gerade ein bisschen durch«, sagte ich.

»Wieso?«

Die Antwort war so allumfassend und zugleich so offensichtlich, dass es mir merkwürdig schwerfiel, sie zu formulieren. Nach ein paar Sekunden sagte ich: »Was, wenn uns der Gesprächsstoff ausgeht? Was, wenn ich in seiner Anwesenheit furze?«

»Wenn es eine richtige Beziehung ist, dann wird das alles auf jeden Fall irgendwann passieren. Und wenn du irgendwann schwanger wirst, furzt du so oft in seiner Gegenwart, dass ihr beide nur noch die seltenen Augenblicke bemerkt, wenn du es mal nicht tust.«

»Wie oft hast du heute gefrühstückt und zu Mittag gegessen?«

»Ich habe mir mittags Kung-Pao-Shrimps bestellt, und dann habe ich übles Sodbrennen bekommen, und jetzt trinke ich Ingwertee und habe nur noch mittelschweres Sodbrennen. Du weißt noch nicht, wie lange du bleiben willst, oder? Wie lange könntest du es wohl packen, ohne komplett durchzudrehen?«

»Aus meiner oder aus seiner Perspektive?«

»Da du keine Gedankenleserin bist, nur aus deiner.«

»Bis, keine Ahnung … Donnerstag?« Heute war Montag, sodass ein Aufenthalt bis Donnerstag noch mehr oder weniger der Drei-Tage-Regel entsprach.

»Super«, sagte Viv. »Dann denk dir einfach, aber ohne es ihm zu sagen, dass du Donnerstagmittag abfährst. Und dass du ihn danach nie mehr wiedersiehst. Und versuch die Zeit bis dahin einfach richtig zu genießen. Als ob es kein Morgen gäbe. Denk ein einziges Mal nicht an die Zukunft. Und denk auf jeden Fall auch nicht darüber nach, wie dein Poloch aussieht, wenn er es dir von hinten besorgt.«

»Ich wette, mein Poloch ist nicht so niedlich wie deins. Außerdem trinken wir beide nichts. Ich bleibe aus Solidarität abstinent.«

»Wow, das ist irgendwie schön. Du kannst deine Hemmungen nicht einfach im Alkoholdunst verlieren.«

»Werde ich ihn nach Donnerstag wirklich nicht wiedersehen?«

Viv lachte. »Wird mein Baby gesund zur Welt kommen und sein Leben lang vor allen Bedrohungen geschützt sein?«

»Verstehe. Und das mit dem Sodbrennen tut mir leid.«

»Bianca ist übrigens doch nicht rausgeflogen. Wegen der Pandy wird gerade niemand gefeuert. Aber die eine von … wie heißt noch diese Impro-Truppe mit dem dämlichsten Namen aller Zeiten?«

»Da kommen einige infrage.«

»Ich komme gerade nicht drauf, aber die wurde jedenfalls eingestellt. Also, von wegen Sex am helllichten Tag? Das war kein Scherz von mir. So kriegt man wirklich die Zeit mit jemandem rum, den man irgendwie kennt und irgendwie auch nicht.«

»Ich freue mich so, dass du einen neuen Menschen auf die Welt bringen wirst«, sagte ich. »Ihr werdet gute Eltern sein, Theo und du.«

»Gestern Abend ist uns klar geworden, dass er beim Highschool-Abschluss von unserem Sohn so alt sein wird wie mein Vater in drei Jahren.«

»Theo ist im Herzen jung.«

»Halt mich auf dem Laufenden.«

»Danke, Vivvy«, sagte ich. »Und umgekehrt genauso.«

Als ich im Bad war, hörte ich Stimmen von draußen, und ich stellte fest, dass ich Noah und seinen Trainer sehen konnte, wenn ich am nördlichen Fenster die Jalousien öffnete. Der Trainer war von hinten zu sehen und Noah von vorne; er hielt eine silbrige Kugelhantel auf Höhe der linken Schulter und stieß sie dann mit beiden Händen nach oben. Ich war mir ziemlich sicher, dass er mich nicht sehen konnte – im Bad brannte kein Licht –, und ich schaute ein paar Minuten lang zu. Schweiß hatte auf der Vorderseite seines grauen T-Shirts eine ungleichmäßige Säule gebildet und zeichnete sich auch in Form großer Flecken ab, wenn er die Arme hob, und wieder überkam mich seine Attraktivität wie eine Woge. Er machte ein paar Sit-ups, und ich fragte mich, ob sein Körper matt war vom Sex, schön matt, so wie meiner. Er stemmte weiter die Kugelhantel, und ich schloss die Jalousien, nicht unbedingt weil ich das Interesse verloren hatte, sondern eher um ihm nicht hinterherzuspionieren. Dann legte ich mich mit der jüngsten Ausgabe des *New Yorker* aufs Bett und schaute mir die Cartoons an, bis irgendwann mein Telefon summte.

Hey bin jetzt fertig, hatte er geschrieben.

Hab dich durchs Fenster gesehen, antwortete ich. *Du sahst schnuckelig aus.*

Und schwitzig, antwortete er.

Schnuckelig schwitzig, schrieb ich zurück. *Willst du mal in deinem eigenen Gästezimmer zu Gast sein?*

Liebend gern!, antwortete er.

Er erschien innerhalb einer Minute, diesmal mit zwei Wassergläsern in den Händen. Ich nahm beide und stellte sie auf den Tisch neben dem Lehnsessel, und dann umarmte und küsste ich ihn. Er erwiderte den Kuss, ehe er sagte: »Bist du sicher, dass dir der Schweiß nichts ausmacht?«

»Ganz sicher«, sagte ich.

Hinterher, als er auf mich herabgesunken war und ich ihm mit den Fingerspitzen über den Rücken strich, sagte ich: »Und, hast du während der Pandemie viele, äh, Dates gehabt?«

»Also«, sagte er, »die letzte Person, mit der ich Sex hatte, warst du. Und das davor warst auch du, und das davor warst *auch* du.«

»Und davor?«

Er hob den Kopf. »Das ist ein bisschen kompliziert. Meine letzte ernsthafte Beziehung hatte ich mit einer Frau namens Louisiana. Wir haben uns vor fast vier Jahren getrennt.«

»Ich weiß, wer das ist«, sagte ich. »Und ich weiß auch, dass ihr zusammen wart.« Das war die Schmuckdesignerin/Ungeziefervernichtungsmittelerbin.

»Wir sind offiziell nicht mehr zusammengekommen, aber … na ja, in Ermangelung eines besseren Ausdrucks würde ich sagen, wir sind im Laufe der Jahre ein paarmal zusammen abgestürzt. Darunter auch im April. Und ich will ihr gegenüber nicht respektlos sein, aber mir war ziemlich schnell wieder klar, warum wir uns getrennt hatten. So war es mit ihr schon immer.«

»Könntest du dich bitte etwas ausführlicher über ihre unsympathischen Seiten auslassen?«

Er lachte. »Ich könnte sie mir gut in einem *Good-Vibes-Only*-Shirt vorstellen«, sagte er. »Wie wär's damit? Oder, und das ist deutlich gravierender, sie befasst sich sehr intensiv mit dem Thema Essen, mit ihrem Gewicht und mit Kalorienzählen. Sie ist extrem dünn. Und ich fühle mit ihr mit, habe diesbezüglich aber auch genug mit mir selbst zu tun und finde es ziemlich belastend.«

»Hat sie dich hier besucht?«

»Manchmal. Sie lebt in Malibu.«

Ich fragte mich, allerdings nicht laut, ob ihr Haus in Malibu von Küchenschaben oder Halsketten finanziert worden war.

»Als ich mich wieder von ihr getrennt hatte, gab das den Ausschlag dafür, dich anzuschreiben«, sagte Noah. »Es hat trotzdem ein bisschen gedauert, bis ich mich getraut habe. Aber nach meiner Krankheit fühlte ich mich einsam, und es war alles dicht. Und dann fühlte ich mich mit Louisiana zusammen genauso einsam. Sie konnte nichts dafür, aber es fehlte einfach etwas.«

Ich schnippte mit Daumen und Zeigefinger gegen seinen linken Bizeps. »Du bist fast schon abstoßend gut darin, immer genau das Richtige zu sagen.«

»Wirklich? Puh.« Er beugte sich vor und küsste mich auf die Stirn. »Mit wem hattest du denn zuletzt was?«

»Vor Covid gab es einen Typen, mit dem ich nicht zusammen war, aber, na ja, wir trafen uns ab und zu. Wie Freunde mit gewissen Vorzügen, nur dass wir eben keine Freunde waren.«

»Ich wette, er war total in dich verschossen.«

»Ganz sicher nicht. Und ich war auch ganz sicher nicht in ihn verschossen. Wir waren nur Lückenbüßer füreinander. Ich habe ihn 2019 zuletzt gesehen, im September oder Oktober. Dann herrschte ein paar Monate Funkstille, und irgendwann schrieb ich ihm, und er schrieb zurück, er hätte eine Freundin, würde mir aber alles Gute wünschen.« Noah hatte immer noch den Kopf erhoben, und ich verdrehte die Augen. »Und so wurde ich von meinem mittelprächtigen Fuckbuddy abgeschossen.«

»Wenn ich das höre, läuft es mir kalt den Rücken runter.«

»Was genau?«

»Zum Beispiel, als mittelprächtiger Fuckbuddy bezeichnet zu werden. Armer Kerl.«

»Du bist kein mittelprächtiger Fuckbuddy. Du bist ein fantastischer Fuckbuddy.«

Ich war leicht überrascht, dass Noah nicht lachte oder auch nur erfreut wirkte.

»Jedenfalls«, sagte ich, »war das zwischen Gene und mir etwas völlig anderes als das zwischen uns. Wir redeten nie über irgendwas. Und das nicht, weil zwischen uns eine so animalische Anziehungskraft geherrscht hätte, dass wir uns die Klamotten vom Leib reißen mussten, sobald wir uns sahen. Unsere Gespräche waren einfach sinnlos und uninteressant. Sie kreisten darum, wie verrückt es war, dass Weihnachten schon wieder vor der Tür stand, oder dieses unglaubliche Unwetter neulich. Und außerdem ...« Ich verstummte kurz. »Außerdem habe ich ihn angelogen, was meinen Beruf angeht. Das hatte ich schon öfter gemacht, ich hatte auch andere Typen angelogen. Ich erzählte ihnen, ich würde immer noch einen medizinischen Newsletter schreiben, weil ich mit ihnen nicht über *TNO* reden oder ihnen Tickets besorgen wollte. Nach der Nachricht von Gene, dass er eine Freundin hätte, schickte er noch eine, in der stand: *Cool übrigens, dass du für TNO schreibst*. Ich fragte, woher er das wusste, und er meinte, er hätte in meiner Wohnung eine *TNO*-Fleecejacke gesehen und gedacht, ich hätte sie im Souvenirshop im 66er-Gebäude gekauft, aber später hatte er auch einen Becher gesehen, den Henrietta mir einmal zum Geburtstag gemacht hatte und auf dem ein Bild von Viv, ihr und mir war. Und dann hatte er mich gegoogelt.« Ich schwieg, und Noah sah mich an.

»Wie hast du dich da gefühlt?«

»Beschämt. Nicht weil er eine bessere Behandlung verdient hätte, das natürlich auch, aber vor allem: Wem wollte ich eigentlich eins auswischen? Was versprach ich mir davon, mit jemandem zu schlafen, dem ich nicht mal die grundlegendsten Informationen über mein Leben anvertrauen wollte?«

»Bevor ich mich mit Louisiana traf«, sagte Noah, »hatte ich fast ein Jahr lang keinen Sex. 2019 hatte ich ein paar Dates, aber ich glaubte immer schon vorher zu wissen, wie es laufen würde, und es war den Aufwand einfach nicht wert. Wenn du in unserem Alter Single bist, dann muss das Dating von einer Art verzweifeltem Optimismus getrieben sein, oder? Der Triumph der Hoffnung über die Erfahrung?«

»Du hattest wirklich fast ein Jahr lang keinen Sex?«

»Ja.«

»Ich meine das nicht negativ, ich bin bloß überrascht.«

»Weil ich ein Mann bin?«

»Auch.«

»Gehörst du zu denen, die glauben, alle Männer wären dauergeil? Ich dachte, du hättest von den jüngeren *TNO*-Mitarbeitern gelernt, dass Geschlechterstereotypen Unfug sind.«

»Ich weiß ja nicht, ob dir das bekannt ist, aber du bist außerdem ein Promi. Ein gut aussehender Promi. Schleudern Frauen bei deinen Konzerten nicht BHs auf die Bühne?«

»Ich glaube, im wahren Leben gibt es das nicht.«

»Nie? Wirklich kein einziges Mal?«

Er lächelte verlegen. »Ein-, zweimal vielleicht.« Dann vergrub er sein Gesicht in mir. »Auf *dich* bin ich immer geil, falls das nicht offensichtlich ist.«

Am Nachmittag kamen Margit und Glenn zurück, und auch wenn ich wusste, dass sie nicht Noahs Eltern waren, fühlte es sich ein wenig so an, und ich wollte mich mit ihnen gutstellen. Sie schienen zwischen sechzig und siebzig zu sein – Margit war zierlich und dunkelhaarig, Glenn groß gewachsen –, und mir wurde auch bewusst, dass ich halb erwartet hatte, sie würden Uniformen tragen wie die Bediensteten in einem britischen Historienfilm. Stattdessen trugen sie kurze Hosen und T-Shirts, und als Noah mich in der Küche mit ihnen bekanntmachte, begrüßten sie mich freundlich, aber knapp, und dann sagte Noah Margit, wir hätten den Lachs nicht gegessen, und es wäre wohl gut, ihn für den Abend zuzubereiten. Ebenso beiläufig sagte Noah zu mir: »Soll Glenn dein Auto aussaugen?«

»Oh«, sagte ich. »Nein, ist schon gut.«

»Wenn du es dir anders überlegst, gib ihm einfach den Schlüssel.«

Dann gingen wir zum Pool, planschten eine Zeit lang herum, traten Wasser und standen dann aneinandergeschmiegt am seichten Ende und knutschten – schenkte Margit, die ich immer noch in der Küche vermutete, uns Beachtung? Hatte sie schon oft eine Version davon mitangesehen? –, und Noah sagte: »Ich finde, du solltest in Swimmingpools ausgiebig geküsst werden. Martin Biersch war dahingehend sehr nachlässig, wie ich höre.«

»Das weiß ich zu schätzen«, sagte ich.

Dann legten wir uns auf die Luftmatratzen, und ich schlief beinahe ein mit dem blauen Topanga-Himmel über uns und einer Art natürlichem Hintergrundsummen in der Luft. Natürlich machte ich mir schon Gedanken darüber, wie ich im Badeanzug aussah, aber es beschäftigte mich etwa siebzehn Prozent weniger als erwartet. Zum einen wegen all dem Sex, den wir gehabt hatten, und zum anderen, weil ich laut Vivs Anweisung nur noch drei Tage bleiben würde, bis Donnerstagmittag, und da wäre es doch wohl Zeitverschwendung gewesen, sich den Kopf über meine Oberschenkel oder meinen Bauch zu zerbrechen.

Hinterher zeigte er mir sein Studio: den Aufnahmeraum, in dem neben einem Dutzend Gitarren in unterschiedlichen Formen und Größen auch ein weiterer Flügel und ein Schlagzeug standen; den Abhörraum mit einem riesigen Mischpult wie im Regieraum von *TNO*; und die schalldichte Kabine mit den schaumstoffgepolsterten Wänden und dem Standmikrofon. Zurück im Aufnahmeraum nahm er eine Akustikgitarre und stimmte sie, und dann sah er mich an, während er ein Lied zu spielen begann, das ich als »Revolution« von den Beatles erkannte. Er spielte weiter, während wir uns unterhielten, und ich spürte eine Flutwelle in meinem Magen, eine Erinnerung daran, was er so außergewöhnlich gut und mühelos konnte und wie seltsam kostbar es war, wenn er es tat, ohne dass jemand außer mir dabei war.

Er hörte auf zu spielen und sagte: »Komisch, dass wir noch nie darüber geredet haben, aber spielst du eigentlich irgendein Instrument?«

Ich schüttelte den Kopf. »Leider nicht.«

Er begann ein anderes Lied zu spielen und sagte: »Kennst du das?«

Ich brauchte ein bisschen, dann sagte ich: »Sultans of Swing?«

Er nickte, schloss die Augen und sang. Ich dachte daran, wie unangenehm es mir gewesen war, ihn bei *TNO* seine Stücke proben zu sehen, und im Rückblick erschien es mir wie eine Art Vorahnung, aber auch eine Art Missverständnis. Hier in seinem Studio war ich nicht unangenehm berührt; stattdessen bewunderte ich ihn. Und meine frühere Betretenheit kam mir jetzt wie ein Schutzmechanismus vor.

»Eins noch«, sagte er und wechselte zu »Ain't No Sunshine« – der Titel kam schon in der ersten Zeile vor –, und seine Augen waren wieder geschlossen, er schmetterte ungeniert drauflos, und in diesem Moment fragte ich mich, ob es nicht auch immer etwas Einsames hatte, einen sehr begabten Menschen zu lieben, weil seine Begabung immer nur ihm allein gehörte, und dann dachte ich: *O Gott, liebe ich Noah? Ich bin doch erst gestern angekommen!* Und dann überlegte ich, ob es wohl irgendwen gab, der sich aufgrund meiner Begabung einmal einsam fühlen würde. War ich so begabt wie Noah? Ich war recht fähig, aber niemand hätte einfach nur dastehen und mir zuschauen wollen. Wenn man schrieb, konnte man auf eine geistige Art beeindrucken, aber wer Musik machte, hatte die Fähigkeit, andere mit seiner Magie tief im Inneren zu berühren.

So beiläufig, wie er nach der Gitarre gegriffen hatte, stellte er sie wieder weg und nahm meine Hand.

Wir kehrten ins Haupthaus zurück und aßen das von Margit gekochte Abendessen, wobei wir Margit nicht zu Gesicht bekamen, bis wir halb fertig waren und sie kam, um zu schauen, ob wir etwas brauchten, und dann noch einmal, um das Geschirr abzuräumen. (War es verwerflich, dass ein Paar um die sechzig für Noah arbeitete? War es in Ordnung? Hatte ich das zu entscheiden?)

Dann schauten wir in Noahs Zimmer einen futuristischen Film über Astronauten, aber nach vielleicht der Hälfte fingen wir an, herumzumachen, und auf dem an der Wand montierten Fernseher lief der Film weiter, während Noah mir Jeans und Unterhose herunterzog und meine Schenkel von innen küsste, sodass meine Aufmerksamkeit geteilt war zwischen dem surrealen, ekstastischen Gefühl, seinen Mund auf mir zu spüren, das ich mit geschlossenen Augen genoss, und den Filmfiguren, die Dinge sagten wie: »Aber der Commander weiß noch nicht, dass die elektromagnetische Strömung des Sturms den Satelliten beschädigt hat!«

Ich erwachte am nächsten Morgen und wechselte von Noahs Bett in das im Gästezimmer (mit einer langen und, wie ich hoffte, unbemerkten Zwischenlandung im Bad); nicht um 4:15 Uhr, sondern um 5:27 Uhr, was mir als Fortschritt erschien. Am Morgen danach wachte ich um 5:55 Uhr auf. Am vierten Morgen erwachte ich um 6:10 Uhr, ging ins Gästebad und kehrte dann in sein Bett zurück, und als ich mich wieder hinlegte, rutschte er schläfrig an mich heran und schloss mich in die Arme.

Es war der Tag, an dem ich hatte abreisen wollen, ein Vorhaben, das ich Noah gegenüber nie erwähnt hatte, ein Vorhaben, das aus dem Blickwinkel seines Betts und seiner Arme lächerlich erschien.

Ein fester Ablauf stellte sich ein: unfassbar köstliche und zugleich gesunde Mahlzeiten, von Margit zubereitet und draußen verspeist; Noahs Trainer an jedem zweiten Morgen, während ich mich der Sisyphus-Aufgabe der Entfernung von Körperbehaarung widmete, nur eben mit Rasierer und Pinzette anstelle eines Felsbrockens; nach dem Mittagessen E-Mails beantworten oder in Noahs Fall telefonieren; am späten Nachmittag zu verschiedenen Wanderwegen fahren und nach der Rückkehr manchmal schwimmen gehen; vor dem Schlafengehen einen Film schauen und dazwischen willkürliche, aber regelmäßige sexuelle Begegnungen, die mal fröhlich und unbeschwert, fast scherzhaft, mal leidenschaftlich und ernst abliefen, so als wären wir futuristische Astronauten, die erfolgreich von ihrer Mission zurückgekehrt waren und endlich die Raumanzüge ausziehen und sich mit ihrem irdischen Fleisch verlustieren konnten.

Irgendwann in dieser Zeit fiel mir das Lückentextspiel wieder ein, und ich überredete ihn, es mit mir zu beenden, und mein Lieblingssatz aus unserer Gemeinschaftsproduktion lautete: »*Fürwahr*«, sagte ich, »*Kalifornien ist fraglos der axiomatischste und würzigste Bauchnabel, in dem ich je einen Volkstanz gemacht habe!*« Und irgendwann in dieser Zeit las ich eines Nachmittags am Pool, während Noah drinnen am Telefon mit seinem Manager ein Livestream-Konzert besprach, das im September ohne Publikum in einer Konzerthalle gefilmt werden sollte. Das Gespräch zog sich lange hin, und irgendwann wurde ich mir eines sanften, aber anhaltenden Verlangens bewusst. Und dann dachte ich: *Ich vermisse ihn.*

Es war der neunte Tag meines Aufenthalts, und wir lagen um 11:40 Uhr nackt in seinem Bett, als er den Hamster auf meinem rechten Bizeps tätschelte und sagte: »Das ist immer noch das beste Tattoo aller Zeiten.« Ich lag ausgestreckt auf dem Rücken und er auf der Seite, mir zugewandt.

»Es verkörpert einfach meinen gangstermäßigen Lebensstil, oder?« Ich berührte die Innenseite seines Oberarms, die Noten auf der Notenlinie. Anders als damals bei *TNO*, als mich die erhaschten Blicke und die Nähe zu seiner Haut gequält hatten, wusste ich jetzt, dass er sich die Noten von »Blackbird« nach dem Erscheinen seines ersten Albums hatte stechen lassen, die Krähe nach dem Tod seines Bandmitglieds Christopher und den Keltenknoten nach seinem ersten alkoholfreien Jahr. Ich sagte: »Meinst du, du bist in Sachen Körperschmuck fertig oder nicht?«

»Wahrscheinlich fertig. Und du?«

»Ich auch, es sei denn, mir wächst überraschend ein Meerschweinchen oder ein Waschbär ans Herz.«

Er lachte, und ich sagte: »Ich will dich was fragen. Weißt du noch, wie ich dich per Mail gefragt habe, ob du mich während der Bandprobe bei *TNO* verführen wolltest? Dein Nein hatte ich eigentlich so verstanden, dass du nicht an mir interessiert warst.«

Er schüttelte rasch den Kopf. »Ich wusste, dass ich mich damit auf dünnes Eis begebe. Und ich habe es vermasselt, stimmt's? Es war das Wort *verführen*, das mich irritiert hat – für mich hat das was Anrüchiges, das macht irgendein Schuft in einem Roman aus dem neunzehnten Jahrhundert mit einer unschuldigen jungen Frau. Ich habe nicht begriffen, was du wissen wolltest. Hättest du einfach geschrieben: ›Magst du mich?‹, dann hätte ich antworten können: ›O ja.‹«

Ich lachte. »Was, wenn ich geschrieben hätte: ›Magst du mich auf eine anständige, nichtschuftige Art und Weise?‹«

»Nein.« Er schüttelte wieder den Kopf. »Anständig war das nie. Aber damals wusste ich noch nicht, ob ich das gefahrlos zugeben konnte.«

»Hast du denn überhaupt nicht gemerkt, dass ich im Grunde wissen wollte, ob du mich magst, als ich im Anschluss daran den E-Mail-Ausraster hatte? Und du meintest nur: ›Ich habe ja wirklich keine Ahnung, was wir hier treiben, aber es macht schon irgendwie Spaß, oder?‹« Ich bohrte ihm einen Finger in die Brust. »Das reichte mir einfach nicht als Bestätigung.«

»Nachdem du mir den Kopf gewaschen hattest, von wegen, ich sei vielleicht kein toxischer Narzisst, aber nur um Haaresbreite, wusste ich zwar, dass ich Mist gebaut hatte, aber ich wusste nicht genau, wie.«

»Aber dann habe ich mich entschuldigt.«

»Wirklich?« Noah sah mich zweifelnd an.

»Ich habe Reue gezeigt!« Ich hätte mich wohl selbst jetzt noch gescheut zuzugeben, dass ich unsere E-Mails quasi auswendig kannte, wäre mir seine eigene Erinnerung daran nicht ähnlich detailliert erschienen. Und es stimmte, dass ich das Wort *Entschuldigung* nicht geschrieben hatte.

»Ich gebe dir gern Bestätigung«, sagte er. »Ich will dir Bestätigung geben. Aber wenn ich dir nicht genug davon gebe, solltest du danach fragen.«

»Wenn man nach Bestätigung fragt, hat das nicht was … ich weiß nicht … Bedürftiges?«

Er wirkte verblüfft. »Geht es bei einer Geschichte wie dieser nicht darum, dass man versucht, die Bedürfnisse des anderen zu stillen?«

Ich schwieg ein paar Sekunden lang, ehe ich sagte: »Lernt man das in der Therapie? Ich kann's nämlich kaum fassen.«

Er lachte. »Ich habe eine Idee. Statt im September nach New York zurückzugehen, wieso kündigst du nicht einfach bei *TNO* und bleibst hier? Ist L. A. nicht besser, wenn du die Kurve zum Drehbuchschreiben kriegen willst?«

Ich hob einen Arm und machte eine Geste, die den Raum einschloss. »Das hier macht richtig Spaß. Aber es ist nicht real.«

»Was ist daran nicht real?«

»Die ganze Zeit Sex zu haben und kaum Kontakt zu anderen Menschen.«

»Das *sollte* die Realität sein.« Er hob den Kopf und stützte ihn in die linke Hand, den Ellbogen unterhalb des Kissens aufgestützt. Unsere Gesichter waren wenige Zentimeter voneinander entfernt.

Ich schaute auf einen Holzbalken an der Decke. »Ich muss dir was sagen. Ich fand es so überwältigend, hier bei dir zu wohnen, dass ich mit mir selbst vereinbart habe, nur drei Tage zu bleiben. Ich habe mich total locker gegeben, als fände ich die ganze Situation überhaupt nicht einschüchternd, aber in Wirklichkeit bin ich ein wahnsinnig ängstlicher Mensch. Darum ist es nicht real.«

Er sagte freundlich: »Meinst du, ich hätte deine Ängstlichkeit nicht bemerkt?«

»Was, im Ernst?«

»Du scheinst Wege gefunden zu haben, damit umzugehen. Und ich meine, als trockener Alkoholiker kann ich sagen, drei Tage sind echt beeindruckend. Die meisten von uns leben von einem Tag zum anderen.« Ich sagte nichts, und er fügte hinzu: »Ist das Ziel nicht, mit seinen Dämonen zu leben, statt zu erwarten, dass sie verschwinden?«

»Außerdem«, sagte ich und verstummte.

»Außerdem«, wiederholte er.

»Wenn ich etwas sage, habe ich manchmal das Gefühl, den

Text für eine von mir gespielte Figur zu schreiben. Ich imitiere einen normalen Menschen, obwohl ich in Wirklichkeit ein verwirrter Freak bin.«

Er lachte. »Wir sind alle verwirrte Freaks. Die meisten von uns sind nur keine professionellen Autoren.« Wir sahen uns in die Augen, und er sagte: »Es kommt mir vor, als würdest du beschreiben, was jeder von uns in allen möglichen Situationen macht. Sich irgendwie durchmogeln. Was meinst du, wie ich mich bei meiner ersten großen Preisverleihung gefühlt habe? Als Jungfrau, wenn ich dich daran erinnern darf.« Er beugte sich vor und küsste mich. »Ehrlich gesagt sind wir quitt, weil ich so getan habe, als fände ich es nicht einschüchternd, mit jemandem Zeit zu verbringen, der viel schlauer ist als ich.«

»Das ist sehr *gentleman-like* von dir«, sagte ich. »Aber ich bitte dich.«

»Du hast so eine erschreckende, furchteinflößende Auffassungsgabe. Das mit dem Texten für das Ich, das du spielst, das ist so clever. Ich wünschte, daran hätte ich schon vor Jahren gedacht, dann hätte ich in Interviews so tun können, als würde ich einen Musiker spielen, der ein Album bewirbt.«

War das nicht mehr, als ich mir je hätte wünschen können, dass ein lieber, fürsorglicher, superheißer Mann fand, ich hätte eine erschreckende, furchteinflößende Auffassungsgabe? Dass er begriff, wie neurotisch ich war, und es ihm offenbar nichts ausmachte? Dass er Bedürftigkeit nicht als lästig, sondern als normal empfand? War mir das nicht alles so unwahrscheinlich erschienen, dass ich ernsthaft damit abgeschlossen hatte, jemanden wie Noah finden zu wollen, außer vielleicht in den Seiten eines Drehbuchs, an dem ich schrieb?

Er streckte die Hand aus und strich mir das Haar zurück, was er häufig tat. Er sagte: »Das heißt alles nicht, dass das zwischen uns nicht real wäre.«

*

Wir waren zum Wandern an den Temescal Canyon gefahren, wo wir eine Runde von knapp sechs Kilometern zurückgelegt hatten, und es war später Nachmittag, als wir zum Ausgangspunkt zurückkehrten. Wir hatten beide Baseballkappen auf, und Noah trug einen Rucksack mit unseren Wasserflaschen und den Verpackungen der gleichen Marke von Proteinriegeln, die er mir nach Kansas City geschickt hatte. Wir hatten die Riegel auf einem Steinblock unweit einer offenbar Skull Rock genannten Felszunge gegessen, von wo aus wir die Bucht von Santa Monica sehen konnten. Ich hatte auf die Aussicht gedeutet und gesagt: »Was für eine schmerzliche Erinnerung daran, dass die Arroganz von Leuten aus Kalifornien absolut gerechtfertigt ist.«

Als wir uns wieder dem Anfang des Wegs näherten, sprachen wir darüber, dass Noah sich einen Hund wünschte, und er sagte: »Meinst du, ein Golden Retriever würde bedeuten, dass die Gehirnwäsche meiner weißen, angelsächsischen, protestantischen Eltern doch erfolgreich war?«

»Wie wäre es mit einem Beagle?«, sagte ich. »Um dich von deinem weißen, angelsächsischen Protestantismus zu lösen und weil es objektiv betrachtet einfach die besten Hunde sind.«

Er nahm meine Hand. »Beagle sind die besten kleinen Hunde. So viel würde ich dir zugestehen.«

»Aber sie sind gar nicht klein. Bestimmt hält sich kein Beagle für klein. Zwergspitze oder Chihuahuas sind kleine Hunde.«

»Kommt das nicht auf den Beagle an?« Wir waren am Parkplatz angekommen und gingen auf Noahs Auto zu, ein in Silber lackiertes Hybrid-SUV von Lexus.

»Sugar wiegt elf Kilo«, sagte ich. »Elf Kilo wunderschöner, glänzender, eindrucksvoller Vierbeiner, die nie in eine Handtasche passen würden.«

»Ich will gar nicht abstreiten, dass Sugar –«, setzte Noah an, aber er wurde von einer Männerstimme unterbrochen, die mit einigem Nachdruck »Hey, Noah!« sagte.

Noah ließ sofort meine Hand los und sagte ganz leise: »Geh weiter.«

Der Parkplatz war halb voll, und ungefähr zehn Leute in Zweier- oder Dreiergrüppchen liefen umher. Ich überflog die Reihe von Autos, um zu sehen, wer gesprochen hatte, und sah einen Mann neben einem Volvo knien. »Noah, wer ist Ihre Freundin?«, sagte der Mann. »Wie heißt Ihre Freundin?« Er sah aus wie Mitte zwanzig, hielt eine große Kamera mit ausgefahrenem Objektiv in der Hand, und in der einsetzenden Stille konnte ich den Verschluss mehrmals klicken hören.

»Komm schon, Mann«, sagte Noah. »Nicht jetzt.«

»Sie haben sich die Haare abgeschnitten, oder?«, sagte der Mann. »Haben Sie sich den Kopf rasiert? Wann war das?«

Noah ging jetzt so schnell, dass ich einen halben Meter oder einen Meter zurückgefallen war. Er hatte den Autoschlüssel aus der Tasche seiner Shorts gezogen, und ein Piepen ertönte, bevor er in den Lexus stieg und den Motor anließ. Während ich auf der Beifahrerseite einstieg, sagte der Paparazzo zu mir: »Hey, wie heißen Sie? Sind Noah und Sie ein Paar? Wie lange kennen Sie Noah schon?«

Mit angespanntem Kiefer setzte Noah aus der Parklücke zurück und fuhr in Richtung Ausgang. Ich drehte mich nach dem Paparazzo um, und Noah sagte mit gedämpfter Stimme: »Schau nicht in seine Richtung.« Wir waren wieder auf der Straße, als er mit noch immer gepresster Stimme sagte: »Man sollte meinen, diese Typen würden mal lockerlassen, bei allem, was gerade auf der Welt passiert.«

Ich sagte nichts, und als er mir den Kopf zuwandte, begegneten sich unsere Blicke zum ersten Mal seit einigen Minuten.

»Ist alles in Ordnung?«, fragte er.

Wir schwiegen beide, während wir an einer Highschool vorbeifuhren, ein niedriges und von Palmen umstandenes Gebäude wie in einem Film, und schließlich sagte ich: »Hast du Angst, er könnte ein Bild verkaufen, auf dem du meine Hand hältst?« Ich hörte, dass auch meine Stimme sonderbar klang, aber anders als Noahs – schrill und wie von weit weg. Sonst sprachen wir meist in einem sanft neckenden Tonfall miteinander, und dies war das Gegenteil davon.

»Ich hoffe um deinetwillen, dass er das nicht macht.«

»Ach, wirklich? Um meinetwillen?«

Noah sah mich wieder an, als er sagte: »Hast du mir irgendwas vorzuwerfen? Es klingt nämlich so.«

»Wäre ich eine sexy fünfundzwanzigjährige Schauspielerin, hättest du meine Hand dann auch losgelassen?«

Er kniff die Augen zusammen. »Ist das dein Ernst? Wolltest du vielleicht, dass der Typ uns fotografiert?«

»Es hatte etwas sehr …« Ich verstummte kurz. »Instinktives. Wie du dich von mir entfernt hast.«

»Ich dachte, du würdest es hassen. Ja, du. Nicht ich. Du. Weil du nicht gern in der Öffentlichkeit stehst, und ich weiß, du bist schon über den einen oder anderen roten Teppich gegangen, aber im Gegensatz zu mir bist du es bestimmt nicht gewohnt, dass man dir im normalen Leben so auflauert.«

Vor uns erschien wieder der Ozean, türkis unter einem kornblumenblauen Himmel, und die schöne Aussicht bildete einen unangenehmen Kontrast zu der unwirtlichen Atmosphäre im Wagen. Mindestens sechzig Sekunden waren vergangen, als ich, um einen eher sachlichen als nachtragenden Tonfall bemüht, sagte: »Du hast mir nichts versprochen. Ich habe genauso dazu beigetragen, dass das zwischen uns so undefiniert ist. Das gebe ich zu. Und ich glaube, dass du mich aufrichtig magst, oder jedenfalls magst du mich immerhin so sehr, dass ich deine geheime Pandemie-Affäre sein darf. Aber ich glaube, ich bin mir zu schade dafür, deine geheime Pandemie-Affäre zu sein.«

»Wow«, sagte er. »Ich weiß gar nicht, wo ich anfangen soll. Wenn du das wirklich glaubst, ist das so daneben, dass ich mich frage, ob wir die ganze letzte Zeit völlig aneinander vorbeigelebt haben. Ich dachte, wir hätten eine tolle Zeit zusammen.«

»Geheime Pandemie-Affären und eine tolle Zeit schließen sich nicht gegenseitig aus.«

Den Blick starr geradeaus gerichtet, lenkte er den Wagen auf einen Parkstreifen entlang eines mit Salbeisträuchern übersäten staubigen Hügels. Er stellte den Schalthebel auf Parken und wandte sich dann zu mir; seine Miene war bestürzt und verärgert. »Weißt du noch, wie ich dir geschrieben habe, ich hätte mich seit der Pitchrunde in Nigels Büro zu dir hingezogen gefühlt?«

»Ja.«

»Das lag unter anderem daran, dass du so selbstbewusst gewirkt hast, wie eine der selbstbewusstesten Frauen, die ich je getroffen hatte. Einer der selbstbewusstesten Menschen überhaupt. Du hattest ganz klare Vorstellungen von deinen Sketchen, und du wusstest offensichtlich, dass du sie verwirklichen konntest. Und wie du mit mir geredet hast, hat mir klargemacht, dass du dich mir gegenüber höflich und professionell verhalten wolltest, mich aber nicht für besonders schlau hieltst und vorhattest, meinen Mangel an Intelligenz auszugleichen. Ich habe mit haufenweise kreativen Leuten zusammengearbeitet, mit haufenweise talentierten Leuten, aber du hattest etwas so Erfrischendes, etwas so Cooles an dir, so als wüsstest du einfach genau, wer du bist und wie du etwas geregelt bekommst. Ich hatte dieses übermächtige Gefühl: *Ich will sie kennenlernen. Ich will sie in meiner Nähe haben.* In deinem Büro warst du dann unglaublich nett und hilfsbereit. Von dieser Nacht an hast du mir ungefähr siebenmal gesagt, was für ein Arschloch du bist, aber du bist es so gut wie nie. Und wenn, dann kommt es mir vor, als würdest du dich künstlich reinsteigern, so als wärst du in Wirklichkeit gar nicht so.«

Ich war fasziniert, sprachlos und unsicher, in welche Richtung sich das Ganze entwickelte. Auf der anderen Seite der Windschutzscheibe stieß ein großer weißer Vogel von einer mir unbekannten Art herab und schwang sich dann wieder empor.

Noah atmete tief aus. »In dieser Woche bei *TNO* verbrachten wir einige Zeit zusammen, und es war lustig und toll. Selbst als die Sache in der Bar aus dem Ruder gelaufen war, hatte ich das Gefühl, dass es da ein nicht abgeschlossenes Gespräch zwischen uns gab, und in den nächsten zwei Jahren fragte ich mich, wie es wohl weiter verlaufen wäre. Von der Minute an, als du auf meine erste Mail geantwortet hattest, war es, als würde das Gespräch genau dort weitergehen, wo es aufgehört hatte. Mit dir zu mailen war lustig und toll, und dann telefonierten wir, und es war lustig und toll, und dann kamst du her, und ja, es ist kein Selbstläufer, es gibt Momente, da müssen wir uns über unser Verhalten dem anderen gegenüber klar werden. Aber so ist das Leben, und dich hier bei mir zu haben, das war mehr als nur lustig und toll. Wenn wir am Pool herumhängen und wenn wir einen Film schauen und vor allem wenn wir Liebe machen, und ich weiß schon, du wirst dich darüber lustig machen, dass ich *Liebe machen* sage, aber genau so ist es – das ist alles ganz und gar wunderbar. Ich habe mein ganzes Leben lang darauf gewartet, mich jemandem so verbunden zu fühlen wie dir. Ich weiß nicht mal, ob du das gemerkt hast, aber als ich damals Angst hatte, dich mit der Frage nach einem PDF von deiner Scheidungsgeschichte beleidigt zu haben, habe ich geschrieben, du solltest nie aufhören, mir zu mailen. Aber zuerst hatte ich einen anderen Satz geschrieben, den ich mich nicht abzuschicken traute. Und zwar, dass du für immer Teil meines Lebens sein solltest. Du sollst meine Schwester kennenlernen, und ich will dich allen netten Leuten vorstellen, mit denen ich zusammenarbeite. Wenn irgendwann nicht mehr alles geschlossen hat, will ich so viele Erlebnisse mit dir teilen, ich will dir dieses richtig coole Restaurant in Tokio zeigen oder meinen liebsten Park in Sydney. Ich habe daran gedacht, dich zu *heiraten*. Und wenn ich so empfinde und dann höre, wie du so einen Blödsinn sagst, von wegen ich würde mich schämen, vor irgendeinem bescheuerten Paparazzo deine Hand zu halten – dann ist das, als wäre die Danny-Horst-Regel nicht einfach nur eine witzige Sketch-Idee, sondern deine Lebensphilosophie. Die Version von dir, in die ich mich verliebt habe, das *bist* du, und du hast dieses Selbstvertrauen. Aber gleichzeitig bist du vielleicht der unsicherste erwachsene Mensch, den ich je kennengelernt habe.«

Es hatte mir wirklich gründlich die Sprache verschlagen. Noch nie hatte ich so eine … Was hatte ich da eigentlich zu hören bekommen? Eine Standpauke? Eine Deklaration? Eine Lobrede? Nichts von dem, was er gesagt hatte, war wirklich falsch; vieles war herzzerreißend schmeichelhaft; ein kleiner, aber bedeutsamer Teil war beschämend.

»Ich weiß nicht, was ich sagen soll«, sagte ich.

»Ich liebe dich, Sally«, sagte er. »Wenn du sagst, ich würde mich für dich schämen … dann beleidigst du nicht nur dich selbst. Du beleidigst auch mich.«

Er liebte mich? Er liebte mich! Oder hatte er mich noch vor fünf Minuten geliebt, aber aufgrund der Dinge, die ich seit dem Verlassen des Parkplatzes gesagt hatte, inzwischen seine Meinung geändert? »Das soll keine Ausrede sein«, sagte ich, »aber es ist wohl leichter, eingeschliffene Dating-Muster über Bord zu werfen, wenn man beim Daten freie Auswahl hat.«

Er sagte nichts.

»Auch wenn wir die Danny-Horst-Regel mal außen vor lassen«, fuhr ich fort, »ich glaube, was mich verwirrt, ist, dass du jemand Besseres kriegen könntest. Jemand Schöneres.«

Er sah mich mit einem eindeutig nichtliebenswürdigen Gesichtsausdruck an. »Ist das eine Frage, auf die ich antworten soll?«

»Bitte.«

»Siehst du wenigstens ein, wie abgefuckt es ist, mir erst vorzuwerfen, ich würde dich nicht attraktiv genug finden, um mit dir zusammen zu sein, und wenn ich sage, das stimmt nicht, fragst du mich, warum ich nicht mit jemand Attraktiverem zusammen bin?«

»Du hast gerade zugegeben, dass du mich anfangs mochtest, weil du gemerkt hast, dass ich dich nicht für schlau hielt. Wie ging noch der Satz von Groucho Marx über den Club, dem man nicht angehören möchte, wenn er einen als Mitglied aufnehmen würde?«

Er wandte den Kopf wieder ab und sah durch die Windschutzscheibe. »Es wird doch jedes Jahr ein Foto von allen *TNO*-Mitarbeitern auf der Hauptbühne gemacht, stimmt's? Das habe ich ziemlich sicher im Netz oder in irgendeiner Zeitschrift gesehen. Und hätte ich so ein Foto vor mir, würde ich dann auf dich zeigen und sagen: ›Das ist die hinreißendste Frau, die ich je gesehen habe‹? Wenn ich ehrlich bin, nein. Aber menschliche Wesen sind keine starren, reglosen Bilder. Wir sind dynamisch, wir sind in Bewegung, und es ist, wie ich gesagt habe – ich wollte sofort mit dir reden, und jedes Mal, wenn ich seitdem mit dir geredet habe, wollte ich einfach immer weiter mit dir reden.«

Dass ich mich von seinem Geständnis, ich sei nicht die hinreißendste Frau, die er je gesehen hatte, durchaus ein kleines bisschen beleidigt fühlte, hieß … was? Dass ich tief im Inneren gehofft hatte, es zu sein? Entweder weil er einen ungewöhnlichen Geschmack hatte oder weil ich den Glauben gehegt hatte, wie viele Heldinnen romantischer Komödien weit schöner zu sein, als ich ahnte? Zugleich verspürte ich nicht den Drang, mich an der Beleidigung aufzuhängen, wie ich es in jüngeren Jahren vielleicht getan hätte; ich wusste seine Offenheit zu schätzen. »Weißt du, was *sapiosexuell* bedeutet?«

»Nein.«

»Es bedeutet, dass man sich vom Verstand eines anderen angezogen fühlt.«

»Ich fühle mich von deinem Verstand angezogen«, sagte er. »Aber vom Rest eben auch.« Ein paar Sekunden lang schwiegen wir beide, und dann sagte er: »Als du mir geschrieben hast, du wolltest nichts mehr mit irgendwem von *TNO* anfangen, weil Elliot dich abgewiesen hatte, dachte ein Teil von mir: *Dem Himmel sei Dank*. Auch wenn die Entscheidung vielleicht überzogen war – hättest du sie nicht getroffen, wärst du jetzt wahrscheinlich mit irgendeinem Autor verheiratet. Aber inzwischen frage ich mich, ob ich es eher als Warnung verstehen sollte, dass du dich in deiner Einsamkeit suhlen willst. Denn ja, ich bin diskret, wenn ich eine neue Partnerin habe, um dem Pressedrama aus dem Weg zu gehen, aber ich bin nicht derjenige, der grundsätzlich geheime Affären zum Lebensstil erhoben hat.«

»Warum sollte ich mich in meiner Einsamkeit suhlen wollen?«

»Weil du Angst hast.«

»Wovor?«

»Verletzt zu werden. Jemanden richtig gut zu kennen und von jemandem richtig gut gekannt zu werden. Vor Gefühlen, über die du dich nicht lustig machen kannst. Vor Begegnungen, die so lange dauern, dass sie vielleicht auch mal ein bisschen unangenehm oder öde werden, statt nach zehn Minuten mit einer gut gesetzten Pointe zu enden.«

»Wenn du die *TNO*-Sketche meinst, die dauern eher um die fünf Minuten. Zehn Minuten sind im Fernsehen eine Ewigkeit.«

Daraufhin sah er mich an und sagte: »Okay, Sally.«

»Ich liebe dich auch«, platzte es aus mir heraus.

»Wirklich?« Er hatte die Stirn in Falten gelegt.

»Die Wahrheit ist: Ich kann nicht glauben, dass es dich gibt. Ich habe noch nie jemanden mit deiner Kombination an Eigenschaften kennengelernt. Du bist so zutiefst freundlich und so bescheiden und so verständnisvoll, ohne es je raushängen zu lassen. Und auch wenn mich dein Ruhm total fertigmacht, respektiere ich dich wirklich für deine Kreativität, dein Talent und deine Arbeitsmoral. Manchmal komme ich mir albern vor, wenn ich dir das sage, weil ich die Fünfzig-Millionen-und-Erste bin, die es sagt, aber ich finde deine Lieder wirklich wunderschön. Und Zeit mit dir zu verbringen ist wirklich lustig und toll. Alles, was du gesagt hast, empfinde ich genauso – ich habe es geliebt, bei *TNO* mit dir Zeit zu verbringen, und ich habe es geliebt, mit dir zu schreiben, und ich habe es geliebt, mit dir zu telefonieren, und ich liebe es …« Ich verstummte, aber dann zwang ich mich, es zu sagen. »Ich liebe es, mit dir Liebe zu machen. Es ist einfach ganz anders als alles, was ich je erlebt habe. Und ich kann nicht glauben, dass wir uns begegnet sind und ich diejenige bin, die mit dir zu Abend essen und wandern gehen und nackt sein darf. Dass ich überhaupt diejenige bin, die einfach aufschaut, und da bist du, im selben Raum wie ich, und ja, du bist wahnsinnig sexy. Und dass du so einzigartig und unglaublich bist, jagt mir auf eine karmische oder existenzielle Art eine Heidenangst ein. Denn wie könnte irgendwer dich verdienen, von mir ganz zu schweigen? Aber ich bin auch wirklich dankbar, weil ich mir immer gewünscht habe, mein eigenes Glück nicht glauben zu können. Mein Liebesglück, meine ich, nicht das Glück, das darauf beruht, dass Nigel mir beruflich eine Chance gegeben hat.«

Inzwischen lächelte Noah und sah mich mit dieser tiefen Zuneigung – mit Liebe – im Blick an, und als er sich vorbeugte und mich küsste, dachte ich, dass er so nachsichtig war, mich nicht auf den Knien herumrutschen zu lassen. »Fahren wir nach Hause«, sagte er. »Okay? Da wir uns einig sind, wie gut das mit dem gemeinsamen Nacktsein klappt – machen wir das doch.«

»Für dich will ich ein besserer Mann werden«, sagte ich. »Das versuche ich zu sagen.«

*

Zurück in seinem Haus, in seinem Bett, sahen wir uns so oft in die Augen wie nie, berührten uns so zärtlich wie nie, und einige Male war ich mir nicht sicher, ob ich den Blickkontakt würde aufrechterhalten können, aber ich tat es. Einmal hielt er inne, während er noch in mir war, und lächelte, sein Gesicht ganz dicht über meinem. Leise sagte ich: »Ich war noch nie so glücklich.«

Dann küssten wir uns lange und bewegten uns gemeinsam.

Hinterher, als mein Kopf auf seiner Brust lag, sagte er: »Weißt du noch, was ich über das Foto von der *TNO*-Belegschaft gesagt habe? Ich glaube, das war missverständlich. Du bist nämlich sehr schön.« Er drückte meine Taille. »Ich liebe alles an dir.«

»Als ich dich in der Pitchrunde nicht für schlau hielt, war das nach zehn Minuten vorbei«, sagte ich. »Seitdem tu ich es.«

Er lachte. »Ich wollte dir die ganze Zeit schon ein Kompliment machen, aber ich weiß nicht, ob ich es so sagen kann, dass es nicht selbstbezogen klingt.«

»Wir sind alle selbstbezogen«, sagte ich. »Raus damit.«

»Weißt du noch, wie du mich am Telefon gefragt hast, ob ich so ein Airbnb-Vermieter bin, der Familienfotos herumstehen und Essen im Kühlschrank liegen lässt, und ich meinte, das Haus würde so ordentlich sein, dass du mir fünf Sterne gibst?«

»Ja.«

»Mir ist schon klar, dass meine Antwort nicht unbedingt *TNO*-reif war. Aber ich war stolz auf mich, weil ich sonst ehrlich gesagt nicht besonders schlagfertig bin. Du bringst diese Seite in mir zum Vorschein. Es heißt doch, man soll mit Leuten Tennis spielen, die besser sind als man selbst, oder? Wenn ich mit dir rede, bin ich witziger und klüger als sonst, weil du witzig und klug bist.«

»Ironischerweise«, sagte ich, »habe ich ungefähr zweimal im Leben Tennis gespielt, und ich war total mies.«

Aber Noahs Stimme klang ernst, als er sagte: »Mir ist schon lange bewusst, dass die besten Teile meines Lebens die öffentlichen sind. Ich kann mich nicht beklagen, weil diese Teile wirklich sehr gut sind – durch andere Länder touren oder an Feierlichkeiten im Weißen Haus teilnehmen. Aber in meinen Liebesbeziehungen, jenseits von Zuschauern und Kameras – ich will den Frauen, mit denen ich zusammen war, nicht zu nahetreten, weil zu banalen Gesprächen immer zwei gehören, aber sie waren wirklich banal. Wie das, was du von dir und diesem Gene erzählt hast. Wir haben uns entweder über vorhersehbare Themen unterhalten oder auf vorhersehbare Art über potenziell interessante Themen. Manchmal habe ich mir gesagt: Klar kann das normale Leben nur schwer mithalten, wenn man gerade von den Obamas kommt. Aber dann war da wieder diese Leere, die ich hinter den Kulissen spürte. Wenn ich abends ins Bett ging, fühlte ich mich allein immer entspannter, ob ich nun gerade solo war oder mit einer Frau zusammen, die an dem Abend nicht da war. Ich wollte eine echte Partnerin finden, aber ich konnte mir nicht vorstellen, wer das sein könnte.« Er verstummte. Mein Ohr lag auf seinem Herzen, und ich hörte es regelmäßig schlagen. »Wenn ich mit dir zusammen bin«, fuhr er fort, »findet der beste und interessanteste Teil meines Lebens hinter den Kulissen statt. So ging es mir, als wir uns geschrieben haben, und sogar in deinem *TNO*-Büro, als du mir bei meinem Sketch geholfen hast. Ich meine, niemand auf der Welt weiß, was hier passiert, nur wir, und das ist großartig. Wir machen das nicht für die sozialen Medien, wir machen es nicht für eine Doku über die Entstehung eines Albums, es ist keine Anekdote für eine Talkshow. Es passiert nur, weil wir finden, dass es Spaß macht, und einander mögen und gern zusammen sind.«

Während ich ihm zuhörte, hatte ich kurz überlegt zu sagen: »Ich fühle mich geehrt, dass du mich interessanter findest als die Obamas«, aber was mir stattdessen über die Lippen kam, war: »Das ist das Schönste, was je irgendwer zu mir gesagt hat.« Ich hob den Kopf ein Stück, um ihn anzusehen. »Und ich finde es nicht selbstbezogen.«

»Ah, gut.« Er grinste.

»Nur damit du's weißt«, sagte ich. »Du hattest nicht unrecht damit, dass ich nicht gern in der Öffentlichkeit stehe und es hasse, fotografiert zu werden, zumindest von irgendwelchen Typen, die aus dem Gebüsch springen.«

»Das wusste ich«, sagte er. »Weil du angedroht hattest, im Hotel zu übernachten, als ich meinte, bei deiner Ankunft könnten Paparazzi am Einkaufszentrum lauern. Wenn ich mich nicht irre, hast du mir sogar mal gesagt, du wärst ein Kobold, der bei *TNO* noch nie auf der Bühne stand.«

»Ach, stimmt.« Ich hielt mir peinlich berührt die Hand vors Gesicht. »Ich meine, ich wollte nicht eine Sekunde lang wirklich im Hotel übernachten. Ich wollte immer bei dir wohnen. Ich kriegte es bloß mit der Angst zu tun.«

»Es gefällt mir, dass du nicht in die Öffentlichkeit drängst. Dir ist bewusst, dass es Frauen gibt, die mit mir ausgegangen sind, um ihr Foto in einer Zeitschrift zu sehen, oder?«

Das war ein Aspekt, über den ich nicht nachgedacht hatte. »Ich wette, das war eher ein Bonus als der Hauptgrund«, sagte ich. »Der Hauptgrund war ganz bestimmt, dass du charmant und bezaubernd bist.«

Er sagte trocken: »Da wärst du vielleicht überrascht.«

»Ich mag den einen oder anderen Fehler haben, aber ich schwöre feierlich, dass ich dich nie benutzen werde, um meine Modelkarriere anzukurbeln. Oder meine mit Cannabis versetzten Marmeladen und Gummibärchen zu bewerben.«

Er lachte. »Dabei fällt mir ein, dass es zwei Witze gibt, die ich eigentlich mal machen wollte, wenn wir …« – Er tätschelte meine nackte Hüfte. »In so einem Moment. Soll ich sie mal an dir ausprobieren?«

»Unbedingt.«

»Beim ersten steckt der Witz nicht in der eigentlichen Aussage, sondern in dem, worauf sie sich bezieht.«

Lächelnd sagte ich: »Ich will dich ja nicht entmutigen, aber ein Witz wird selten besser, wenn man ihn im Voraus erklärt.«

»Okay«, sagte er. »Baby, du weißt gar nicht, wie schön du bist. Du bist so perfekt, ich weiß gar nicht, wie mir geschieht – bin ich im Himmel?« Als ich lachte, sagte er: »Erkennst du das wieder?«

»Ja.« Ich beugte mich vor und küsste ihn. »Und ich finde es witzig.«

»Aber dir ist auch klar, dass ich wirklich so empfinde? Deshalb muss ich immer daran denken, wenn wir zusammen im Bett sind.«

»Danke für deine wahnhaft positive Sicht auf mich. Wie geht der andere Witz?«

»Der ist ein bisschen grob gestrickt.«

»Umso besser.«

»Ich bin so glücklich, dass ich das Grinsen gar nicht mehr aus dem Penis bekomme.«

Diesmal musste ich richtig, richtig lachen, und er sagte: »Ernsthaft, der Klang deines Lachens – es gibt nichts Vergleichbares.«

*

Zu meiner Überraschung war es nicht Henrietta, die mir zuerst wegen der Fotos schrieb; es war Danny. *Hey Chuckles*, lautete die Nachricht, die ich kurz nach zehn Uhr Pazifischer Zeit bekam. Er hatte einen Link zu einer Online-Gazette angefügt, die Schlagzeile lautete: »Noah Brewster beim Wandern mit mysteriöser Unbekannter gesichtet«. Noah und ich schauten gerade im Wohnzimmer neben der Küche einen Film, hatten ihn aber angehalten, weil Noah pinkeln musste.

Dannys nächste Nachricht lautete: *Stille Wasser sind tief was?*

Da staunst du wohl, schrieb ich zurück. *Wie geht's dir?*

Von Danny: *Versuche mir nicht anmerken zu lassen wie geil ich die Pandemie finde.* Darauf folgte ein Foto von einem leeren, friedlich daliegenden Pool im Vordergrund, säuberlich gestutzten Hecken und der Ecke eines großen weißen Backsteinhauses, bei dem es sich vermutlich um Nigels Villa in den Hamptons handelte, eine Annahme, die sich bestätigte, als Danny ergänzte: *Nigel hat die Temperatur auf angenehme 27 Grad eingestellt*

Im Pool?, antwortete ich. *Oder in den gesamten Hamptons?*

Von Danny: *Tragt ihr grad Handschellen NB und du?*

Ich antwortete mit dem Emoji der schulterzuckenden braunhaarigen weißen Frau und fügte dann hinzu: *Glaube Noahs ist eher auf angenehme 24 Grad eingestellt*

Danny: *Für jeden/jede der passende Sugardaddy*

Das schmeckte mir nicht, aber ich war mir auch nicht sicher, ob es eine gänzlich unfaire Unterstellung war.

Übr. war er 2018 gar nicht mit Annabel zusammen, schrieb ich.

Danny: *Alter Hut Chuckles*

Danny: *Schön dass du zur Abwechslung mal Spaß hast*

Die nächste Nachricht kam tatsächlich von Henrietta; im Anschluss an einen Screenshot von einer anderen Klatschseite schrieb sie: *Meine liebste Hetero-Schlagzeile ever!* Diese lautete: »Hat Noah Brewster eine neue Freundin?«

Ich überflog beide Artikel. Ich sah, dass es bereits viele weitere gab, die alle die gleichen bruchstückhaften Informationen wiederkäuten – *Noah, der sich erstmals im kurz geschorenen Look präsentierte, und die unbekannte Frau waren zusammen im bei Promis beliebten Temescal Canyon Park wandern. ... Brewster, der zuletzt mit der Schmuckdesignerin Louisiana Williams liiert war ... Noah Brewster, ohne seine typischen langen Haare kaum wiederzuerkennen, und seine brünette Begleiterin kehrten strahlend von ihrem Nachmittagsspaziergang zurück ...* Die Fotos, von denen es nur drei zu geben schien, zeigten uns, bevor wir den Paparazzo bemerkt hatten – wir hielten uns an den Händen und blickten leicht nach unten auf den Weg vor uns, nur auf einem Bild sah Noah mich an und sagte etwas. Obwohl ich meine, wie ich fand, hübschesten und schnittigsten Leggings trug, wirkten meine Oberschenkel pummeliger als in meiner Vorstellung. Auf der Klatschseite waren manche der Fotos durch hilfreiche hellgrüne Pfeile ergänzt, die auf Noahs nichtvorhandene Haarpracht unter der Baseballkappe zeigten.

Ich hörte Noah zurückkommen und verspürte den Impuls, mein Telefon hinter ein Kissen zu schleudern, war aber noch nicht so weit, als er hereinkam. »Ist alles in Ordnung?«, fragte er.

Ich zögerte und sagte dann: »Ich glaube, die Bilder sind im Netz. Ich meine, sie *sind* im Netz.«

Er sah verärgert aus. »Darf ich dir was vorschlagen? Ignorier das komplett, und morgen soll sich meine Pressevertreterin um alles kümmern.«

Ich zögerte – ich wollte ihn nicht aufregen, aber es fühlte sich merkwürdig an, es ihm zu verheimlichen –, dann sagte ich: »Sind das die ersten Fotos, seit du dir den Kopf rasiert hast?«

Er verzog das Gesicht. »Ist das der Aufhänger?«

»Unter anderem. Wolltest du auch deswegen nicht fotografiert werden?« War mein größter Fehlschluss womöglich gewesen, dass seine Verärgerung auf dem Parkplatz überhaupt mit mir zusammenhing?

Aber er schüttelte den Kopf. »Als ich Covid hatte, fragte ich mich, ob ich sterben würde. Oder – ich weiß, ich habe dir das schon mal erzählt – ob ich für immer die Stimme verlieren würde. Und wenn sie mich im Vergleich dazu für einen Haarschnitt verspotten wollen« – er zuckte mit den Schultern –, »dann sei's drum.«

»Sie behandeln es eher wie eine Sensationsmeldung, als sich darüber lustig zu machen. Aber ja.« Er stand immer noch, und ich breitete die Arme aus. »Scheiß auf die«, sagte ich. Er setzte sich und lehnte sich an mich, ließ sich seitlich von mir umschließen, und ich nahm ihn fest in die Arme.

Aber es gelang mir nicht lange, die Dinge so nüchtern zu betrachten. Ich hatte mein Telefon auf den Tisch vor dem Sofa gelegt, und als der Film zu Ende war, schaute ich darauf und zuckte zusammen; ich hatte zwölf neue Nachrichten, was für meine Verhältnisse viel war, vor allem um diese Uhrzeit. Während Noah sich die Zähne putzte, legte ich das Telefon im Flur vor seinem Zimmer auf den Boden und schloss die Tür. Wir kuschelten, ohne Sex zu haben, bis er irgendwann einschlief (*Mit der Leidenschaft ist es wohl für immer vorbei*, dachte ich), und dann lag ich gute zwei Stunden lang wach, schlief kurz ein, wachte wieder auf und huschte ins Gästezimmer, wo ich jeden Artikel und jeden Kommentar las. Die Kommentare waren eine Mischung aus unverhohlenen Beleidigungen wie *Noah Brewster wär nie mit einer zusammen die so aussieht das ist auf jedenfall seine Asistentin* oder *Seine Musik ist kacke und ohne Haare sieht er voll alt aus kein Wunder dass er keine sexy Braut mehr abkriegt* und zweifelhaften Komplimenten à la *In unseren oberflächlichen Zeiten kann ich nur den Hut davor ziehen, dass Noah das Aussehen seiner Freundin gleichgültig ist.* Ich las auch sämtliche

Kurznachrichten und E-Mails, die ich im Laufe der Nacht von etwa fünfzig Leuten bekommen hatte, darunter meine alte Mitbewohnerin Denise, eine ehemalige Babysitterin und eine Kollegin von dem Kreditkartenmagazin. Außerdem von meiner Agentin, meiner Managerin und der Werbeleiterin bei *TNO*; offenbar hatte man mich irgendwann identifiziert, und die Artikel im Netz waren um meinen Namen und Beruf ergänzt worden.

Nur eine E-Mail hatte nichts mit den Fotos zu tun, und sie war von Jerry; der Betreff lautete *Hirnfutter. Liebe Sally,* hatte er geschrieben, *wusstest du, dass es etwas gibt, was sich »Wuffins« nennt? Das sind Muffins für Hunde! Die meisten Zutaten sind auch für Menschen geeignet, aber als »Verzierung« kommt ein kleiner Knochen obendrauf. Sugar und ich vermissen dich! Alles Liebe, Jerry*

Hätte ich auf irgendeine der Nachrichten geantwortet, dann wäre es diese gewesen. Aber ich war zu aufgewühlt vom Binge-Lesen der Klatschnachrichten über mich selbst, erschöpft und bewegungsunfähig. Ich antwortete auf gar nichts und ließ mein Telefon im Gästezimmer liegen, als ich zu Noah zurückging.

Zwei Tage vergingen, Tage, an denen wir beide absurd oft mit unseren jeweiligen Agenten und Managern sprachen und diese sich untereinander austauschten. Der Tonfall der Gespräche hätte einen Zuhörer zu dem Schluss verleiten können, dass wir ein Thema von großer Bedeutung diskutierten – eine pandemische Atemwegserkrankung etwa oder systemischen Rassismus –, aber obwohl sich mir der Magen umdrehte, konnte ich es nicht einfach abtun. Wir einigten uns darauf, dass Noahs Pressebeauftragte mit einer Stellungnahme warten würde, bis wir noch einmal fotografiert wurden, und das Statement, das an eine für ihre servile Haltung gegenüber Prominenten bekannte Wochenzeitschrift geschickt und einer uns beiden nahestehenden Quelle zugeschrieben werden sollte, würde lauten: *Noah und Sally haben sich angefreundet, als er im Jahr 2018* The Night Owls *moderierte. Sie verbringen gern Zeit miteinander und schauen, wie sich die Sache entwickelt.*

Auf unserer Seite fanden die Gespräche zur Formulierung dieser nichtssagenden Anti-Erklärung größtenteils im Wohnzimmer neben der Küche statt, mal über Zoom auf Noahs Laptop und mal an Noahs Telefon, das auf dem Couchtisch lag und laut gestellt war. Vor dem Ende des abschließenden Gesprächs hatte Noah zu den sieben anderen Leuten, die sich eingewählt hatten, gesagt: »Ich weiß, ich darf nicht in die Welt hinausposaunen, dass ich Sally über alles liebe, weil das nur die Paparazzi anlocken würde. Aber nur damit das klar ist: Ich liebe Sally über alles.«

Von den Agenten und Managern war nur uncharakteristisches Schweigen zu hören, und schließlich sagte eine Frauenstimme, die ich Noahs Agentin zuordnete, in einem Tonfall, der der Aussage widersprach: »Das sind wunderbare Neuigkeiten, Noah.«

Nach dem Telefonat sagte ich: »Jetzt verstehe ich zumindest, warum du auf dem Parkplatz meine Hand losgelassen hast.« Ich hatte es reumütig gemeint, aber ich hörte, dass es bitter klang.

Noah nahm meine Hand, hob sie an den Mund und drückte einen Kuss auf den Handrücken. »Dieser Teil geht vorbei«, sagte er.

Am nächsten Tag nach dem Mittagessen – Margit hatte eine Spinat-Frittata und frische Beeren zubereitet – sagte Noah: »Ich will dir was zeigen.« Er führte mich zu seinem Arbeitszimmer, öffnete die Tür, sah mich an und sagte mit jungenhaftem Stolz: »Was sagst du?«

Wie am Tag meiner Ankunft, als er mir den Raum gezeigt hatte, war der lange ungeschliffene Schreibtisch leer bis auf eine dunkelblaue Keramiklampe, und das Zimmer war aufgeräumt. Dann fiel mir auf, dass die vorher zu einem Drittel gefüllten Wandregale hinter dem Schreibtisch vollständig leer waren. Er winkte mich zum Schreibtisch herüber und öffnete die einzige flache Schublade. Sie war ebenfalls leer.

»Es gehört dir«, sagte er. »Dieser Raum ist dein Büro, sodass du für immer bleiben und an deinen Drehbüchern schreiben kannst.«

Ich hatte meinen Laptop nicht ein einziges Mal aus dem Rucksack geholt, seit ich hergekommen war.

Langsam sagte ich: »Aber ich habe doch einen Job.«

»Und seit zwei Jahren erzählst du mir, du willst kündigen.«

»Aber ich habe einen Verlängerungsvertrag unterschrieben.«

»Gibt es für so was nicht Agenten?«

»Aber ich bin nicht unzuverlässig. Ich bin verantwortungsvoll.«

Wir sahen uns an, und er sagte: »Ich wollte dich nicht aufregen. Ich wollte nur, dass du dich wohlfühlst.«

»Wenn ich für immer hierbleiben würde, was würde das überhaupt bedeuten? Würde ich dir Miete zahlen?«

»Natürlich nicht.«

»Ich würde also mit einem Mal ohne eigenes Einkommen in der Villa von irgendeinem Mann wohnen?«

»Ich wäre schockiert, wenn die Studios sich nicht um jedes deiner Drehbücher schlagen würden.« Seine Stimme klang kühler, als er sagte: »Und ich betrachte mich nicht als irgendeinen Mann, aber du offenbar schon.«

»Wenn ich bei *TNO* kündige und hierbleibe, kostet dich das nichts. Wenn wir uns in zwei Monaten oder acht Monaten trennen, kannst du einfach weitermachen, als wäre nichts gewesen.

Aber ich hätte meinen Job und meine Wohnung aufgegeben und mein Leben in der Stadt, wo ich Freunde habe.«

»Dann behalt doch deine Wohnung.«

»Ich hätte meine *Identität* aufgegeben. Statt für *TNO* zu schreiben, wäre ich Beispiel Nummer sieben oder so in einem Artikel über neunzehn Promis, die mit Normalos zusammen sind. Wegen dieser Parkplatzfotos haben sich mehr Leute bei mir gemeldet als zu jedem Sketch, den ich je geschrieben habe.«

»Ich dachte, du hättest gern einen Ort zum Schreiben, aber mir wird klar, dass ich die Sache überstürzt habe und anmaßend war. Sally, es tut mir leid, dass ich nicht darüber nachgedacht habe, wie das von deiner Warte aussehen würde.« Aber in seiner Stimme lag neben Reue auch Ungeduld.

»Du hast ja nichts falsch gemacht«, sagte ich, »aber ich weiß einfach nicht, wie das funktionieren soll.«

»Wie was funktionieren soll?«

»Ich weiß nicht, wie man eine Beziehung führt. Ich glaube, ich sollte gehen. Vielleicht ein paar Tage woanders wohnen und versuchen, die Dinge von außen zu betrachten. Ich will nicht meine ganze Karriere aufgeben, weil es sich so geil anfühlt, wenn du es mir mit der Zunge machst.« Ich merkte sofort, dass ich uns mit diesem spezifischen Beispiel beide abgelenkt hatte, dass es sowohl für das Gespräch als auch für das von mir vorgeschlagene Vorgehen eine diplomatische Lösung gab. Und vielleicht war ich voreilig, aber ich war auch aufrichtig – ich wollte nicht wegen Noah bei *TNO* aufhören. Als würde uns das irgendwie weiterbringen, sagte ich: »Ich muss über das alles nachdenken.«

Jahre zuvor war ich einmal nach einer Emmy-Preisverleihung noch ein paar Tage lang geblieben, war von dem Hotel im Zentrum von L. A., wo der Sender uns einquartiert hatte, nach Santa

Monica umgezogen, in ein Zimmer mit Meerblick in einem Boutique-Hotel. Das war noch ganz zu Anfang der Zeit, als ich mir so etwas überhaupt leisten konnte, und ich hatte währenddessen nicht viel unternommen – ich hatte gelesen, war am Strand spazieren gegangen, hatte mir irgendwo etwas zu essen geholt und es auf dem Balkon vertilgt –, und die ganze Zeit über hatte ich mein Glück kaum glauben können. Ich lebte nicht mehr in Missouri oder North Carolina! Ich arbeitete nicht bei einem medizinischen Newsletter! Ich war nicht mehr mit einem Mann verheiratet, der mich nicht witzig fand! Ich schrieb für *TNO* und war für einen Emmy nominiert und konnte in einem Hotel wohnen, das 400 Dollar die Nacht kostete!

Als ich nun wieder in dasselbe Boutique-Hotel zog, versuchte ich mir ins Gedächtnis zu rufen, dass all das immer noch zutraf – inzwischen hatte ich mehrere Emmys gewonnen und konnte es mir leisten, in einem Hotel zu wohnen, das derzeit 530 Dollar pro Nacht kostete –, aber ich fühlte mich verloren. Der Strand war zwar zugänglich, aber der Pier, den ich von meinem Balkon aus sehen konnte, lag gespenstisch verlassen da, und in den benachbarten Straßen herrschte Stille. Heftige Zweifel hatten mich überkommen, während ich in Noahs Gästezimmer meine Kleider in den Koffer gelegt und dann das Auto meiner Tante Donna beladen hatte, mit dem ich seit der Ankunft auf seinem Grundstück nicht mehr gefahren war. Er war mit mir zur Einfahrt gegangen, und als er mir ungewohnt förmlich einen Kuss auf die Wange gab, fragte ich mich, ob ich ihn bereits verloren hatte. Meine Reue war nicht übermächtig, als ich durch die Straßen von Topanga nach Süden fuhr. Aber sie war schon groß und wuchs im Laufe der nächsten Minuten und Stunden immer weiter. Warum war ich freiwillig gegangen? Was wollte ich beweisen und wem? Würde mein Intermezzo mit Noah von jetzt an wie ein pandemischer Fiebertraum verblassen?

Ich hatte um 15:30 Uhr ins Hotel eingecheckt, dann eine Zeit lang auf dem Bett gelegen und vorgehabt, ein wenig zu lesen, mich stattdessen aber in ein nachmittägliches Nickerchen geweint. Als ich aufwachte, wusste ich nicht, wie spät es war, und anfangs auch nicht, wo ich war, und dann wurde mir bewusst: 19:18 Uhr und in einem Hotel. Ich überlegte, mir etwas zu essen zu bestellen, schrieb stattdessen aber Viv und Henrietta: *Hatte übles Gespräch mit NB, bin jetzt im Hotel, vllt. ist alles aus*

Von Viv: *O nein was war denn*

Von Henrietta: *Gehts dir gut*

Von mir: *Das Komische ist: Ich glaube er will eine ernsthafte Beziehung/dass ich dableibe*

Von Viv: *Klar du bist ein guter Fang*

Von Henrietta: *Gabs deswegen Streit*

Von mir: *Irgendwie schon*

Von mir: *Wäre es verrückt nicht zu TNO zurückzukommen*

Von Henrietta: *Wer soll mir dann die Sketche über die 35Jährige schreiben die nicht weiß wie man Tampons benutzt*

Von Henrietta: *Nur Spaß lebe wild und unersättlich*

Von Viv: *WILLST du denn dableiben*

Von mir: *Weiß ich nicht*

Von Viv: *Stell dir vor es ist Montag und du machst dich auf den Weg zur 66 und zur Pitchrunde in Nigels Büro*

Von Viv: *Freust du dich wieder da zu sein oder hast du alles satt*

Von Henrietta: *Während du den Duft von Dannys Rülpsern einatmest*

Von Henrietta: *Oder auch nicht weil wir alle Masken tragen?*

Fast eine Minute lang hielt ich das Telefon in der Hand und kaute auf meiner Lippe herum. Dann schrieb ich: *Ich werde so traurig wenn ich mir vorstelle euch nicht mehr mitten in der Nacht sehen zu können*

Von Henrietta: *Also wenns sein muss verfolge ich dich auch bis in deine Träume*

Am Morgen holte ich mir einen Kaffee und ein Sandwich mit Ei, das ich im Stehen vor dem Café aß, dann ging ich am Strand entlang, bevor es dort zu voll wurde, und neben mir donnerte die Brandung, ohne meine Gedanken fortzuspülen. Zurück im Zimmer, überlegte ich, Noah zu schreiben, aber stattdessen googelte ich seinen Namen. Die sogenannten Topmeldungen drehten sich um unseren Wanderausflug, und ich betrachtete wieder die Fotos und war wieder entsetzt über den Sitz meiner Leggings, doch das Entsetzen wich beinahe augenblicklich einer nostalgischen Sehnsucht nach diesem Moment vier Tage zuvor, als wir uns beiläufig an den Händen gehalten und beiläufig geplaudert hatten.

Ich nahm meinen Laptop mit auf den Balkon, setzte mich und erstellte ein neues Dokument mit dem Titel *Pro/Kontra*. Dann schaute ich auf den blinkenden Cursor und schrieb weder Pros noch Kontras einer Kündigung bei *TNO* und eines Umzugs nach L. A. auf. Vielleicht würde etwas klassische Musik helfen. Ich ging ins Zimmer, um meine Ohrhörer zu holen, und als ich wieder auf den Balkon hinausging, vermeldete mein Telefon mit einem Summen eine eingehende Nachricht, aber sie kam nicht von Noah, sondern von Viv.

Wie geht's dir heute?

Ganz okay, schrieb ich zurück. *Danke dass du fragst. Wie geht's dir denn?*

Sie antwortete mit einem Foto, auf dem sie seitlich vor einem Spiegel stand und sich ihr Bauch gewaltig unter einem grauen Tanktop hervorwölbte.

Wahnsinn!!!!, antwortete ich. *Du siehst klasse aus*

Als mein Telefon wieder summte, nahm ich an, dass sie es war, aber diesmal kam die Nachricht tatsächlich von Noah: *Hey*

Es schnürte mir das Herz zusammen.

Hey, schrieb ich zurück. *Wie geht es dir?*

Die drei Punkte schienen fünfzehn Minuten lang zu pulsieren, auch wenn es in Wirklichkeit wohl nur zehn Sekunden waren. Dann endlich: *Hier ist es sehr still ohne dich*

Das war so ... nett? Reif? Unverstellt?

Während ich zu tippen begann, erschien eine weitere Nachricht von ihm: *Es tut mir leid, dass ich dir das Gefühl gegeben habe, deine Arbeit nicht zu respektieren*

Von ihm: *Ich respektiere deine Arbeit*

Von mir: *Mir tut es leid, dass ich so undankbar war, als du dein Arbeitszimmer ausgeräumt hast*

Von mir: *Das war sehr nett von dir*

Von mir: *Auch wenn ich so eine komische symbolische Sache daraus gemacht habe*

Ich tippte: *Ich vermisse dich*, aber bevor ich es abschicken konnte, schrieb er: *Hab jetzt Training m. Bobby*

Von ihm: *Wünsch dir einen schönen Tag*

Ich wartete ein paar Sekunden und löschte dann das *Ich vermisse dich*

Aber schon am Nachmittag schaute ich nach, wie viel es kosten würde, das Auto meiner Tante Donna nach Kansas City überführen zu lassen, wenn ich von L. A. direkt nach New York flog. Auch wenn ich normalerweise erst in der letzten Septemberwoche wieder bei *TNO* sein musste, wurde gemunkelt, wir würden einige Tage lang die neuen Covid-Verhaltensregeln einüben und gestaffelt anwesend sein, weil die Anzahl der Mitarbeiter in einem Raum beschränkt würde. Außerdem war ich vier Monate lang nicht da gewesen; vielleicht war es sinnvoll, früher zurückzukehren und mich wieder an das Stadtleben unter Pandemiebedingungen zu gewöhnen. Gegen Abend war ich jedoch zu der Entscheidung gelangt, dass elf Jahre an Pitchrunden – und elf Jahre an durchgemachten Dienstagsnächten und Mittwochslesungen und donnerstäglichen Überarbeitungssitzungen und freitäglichen Proben und ja, selbst samstäglichen Sendungen – reichten. Ich brauchte kein zwölftes Jahr. Es sprach mehr dagegen als dafür.

Ich schwankte zwischen Gewissheit und Zweifel, Gefasstheit und Verzweiflung. Während die Sonne über dem Ozean unterging, überkam mich eine Einsamkeit, die nicht nachließ. Inzwischen war es in L. A. einundzwanzig Uhr und an der Ostküste Mitternacht, und es hatte zwar einmal eine Zeit gegeben, da hätte ich nicht gezögert, Viv oder Henrietta um Mitternacht anzurufen, aber da waren sie oder ihre Frau noch nicht hochschwanger gewesen. *Ich hätte mir wirklich mehr Freunde suchen sollen, als das noch möglich war*, dachte ich, und dann dachte ich: *Danny.*

Ich schrieb: *Kannst du reden?*, und wenige Sekunden später rief er mich über Facetime an, mit einem Batik-Shirt bekleidet und auf einem Sofa mit Blumenmuster ausgestreckt. Er sagte: »Was liegt an, Chuckles?«

»Kannst du dir Noah als meinen festen Freund vorstellen? Nicht bloß als Pandemie-Affäre, sondern als was Langfristiges.«

»Hank und Roy meinten immer, du wärst so was wie ein Eunuch, aber ich habe immer gesagt: ›Nee, Leute, die ist auch aus Fleisch und Blut.‹«

»Danke?«

»Bist du grad in einer Höhle?«

»Ich bin in einem Hotelzimmer, und es brennt nur im Bad Licht.«

»Klingt überhaupt nicht deprimierend.« Als ich gerade entschieden hatte, dass es ein Fehler gewesen war, ihn anzurufen, wurde seine Miene ernst. »Ist alles okay, Chuckles?«

»Eigentlich nicht. Nach Noahs Gastauftritt hatte ich bis vor einem Monat keinerlei Kontakt, dann hat er mir eine Mail geschrieben, dann haben wir wild hin- und hergemailt, dann bin ich nach L. A. gefahren und wir hatten eine tolle Zeit, und dann habe ich alles kaputtgemacht. Ich glaube, ich will bei *TNO* kündigen und hier bei ihm bleiben, aber warum sollte ausgerechnet ich Noahs Freundin sein dürfen? Inwiefern habe ich das verdient? Und ist es nicht irgendwie furchtbar, mit jemand Berühmtem zusammen zu sein?«

»Okay, eins nach dem anderen. Damit das ganz klar ist: Du hast mit Noah gevögelt?«

»Korrekt.«

»Du stellst da mehrere Fragen, also der Reihe nach. Warum solltest ausgerechnet du Noahs Freundin sein dürfen? Ihr arbeitet in ähnlichen Branchen, ihr habt euch getroffen, und anscheinend habt ihr euch gut verstanden, wenn er zwei Jahre später noch an dich gedacht hat. Und die Vögelei war ganz gut?«

»Ja.«

»Und man kann sich mit dir gut unterhalten, das wäre also auch abgedeckt. Nächste Frage, inwiefern hast du das verdient? Du bist witzig, du bist cool, und du machst einen auf hart, hast aber einen weichen Kern.«

»Tut mir leid, wenn ich um Komplimente bettle, aber bin ich nicht der uncoolste Mensch, den du kennst?«

»Ich will damit nicht sagen, dass ich mich von dir beim Turnschuhkauf beraten lassen würde. Ich meine, dass du locker drauf bist. Und ob es nicht furchtbar ist, mit jemand Berühmtem zusammen zu sein – ja, wahrscheinlich schon. Oder manches daran ist kacke, aber an jeder Beziehung ist irgendwas kacke. Ich habe auch eine Frage an dich: Magst du ihn sehr oder nur ein bisschen?

»Mehr als jeden anderen.«

»Wo ist dann das Problem?«

»Viele bekommen nicht das, was sie sich im Leben wünschen. Warum sollte ich es bekommen?«

»Haben wir das nicht schon besprochen?«

»Ich glaube, ich bin besser darin, Wut und Enttäuschung in Kreativität zu verwandeln. Wenn ich glücklich bin, werde ich nervös.«

Als er lachte, sagte ich: »Ich wünschte, das wäre ein Witz gewesen.«

»Ich weiß, dass es keiner war. Sieh es doch mal anders. Du bist um die vierzig, oder?«

»Achtunddreißig.«

»Aber du hattest schon einige Affären und Beziehungen, die gescheitert sind. Elliot oder wer auch immer?«

»Wer hat dir erzählt, dass ich was von Elliot wollte? Elliot?«

»Ich gebe meine Quellen niemals preis. Worauf ich hinauswill: Selbst wenn Noah die Liebe deines Lebens ist, ist deine allgemeine Trefferquote immer noch ziemlich mies. Genau wie meine und die der meisten anderen. Von allen Paaren, die es je gegeben hat, sind die meisten nicht mehr zusammen. Du bist nicht mehr mit deinem Ex-Mann zusammen. Ich bin nicht mehr mit Annabel zusammen. Ich glaube dir, dass du in Beziehungsdingen nicht gut bist, aber man kann in Beziehungsdingen nicht gut sein und sich trotzdem einmal im Leben richtig verlieben.«

»Die These ist verlockend, aber sehr, sehr gewagt.«

Er grinste. »Ich bin gut darin, mich zu verlieben, weshalb meine Trefferquote noch schlechter ist als deine.«

»Wie läuft es denn zwischen Lucy und dir?«

»Sind wir mit Noah und dir schon durch?«

»Dass er so viel attraktiver ist als ich – meinst du wirklich, das spielt keine Rolle?«

»O Mann, ich freue mich, dass du mich das fragst. Ich bin auf drei Gebieten Experte. Weißt du, welche das sind?«

Ich schüttelte den Kopf.

»Die Filme von Bethany Brick. Die Speisekarte von Big Wings in der Forty-eighth Street. Und ich weiß nicht, ob du davon gehört hast, aber es gibt da eine sogenannte Danny-Horst-Regel. Und das Unglaubliche an der Sache ist: Ich *bin* Danny Horst.

»Touché.«

»Chuckles, ob es eine Rolle spielt oder nicht, liegt ganz allein bei Noah und dir. Ihn scheint es nicht zu stören, also bleibst nur noch du.«

»Wenn du es so formulierst, klingt es fast, als wäre ich eine Vollidiotin, die sich selbst im Weg steht.«

»Ich will nicht behaupten, dass es die Regel nicht gibt, aber es ist wie mit dem Weihnachtsmann. Sie existiert nur, wenn man daran glaubt.«

»Na ja, du als Jude und ich als Agnostikerin … danke dafür, Danny.«

»Gern, Chuckles. Und bei Lucy und mir ist alles bestens.«

»Grüß Nigel von mir.«

Als mein Telefon am nächsten Morgen um sieben klingelte, dachte ich natürlich wieder, es wäre Noah, bis ich auf dem Display sah, dass der Anruf von meiner Tante Donna kam.

»Ach, Sally, Jerry geht es nicht gut«, sagte sie, als ich abgehoben hatte. »Ich glaube, er hat es.«

»Du glaubst, er hat …« Ich verstummte, aber ich wusste schon, was sie meinte. »Covid?«

»Am Sonntag war ich mit Barbara bei ihm, und wir saßen auf der Veranda, aber es regnete, also gingen wir nach drinnen. Wir haben versucht, anderthalb Meter Abstand zu halten, dann fiel

Barbaras Test positiv aus, und es liegt bestimmt daran, dass ihre Enkelsöhne gerade bei ihr sind, und Nicholas arbeitet bei Starbuck's.«

»Wenn du sagst, Jerry geht es nicht gut … meinst du … was meinst du damit?«

»Ich habe gerade mit ihm telefoniert, und er klingt schwach und ein bisschen, na ja, verwirrt. Er sagte, er müsse in der Einfahrt Schnee schippen oder etwas in der Art. Herzchen, ich würde gern helfen, aber mit meinem Diabetes und Richards Herzmuskelerkrankung – ich habe Angst, dass wir es alle kriegen. Ich habe heute Morgen bei ihm geklingelt und gehofft, er würde sich mal zeigen, damit ich ihn mir anschauen kann, aber kam nicht ans Fenster. Wie heißt die Mutter von der Familie nebenan?«

»Charlotte?«

»Sie kam heraus, als sie mich bei Jerry auf der Treppe stehen sah, und sagte, Sugar sei um fünf Uhr morgens ohne Leine in ihrem Garten herumgestromert. Als sie an Jerrys Tür geklopft hatten, hatte er sich auch nicht blicken lassen, und sie sagte, sie habe schon die Polizei rufen wollen, als sie mich in Richards Auto ankommen sah.«

»Wo ist Sugar jetzt?«

»Ich habe ihr gesagt, Jerry gehe es nicht gut, und sie sagte, sie würden sie mit zu sich nehmen.«

Noch beunruhigender als der Gedanke, Jerry könnte Covid haben, war der Gedanke, Jerry könnte Sugar unbeaufsichtigt durch die Gegend irren lassen; das tat er *nie*.

»Okay«, sagte ich. »Ich komme zurück. Wenn ich mich jetzt ins Auto setze« – ich meinte natürlich Donnas Auto –, »kann ich es bis morgen schaffen, aber ich schaue auch nach Flügen.«

Ich fragte mich, ob sie versuchen würde, mich davon abzuhalten. Stattdessen sagte sie: »Sally, er hat gesagt, ich soll dich nicht anrufen, aber ich fand, du solltest es wissen.«

»Hey«, sagte Noah, als er ans Telefon ging, und in seiner Stimme lag ein verschlafenes Kratzen.

»Ich glaube, Jerry hat Covid«, sagte ich. »Ich habe ihn zu erreichen versucht, aber er geht nicht ans Telefon. Entschuldige, dass ich dich geweckt habe.«

»Nein, schon gut. Überlegst du zurückzufahren?« Das Nichtvorhandensein jeglicher Verärgerung auf seiner Seite – das Vorhandensein von Mitgefühl, die unmittelbare Bereitschaft, die zwischen uns herrschende Spannung für den Augenblick zu vergessen – erschien mir wie ein wichtiger Umstand, den ich hätte erraten können, ohne jedoch völlige Gewissheit zu haben.

»Ich will auf jeden Fall hin, ich weiß bloß nicht, ob ich fahren oder fliegen soll.«

»Wie schlecht geht es ihm denn?«

»Ich weiß es nicht. Seine Schwester, meine Tante Donna, hat angerufen, und sie hat selbst gesundheitliche Probleme und hat ihn nicht gesehen, aber sie sagt, er ist verwirrt, und die Nachbarn haben Sugar heute Morgen in ihrem Garten gefunden. Jerry ist ziemlich gesund für einen Einundachtzigjährigen, aber ... na ja, er ist halt einundachtzig.«

»Du solltest fliegen. Lass mich ein paar Leute anrufen.«

Ich hätte so tun können, als verstünde ich nicht, was er meinte, oder ich hätte protestieren können, das sei übertrieben, weil ich ohnehin wusste, dass ich nichts dafür bezahlen würde. Stattdessen sagte ich: »Danke, Noah.«

Es war eine Gulfstream mit acht weißen Ledersitzen in der Kabine. Neben den beiden Piloten waren noch zwei Flugbegleiter an Bord, alle in marineblau-goldene Uniformen gekleidet; sie trugen Masken, ebenso wie Noah und ich. Noahs Anwesenheit im Flugzeug war die eigentliche Überraschung. Vierzig Minuten nach meinem Anruf hatte er mich zurückgerufen und gesagt: »Okay, Leah und ich kommen zu dir, sie fährt uns zum Flughafen, du gibst ihr deinen Autoschlüssel, und sie holt das Auto später bei deinem Hotel ab und bringt es zu mir. Wir fliegen am Flughafen Van Nuys ab, nicht am LAX.« Leah, die ich noch nie getroffen hatte, war seine persönliche Assistentin.

Ich war schon einige Male mit Privatflugzeugen geflogen, unter anderem als die Emmy-Preisverleihung 2015 in der Woche stattgefunden hatte, in der die echte Hillary Clinton – und nicht nur Lynette aus dem Ensemble, die sie spielte – bei *TNO* auftrat und ich den Sketch dazu schrieb. Auf diesen Privatflügen, die alle von *TNO* gezahlt wurden, hatte ich mich immer wie eine Mischung aus Hochstaplerin und Touristin gefühlt, während ich diskret Fotos von der Inneneinrichtung machte, um sie meiner Mutter zu schicken. Diesmal war das Ganze deutlich weniger festlich.

Auf dem Rollfeld, nachdem wir aus dem Wagen gestiegen und zur Flugzeugtreppe gegangen waren, streckte Noah einen Arm aus, um mir zu bedeuten, dass er mir den Vortritt ließ. Im vorderen Teil der Kabine waren vier der weißen Ledersitze in Paaren gegenüber angeordnet, mit einem Tisch dazwischen, auf dem Wasserflaschen und ein Schälchen mit Pfefferminzdragees standen. Ich schaute über die Schulter, weil ich nicht wusste, wo ich mich hinsetzen sollte, und Noah sagte: »Nimm doch den«, und deutete mit dem Kinn auf den Fensterplatz der beiden nach vorn ausgerichteten Sitze. Als ich mich gesetzt hatte, rutschte er auf den Platz neben mir, schob die Armlehne zwischen unseren Sitzen nach oben und legte mir wortlos den rechten Arm um die Schulter. Ich legte wortlos den Kopf auf seine Brust und schloss die Augen. Durch die Maske hindurch roch sein Hals wie nach dem Aufwachen, eine Kombination aus frischer Waldluft und Brot, und mir wurde bewusst, dass mich in den letzten Wochen der Gedanke an ihn oft nervös gemacht, seine Gegenwart mich aber immer beruhigt hatte.

Eine der Flugbegleiterinnen bot uns Kaffee an, den wir beide nahmen, und je einen Blaubeer-Muffin, den er ablehnte und ich nahm; zum Abbeißen zog ich die Maske herunter. Über die Lautsprecheranlage entschuldigte sich der Kapitän für den etwas holprigen Start, dann glitten wir sanft dahin, und die Flugbegleiterin schenkte uns Kaffee nach. Ich hatte auf meinem Telefon herumgescrollt und Noah auf seinem iPad, und er sagte: »Hast du Lust, einen Film zu schauen?« Er überließ mir die Auswahl, und ich entschied mich für einen Historienfilm, der sich zwar für besser geschrieben hielt, als er tatsächlich war, aber immerhin eine gewisse Ablenkung darstellte. Als der Abspann lief, waren es noch zwanzig Minuten bis zur Landung.

»Solange er nicht in wirklich schlechter Verfassung ist, sollte er nicht ins Krankenhaus gehen«, sagte ich. »Oder? Ich meine, wäre das nicht noch schlimmer, von wegen Überfüllung und Mangel an Beatmungsgeräten?«

»Leah hat einen Arzt ausfindig gemacht, der um drei zu Jerry kommen soll. Ich glaube, er wird das einschätzen können.« Noah drückte meine Hand. »Und sie hat auch einen Wagen bestellt, der uns vom Flughafen dorthin bringt.«

Ich sah ihn verwirrt an. »So eine Art Privatarzt?«

»Ja«, sagte er. »So eine Art Privatarzt.«

Ich hatte den Schlüssel zu Jerrys Haus abgemacht, bevor ich Leah meinen Schlüsselbund gegeben hatte, und als wir jetzt den Weg zur Haustür hinaufgingen, zog ich ihn aus der Jeanstasche. Das Haus, in das meine Mutter und ich 1983 eingezogen waren, war ein schlichtes Gebäude im Kolonialstil mit braunen Fensterläden. Noah und ich ließen beim Eintreten die Masken auf.

Seit dem Start des Flugzeugs hatten mich verschiedene, sich gegenseitig ausschließende Ängste befallen. Die erste war, dass wir auf einen Jerry stießen, der Stuhlyoga machte oder Raisin Bran aß und sich fragte, was die Aufregung sollte, und es wirken könnte, als hätte ich Donnas Anruf als Vorwand benutzt, um Noah zu mir zu locken oder ihn auf die Probe zu stellen. Die andere Angst war, dass wir Jerry tot auffinden würden.

Ich rief mehrmals seinen Namen, aber es kam keine Antwort. Noah blieb dicht hinter mir, als ich die Treppe hinaufeilte, die seit meiner Jugend mit einem beigen Teppich bezogen war. Die Tür zu Jerrys Zimmer stand offen, und als ich mich vergewissert hatte, dass sich sein Körper unter der Decke leicht hob und senkte, atmete auch ich durch. »Jerry, ich bin's, Sally«, sagte ich. »Ich bin aus L. A. zurück.«

Er lag auf der Seite, das Gesicht zur Tür gewandt. Seine Augen öffneten sich blinzelnd in seinem langen, schmalen Gesicht. Er sah verwirrt aus, und in seiner Miene lag etwas sonderbar Kindliches, ein Eindruck, der dadurch verstärkt wurde, dass ihm klarer Schleim aus einem Nasenloch rann.

»Ich bin's, Sally«, wiederholte ich. »Ich trage eine Maske, wegen Covid.«

»Hallo, Schatz«, sagte er mit gedämpfter Stimme.

Ich kniete mich neben das Bett. »Wie geht es dir? Glaubst du, du musst ins Krankenhaus?« Ich legte ihm die Hand auf die Stirn, und sie war glühend heiß.

»Ich hab's im Hals.« Er fasste sich an die Kehle und sagte mit schwacher Stimme: »Es tut weh.«

»Wann hast du denn zuletzt was gegessen oder getrunken?«

Hinter mir sagte Noah: »Ich hole ihm etwas Wasser.«

Jerry schloss die Augen, und mir fiel ein, dass ich nicht auf seine E-Mail mit den Wuffins geantwortet hatte. Es fiel mir schwer, nicht an all das zu denken, was ich getan hatte, während es ihm immer schlechter gegangen war – mit Noah wandern, mit Noah Sex haben, Noah erklären, dass sein ausgeräumtes Arbeitszimmer ein Affront gegen meine Unabhängigkeit war.

Noah kam mit zwei Gläsern Wasser zurück, einem mit Eis und einem ohne, und hielt mir beide hin. Als ich nach dem ohne Eis griff, sagte er: »Ich habe keine Strohhalme gefunden, aber ich kann welche besorgen.« Weil Jerry so nah – beunruhigend nah – am Rand der Matratze lag, konnte ich mich nicht neben ihn setzen. Stattdessen kniete ich weiter auf dem Läufer und hielt ihm das Glas an die Lippen. Ein wenig Wasser lief an seinem Kinn und Hals herab, aber er nahm mehrere kleine Schlucke.

»Soll ich ein paar Kräcker holen?«, sagte Noah. »Oder etwas Apfelmus?«

»Vielleicht Kräcker«, sagte ich. »Ich glaube nicht, dass er Apfelmus im Haus hat.«

Als Noah diesmal aus dem Zimmer gegangen war, sagte ich: »Das ist Noah, der Freund, den ich in L. A. besucht habe. Er ist mitgekommen, um ...« Ich schwieg kurz. »Nach dir zu schauen.«

»Ja«, sagte Jerry und schloss wieder die Augen.

Beim Betreten des Zimmers hatte ich mich gefragt, ob es nach Tod roch, aber ich hatte schnell begriffen, dass es Fäkalien waren und der Geruch nicht von der Toilette kam. Auf dem Laken und dem Boden waren Papiertücher verteilt, und es war ein kratzendes Geräusch zu hören, das ich bald auf einen Luftbefeuchter mit leerem Wasserbehälter zurückgeführt hatte. Ich stellte das Glas auf seinen Nachttisch, ging zur Steckdose und zog das Kabel heraus.

Noah kam mit einem kleinen Becher Vanillepudding und einem Löffel auf einem Teller mit ein paar Ritz-Kräckern herein. Ich sagte: »Wenn ich ihn anhebe, kannst du dann die Kissen aufschütteln, damit er ein bisschen höher liegt?«

Als ich Jerry mit beiden Armen umfasste, fühlte er sich erschreckend zart an. »Wie wäre es mit ein bisschen was zu essen?«, sagte ich. »Um zu Kräften zu kommen?«

Jerry antwortete nicht, und ich sagte: »Vielleicht etwas Pudding?«

»Pudding«, wiederholte er.

Ich nahm den Deckel von dem Plastikbecher, aber bevor ich die Folie abzog, sagte ich: »Oh, wir sollten uns die Hände waschen.«

»Habe ich gerade in der Küche.« Noah deutete mit dem Kinn auf den Pudding. »Soll ich das machen?«

Ich gab ihm den Pudding und ging zu dem Waschbecken in Jerrys Bad. Als ich zurückkam, kniete Noah an der gleichen Stelle wie ich zuvor und hielt Jerry den Teelöffel mit der cremigen Masse an die Lippen. Ich sah zu, wie sich Jerrys Lippen leicht teilten und Noah den Löffel hineinschob.

Jerry schluckte und sagte dann: »Ist genug.« Er schloss wieder die Augen.

»Wie viel hat er denn gegessen?«, fragte ich.

Noah hielt den Becher hoch, der immer noch fast voll war. »Drei, vier Löffel.« Er stand auf und zeigte mit dem Daumen zur Tür. »Wollen wir mal reden?«

Ich führte ihn durch den Flur zu meinem Zimmer; keiner von uns erwähnte die weißen Rattanmöbel. Ich setzte mich instinktiv seitlich auf meinen Schreibtischstuhl, und Noah nahm auf dem Bett Platz und zog die Maske unters Kinn. Er sagte: »Ich wollte das Pulsoximeter mitbringen, das Margit gekauft hat, als ich krank war, aber ich habe es vergessen. Ich fahre mal los und schaue, ob ich eins auftreiben kann.«

»Er ist in schlimmer Verfassung, oder?«

»Er ist nicht gut beisammen, aber es ist schwer auseinanderzuhalten, was an seinem Alter liegt, was daran, dass er mehrere

Tage im Bett lag, ohne ordentlich zu essen oder zu trinken, und was an Covid. Und wir wissen noch nicht mal genau, ob er Covid hat.«

»Unter normalen Umständen ist er ganz anders. Er ist keiner von den Senioren, die Marathon laufen, aber er ist gut auf den Beinen und drückt sich zusammenhängend aus.«

»Ich versuche ein Pulsoximeter und Strohhalme zu besorgen. Soll ich ein Uber nehmen oder sein Auto?«

»Kommst du mit einem Buick Baujahr 2002 zurecht?«

Noah lächelte leicht, und ich sagte: »Das war eine ernst gemeinte Frage.«

»Wo ist der Schlüssel?«

»Ach, und nichts für ungut, aber wenn du in irgendeinen Discounter gehst, weißt du denn überhaupt, wie man dort einkauft? Hast du das schon mal gemacht?«

»Ja«, sagte Noah. »Ich weiß, wie man im Discounter einkauft.«

Wir gingen beide nach unten, und ich fand den Schlüssel, wo Jerry ihn immer aufbewahrte, an einem Haken gleich neben der Tür zur Garage; der Schlüsselanhänger war oval und aus Leder, mit einer goldenen Ente im Profil darauf, und Jerry hatte ihn, seit ich denken konnte.

Noah legte die Arme um mich. Ich erwiderte die Umarmung, und keiner von uns sagte ein Wort.

Leah schrieb Noah, der Privatarzt werde sich verspäten, und er tauchte nicht um fünfzehn, sondern erst kurz vor neunzehn Uhr auf. Dr. Fischer kam allein, was ich nicht erwartet hatte, und trug so viel Schutzkleidung, dass er kaum als Mensch zu erkennen war, was Jerry wahrscheinlich noch mehr verwirrte. Ich konnte es Dr. Fischer natürlich nicht übelnehmen, aber zusätzlich zu der weißen Maske über Nase und Mund trug er eine Kapuze mit einer Klarsichtscheibe auf der Vorderseite, und sein Körper steckte in einem blauen Plastikoverall. An den Händen trug er Latexhandschuhe und über den Schuhen weiße Überzieher. Er steckte Jerry ein Stäbchen in die Nase – der erste Covid-Test, den ich je gesehen hatte – und sagte, seine Praxis werde uns das Ergebnis am nächsten Tag mitteilen, aber wir sollten von einer Infektion ausgehen. Wir sollten beobachten, ob sich seine Haut oder Lippen blau verfärbten, ob er Atemprobleme bekomme oder über Brustschmerzen klage; falls irgendwelche dieser Symptome aufträten, sollten wir einen Notarzt rufen oder ihn gleich ins Krankenhaus bringen. In der Zwischenzeit sollten wir für ausreichend Flüssigkeitszufuhr sorgen und zweimal täglich das Pulsoximeter benutzen.

Ich hatte geglaubt, die Anwesenheit eines Arztes im Haus würde sich beruhigend anfühlen, aber das tat sie nicht. Und das war noch, bevor ich fragte: »Muss ich mir große Sorgen machen?«, und Dr. Fischer leicht ungehalten – aber vielleicht war er auch nur müde – sagte: »Er ist über achtzig. Es wäre höchst unverantwortlich von mir, Ihnen irgendetwas zu versprechen.«

Die nächsten paar Tage verschwammen auf eine gegenteilige Art ineinander wie die schönen Tage bei Noah. Das Pulsoximeter funktionierte so, dass ich es an Jerrys Zeigefinger befestigte und überprüfte, ob der Sauerstoffgehalt seines Bluts über neunzig lag; war das nicht der Fall, sollte er ins Krankenhaus gebracht werden.

Noah hatte nicht nur ein Pulsoximeter, eine Riesenpackung Papiertücher und mehrere große Flaschen Gatorade gekauft, sondern auch einen sogenannten Toilettenstuhl (er war grau und hatte Armlehnen, die ihn wie einen grimmigen Thron wirken ließen), eine sogenannte Urinflasche (eine seitwärts geneigte Plastikflasche mit im Dunkeln leuchtendem Verschluss) und einen medizinischen Duschstuhl (der einem normalen Stuhl aus Plastik und Aluminium ähnelte, aber eine breitere Sitzfläche und Saugnäpfe an den Enden der Beine hatte). Irgendwann während dieses endlos langen ersten Tages zurück in Kansas City hatten Noah und ich Jerry, nachdem dieser das von mir zubereitete Rührei zu einem Viertel gegessen hatte, in die Dusche manövriert, und Noah, der nur eine Maske und eine kurze Laufhose trug, hatte Jerry, der gar nichts trug, gewaschen, während ich seine Bettwäsche wechselte. Dabei ließ ich auf meinem Telefon leise die Indigo Girls laufen, um Ablenkung und etwas Gesellschaft zu haben und gleichzeitig Noah und Jerry hören und ihnen helfen zu können, falls sie mich brauchten.

Als Jerry im frisch bezogenen Bett lag, ging ich nach draußen, durchquerte den Vordergarten und klingelte bei den Larsens. Um nicht zu dicht vor der Tür zu stehen, wenn geöffnet wurde, machte ich kehrt und ging die drei Stufen zum Fußweg wieder hinunter. Charlotte und ihr Mann Keith kamen beide heraus, und ich dankte ihnen überschwänglich dafür, dass sie sich tagsüber um Sugar gekümmert hatten. Sie sagten, für ihre Töchter sei das der Höhepunkt der Pandemie gewesen. Keith ging Sugar holen, und Charlotte fragte mich, wie es Jerry gehe, und als Sugar auf mich zulief, begann ich beim Anblick ihrer traurigen Augen und ihres wedelnden Schwanzes (er war zu zwei Dritteln schwarz und an der Spitze weiß) beinahe zu schluchzen. Stattdessen nahm ich Sugar auf den Arm und bedankte mich nochmals bei den Larsens.

»Melde dich, wenn du irgendwas brauchst«, sagte Keith, und ich wandte mich wieder zu Jerrys Haus um.

»Sally, entschuldige, wenn das eine blöde Frage ist«, sagte Charlotte dann, und Keith sagte: »Ach, komm schon, Char«, und Charlotte sagte: »Aber bist du mit Noah Brewster zusammen?«

»Oh.« Ich zögerte.

Charlotte war Mitte dreißig und als Ankäuferin für einen Elektronikkonzern tätig, und die elfjährige, ältere Tochter der Larsens war das Mädchen, das die Pandemie ausgelöst zu haben glaubte, weil es zu seiner Mutter gesagt hatte, sie sei zu viel unterwegs. »Ich weiß es nicht genau«, sagte ich.

»Ich frage bloß, weil er mein absoluter Lieblingssänger ist. Wirklich, seit meiner Teenagerzeit.«

»Oh, wow«, sagte ich. Vermutlich würde es die Dinge eher verkomplizieren als vereinfachen, wenn ich erwähnte, dass Noah sich etwa fünf Meter entfernt in Jerrys Haus aufhielt.

»Ich weiß, du lernst in deinem Beruf viele berühmte Leute kennen, aber das auf den Fotos – warst das wirklich du?«

»Lass sie gehen, Charlotte«, sagte Keith.

»Ich kenne Noah«, sagte ich. »Also, euch noch einen schönen Abend!«

Als wir in Jerrys Zimmer kamen, sprang Sugar auf sein Bett und schleckte ihm das Gesicht ab, was aus medizinischer Sicht wohl nicht unbedingt ratsam war. Aber dann sagte Jerry mit schwacher Stimme: »Da ist ja mein Schatz.«

*

Als ich Noah abends sagte, ich würde in Jerrys Zimmer auf dem Boden schlafen, antwortete er: »Mit Maske? Wirst du da nicht furchtbar schlecht schlafen?«

»Vermutlich«, sagte ich und holte mir einen uralten Schlafsack aus dem Keller. Noah schlief in meinem Bett mit dem Rattan-Kopfteil.

Am zweiten Nachmittag rief jemand aus Dr. Fischers Praxis an, um uns mitzuteilen, Jerrys Covid-Test sei positiv ausgefallen, und gab mir die Möglichkeit, mit Dr. Fischer zu sprechen, aber ich rief stattdessen meine ehemalige Mitbewohnerin Denise an, die Kinderärztin. Auch wenn Denises Rat Dr. Fischers Empfehlungen ähnelte, hatte ich meine Lektion gelernt, und statt zu fragen, ob ich mir große Sorgen machen müsse, sagte ich: »Es ist doch absolut möglich, dass er wieder gesund wird, oder?«

Sie sagte augenblicklich: »Aber sicher.«

In der zweiten Nacht schlief ich noch einmal in Jerrys Zimmer auf dem Boden, und in der dritten Nacht schlief ich mit Noah in meinem alten Bett. Im Vergleich zu Kalifornien beschränkten wir uns auf minimalen und züchtigen Körperkontakt.

Während dieser Zeit hatte Jerry weiter Fieber, klagte weiter über Halsschmerzen, schlief meist und war nach dem Aufwachen immer noch erschöpft, ließ sich aber von uns ermuntern, kleine Mengen an Banane, Apfelmus, Hühnerbrühe und Toast zu sich zu nehmen. Er schien weder Geschmacks- noch Geruchssinn eingebüßt zu haben, er übergab sich nicht, und als wir den Ablauf mit Urinflasche und Toilettenstuhl eingeübt hatten, machte er auch nicht mehr ins Bett. Meist leerte ich die Urinflasche, die er eigenständig benutzte, nachdem ich ihm beim Hinsetzen geholfen hatte, und Noah half ihm auf den Toilettenstuhl.

Im Laufe der Tage wechselten Noah und ich uns immer häufiger dabei ab, andere Dinge zu tun, als uns um Jerry zu kümmern. Ich schaute eine Folge nach der anderen von einer blutigen Fantasyserie mit Drachen, und Noah trainierte im Garten, wobei er offenbar über Facetime mit Bobby verbunden war, und joggte in der Umgebung. Bei einem seiner beinahe täglichen Ausflüge zum Discounter kaufte er einen Schreibblock und eine Gitarre, und als ich auf die Veranda kam, spielte er dort und machte sich zwischendurch Notizen, während sich Sugar zu seinen Füßen in der Sonne aalte. »Kansas City beflügelt einfach die Kreativität, was?«, sagte ich, als ich das zum ersten Mal mitansah; es war unser fünfter Tag in Jerrys Haus. »Ein bisschen wie Paris in den 1930ern.« Ich hatte gerade einen Suppenteller von Jerrys Zimmer zum

Spülbecken in der Küche getragen, Noah durchs Fenster gesehen und die gläserne Schiebetür und das Mückengitter geöffnet.

Noah lächelte. »Kansas City hat immerhin dich hervorgebracht.«

Ich trat auf die Veranda, und Sugar brachte sich sofort in Bauchkraulposition. Noah saß in einem Klappstuhl mit grauem Geflecht; er trug eine Baseballkappe und eine Sonnenbrille, die er abnahm. Es war elf Uhr vormittags, und es herrschten fast siebenundzwanzig Grad, was für den Mittleren Westen noch nicht einmal sehr viel war.

»Meine Mutter ist an Magenkrebs gestorben. Das war, na ja, nicht schön«, sagte ich, während ich mich niederließ, um Sugar zu streicheln. »Ich habe so was in der Art also schon mal erlebt. Aber manchmal kann ich immer noch nicht glauben, wie würdelos und traurig das Leben ist.«

»Ich weiß, was du meinst«, sagte er, »aber Jerry bedeutet es ganz sicher viel, dass du da bist.« Wir schwiegen beide, und das zischelnde, pochende Geräusch eines Rasensprengers in der Nähe wurde hörbar. »Ich wünschte, ich könnte es dir irgendwie leichter machen«, fügte Noah hinzu.

»Das hast du schon«, sagte ich. »Auf ungefähr eine Million verschiedene Arten. Hast du schon mal Zeit mit jemand richtig Krankem verbracht?«

»Es gab da einen Produzenten, einen sehr beliebten Kerl namens Billy Rodriguez, der 2010 an einem Glioblastom starb. Ich hatte bei jedem Album bis auf eins mit ihm zusammengearbeitet. Ich habe nicht unbedingt seine letzten Dinge geregelt, aber ich habe ihn einige Male im Krankenhaus und einmal auch im Hospiz besucht, und ja … es ist bitter.«

»Wenn du nach L. A. zurückfliegen willst, dann weißt du hoffentlich, dass das völlig in Ordnung ist. Du sollst dich hier nicht eingesperrt fühlen.«

»Willst du, dass ich zurückfliege?«

»Nein.«

Wir schwiegen wieder, und Sugar klopfte mit dem Schwanz auf die Veranda, und der Rasensprenger machte *tschk, tschk, tschk*. Bildete ich mir das ein, oder waren im Badezimmerfenster der Larsens im ersten Stock ein Kopf und ein Paar Schultern zu sehen, eine Gestalt, die uns beobachtete? Es hätte ebenso gut Charlotte selbst wie eine ihrer Töchter sein können.

»Ich will nicht nach L. A. zurück«, sagte Noah. »Irgendwann schon. Aber jetzt noch nicht.«

*

Am selben Nachmittag wurde dank Viv und Henrietta ein riesiger Karton von einem New Yorker Feinkosthändler geliefert: Dörrobst, teurer Kaffee, verschiedene Käsesorten in Kühlpacks und allerlei Kräcker und Kekse. Ich war gerührt und ziemlich sicher, dass Noah nichts davon essen würde. Abends briet er uns Lachs an, und während wir die Küche aufräumten, sagte ich: »Ich will dich was fragen.«

Noah zog die Augenbrauen hoch.

»Willst du immer noch mein fester Freund oder was auch immer sein, nachdem du meinen Stiefvater geduscht hast?«

Er lachte. »Ich wäre liebend gern dein fester Freund oder was auch immer, aber ich habe eine Bedingung.«

Nervosität überkam mich.

»Wenn du aufgebracht bist«, sagte er, »dann ist es völlig in Ordnung, das Gespräch abzubrechen oder den Raum zu verlassen, aber ich will nicht, dass du total durch die Decke gehst, weil es einfach nicht gesund ist, so zu leben.«

»Inwiefern durch die Decke gehen?«

»In ein Hotel umziehen. Oder mir vor den Latz knallen, ich

würde nur Models daten, sodass wir zwei Jahre lang nicht miteinander reden.«

Ich schluckte. »Ich denke, das ist fair«, sagte ich. »Kennst du den Begriff *Lampshading* aus der Filmsprache?«

»Nein.«

»So nennt man es, wenn es eine Unstimmigkeit im Plot oder der Logik des Films gibt und die Figuren es ansprechen, ohne das Problem zu beheben. Es ist ein Drehbuchtrick, um dem Zuschauer zu vermitteln, dass du ihn nicht hinters Licht führst.«

»Okay.« Er sah mich verdutzt an.

»Ich will, dass wir zusammenbleiben«, sagte ich. »Ich will deine Freundin sein. Und ich weiß, wenn ich es bin, wird mein Berufsleben im Schatten deines Berufslebens stehen, und die Trolle im Netz werden mein Aussehen kritisieren und schreiben, sie könnten nicht glauben, dass du mit mir zusammen bist. Ich kann versuchen, es mir nicht so zu Herzen zu nehmen oder zu ignorieren, aber ich kann nicht verhindern, dass es passiert.«

»Ich weiß nicht, ob dir das hilft, aber man darf nie vergessen, dass die Trolle im Netz eben genau das sind – Trolle im Netz.«

»Ich mache die Lampshade-Nummer, weil ich nicht weiß, wie sich das Problem aus der Welt schaffen lässt. Aber du bist das Risiko wert. Sogar ich weiß, dass es ein Riesenfehler wäre, die Flinte ins Korn zu werfen.«

»Ach ja?« Er grinste. »Sogar du?«

»Versteh das nicht falsch, aber ich war mir bis jetzt nicht sicher, ob du gut darin bist, ein normaler Mensch zu sein. Für einen Promi bist du unglaublich. Aber ich wusste nicht, ob du überhaupt Essen bestellen oder ohne Assistentin in einem schäbigen kleinen, komplett mit Teppichboden ausgelegten Haus leben könntest. Und ich glaube nicht, dass du dich beweisen wolltest, aber wenn doch, dann ist klar geworden, dass du viel besser darin bist, ein normaler Mensch zu sein, als ich.«

»Ich will mich vor dir immer beweisen.« Er sah mich schief an. »Aber vielleicht habe ich Glück, dass du mich unterschätzt, dann ist es nicht so schwer.«

»Was ich dich fragen wollte: Wirst du im Discounter eigentlich erkannt?«

»Ich glaube nicht. Ich bin irgendein mittelalter Glatzkopf mit Baseballkappe und Maske.«

»Es ist wohl nur eine Frage der Zeit, bis die Mutter der Familie nebenan merkt, dass du da bist, wenn sie es nicht eh schon weiß. Sie ist anscheinend ein Mega-Fan.« Ich zeigte auf das Fenster, das zum Haus der Larsens hinausging.

»Hat sie irgendwas gesagt?« Noah wirkte gelassen.

»Dass sie ein Mega-Fan ist.« Ich verdrehte die Augen. »Sie ist nett, und ich glaube nicht, dass sie die Presse einschaltet oder so, aber ich muss mir vielleicht was ausdenken, um dir den Rücken freizuhalten.«

»Sollte dich irgendwer kontaktieren, weil er etwas von mir will, kannst du das auf jeden Fall ignorieren oder an Leah weiterleiten.«

»Ich verspüre keinerlei Bedürfnis, deine Sekretärin zu sein, aber hast du keine Angst, dass ich irgendwas Wichtiges ignoriere?«

»Bei wichtigen Sachen sind die Leute meist ziemlich hartnäckig. Und sie sollten sich sowieso nicht an dich wenden. Und wegen der Nachbarin –«

»Charlotte.«

»Ich habe nichts dagegen, Charlotte mal zu treffen. Ich kann nicht auf jeder Hochzeit tanzen, aber für die Familie, die sich um Sugar gekümmert hat, mache ich das doch gern.«

»Das ist sehr nett von dir, und ich hoffe, du bereust es nicht.« Ich hatte den Küchentisch abgewischt und drückte den Lappen über der Spüle aus. »Auf jeden Fall«, sagte ich, »werde ich bis an mein Lebensende nicht vergessen, dass du Jerry einen Toilettenstuhl gekauft hast.«

»Unterschlag den Duschstuhl nicht.«

»Und den Duschstuhl. Und das tragbare Urinal mit dem im Dunkeln leuchtenden Verschluss.«

»Das Witzige ist«, sagte er. »Als du in dem Hotel in Santa Barbara gewohnt hast, habe ich überlegt, wie ich dich zurückerobern könnte. Ich dachte mir, dass in romantischen Komödien am Schluss doch immer einer von beiden zum anderen rast und in der Öffentlichkeit eine Liebeserklärung abgibt. Auf einer Party oder einem Flughafen oder so. Ich hatte ja keine Ahnung, dass ich bloß eine Urinflasche im Discounter zu kaufen brauchte.«

»Das nennt man einen Liebesbeweis.«

»Ich habe mich gefragt, ob du es wohl großartig oder fürchterlich fändest, wenn ich zu dir ins Hotel kommen und, na ja, für dich singen würde. Vor anderen Leuten, meine ich, auf dem Bürgersteig oder so.«

»Gute Frage. Ich glaube, ich würde mir vielleicht Mühe geben, es fürchterlich zu finden, fände es aber insgeheim großartig.«

»Wieso wäre es denn besser, es fürchterlich zu finden? Weil es kitschig wäre?«

»Na ja«, sagte ich, »ein kluger Mensch hat mal gesagt, es sei schwer, zwischen *cheesy* und äußerst gefühlsintensiv, aber gerade noch akzeptabel zu unterscheiden.«

Er grinste wieder. »Ich habe dir das damals nicht verraten, aber ich kenne den Unterschied genau. Wenn andere es erleben, ist es kitschig. Wenn man es selbst erlebt, ist es wunderbar.«

Abends ging ich einige Minuten nach ihm ins Bett; ich trug T-Shirt und Slip, und noch bevor ich das Licht ausmachte, zog er mich an sich, an seine warme, muskulöse, nach Brot und Wald duftende Brust – er trug nur Boxershorts –, und es war eine Wonne, ihm wieder so nah zu sein, so viel von seiner Haut zu berühren. Als er auf mir lag, nahm ich seinen Kopf in beide Hände, die Handflächen auf seinen Bartstoppeln, und sagte: »Das will ich dir schon sagen, seit ich bei dir ankam, aber ehrlicherweise siehst du mit kurzgeschorenen Haaren noch besser aus.«

Er lächelte ein wenig. »Ehrlicherweise?«, sagte er. »Tue ich das?«

»Es stimmt wirklich. Deine Frisur davor ... die war okay, hatte aber einen ganz schönen Einschlag in Richtung jugendlicher Herzensbrecher. Jetzt siehst du aus wie ein erwachsener Mann. So wie es uns interessanter füreinander gemacht hat, uns erst mit Ende dreißig kennenzulernen, finde ich dich jetzt noch attraktiver als vor zwanzig Jahren.«

Er wandte einige Sekunden lang den Blick ab und sah mich dann wieder an. »Ich muss dir was gestehen«, sagte er. »Ich habe vorher manchmal Haarteile getragen. Bei der *TNO*-Moderation war an meinen Haaren nicht alles echt.«

»Gut, *TNO* ist die weltweite Zentrale des Perücketragens, also willkommen im Club.« Ich wollte ihn nicht beschämen, aber auch nicht die Überraschte spielen – wollte ihn nicht anlügen, selbst wenn es um eine solche Kleinigkeit ging.

»Ich würde es nicht als richtige Perücke bezeichnen. Ich habe nur ein wenig nachgeholfen.« Er wirkte uncharakteristisch verlegen. »Findest du das peinlich?«

Ich schüttelte den Kopf. »Es ist für mich überhaupt nichts Neues, dass Leute im Licht der Öffentlichkeit so etwas tun. Und ich meine nicht nur vor der Kamera. Aber genau so, wie du jetzt bist, in genau diesem Moment ... Du könntest gar nicht besser aussehen.« Ich schwieg kurz. »In Anbetracht dessen, wie viel in den letzten zwei Jahrzehnten darüber geschrieben und geredet wurde, wie gut du aussiehst – magst du es überhaupt noch, wenn man dir das sagt, oder langweilt dich das?«

Sein Gesicht war wenige Zentimeter von meinem entfernt, als

er sagte: »Ob ich es mag, wenn mir die Frau, die ich liebe, sagt, dass ich gut aussehe? Ja, Sally. Ich mag es, wenn du mir das sagst.«

Jerrys Fortschritte ließen sich daran abmessen, wie weit er sich von seinem Bett entfernte: Zuerst ging er in seinem Bad auf Toilette; zwei Tage später kam er dann in seinem Seersucker-Bademantel in die Küche herunter; am Tag darauf kam er auf die Veranda. Eines Tages verkündete er, er wolle einen Hotdog zum Mittagessen, und während wir zusammen in der Küche darauf warteten, dass das Wasser kochte, sagte er: »Ich hoffe, der Pfleger ist nicht zu teuer.«

Ich kniff die Augen zusammen. »Du meinst Noah?«

»Wer ist Noah?«, fragte Jerry.

»Mein Freund. Der Mann, der hier bei uns wohnt.«

Jerry wirkte gleichmütig und nicht sonderlich interessiert, als er sagte: »Ich dachte, er heißt David.«

Auf dem Selfie, das Viv Henrietta und mir aus dem Krankenhaus schickte, trug sie eine blaue Maske und einen grünen Patientenkittel, ihre Augen waren weit geöffnet, und sie machte das Peace-Zeichen.

Wehen mit 3 min Abstand Muttermund auf 5 cm geweitet, schrieb sie.

Dann: *Gloria die Geburtshelferin ist meine neue BFF*

Dann: *PDA himmlisch*

OMG!!, schrieb ich. *Wie gehts dir?*

Dann kam Henriettas Antwort, und es war ein Foto, auf dem Lisa, die sich für eine Hausgeburt entschieden hatte, barbusig an der Innenwand eines aufblasbaren Schwimmbeckens lehnte, einen seligen Ausdruck auf dem Gesicht und in den Armen ein

Baby, ein echtes Baby – ein winzig kleines, nacktes Wesen mit dicken Wangen und geschlossenen Augen.

Von Henrietta: *Großartig – und darf ich euch Olivia Rose vorstellen?*

Von Viv: *WTF?!!!*

Viv: *Also Glückwunsch du Streberin*

Viv: *Aber wann hat Lisa die denn rausgepresst?!?*

Henrietta: *3,9 kg geboren heute Morgen um 7.46 h*

Henrietta: *Mama, Mami und Olivia alle auf Wolke 7*

Henrietta: *Du wirst das super machen Viv*

Ich: *H freut mich so für Lisa und dich!!*

Ich: *Vivvy ich hoffe du spürst die ganze Liebe die wir dir schicken*

Ich: *Ich weiß bei Theo und Gloria bist du in besten Händen*

Dann schrieb Henrietta nur an mich: *Wills Viv nicht sagen aber die Geburt war ne Riesensauerei, wie ne Essensschlacht*

Dann schrieb Viv nur an mich: *Sags Henrietta nicht aber gibt es IRGENDWAS Ekligeres als in einer Wanne zu gebären*

Vivs erste Nachricht war kurz nach neun Uhr gekommen. Sechs Stunden später erhielt ich zwei Nachrichten von Theo: zuerst ein Foto von einem Baby, das aus großen braunen Augen in die Welt hinausschaute, eine weiße Mütze auf dem Kopf und in eine gestreifte Decke gehüllt. Und dann eine Textnachricht: *Caleb Elijah Elman, 3,3 kg. Caleb & Viv beide gesund und munter!*

Ich hatte Charlotte Larsen auf unsere Veranda eingeladen, um Noah kennenzulernen, und sie kam nach dem Essen herüber; sie wirkte überglücklich und panisch zugleich und hatte sich mit einer ärmellosen Bluse mit Blumenmuster, weißen Jeans und Plateaupantoletten sichtlich herausgeputzt. Als sie die Treppe vom Garten zur Veranda heraufgekommen war, sagte ich: »Charlotte, das ist Noah, und Noah, das ist Charlotte«, und sie sagte: »O mein Gott, ich finde Sie so fantastisch, Noah.« Dann brach sie in Tränen aus.

Während sie sich die Augen trockenwischte, sagte sie: »Es tut mir leid, aber ›Making Love in July‹ ... und auch ›Arlington Dawn‹ ... und ›Sober & Thirsty‹ ... Entschuldigung, ich kann gar nicht mehr reden, aber wir haben unseren Hochzeitstanz zu ›Making Love in July‹ getanzt. Meine Schwester und ich kennen das ganze Album auswendig, sämtliche Texte.«

Als Noah sprach, tat er es mit einer zurückhaltenden, professionellen Freundlichkeit, die ich an ihm nicht einmal während der Woche bei *TNO* beobachtet hatte, einer verhaltenen Herzlichkeit. »Danke«, sagte er leichthin. »Das weiß ich wirklich zu schätzen.«

»Aber was haben Sie denn mit Ihren Haaren gemacht?«

Er sagte freundlich: »Es war an der Zeit für etwas Neues.«

»Dürfte ich vielleicht ein Foto machen?«, fragte Charlotte. »Sally hat mir gesagt, ich soll nichts im Netz posten, aber ich würde es so gern meiner Schwester zeigen. Die glaubt mir das nie, wenn ich es nicht beweisen kann.«

Während Charlotte mir ihr Handy gab und Charlotte und Noah sich nebeneinanderstellten – »Ich würde ja den Arm um Sie legen, wenn nur die Pandemie nicht wäre«, sagte er und wahrte ein gutes Stück Abstand –, dachte ich daran, wie mir ein anderer *TNO*-Autor vor Jahren gesagt hatte, nichtberühmte Leute wollten immer, dass ihre Begegnungen mit berühmten Leuten möglichst schnell vorbeigingen, damit sie ihren nichtberühmten Freunden davon erzählen konnten. Und tatsächlich war Charlotte nach zehn Minuten schon wieder auf dem Weg nach Hause.

Ich flüsterte Noah zu: »Ich setze einen Fünfziger darauf, dass sie das Foto nachher auf Facebook postet.«

Er flüsterte zurück: »Es kommt, wie's kommt.«

Charlotte verschwand aus unserem Blickfeld, und ich sagte: »Du machst das wirklich sehr gut.«

»Ich habe viel Übung«, antwortete er.

Ich saß an meinem Rattan-Schreibtisch, um die E-Mail an Nigel zu schreiben. Zwei Tage vorher hatte ich ausführlich mit meiner Agentin gesprochen, und meine Agentin hatte den Zuständigen bei *TNO* dann die Einzelheiten unseres Gesprächs mitgeteilt, was hieß, dass es eher eine Frage des Anstands war, mich an Nigel zu wenden, als dass ich ihm irgendetwas Neues mitteilte. Hätte ich mehr Vertrauen in meine Fähigkeit gehabt, mich mündlich auszudrücken, hätte ich ihn angerufen, aber was mich überhaupt zu *TNO* gebracht hatte, war ja der Glaube an meine Schreibfähigkeiten gewesen.

Lieber Nigel, schrieb ich an meinem Laptop,

ich kann Ihnen gar nicht genug dafür danken, dass Sie mir die Chance gegeben haben, als Autorin bei TNO zu arbeiten. Wenn ich an die besten, glücklichsten und witzigsten Momente meines Lebens denke, dann haben extrem viele von ihnen im TNO-Studio oder oben im sechzehnten Stock stattgefunden. Ich habe Sie mehr als einmal sagen gehört, TNO sei kein Ort für einsame Wölfe oder Perfektionisten, aber für mich war es der perfekte Ort, weil es mir geholfen hat, nicht so ein einsamer Wolf und nicht so eine Perfektionistin zu sein. Sie haben da eine einzigartige Comedy-Gemeinschaft aufgebaut, und ich werde nie richtig glauben können, dass ich ein Teil davon war.

Ich wünsche Ihnen alles Gute,
Sally

Nigels Antwort kam nach zehn Minuten.

> Sally, das mit dem »einsamen Wolf« ist offenbar ein Irrglaube. Wenn ein Wolf sich allein aufmacht, dann meist nur vorübergehend, als Übergang in ein neues Stadium, ehe er sich ein anderes Rudel sucht. Was den Perfektionismus angeht, wissen diejenigen von uns, die Zeit im TNO-Studio verbracht haben, dass etwas derart Flüchtiges und Albernes nur durch ungeheuer harte Arbeit zustande kommen kann. Melden Sie sich, wann immer Sie wollen. N

Letztlich blieben wir sechzehn Tage lang in Kansas City. Nach fünf Tagen war Jerrys Fieber zurückgegangen, und er war ganz allmählich wieder zu Kräften gekommen. Als wir fanden, guten Gewissens abreisen zu können, war er noch nicht ganz wieder der Alte, aber es ging ihm deutlich besser als bei unserer Ankunft. Seine Schwester Donna versprach mir, täglich nach ihm zu sehen.

Zum Abschied grillten wir am Abend vor der Abreise auf der Veranda Garnelen. Die Larsens waren auch auf ihrer Veranda, und Chloe, die Neunjährige, fragte: »Meint ihr, Sugar weiß, dass sie ein Hund ist?« Ehe ich antworten konnte, schaute die elfjährige Stella auf den griechischen Salat, den Noah gemacht hatte, und sagte: »Ich mag keine Gurken. Der beste Teil von einer Gurke schmeckt wie der schlechteste Teil von einer Wassermelone.«

Noah und ich sahen uns an, und ich sagte: »Da kann ich nicht widersprechen.«

Um Jerry zu überraschen, hatte ich Wuffins gebacken – ich hatte ein Rezept für eine Variante gefunden, die für Menschen und Hunde gleichermaßen genießbar war, mit Mehl und Erdnussbutter als Hauptzutaten –, aber nach dem Abendessen sagte Noah: »Bevor du die Du-weißt-schon-was holst, habe ich noch etwas vor. Ich bin gleich wieder da.«

Als er wieder aus dem Haus kam, hatte er eine Gitarre in der Hand – nicht die aus dem Discounter, mit der er sich ein paar Tage lang zufriedengegeben hatte, sondern eines seiner teureren Modelle, das Leah aus Kalifornien geschickt hatte, zusammen mit einigen Kleidern, als abzusehen war, dass wir eine Zeit lang bleiben würden –, und ich hörte Charlotte Larsen laut nach Luft schnappen. Um den Hals trug Noah eine Vorrichtung aus Metall, die auf den ersten Blick nach einer drastischen kieferorthopädischen Maßnahme aussah, bei der es sich in Wirklichkeit aber um eine Mundharmonika in einer Halterung handelte. Er ging zum östlichen Rand der Veranda und stellte sich vor das Geländer. Noah sah Jerry und mich an, schaute dann zu den Larsens hinüber, dann wieder zu mir, und dann sagte er: »Ich möchte dir ein Lied widmen, Sally.«

In Richtung der fünf anderen Menschen und des einen Hundes sagte er: »Sally und ich haben uns schon vor einigen Jahren kennengelernt, sind uns aber erst kürzlich wiederbegegnet. Dafür bin ich sehr dankbar. Und da ich meine Gefühle mittels Musik ausdrücke, will ich heute Abend kurz etwas singen. Danke für eure Aufmerksamkeit.« Er sah mich an und sagte: »Also, Sally Milz, das hier ist für dich.«

Auf meinem Platz neben Jerry an dem Tisch, an dem wir gerade gegessen hatten, verspürte ich eine Art inneren Taumel. Hatte Noah ein Lied für mich geschrieben? Stellte er mich auf die Probe, nachdem ich gesagt hatte, mir würde so etwas vielleicht gefallen? Konnte ich das vor Jerry und den Larsens verkraften? Konnte Charlotte Larsen es verkraften?

Dann senkte Noah den Blick und begann zu spielen. Ich erkannte es sofort, von den ersten Akkorden an, noch bevor er mich ansah und sang: »*I heard you were drunk and mean / Down at the Dairy Queen …*«

Ich musste kein Lächeln vortäuschen; ich musste mich nicht zwingen, meine Freude zu zeigen oder mein Unwohlsein zu verbergen. Es war besser, als wenn er ein Lied für mich geschrieben hätte – wobei ich, als ich merkte, dass er es nicht getan hatte, vielleicht ein wenig hoffte, er würde es irgendwann einmal tun –, und es war auch besser, als wenn er irgendeine Sie-lebten-glücklich-bis-an-ihr-Lebensende-Ballade gesungen hätte. Noah Brewster stand auf Jerrys Veranda und sang »Dairy Queen«, und ich liebte einfach alles daran.

Er sang: »*Ain't it funny we lose one day / And a lifetime slips away*«, und in der dritten Strophe, nach den Zeilen »*It was good for a time / I am told*«, legte er die Lippen an die Mundharmonika und schloss die Augen, und der prachtvoll nasale, schneidende Klang schallte durch die Luft, und Charlotte Larsen johlte und klatschte in die Hände.

Das Komische war, dass ich das Stück zwar Hunderte von Malen gehört und die Indigo Girls damit auftreten gesehen, mich aber immer auf die in meinen Ohren völlig niederschmetternden Zeilen über eine Liebe, die nicht von Dauer war, fokussiert hatte. Ich hatte kaum bemerkt, dass das Lied mit den Worten »*Hey, I love you more and more / Oh, I love you more and more*« endete – im Präsens. Als ich Noah jetzt zusah, wie er sie sang, und er mich ansah – er hatte die Augen wieder aufgeschlagen –, fragte ich mich, ob ich den Song immer ein wenig falsch verstanden hatte oder ob ich womöglich das Leben immer ein wenig falsch verstanden hatte. Es war nicht schlimm, mich das zu fragen; es war eine sehr schöne, unerwartete Erleichterung.

Er neigte noch einmal den Kopf, um in die Mundharmonika zu blasen, während er die Gitarrensaiten in hohem Tempo anschlug, dann langsamer wurde und mit einem langen Schlussakkord endete. Er hob den Kopf und sagte: »Sally, ich liebe dich wirklich immer mehr. Und das kommt von mir – Noah –, aber ich wette, die Indigo Girls würden dich auch lieben, wenn sie dich kennen würden.«

Da wir nur zu sechst waren, kann ich nicht behaupten, der Applaus wäre ohrenbetäubend gewesen. Aber er klang auf jeden Fall begeistert, während ich aufstand, zu Noah ging und ihn küsste. Ich flüsterte ihm ins Ohr: »Das war der perfekte Liebesbeweis.«

Eine Stunde später fuhr ich gerade aus der Einfahrt, um für Jerry noch ein paar Sachen aus dem Lebensmittelmarkt zu holen, bevor wir am nächsten Tag abreisen würden, als mich die Nachbarin von der anderen Seite winkend zum Stehen brachte. Ich ließ die Scheibe herunter, und sie sagte: »Lernt Jerry Gitarre spielen? Es klingt nämlich schon ganz toll.«

EPILOG

April 2023

Weil *TNO* live ausgestrahlt wird, läuft es an der Westküste um 20:30 Uhr, ungefähr um die Zeit, zu der Noah und ich an einem Abend zu Hause mit dem Essen fertig sind. Als wir es zum ersten Mal nach meinem Weggang von der Show zusammen schauten, war ich angespannt und hatte das Gefühl, mein Revier verteidigen zu müssen; ich war mir ziemlich sicher, erraten zu können, wer welche Sketche geschrieben hatte, und hatte sehr konkrete Vorstellungen davon, wie sie zu verbessern wären. Viv war bei der 2020er-Staffelpremiere noch in Elternzeit, aber Henrietta war wieder da, und ich wollte beiden direkt nach der feierlichen Verabschiedung schreiben und sie gleichzeitig in Ruhe lassen – Viv schlafen oder ihr Baby säugen lassen oder was auch immer sie gerade machte, und Henrietta zur Afterparty fahren lassen, ohne dass ihr Telefon vibrierte. Wahrscheinlich wollte ich einfach dagegen ankämpfen, mich ignoriert zu fühlen. Mir ging das Herz über, als noch während des Abspanns eine Nachricht von Viv an Henrietta und mich kam: *Vermisse euch Bitches*

Henrietta und ich antworteten gleichzeitig: *Same!*

Im Laufe der Wochen und Monate ließen meine Anspannung, mein Revierverhalten und mein Heimweh beim Schauen nach. Ich kann nicht behaupten, heutzutage unvoreingenommen zu sein, aber der Drang zum Kritisieren ist größtenteils einer entspannteren Nostalgie gewichen. Danny, der sich inzwischen ein Büro mit seinem Newsdesk-Co-Autor Roy teilt, droht mir manchmal per Textnachricht, einen Sketch mit dem Titel »Die Sally-Milz-Regel« zu schreiben.

Seit Sommer 2021 geht Noah in abgewandelter Form wieder auf Tour, und ich habe ihn zu einigen Konzerten begleitet, unter anderem in Kansas City und auch in Washington, wo ich seine Eltern kennengelernt habe. Er hatte sie zutreffend beschrieben – sichtlich wohlhabend, nicht besonders nett –, aber die gute Nachricht war, dass er seine Schwester auch zutreffend beschrieben hatte, und Vicky und ich haben uns angefreundet. Meist bleibe ich aber in Topanga, wenn Noah unterwegs ist.

Der erste Spielfilm, für den ich das Drehbuch geschrieben habe, ist gerade in Vorproduktion und soll im Sommer in L. A. gedreht werden. Trotz all meiner Versprechungen wird es keine romantische Komödie. Stattdessen wird es ein Buddy-Movie mit Viv und Henrietta als Ex-Frauen zweier Milliardäre aus dem Silicon Valley. Obwohl die von ihnen gespielten Figuren beide stark in die Gründung des Start-ups eingebunden waren, das ihre Ex-Männer reich gemacht hat, haben sie nur sehr wenig Geld und Anerkennung erhalten, und sie tun sich zusammen, um das Bild geradezurücken und Gerechtigkeit zu erzielen. Der Arbeitstitel lautet *Tech Sis*, wobei ich mit den verantwortlichen Studiovertretern schon einige mehrstündige Diskussionen darüber geführt habe, warum sie im Gegensatz zu mir der Meinung sind, es müsse *Tech Sisters* oder, noch absurder, *Tech Sises* heißen. Nigel ist einer der Produzenten.

Zwei Wochen nach unserer Abreise aus Kansas City im Jahr 2020 kam ich zurück (mit Delta Air Lines statt im Privatflieger), um nach Jerry zu sehen. Im November flog ich noch einmal nach Kansas City (im Privatflieger statt mit Delta Air Lines), und wie geplant flogen Jerry und Sugar zu Thanksgiving mit nach Los Angeles und wohnten bis März im Poolhaus. Im Jahr 2021 wiederholten wir das Ganze, und im Jahr 2022 blieben sie dann einfach bei uns. Ob man Beagle nun für klein oder mittelgroß hält, in jedem Fall lebt Noah jetzt mit so einem Hund zusammen. Am späten Nachmittag machen Jerry und ich am Pool Stuhlyoga, aber wir treiben auch regelmäßig Wasser-Aerobic. Wie sich herausstellt, bekommt ihm Kalifornien sehr gut.

Im Juli 2021 haben Noah und ich geheiratet. An einem Freitagmorgen besorgten wir uns die amtliche Heiratserlaubnis, was 85 Dollar kostete, und ich gab das Datum der Auflösung meiner vorherigen Ehe an. Ich habe herausgefunden, dass Paparazzi vor verschiedenen Standesämtern in L. A. lauern, in der Hoffnung, Personen des öffentlichen Lebens bei genau diesem Vorgang zu ertappen, aber es gibt in Kalifornien auch eine sogenannte heimliche Heiratserlaubnis – sie wurde nicht eigens für Prominente entworfen, sondern ist das angenehme Resultat eines Gesetzes aus den 1800er-Jahren, das bereits zusammenlebenden Paaren ermöglichen sollte, ohne Scham zu heiraten. Eine solche Erlaubnis ließen wir uns ausstellen, und dann fuhren wir sofort in ein Hotel in Montecito, wo wir eine private Villa mit Blick auf die Küste gemietet hatten. Auf dem Rasen der Villa nahm der Geschäftsführer des Hotels ohne sonstige Anwesende die Trauung vor.

Ich weiß nicht, ob Noah und ich in einer Welt ohne Covid auf die gleiche Weise geheiratet hätten, aber ich weiß natürlich auch nicht, ob wir in einer Welt ohne Covid überhaupt geheiratet hätten; ich weiß nicht, ob wir wieder zueinander gefunden hätten. Und mir ist klar, dass die meisten Menschen lieber anders heiraten würden, aber für mich barg diese rudimentäre Form eine tiefe Schönheit. Das Wochenende verbrachten wir damit, beim Zimmerservice Essen zu bestellen, unsere neuen Lebensumstände zu bestaunen und, na ja, im Juli Liebe zu machen. Am Montag kehrten wir nach Topanga zurück und riefen unsere Familien und Freunde an, um es ihnen zu erzählen. Am Dienstag gab Noahs Pressebeauftragte eine Erklärung ab, in der sie unsere

Heirat verkündete und allen, die sich an den Feierlichkeiten beteiligen wollten, vorschlug, an eine wohltätige Organisation zu spenden, die weibliche Kandidaten der Demokratischen Partei im Wahlkampf unterstützte. »Wir müssen meinen Wiedereintritt in die ultimative heteropatriarchalische Institution irgendwie kompensieren«, hatte ich gesagt, und er hatte gelacht und erwidert: »Wie frisch vermählte Frauen oft zu ihren Männern sagen.« Dass neben vielen meiner ehemaligen Kollegen auch Autumn und Elliot spendeten, fand ich von beiden unnötig großzügig.

Aus den Reaktionen habe ich geschlossen, dass einige es als Tragödie für ihn und andere als Sieg für den Feminismus und/oder unscheinbare Hetero-Frauen überall auf der Welt (zwei in Wahrheit nicht austauschbare Dinge) betrachteten; es ist mir tatsächlich gelungen, den allergrößten Teil der Kommentare nicht zu lesen.

Zum Zeitpunkt der Heirat waren Noah und ich nach einigen Anstrengungen so weit, dass wir unsere Telefone über Nacht in einer Küchenschublade liegen lassen konnten. Wenn ich morgens aufwache, gehe ich manchmal noch in das andere, weitab gelegene Bad, aber ich komme immer zurück. Noah schläft dann meist noch, und sein unverstelltes Gesicht ist verblüffend hübsch; tatsächlich kann ich noch immer nicht glauben, dass ein sexy, kluger, gütiger Mann meine Liebe erwidert. Wenn ich ins Bett steige, streckt er oft die Arme nach mir aus, öffnet dabei die Augen und lächelt, weil er sich freut, mich zu sehen. Vermutlich gibt es Textnachrichten und Tweets und Artikel, die ich verpasse, aber in diesen Momenten erscheinen sie mir alle nicht besonders wichtig.

Danksagung

Fakten, Anekdoten und Analysen habe ich zahlreichen Quellen zu verdanken. Dazu zählen die Bücher *Live From New York: The Complete, Uncensored History of Saturday Night Live as Told by Its Stars, Writers, and Guests*, herausgegeben von James Andrew Miller und Tom Shales; *A Very Punchable Face* von Colin Jost; *Gasping for Airtime: Two Years in the Trenches of Saturday Night Live* von Jay Mohr; *Bossypants* von Tina Fey; *Yes Please* von Amy Poehler; *Girl Walks into a Bar ...: Comedy Calamities, Dating Disasters, and a Midlife Miracle* von Rachel Dratch; *I Am the New Black* von Tracy Morgan mit Anthony Bozza; *Hello, Molly!* von Molly Shannon mit Sean Wilsey; und *The Bedwetter: Stories of Courage, Redemption, and Pee* von Sarah Silverman. Mit Gewinn gelesen habe ich auch den Artikel »Lives of the After-Party« von Paul Brownfield in der *New York Times*, den *New-York*-Artikel »Comedy Isn't Funny« von Chris Smith und den Artikel »Leslie Jones: Always Funny, Finally Famous« von Andrew Marantz im *New Yorker*. Ich habe die Podcasts *WTF with Marc Maron*, *Mike Birbiglia's Working It Out*, *Conan O'Brien Needs a Friend* und *Fly on the Wall with Dana Carvey and David Spade* gehört. Und ich habe mir die von James Franco gedrehte Dokumentation *Saturday Night* ebenso angesehen, wie ich den YouTube-Kanal von *Saturday Night Live* und die »Creating Saturday Night Live«-Videos dort geschaut habe. Und schließlich, wobei ich hoffe, dass das ohnehin offensichtlich ist, haben mir *Saturday-Night-Live*-Folgen aus fast fünf Jahrzehnten als Inspiration gedient, und ich danke ihren Schöpfern, Produzenten und Autoren sowie den Ensemblemitgliedern, Gastmoderatoren und Crewmitgliedern.

Artikel zu anderen Themen, die mir beim Schreiben geholfen haben, waren unter anderem »I'm Not Ready to Perform« von Will Butler und »The Day the Live Concert Returns« von Dave Grohl, beide in *The Atlantic*, und »Why America's Black Mothers and Babies Are in a Life-or-Death Crisis« von Linda Villarosa in der *New York Times*.

Ich habe das unheimliche Glück, mit Menschen aus dem Verlagswesen zusammenzuarbeiten, die sehr klug und sehr liebenswürdig sind. Zu ihnen gehören meine Lektorin Jennifer Hershey, meine Agentin Claudia Ballard und meine Presseagentin Maria Braeckel. Bei Random House werde ich außerdem von Gina Centrello, Andy Ward, Susan Corcoran, Rachel Rokicki, Windy Dorresteyn, Madison Dettlinger, Jordan Pace, Wendy Wong, Marni Folkman, Paolo Pepe, Cassie Gonzales, Robbin Schiff, Kelly Chian, Theresa Zoro, Leigh Marchant, Benjamin Dreyer und Elizabeth Eno unterstützt.

Bei WME unterstützen mich Anna DeRoy, Tracy Fisher, Suzanne Gluck, Fiona Baird, Oma Naraine und Stephanie Shipman. Und bei Transworld bin ich Jane Lawson, Larry Finlay, Patsy Irwin, Vicky Palmer und Richard Ogle äußerst dankbar.

Der erste Leser dieses Buchs war mein Bruder P. G. Sittenfeld, dessen Witz und Intelligenz das Schreiben vergnüglicher gemacht haben und dessen großes Herz ihn zum Vorbild macht.

Weitere Leser zu einem frühen Zeitpunkt waren Ellen Battistelli, Tiernan Sittenfeld, Matt Carlson, Essie Chambers, Dessa, Julius Ramsay, Lewis Robinson, Aminatou Sow, Erin White, Bryan Miller und Rebecca Hollander-Blumoff. Besonders dankbar war ich für die differenzierten Einblicke von Essie Chambers und Dessa. Celeste Ballard und Claire Mulaney haben sich mir gegenüber sehr großzügig und geduldig gezeigt. Ich bin so froh, Teil einer größeren Gemeinschaft von Autoren zu sein, zu denen Susanna Daniel, Emily Jeanne Miller, Sheena MJ Cook, Cammie McGovern, Sugi Ganeshananthan, Sally Franson, Lesley Nneka Arimah, Will McGrath, Frank Bures, Jennifer Weiner, Elin Hilderbrand, Sarah Dessen und Jodi Picoult zählen. Stephanie Park Zwicker wird immer meine Indigo-Girls-Expertin sein; Kari Forde-Thielen ist die Freundin aller Beagles und Curtises. Und mit meinen Familienmitgliedern, menschlichen wie hündischen, kann man so wunderbar auf dem Sofa hocken und fernsehen. Ich danke euch allen.

Die englische Originalausgabe erschien 2023
unter dem Titel ›Romantic Comedy‹ bei Random House,
ein Imprint von Penguin Random House LLC, New York.

1. Auflage 2024

Übersetzung: Stephan Kleiner
Lektorat: Dania Schüürmann
Umschlaggestaltung: Lübbeke Naumann Thoben, Köln
Satz: Fagott, Ffm
Gesetzt aus der Sabon LT Pro und der Trade Gothic Next LT
Druck und Verarbeitung: CPI books GmbH, Leck
Gedruckt auf säurefreiem und chlorfrei gebleichtem Papier
Printed in Germany
ISBN 978-3- 8321-6845-2

www.dumont-buchverlag.de